근대 전환기
기독교 담론과 서사

근대 전환기 기독교 담론과 서사

초판 1쇄 발행 2023년 11월 24일

지은이 | 조경덕

펴낸곳 | (주)태학사
등록 | 제406-2020-000008호
주소 | 경기도 파주시 광인사길 217
전화 | 031-955-7580
전송 | 031-955-0910
전자우편 | thspub@daum.net
홈페이지 | www.thaehaksa.com

편집 | 조윤형 여미숙 고여림
디자인 | 김현주
마케팅 | 김일신
경영지원 | 김영지
인쇄·제책 | 영신사

값 22,000원
ISBN 979-11-6810-219-4 (93810)

책임편집 | 김성천
표지디자인 | 김현주
본문디자인 | 최형필

근대 전환기 기독교 담론과 서사

조경덕 지음

태학사

머리말

박사 논문과 관련 논문 두 편을 함께 묶어 책으로 펴낸다. 근대 전환기 서사와 기독교를 두고 논문 구상을 한 것은 소설 사전(송하춘, 『한국근대소설사전』, 고려대학교 출판부, 2015) 편찬 작업에 참여했을 때부터이다. 1890년대 간행된 작품부터 일제 강점기에 출간된 작품까지 중편 이상 분량의 작품들을 모아 정리하는 작업을 하면서 근대 전환기에 기독교를 다룬 작품이 많다는 사실을 발견했다. 내게 기독교 신앙은 삶의 중요한 문제였기에 그 중요한 문제를 박사 논문 안에서 다룬다는 것은 삶과 공부가 하나가 되는 가슴 벅찬 일이었다.

소설 사전 작업을 하며 논문 준비를 병행했다. 당시 인상적인 사건이 있었다. 작품을 찾기 위해 학술연구정보서비스(RISS)를 자주 이용했는데 어느 날 우연히 '눈물'을 검색어로 하여 검색을 했다. 고구마 넝쿨이 따라오듯 주르륵 작품 목록이 화면에 떴다. 대개 딱지본 대중 소설이었다. '무정(無情)'을 검색했더니 또한 많은 딱지본 소설이 목록에 등장했다. 딱지본 대중 소설은 당시 민중에게 큰 인기를 끈 서사로서, 요즘 시대로 치면 인기 TV 드라마와 비견될 수 있다.

당시 '눈물'과 '무정'이 제목으로 들어간 작품이 많은 이유는 두 가지다.

첫째, '눈물'과 '무정'을 각각 제목에 담은 이인직의 『혈의 누(血の淚)』(1906)와 이광수의 『무정(無情)』(1917)이 그만큼 인기 절정의 작품이었다는 것을 뜻한다. 그 성가(聲價)에 기대어 제목을 차용한 작품이 많았던 것이다. 둘째, 근대 전환기가 우리 역사에서 '눈물'이 많았던 시기이며 '무정'한 시절이었다는 것을 의미한다. 세계 질서는 엄혹했고 그것은 국내 정세와 민중의 삶에 고스란히 반영되어 제이, 제삼의 옥련의 이야기와 영채의 이야기를 낳았다.

삶이 두렵고 세상에 의지할 데가 없을 때 우리는 높은 곳에 올라 하늘을 쳐다본다. 「해와 달이 된 오누이」에서 제 어미를 잡아먹은 호랑이에게 쫓긴 오누이가 나무 위에 올라가고 그곳에서 하늘을 쳐다본 것처럼 말이다. 근대 전환기에 기독교를 다룬 작품이 많은 것에도 다른 이유가 있을 것 같지 않다. 무정하고 눈물이 많은 시대에 민중들은 하늘로서 기독교를 바라보았고 문학은 그것을 내용에 담았다.

이 책에서 다룬 작품에는 작중 인물이 기독교 신앙을 통해 구원을 얻는다는 내용이 담겼다. 기존 연구는 이에 주목하여 우리나라 근대 전환기에 종교로서 기독교의 공헌과 기독교를 다룬 작품의 문학적 성과를 평가하였다. 나는 기존 연구의 성취를 인정하며 종교라는 특수한 자리에서 벗어나 객관적으로 이들 작품을 살펴볼 방안을 찾았다. 김인환이 『기억의 계단』(2001)에서 제시한 의식형태(sense experience)와 지각형상(perceptual image)이라는 개념이 연구의 활로를 열어 주었다.

의식형태는 소단위 관념 유형이며, 지각형상은 소단위 관념을 문학적으로 형상화한 것이다. 이 책에서 주목한 근대 전환기의 의식형태는 "망해 가는 나라를 구하기 위해서는 기독교를 수용해야 한다"이다. 이를 반영한 작품들로서 지각형상은 의식형태를 고스란히 반영하지 않는다. 이 점에 대해서는 고모리 요이치(小森陽一)가 『포스트 콜로니얼(ポストコロニアル)』(2001)에서 제안한 '자기 식민화'와 '식민주의적 의

식/무의식' 개념을 원용했다. 기독교를 수용하면서 문명의 격차에 따른 식민주의 권력 행사가 의식적으로, 무의식적으로 일어나는데 이것이 의식형태에서 표명하는 주제 의식과는 다르게 지각형상에서 분열 양상이 나타나는 원인이라고 논증하였다.

즉, 근대 전환기에 기독교를 다룬 작품은 표면적으로 기독교를 받아들이고 개인과 민족, 나라가 구원을 얻는다는 것을 주제 의식으로 담았지만 심층적으로는 수용 주체의 혼동과 불안함을 형상화하였다. 이 연구에서는 작품을 꼼꼼하게 분석하여 심층 차원에서 작중 수용 주체가 느끼는 동요 양상을 드러내고자 했으며 그것과 함께 주제 의식을 종합적으로 이해하고자 했다. 결국 문학은 정답을 구하는 것이 아니라 혼란과 동요 속으로 들어가는 것이라는 일반론을 근대 전환기 기독교를 다룬 작품에서 확인한 셈이다.

또한 이 책에서는 근대 전환기 지식인이 가졌던 기독교에 관한 관점을 척도로 구성하기 위해 이광수와 류영모가 쓴 기독교 관련 작품과 평론을 검토했다. 둘 다 한국의 기독교 신앙을 비판한 것은 같은데 그 지점은 달랐다. 이광수는 기독교가 담고 있는 서양 문명을 충분히 이해하지 못했다고 비판했고, 류영모는 기독교 본래의 종교성을 깨닫지 못했다고 비판했다. 당시 기독교 지식인 윤치호 그리고 후대의 함석헌, 김교신 연구가 이루어져야 애초 구상했던 척도는 완비될 것이라 생각한다. 이것은 앞으로 숙제다.

말미에 논문 두 편을 보론으로 묶었다. 두 논문은 1880~1890년대에 중국에서 간행한 기독교 전도문서의 한국어 번역과 그 전도문서 내용이 어떤 방식으로 근대 전환기 서사에 개입하였는지 살폈다. 박사 논문이 다루는 시기를 공유하며 당시 기독교 관련 자료의 실체를 생생하게 보여 주고 있기에 전체 책꼴의 통일성을 해치는 것을 감수했다. 책을 펴내고 머리말을 적으며 이 책이 있기까지 도움을 주신 분들의 모습을 떠올렸다. 마음으로 감사의 말씀을 전한다. 그리고 다시금 문학 공부를 하고자 옷깃을 여민다.

안해 이지선에게 이 책을 바친다.

2023년 가을날
평택대 예술관 306호에서
조경덕 쓰다

차례

머리말 • 5

1. 서론 … 13

1.1. 문제 제기 … 15

1.2. 연구사 검토 … 19

1.3. 연구의 대상과 방법 … 29

2. 구한말 기독교 담론과 민족의 형성 … 41

2.1. 죄의식과 구원의 논리 … 43

2.2. 우화 소설의 현실 인식
– 『성산명경』(1907), 『금수회의록』(1908), 『경세종』(1908)을 중심으로 … 62

1) 『텬로력뎡』과 우화 양식의 신소설 … 63
2) 문명기호로서의 기독교 … 73

2.3. 기독교 담론과 구원의 양상 … 94

1) 교육자 장응진(張應震, 1880~1951)의 소설 쓰기 … 96
2) 소설가 장응진의 기독교 신앙의 모색 … 100

3. 기독교 담론의 계몽적 서사화 … 115

3.1. 기독교 담론과 신소설의 전개 … 117

3.2. 민족 구원과 문명개화 실천 - 『고목화』(1907)와 『박연폭포』(1913) … 123

1) 문명의 빛과 그림자 - 『고목화(枯木花)』(1907) … 126
2) 문명에 대한 낙관적 기대 - 『박연폭포(朴淵瀑布)』(1913) … 138

3.3. 개인 구원과 기독교 윤리 실천 - 『광야』(1912)와 『부벽루』(1914) … 147

1) 기독교 윤리와 가족 - 『광야(廣野)』(1912) … 147
2) 기독교 윤리와 시간 의식 - 『부벽루(浮碧樓)』(1914) … 159

4. 기독교 담론의 비판적 서사화 … 173

4.1. 기독교의 죄 고백 … 175

4.2. 죄 고백과 자기비판의 서사 … 181

1) 『눈물』의 죄 고백 … 181
2) 『쑤린씨』의 죄 고백 … 190
3) 「핍박」의 자기반성 … 195

4.3. 기독교에 대한 비판적 접근 … 202

1) 서양 문명의 추수와 기독교 비판 … 202
2) 서양 문명의 지양(止揚)과 기독교 비판 … 214

5. 결론 … 227

보론(補論) … 235

근대 소설사에서 한글 전도문서의 위상 … 237

1. 근대 국문 출판의 요람, 삼문출판사 … 237
2. 삼문출판사에서 간행한 한글 전도문서들 … 242
3. 한글 전도문서의 위상 … 253

근대 단형 서사의 '기독교 예화집' 수용 양상 … 259

1. 들어가며 … 259
2. 『譬喩要旨』와 기독교 예화집 … 261
3. 근대 단형 서사의 '기독교 예화집' 수용 양상 … 266
4. 나오며 … 281

참고 문헌 • 283

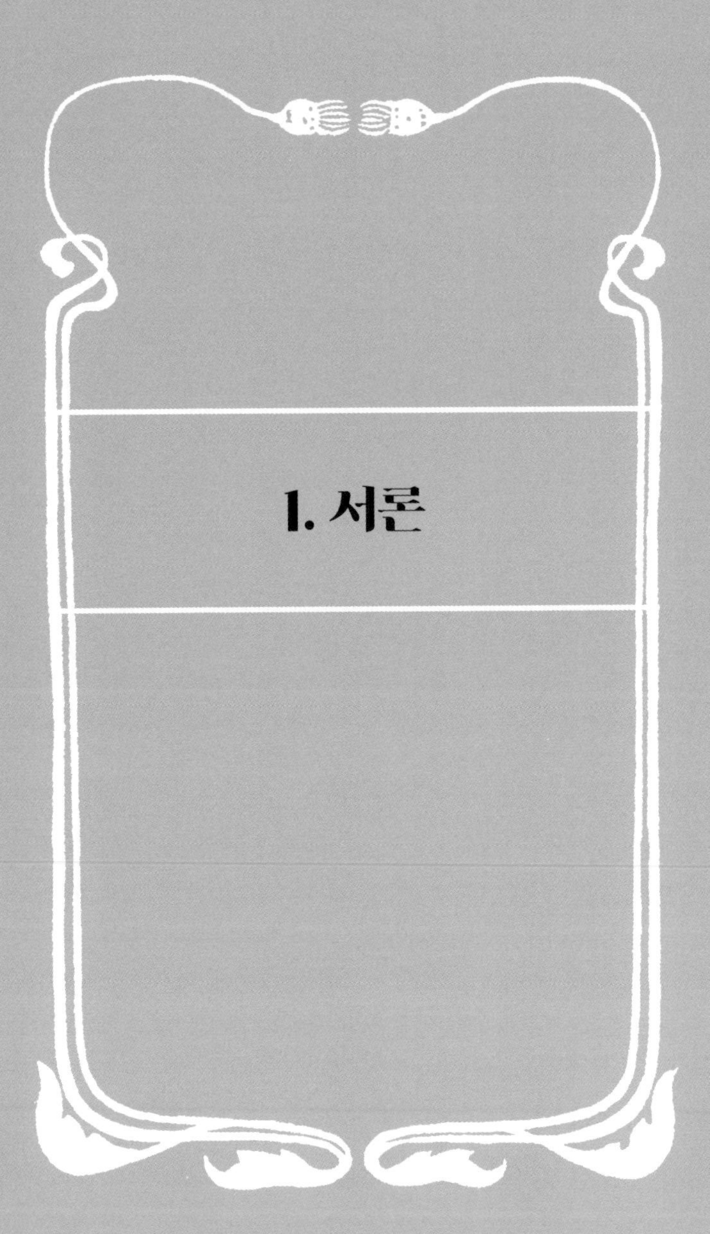

1. 서론

1.1. 문제 제기

그동안 근대 전환기 소설에 대한 연구는 주로 양식사(樣式史)의 측면에서 전개되어 왔다. 단형 서사를 비롯한 다양한 서사 양식들이 어떤 과정을 거쳐 근대 소설로 형성되었는가가 이들 연구의 주된 논의 지점이었다. 이러한 논의는 대체로, 이념의 표현에서 미(美)에 대한 추구로, 당위적 사실 강조에서 내면의 고백으로 글쓰기의 형식들이 전이되었다는 것이나 '사실'과 '허구'의 개념이 재정립되었다는 것 등으로 정리되었다.[1] 이러한 연구들은 단절된 것으로 논의되어 왔던 우리 소설사를 연속적으로 파악하는 데 기여했다는 점에서 큰 의의가 있다.

근대 전환기 소설 연구에서 양식사에 대한 관심과 그에 관한 연구

---

1 김영민, 『한국근대소설사』, 솔, 1997.
정선태, 『개화기 신문 논설의 서사 수용 양상』, 소명, 1999.
권보드래, 『근대소설의 기원』, 소명, 2000.
문한별, 『한국 근대 소설 양식의 형성과정 연구』, 고려대학교 박사학위 논문, 2007.

의 성과가 많은 이유는 그만큼 소설 양식이 빠르게 진행되었던 당시 사회 변화를 반영하여 다양한 변이의 양상을 보여 주었기 때문이다. 사회 변화를 읽어 내는 한편 그 변화를 주도하기 위한 담론을 생산하고 그것을 소설이라는 서사 양식 속에 반영하는 작업이 이 시기만큼 활발했던 적은 없었다. 그런 점에서 당시 역사적 단계의 특수성에 기반하여 소설이 갖는 의미를 깊이 있게 해명하는 연구가 현재 활발히 진행 중이다.[2] 그런데 이들 연구 중, 당시 사회 · 문화적으로 중요한 위치를 점유했던 기독교가 소설에 어떤 영향을 미쳤는지에 관한 연구와 관심은 부족하다.

최근 100년 동안에 우리는 사상사적 측면으로 보든지, 사회사적 측면으로 보든지 기독교[3]의 영향을 많이 받아 왔다. 기독교가 본격적으

---

2 이에 대한 대표적인 논의는, 심보선, 「1905~1910년 소설의 담론적 구성과 그 성격에 대한 사회학적 연구」, 서울대학교 석사학위 논문, 1997; 권영민, 『서사양식과 담론의 근대성』, 서울대학교 출판부, 1999; 강병조, 「신소설과 개화 담론의 대응양상 연구」, 서울대학교 석사학위 논문, 1999 등이 있다. 그런데 이러한 담론과 문학 작품과의 관련성에 대한 연구는 담론의 내용이 어떻게 문학 작품으로 흘러갔느냐라는 일대일 대응 관계로 파악할 우려가 있다. 한편, 당시 '연애' 담론과 '신체' 담론에 유의하여 근대 문학의 형성 과정을 논의한 연구가 있어 주목된다. 김지영은 『무정』이 발표된 1917년경부터 사회주의 이데올로기 등에 의해 연애열이 경박하고 부차적인 현상으로 치부되기 시작한 1925년 경까지를 근대 문학 형성기로 명명하고 이 시기 소설에 나타난 '연애' 담론에 대해 연구했다. 이는 '연애'가 과거의 사랑과는 변별된 근대적 사랑의 형식이라는 점에 착안한 것이었다. 김지영, 『근대문학 형성기 '연애' 표상 연구』, 고려대학교 박사학위 논문, 2004. 또한 이영아는 '몸'에 대한 담론 역시 근대적 의미에서 새롭게 다루어졌다는 것에 착안하여 개화기 자료와 신소설에 나타난 '몸'에 대한 담론에 대해 연구하였다. 이영아, 『육체의 탄생』, 민음사, 2008.

3 기독교(基督教; Christianity)는 천주교(天主教; Catholic)와 개신교(改新教; Protestant)를 포괄하는 명칭이다. 그런데 보통 한국어를 사용하는 언중(言衆)은 기독교를 개신교의 의미로 사용한다. 한국 사회에서 상대적으로 개신교의 영향력이 천주교의 그것보다 크기 때문에 생긴 언어 현상이다. 이에 따라, 이 논문에서는 개신교를 다루고 있지만 개신교 대신 기독교라는 명칭을 사용했다.

로 우리나라에 전래되어 영향을 미치게 된 것은 나라의 운명이 급속히 쇠퇴하기 시작한 구한말 무렵이었다. 당시 많은 지식인들은 국운을 회복하는 방편으로 서양의 문명을 받아들이고자 하였고 그러한 과정에서 그들은 기독교를 서양 문명의 핵심 기호로 인식하였다. 서양에서는 이미 오래된 전통이었던 기독교가 구한말 지식인들에게는 새로운 문명을 상징하는 대표적인 기호 역할을 했던 것이다. 물론 당시 모든 지식인들이 서양 문명과 기독교 간의 인과관계를 인정한 것은 아니었다. '동도서기론(東道西器論)'을 주장한 개신유학자들은 유학의 사상적 배경은 고수하면서 서양 문물만을 받아들이고자 하였다. 이와는 다르게 문명개화론자들은 기독교가 서구 문명을 견인한 핵심 동력이었다고 파악하고 기독교를 적극적으로 받아들이고자 했다. 여기서 유념해야 할 것은 개신유학파나 문명개화론자들 모두 서양 문명을 사유하는 데 기독교를 주요한 매개로 여겼다는 점이다. 또한 주지하다시피 당대 계몽 운동의 전개에는 사회진화론(社會進化論)의 영향이 적지 않았다. 생존경쟁(生存競爭)·약육강식(弱肉强食) 또는 우승열패(優勝劣敗)를 주요 내용으로 하는 사회진화론은 19세기 후반 자본주의의 발전에 힘입어 식민지 확보에 힘을 기울이던 열강들이 식민지 지배를 합리화하여 제국주의의 이론적 기반으로 삼은 논리였다.[4] 기독교는 이러한 사회진화론의 논리와 결부되어 수용되었는데, 이는 우리나라 기독교 수용이 갖는 큰 특징이라고 할 수 있다.

근대 전환기에 계몽의 이념을 전달하는 데 큰 역할을 했던 신문이나 각종 학회지에는 기독교를 다룬 기사나 논설 등 서사물들이 활발하게 게재되었다. 특히 우리나라 초기 신문사(新聞史)에 이름을 올린 『독립신문』[5]이나 『ᄆᆡ일신문』,[6] 『죠션크리스도인회보』,[7] 『그리스도신

---

4 최기영, 『한국 근대 계몽사상 연구』, 일조각, 2003, 11~14면.

문』[8]은 편집인들이 대부분 기독교도나 선교사로서 각 기사나 논설, 서사의 내용이 기독교 사상에 입각한 것이었으며, 기독교와 직접적인 관련이 없던 『대한매일신보』[9]에도 기독교 사상과 관련된 서사물들이 종종 실렸다. 또한 당대의 사회상과 시대 인식을 담았으며 대중들에게 인기를 끌었던 신소설에서도 기독교 모티프나 기독교 사상적 측면을 찾아볼 수 있는데, 이는 근대 전환기의 서사뿐만 아니라 근대 소설 양식도 기독교와 밀접하게 관련되어 있었음을 보여 준다.

---

5 건양(建陽) 1년(1896)에 독립협회의 서재필, 윤치호가 창간한 우리나라 최초의 민간 신문. 순 한글 신문으로 영자판과 함께 발간하여 처음에는 격일간으로 펴내던 것을 1898년 7월부터 매일 발간하다가 광무 3년(1899)에 폐간되었다.

6 우리나라 최초의 일간신문으로 순 한글체를 사용해 한글 신문 시대를 열었다. 『미일신문』은 배재학당 학생들이 펴내던 『협셩회회보』의 후신으로 1898년 4월 9일 창간되어 1년 만인 1899년 4월 4일 폐간되었다. 전체 4면으로, 제1면에 논설, 제2면에 정치 문제 등의 내보(內報)와 관보, 제3면에 외국 기사와 전보, 제4면에 잡보와 광고를 실었다.

7 미국 북감리교 선교사 헨리 아펜젤러가 1897년 2월 2일 창간하여 대체로 週刊으로 발행하던 4~6면 분량의 순 한글 신문이다. 그해 12월 초 국호가 대한으로 바뀌어 제국(帝國)이 되자 제목을 『대한크리스도인회보』로 바꾸었다. 1905년 7월 『그리스도신문』과 통합했다.

8 1897년 4월 1일 장로교 선교사 호레이스 언더우드가 개인적으로 창간한 후 1904년부터 장로교회의 공식 신문으로 발간된 순 한글 주간 신문. 이 신문은 8~10면으로 간행되어 『회보』보다 분량이 많았다.

9 이 신문은 다음의 논설과 같은 기독교와 친연성이 짙은 기사를 자주 실었다. "現今 大韓나라 안에, 耶蘇敎의 信徒가 數十萬에 달하고 있다. 그런데, 이들이 저마다 '死'字로 스스로 맹세하여 國家의 獨立을 잃지 않기로 하늘에 기도하고, 同胞들에게 勸誘하고들 있는 것이다. 그런즉, 이것은 대한의 독립에 있어서 근본 바탕이 된다. …(중략)… 이 信徒의 효력이 몇 년 안 가서 틀림없이 볼만한 것으로 나타나리라고 믿는다." 『대한매일신보』, 1905.12.1. 더욱 자세한 논의는 다음 논문을 참조할 것. 노연숙, 「『대한매일신보』에 나타난 기독교적 상상력」, 『민족문학사연구』 31집, 2006.

1.2. 연구사 검토

기독교와 근대 전환기 소설의 관련성에 대해서 처음 주목한 사람은 이광수이다. 그는 "아마 조선 글과 조선말이 진정한 의미로 고상한 사상을 담는 그릇이 됨은 성경의 번역이 시초일 것이요, 만일 후일에 조선 문학이 건설된다면 그 문학사의 제1면에는 신구약의 번역이 기록되어 마땅할 것이외다"[10]라며 우리 문학사에서 성경 번역을 중요하게 바라보았다. 근대 소설의 주요 표기 방식인 한글 표기가 성경 번역에서 비롯되었다는 것에 주목한 것이다.[11]

백철 또한 이광수의 논의와 같은 맥락에서 기독교와 우리 문학과의 관계를 설명했다. 그에 따르면 기독교가 포교를 하기 위해 성서를 대중이 이해하기 쉬운 한글로 번역하여 보급하였는데 이것이 결과적으로 신문학 운동을 하는 데 "기본적인 工事를 한 功勞를 남겼"다고 한다.[12] 그리고 그는 우리 문학에 영향을 미친 기독교는 그 종교적 사상

---

10 孤舟, 「耶蘇教의 朝鮮에 준 恩惠」, 『青春』 9호, 1917.7, 13~18면.

11 최초의 신약성경 번역, 즉 로스 역의 『예수셩교젼셔』는 1886년에 완성되었다. 스코틀랜드 연합장로교회에서 파송한 중국 선교사 로스(John Ross; 羅約翰)는 의주 상인 이응찬의 도움을 받아 1877년부터 1886년까지 고생 끝에 우리말로 신약성경을 번역했다. 번역 방법을 소개하면 다음과 같다. 관리 출신의 학자가 한문 성경에서 1차 번역을 하면, 로스·이응찬이 그리스어 성경을 참고하여 2차 번역을 하고, 이것을 제1번역인이 정서해 주면, 다시 로스·이응찬이 재수정(3차 번역)하고, 로스가 그리스어 성경과 그리스어 성구 사전 및 메이어(Meyer) 주석 등을 참고·대조하면서 어휘를 통일한(4차 번역) 후 식자공의 손에 넘기는 순서를 취했다. 이와 같은 번역 방법은 1882년 초에 채택되었으며 이후에도 이 방법이 계속 사용된 것으로 보인다. 한국기독교역사연구소 편, 『한국 기독교의 역사 I』, 기독교문사, 2008, 142~152면. 성경 번역에 대한 자세한 사항은, 대한성서공회 편, 『대한성서공회사』, 대한성서공회, 1993을 참조할 것.

12 백철, 「기독교와 한국의 현대소설」, 『동서문화』 창간호, 계명대학교 동서문화연구소, 1967, 4면.

차원이 아니라 새로운 사조 측면의 성격이 강하다고 말하며 종교적 사상을 담은 작품은 춘원의 작품이 유일하다고 주장한다. 그러면서도 백철은 춘원의 작품이 기독교 문학이라고 할 만큼 기독교 사상을 육화시키지 못했다는 비판적 안목을 견지하고 있다. 그리고 그는 기독교가 우리 현대 문학상에 끼친 영향으로 가장 중시해야 할 점은 박애적인 인류 평등사상으로서 "支配層에 대한 平民權度의 思想, 强大한 壓迫國에 대한 弱小民族의 立場" 등을 작품 속에 반영한 것이라고 보았다.[13]

이광수와 백철의 논의는 대개 개괄적이고 인상 비평적이지만, 근대 문학의 성립 과정에서 기독교가 차지하는 위상을 인정하고 특히 성서의 한글 번역의 중요성을 적시하였다는 점에서 그 의미가 있다. 근대 서사 양식이 국문체의 성립과 긴밀한 관련 아래 있음을 상기할 때, 국문 사용의 대중적인 확산을 가능케 한 성서 번역의 역할을 간과할 수 없는 것이다.

근대 전환기 소설과 기독교에 관련한 본격적인 논의는 조신권의 『한국문학과 기독교』[14]에서 이루어진다. 그는 19세기 말, 기독교가 서민의 종교로 등장한 점과 근대 문화 형성에 이바지한 점을 중심으로 기독교의 영향을 설명하며 "기독교는 근대 문학 배경 형성의 정신적 계기"였다고 주장한다.[15] 이러한 전제 아래, 그는 개화기 시가와 신소설, 번안소설 등에 나타난 기독교의 영향에 대해 고찰했다. 그리고 이광수와 백철이 개략적으로 논의한 성서 한글 번역이 갖는 의미에 대해 비교적 자세히 살폈다. 또한 무엇보다 근대 전환기 기독교의 사회

---

13 백철, 「新文學에 미친 基督敎의 影響」, 『韓國文學의 理論』, 정음사, 1964, 97면.

14 조신권, 『한국문학과 기독교』, 연세대학교 출판부, 1983. 조신권은 기독교 문학의 효시로서 『텬로력뎡』(1894)의 간행을 제시하였다.

15 위의 책, 62면.

사적 의미에 관심을 두었다는 점이 주목할 만하다. 근대 문학과 기독교에 관한 조신권의 종합적인 논의는 후대의 연구자들에게 하나의 전범(典範) 역할을 하였다.

근대 전환기 기독교와 관련된 개화기 문학에 대한 전반적인 고찰은 주로 주제 의식에 따라 해당 작품들을 분류하는 방식으로 이루어져 왔다.

김경완[16]은 기독교와 관련된 개화기 문학 중에서 소설을 중심으로 검토하였다. 그는 여덟 작품을 선별하여 각 작품의 작자, 기독교 정신의 문학적 형상화, 주제 의식을 고찰하고 그 결과를 토대로 개화기 기독교 소설의 문학적 의미를 조망하였다. 이에 따라 그는 개화기 기독교 소설이 기독교의 구원과 하나님의 나라를 문학적으로 형상화하는 것을 통해 우리 문학사에서 소설의 깊이와 넓이를 확대하는 데 이바지하였다고 평가한다.

이길연[17]은 근대 기독교 문학에 나타난 작자의 현실 인식과 문학적 대응 양상을 중심으로 기독교 문학의 전개와 변모 양상을 살폈다. 그는 종래의 기독교를 다룬 문학 작품에 관한 연구가 대개 인상 비평적이고, 주제 위주로 논의된 면이 있다고 비판한다. 그 문제의식을 바탕으로 기독교 문학의 정체성을 확인하고 나아가 기독교 문학이 근대 문학에 어떤 의미망을 형성하는지 문학사적으로 조망하고자 하였다. 그에 따르면 기독교 문학은 "기독교 신앙 안에서 성서적 복음을 토대로 보편적 예술성을 달성할 때 이루어진 문학"이다. 그리고 기독교 문학의 주요한 특징으로서 '십자가의 代贖'을 강조하였다. 기독교 문학 작품에는 인간의 고통과 불안이 그 자체로 끝나는 것이 아니고 십자

---

16 김경완, 『한국소설의 기독교 수용과 문학적 표현』, 태학사, 2000.

17 이길연, 『근대 기독교 문학의 전개와 변모양상』, 고려대학교 박사학위 논문, 2001.

가 신앙을 통한 구원과 희망이 제시되어야 한다는 것이다. 그는 이러한 전제 아래 근대 기독교 소설과 시가, 시 등 문학 전반을 다루었다.

김병학[18]은 '기독교 문학'으로 볼 수 있는 근대 전환기의 시가와 소설을 망라하여 이들 작품 속에 기독교 사상이 어떻게 수용 · 전개되었는지 살폈다. 그에 따르면, '기독교 문학'은 "작품 가운데 분명하고 확실한 구원이 있으며 그 가운데 미래의 희망과 더불어 속죄와 은총이 있"는 작품이다. 특히 그는 열세 편의 소설을 분석하여 이들 작품이 당시 억눌린 민중들에게 반제국 · 반봉건 의식을 심어 주고, 도덕성을 회복하는 데 기여했다고 그 의의를 평가하였다. 그러면서 문학적으로 성공하기 위해서는 종교 의식이 전면에 나타나는 것보다는 작품 내면 속에 간접적인 방법으로 용해되어야 한다는 의견을 첨부하고 있다. 또한 김성영[19]은 개화기 기독교 소설의 주제를 검토하고 그 안에 하나님의 사랑을 전제로 한 기독교 사상이 나타나 있다고 하면서 교의적 관점을 분명히 밝힌 연구를 제출하였다.

18 김병학, 『한국 개화기 문학과 기독교』, 역락, 2004. 그에 따르면 '기독교 문학'은 "작품 가운데 분명하고 확실한 구원이 있으며 그 가운데 미래의 희망과 더불어 속죄와 은총이 있다. 인간의 고통과 불안의식이 그 자체로 끝난 것이 아니고 시련 후에 다시 찾아올 구원의 과정으로 여기고 있다. 인간의 부패상 역시 하나님을 상실한 자에게 심판으로 여겨지나 회개하면 구원과 희망이 있"는 작품이다. 과연 '기독교 문학'의 정의를 이렇게 정리하는 것이 온당한지, 그리고 대상 작품이 이러한 조건을 충족시키는지는 논란의 여지가 있다.
한편, 김병익은, 시인이자 가톨릭 신자인 T.S. 엘리어트가 '종교 문학'을 분류한 것을 다음과 같이 소개한다. 첫째, 흠정역 성서와 같은 문자로 기록된 기독교 문헌, 둘째, 작품의 모든 주제를 종교적 정신으로 다루는 것이 아니라 제한된 부분만을 취급하는 작품, 셋째, 종교의 대의를 전파하는 데 성심껏 노력코자 원하는 사람들의 문학 작품이다. T.S. 엘리어트는 문학과 종교의 관계는 셋째의 경우가 좋다고 말하며 "무의식적으로 기독교적인 문학"이 문학적으로 의의가 있다는 의견을 피력하였다. 김병익, 「韓國小說과 韓國基督教」, 김주연 편, 『현대문학과 기독교』, 문학과 지성사, 1984, 63~64면.

19 김성영, 『개화기 기독교 문학의 사상 연구』, 고려대학교 박사학위 논문, 2004.

이들 논의의 공통점은 대체로 교의적 관점으로 기독교 모티프가 나타난 개화기 문학 작품을 주제 의식 측면에서 분류하여 검토했다는 데에 있다. 그리고 한국 근대 문학사에서 '기독교 문학'의 가능성을 탐색하고 그것을 문학사적으로 평가하는 데 주요한 노력을 기울였다.[20] 기독교가 한국 문학에 미친 영향을 살피는 작업은 근대 문학의 한 부면(部面)을 해명하는 데 필요한 작업이다. 하지만 많은 경우 근대 전환기에 기독교와 관련된 서사와 문학 작품은 기독교 사상을 종교적 의미에서 다루기보다는 당시 사회적 상황을 반영하여 외래 사조나 문명 기호로서 수용하였다. 그런 점에서 '기독교 문학' 혹은 '기독교적 문학'에 해당하는 작품을 찾고 그 작품의 의미를 해명하는 기존의 연구는 작중에 나타난 기독교를 다소 교의 중심적으로 의미화하고, 해당하는 범주의 작품을 포섭하려는 욕망이 앞선 것으로 보인다. 그러나 당시 기독교는 사회사적인 측면에서 근대 문학에 대해 일정한 규정력을 행사하고 있었으므로 그 관계를 좀 더 총체적으로 바라보는 노력이 필요하다.

한편 전성욱[21]은 그간의 연구가 신소설 작품에 국한되어 있고 그에 대한 분류도 주제별 분류에 치우쳤다는 문제 제기 아래 근대 계몽기

---

20 "설령 일과성이었다 할지라도 메이지 문학인들의 출발점에 기독교의 충격이 있었다는 사실은 부정할 수 없다고 마사무네 하쿠초는 냉철하게 돌아보고 있다. 또한 하쿠초는 서구 사회는 언뜻 보기에 기독교에서 동떨어져 있어도 실은 구석구석까지 기독교에 의해 만들어져 있는 것은 아닌가 하고 말하고 있다. 실제로 기독교의 '영향'이라는 관점을 취한다면 우리의 시야는 한정되어 버릴 수밖에 없다. 서양의 '문학'은 전반적으로 고백이라는 제도에 의해 형성되어 온 것이며, 기독교를 취하든 취하지 않든 '문학'에 감염되는 순간부터 바로 그 안에 편성되어 버리는 것이라고 말해야 할 것이다. 물론 그것이 '기독교적 문학'이어야 할 필요는 전혀 없다." 가라타니 고진, 『일본 근대문학의 기원』, 민음사, 2004, 110면.

21 전성욱, 「근대계몽기 기독교 서사문학 연구」, 동아대학교 석사학위 논문, 2004.

의 기독교 서사 문학을 연구하였다. 그는 단형 서사도 연구 대상으로 포섭하고 양식적 특질을 기준으로 삼아 신소설 작품을 분류하였다. 무엇보다 교의적 관점에서 벗어나 역사적 관점을 도입하였다는 것이 그의 연구의 특색이다.

최원식은 신소설에는 기독교적 요소가 적지 않다는 것에 주목하고, 그것이 대체로 구교가 아니라 신교와 관련된다는 점에 흥미를 보이며 최병헌의 『성산명경』과 김필수의 『경세종』을 비교하여 검토한 바 있다. 그는 이 연구에서 치밀한 자료 조사를 통해 최병헌과 김필수의 전기적 사실과 『성산명경』, 『경세종』에 관련된 사항을 꼼꼼하게 고증했다. 결론적으로 그는 작품의 사회적 의미를 고려하여 『성산명경』보다 『경세종』이 더 가치가 있다고 평가했다. 그 이유는 전자가 영적 구원에만 매달리는 데 비해 후자는 사회적 구원에도 관심을 보인다는 것이다. 그러면서 두 작품보다는 반외세 · 반중세의 문제를 날카롭게 다룬 안국선의 『금수회의록』의 가치를 가장 첫 자리에 두었다. 결국 최원식은 기독교에 대한 종교적 열정이 어떻게 사회 개혁적인 열정으로 이어지는가를 주목했다고 볼 수 있는데, 이 같은 관심은 당대 기독교가 사회사와 긴밀한 관련 아래 있다는 것을 전제로 한 것이다.[22]

권보드래는 근대 전환기의 기독교가 '자국의 부강'을 이룰 수 있는 방법인 동시에 '만국의 평화'를 추구해 나갈 수 있는 정신을 담고 있는 종교라는 이중적인 면모를 지니고 있었으며, 신소설에서는 현저하게 평화주의 쪽으로 기울어져 있음을 발견했다. 이를 통해 그는 신소설이 '현실적 질서의 재구성'보다는 '대안적 질서의 구상'에 편향되어 있다고 하였다.[23] 양진오는 「몽조」와 「다정다한」을 중심으로 기독교라

22 최원식, 「신소설과 기독교—『성산명경』과 『경세종』을 중심으로」, 『한국계몽주의문학사론』, 소명출판, 2002.

는 서양 종교가 구체적인 텍스트에 어떻게 문학적 방식으로 수용되는지, 즉 기독교 수용의 서사 구성 방식에 관한 문제를 논증했다. 이러한 연구는 기존 연구들이 기독교 신앙 중심의 반영론적 연구 혹은 기독교 문학이라는 독자적인 장르의 존재 가능성을 밝히는 데 집중했다는 비판적 인식에서 비롯된 것으로, 기독교의 텍스트 내적 의미를 간과하지 않으면서 한편으로 그것을 사회적 맥락에 비추어 평가한다는 점에서 앞서의 연구들과는 차별점을 지닌 것으로 볼 수 있다.[24]

한편, 당시 신문 논설이나 기사에 나타난 기독교에 관한 담론 분석을 통해서 당대 기독교의 사회사적 의미를 조망하는 연구도 다수 제출되었다. 고미숙은 『반그리스도』에서 서양의 기독교를 날카롭게 비판했던 니체를 경유하여 근대 전환기의 기독교를 성찰했다. 특히 그는 당시 기독교와 민족주의의 관계에 주목하는데 그 이유는 당시 많은 지식인들이 기독교를 민족 보존의 원리로 삼았다는 데 착안한 것이다. 따라서 근대 전환기에 형성되었던 민족주의에는 기독교의 특징인 청교도주의적 결벽증, 원죄 의식의 내면화, 적과 아(我)에 대한 극단적 이항대립 등이 내부에 깊숙이 각인되었다고 주장한다.[25] 또한 그는 이광수의 『재생』 분석을 통해 교회와 민족으로 향하던 욕망의 배치가 3·1운동을 기점으로 변화했다고 말하면서 기독교가 가지고 있었던 의미망의 분할과 전개에 대해 논하고 있다.[26]

---

23 권보드래, 「신소설에 나타난 기독교의 의미—『금수회의록』, 『경세종』을 중심으로」, 『한국현대문학연구』 6집, 1998.

24 양진오, 「기독교 수용의 문학적 방식과 그 의미에 관한 연구—「몽조」와 「다정다한」을 중심으로」, 『어문학』 83집, 한국어문학회, 2004.

25 고미숙, 『비평기계』, 소명출판, 2000.

26 고미숙, 『나비와 전사』, 휴머니스트, 2006. 고미숙의 이상과 같은 논의는 당시 기독교의 문화적 성격을 매우 흥미롭게 제시하고 있다.

권보드래는, 『독립신문』에서 '동포(同胞)'라는 용어가 어떻게 쓰였는지 고찰하며 민족의식이 형성되어 가는 과정을 살폈다. 초창기 『독립신문』에는 '동포'가 기독교와 강하게 결부되어 세계 만민을 차별 없이 대한다는 형제애의 상상력을 반영하는 용어로 인식되었으나, 차차 민족의 위기가 첨예해지면서 나라 안의 인민을 내포하는 개념으로 쓰였다는 것이 그의 주장이다.[27] 노연숙은 『대한매일신보』의 논설을 분석하여 당대 기독교가 민족국가나 독립국가의 담론을 확대하고 강화하는 데 큰 역할을 담당했다고 지적한다. 이 같은 지적은 데라우치 총독 모살 미수 사건으로 불렸던 '105인 사건'과 『대한매일신보』와의 관련 속에서 기독교가 핵심적인 고리 역할을 하고 있는 것에 주목한 데 따른 것이다. 또한 그는 기독교적 담론의 심층적 해석의 가능성을 탐색하는 시도를 한다. 예컨대 신소설 작품에서 등장하는 인물의 '회개'는 『대한매일신보』 논설이나 서사 등에서 발견한 바, 즉 '기독교적 상상력'에 바탕을 둔 것이라는 주장이다. 이때 '기독교적 상상력'은 전래된 기독교가 마련한 상상력의 회로 혹은 제도를 의미한다.[28]

이상으로 살펴본 바와 같이,[29] 근대 전환기 소설과 기독교 간의 관

---

27 권보드래, 「'동포'(同胞), 기독교 세계주의와 민족주의—『독립신문』의 기사분석을 중심으로」, 『종교문화비평』, 2003. 또한 권보드래는 『대한매일신보』에 나타난 '민족'의 개념을 분석하면서 '민족'이 오늘날의 의미로 자리 잡게 된 것은 일제 강점 이후였다고 설명하고 있다. 권보드래, 「근대 초기 '민족' 개념의 변화—1905~1910년 『대한매일신보』를 중심으로」, 『민족문학사연구』 33집, 민족문학사학회, 2007. 이와 관련한 사학계의 논의로는 백동현의 「러 · 일 전쟁 전후 '民族' 용어의 등장과 민족인식—『皇城新聞』과 『大韓每日申報』를 중심으로」(『한국사학보』 10호, 2001)가 있다. 이들 논의는 지금 우리가 사용하는 '동포', '민족'이라는 개념이 어떻게 구성되고 형성되었는가를 당대 담론에서 사용된 용례를 통해 밝히는 작업이다. 이러한 개념 형성의 고찰을 통한 담론 분석은 당대 사회사적 지형을 더욱 심층적으로 이해할 수 있다는 점에서 주목할 만하다.

28 노연숙, 「『대한매일신보』에 나타난 기독교적 상상력」, 『민족문학사연구』 31집, 민족문학사학회, 2006.

련성에 대한 논의는 크게 기독교 교의적인 관점에서 바라본 연구와 근대 전환기 서사의 담론적 실천으로서 기독교를 주목한 연구로 나눌 수 있다. 본고에서는 전자의 측면보다는 후자의 측면에서 근대 전환기 서사 문학과 기독교에 대해 논하고자 한다. 최근 후자의 측면에 초점을 맞춘 논의가 활발하게 진행되고는 있으나 아직 본격적이고 체계적인 궤도에는 안착하지 못했다는 판단에서다. 특히 이 글에서는 기독교의 내용, 다시 말해 작품의 주제적 측면뿐만 아니라 형식적 측면과 그것이 당대 서사와 맺고 있는 관련성도 심도 있게 고찰하였다. 요컨대 종교적인 내용을 담지한 '기독교'나 현재 우리가 인식하고 있는 '기독교'가 아니라 당대 지식인과 민중들의 인식 체계 위에 등장했던 '역사적 구성물'로서의 '기독교'를 이 글에서는 주목했다.[30] 그리고 이러한 '기독교'가 서사의 주제화 방식에 어떤 영향을 주었는지를 연구하였다.

한편 근대 소설 형성의 주요한 특징 중 하나는 화자의 작품 내 역할

---

29 이 글에서는 개화기 기독교를 다룬 소설에 관한 연구만 살폈다. 기독교를 다룬 현대소설에 관한 연구도 다수 제출되었다. 그중, 대표적인 연구는 다음과 같다.
김주연 편, 『현대문학과 기독교』, 문학과 지성사, 1984.
이동하, 『한국소설과 기독교』, 국학자료원, 2003.
차봉준, 『기독교 전승의 소설적 형상화와 작가의식』, 인터북스, 2009. 이 중, 차봉준의 연구는 김동리, 박상륭, 이문열의 소설 중에서 성서의 내용을 모티프로 한 작품을 대상으로 하였다. 이 연구는 현대 문학사에서 비중 있는 지위를 차지하고 있는 작가들의 기독교와 관련된 소설 분석을 통해 한국 문학에서의 기독교 문학의 현재와 가능성을 살폈다는 점에서 의의가 있다.

30 이러한 맥락은 '연애'를 감정이나 관계의 실체가 아니라 식민지 지식 청년들의 새로운 인식 체계 위에 특수한 위상을 차지했던 '역사적 구성물'로 바라본 김지영의 논의를 참조하였다. 김지영, 『근대문학 형성기 '연애' 표상 연구』, 고려대학교 박사학위 논문, 2004, 3면. 이 글의 '기독교' 논의에서는 기독교의 본질에 천착하는 것이 아니라 당시 많은 경우 '문명의 기호'로서 의미화되었던 '기독교'에 주목하고 있다.

변화이다. 즉 화자가 집합적 화자로서 계몽의 이념을 당위적 어조로 표현하는 것에서 개인적 화자로서 자신의 내면을 응시하는 것으로 점차 변한 것이다. 그렇다면 이렇게 화자의 역할이 축소된 이유는 어디에 있을까? 이에 대해서 선행 연구자들은 외국 문학의 영향, 작가들의 미(美)에 대한 추구의 경향, 현실적 조건에 대한 결핍감의 표현[31] 등으로 설명해 왔다.

가라타니 고진은 푸코가 『성의 역사』에서 다루었던 논의를 토대로 일본의 근대 문학에 나타난 고백체와 사소설 전통을 해명하려 하였다. 기독교는 고해성사 이래 성(性)을 특별히 면제된 고백 사항으로 간주했는데, 사실 그것은 정반대로 성을 특별한 형식으로 고백되어야 하는 것으로 관리해 온 것이라는 푸코의 논의를 사소설에 주로 나타난 성의 고백과 연결시켜 논의한 것이다.[32] 이철호는 가라타니 고진의 논의를 수긍하되 한국 근대 문학 형성 초기에 기독교 담론이 끼친 영향을 한국적 특수성에 입각하여 살펴야 한다고 주장했다. 그러면서 그는 『青春』 등 학회지에 실린 글에서 '靈', '生命', '新人' 등의 용어에 주목하고 그것을 통해 근대 문학에 작용한 종교적 자아 담론의 영향을 검토하였다.[33] 또한 우정권은 1900년대와 1910년대 단편 소설에 자기

---

31 김영민, 『한국근대소설사』, 솔, 1997, 490면. 한편 정선태는 "개인의 사랑과 열정이 문학에 본격적으로 대두하기 시작한 것은 대한제국의 국민이 일본 천황의 신민으로 재편되기 시작한 시점, 그러니까 1910년대에 접어들어 이광수가 「금일 아한청년(我韓青年)의 정육」에서 이론적 토대를 마련하고 초기 단편들과 「어린 벗에게」 등을 통해 그 실상을 구체화하면서부터였다"고 말한다. 정선태, 『심연을 탐사하는 고래의 눈』, 소명출판, 2003, 89면. 이 같은 의견은 내면 탐색의 원인을 사회 · 정치적 상황에서 찾아 주목된다.

32 가라타니 고진, 박유하 옮김, 『일본근대문학의 기원』, 민음사, 2004, 103~113면.

33 이철호, 『한국 근대문학의 형성과 종교적 자아 담론—영, 생명, 신인 담론의 전개양상을 중심으로』, 동국대학교 박사학위 논문, 2006 참조.

고백적인 서사가 많음을 지적하고, 그것은 기독교 문화 속에 있는 회개와 반성을 통한 자기 고백이 문학적 서사의 기법으로 수용된 결과라고 말한다. 그리고 민족국가 건설과 근대국가 건설 담론의, 실패에 의한 자기반성과 성찰이 계기가 되어 기독교 문화 속에 있는 제도로서의 고백이 한국 문학에서 글쓰기의 양식으로 스며들었다고 주장한다.[34] 이 글에서는 이들의 논의를 이어받아 당시 내면 고백의 소설이 어떻게 기독교와 연관되는지 구체적으로 논증하려고 한다. 그것은 기독교의 죄 고백이라는 자기-드러냄의 형식이자 자기반성의 형식이 내면 고백체와 어떻게 조응하는가를 검토함으로써 밝혀질 것이다.

1.3. 연구의 대상과 방법

근대 소설과 기독교와의 관련성을 논구하기 위해서는 우선 해당 시기의 사회사적 맥락의 검토가 필요하다. 주지하다시피 근대 전환기의 소설은 사회적 실천의 측면에서 계몽의 이념을 전파하는 매개로서 존재하였다. 서사 양식으로서 소설은 급속하게 변동하는 역사적 흐름을 읽고 어떻게 나아갈지에 대한 방향을 제시하는 데 매우 유용한 양식이었던 것이다. 이때 계몽의 주체는 단일한 인식의 지평 아래 구성된 것은 아니었다. 계몽의 주체 안에 서로 다른 인식이 충돌하고 있었으며, 또한 계급적, 문화적 기반에 따라 상이한 입장을 지니고 있었다. 이러한 상황을 분석하여 고찰하기 위해서는 사회사적 인식의 전제가 필요하다. 특히, 이 글에서는 근대 소설과 기독교의 관련성을 논의하려 하므로 이를 위해 당시 짧은 기간에 걸쳐 어떻게 기독교가 비약적인

34 우정권, 『한국 근대 고백소설의 형식과 서사양식』, 소명출판, 2004, 66~67면.

성장을 할 수 있었는가에 대한 역사적 상황 설명이 필요하다. 구한말 기독교 교세의 확장이라는 현상은 다음과 같은 질문에 대해 답하는 과정에서 분명하게 인식될 수 있을 것이다. 그것은 100년 일찍 들어온 천주교는 배척을 당한 데 반해 기독교는 어떻게 당시 사회에 전폭적으로 수용되고 급속하게 교세를 확장할 수 있었는가라는 물음이다.

18세기, 천주교는 프랑스라는 국가 권력을 등에 업고 조선에 전래되었다. 18세기 조선에는 유교적인 세계관이 굳게 뿌리박고 있었고, 그것을 지지하고 있었던 물적 기반도 어느 정도 나라를 존속해 나갈 수 있을 만큼 갖추어져 있었다. 따라서 당시 조선에서 천주교는 근대문명이라는 매혹적인 이미지보다는 외세라는 적대적 이미지로 받아들여졌다. 이에 반해 기독교가 전래된 19세기는 유교적 세계관과 중화 중심적인 세계관이, 도처에서 서양 문명의 우수함이 입증됨에 따라 무너지기 시작한 시기였다. 또한 기독교는, 함포를 앞세우고 왔던 프랑스의 천주교와는 달리 '학교와 병원'을 통해 전도하는 문명선교(civilizing mission)의 형태로 이 땅에 들어왔다. '문명의 종교'이자 '힘의 종교'라는 점을 강조하며 시시각각 국운(國運)의 쇠퇴를 감지하고 있었던 지식인들과 민중들의 마음속으로 파고든 것이다.[35]

---

35 구한말 기독교 선교사는 '미국의 종교'라는 점을 강조하며 '프랑스의 종교'라는 인식이 팽배한 천주교와 거리를 두었다. 신광철, 「구한말 한국 그리스도인의 삶과 사유 구조에 나타난 '전통'과 '근대'—탁사 최병헌(1859~1927)을 중심으로」, 『한국종교연구회회보』 6집, 한국종교연구회, 1995, 82면. 또한, "선교사들은 교회와 병원에 미국의 성조기와 태극기 등을 걸어서 자신들의 존재를 나타내는 상징물로 삼았는데, 이는 개신교가 미국의 종교임을 알리는 역할을 했다. 실제로 청일전쟁과 러일전쟁 당시에는 성조기가 걸린 교회와 병원이 치외 법권 구역임을 표시하는 것이었기에 재산상의 피해를 입지 않았다. 또한 선교사들은 고종의 탄생일에는 대외적이고 공식적인 예배를 드리며 만수무강을 기원하면서 애국충군의 종교로서 이미지를 구축했다." 이유나, 『한국 초기 기독교의 죄 이해 1884~1910』, 한들출판사, 2007, 105면.

이러한 상황 가운데 19세기 조선은 서양 각국과 불평등 조약을 맺고, 청·일 전쟁, 러·일 전쟁에서 승리한 일본이 나라의 권리를 송두리째 넘보기 시작함에 따라 기독교와 미국에 더 호의적일 수밖에 없었다. 국운 회복의 열쇠를 기독교를 배경으로 한 미국에서 얻을 수 있으리라 믿었던 것이다.[36] 즉, 한국 사회의 기독교 성장은 일본과 맞선 상황에서 서양 문물을 수용하여 쇠퇴 일로에 놓인 국운을 회복하고 강력한 서양 나라인 미국에 기대어 일본을 막아 보려는 노력과 무관치 않았다.[37]

이렇게 '문명의 종교'이자 '힘의 종교'로서 받아들여진 기독교는 우리 민족의 주체 형성과도 밀접한 관련을 갖는다. 근대적인 의미에서 서양의 네이션(nation)이 우리나라에 개념적으로 이입된 것은 구한말부터이다. 1883년 어기(御旗) 이외에 국기(國旗)가 만들어져 대외적인 단위의 상징으로서 작동되고, 1894년의 경복궁 쿠데타, 1895년 2월의 을미사변을 겪고 난 후 일본에 대적하는 하나의 주권체로서 '한국'이라는 단위가 성립된 것이다. 이와 함께 '민족'의 개념도 정착되어 갔다. 일제의 침략이 강화되어 '대한'이란 국가 자체의 존립이 위태로워지자 '대한'의 국가 체제가 없어지더라도 구심점 역할을 할 수 있는 '민족' 개념이 널리 유포된 것이다.[38] 여기에서 주목할 것은 이러한 과정에서 근대적 의미의 민족적 주체가 형성되었고 그것이 기독교와 단단히 결부되었다는 사실이다.[39] 민족의 존립을 위해 '문명의 기호'인 기독교를

---

36 박정신, 「기독교와 한국역사: 그 만남, 물림 그리고 엇물림의 사회사」, 유동식 외, 『기독교와 한국역사』, 연세대학교 출판부, 1997, 170~171면 참조.

37 위의 글, 179면.

38 장석만, 『개항기 한국사회의 '종교' 개념 형성에 관한 연구』, 서울대학교 박사학위 논문, 1992, 30~31면.

39 이찬수에 따르면 한국 민족사에서 기독교의 역사는 전통에 대한 망각의 역사이기도

신앙해야 한다는 의식이 형성된 것이다.

이러한 의식은 다양한 문학 작품으로 형상화되었는데, 이 글에서는 이들 작품을 의식형태(sense experience)와 지각형상(perceptual image)이라는 개념을 통해 문학의 사회사적인 측면에서 살펴보려고 한다. 의식형태는 봉건주의·사회주의·민족주의·자유주의 같은 이데올로기가 아니라 호락 논쟁(湖洛論爭)·친일 논쟁·파시즘 논쟁 같은 소단위 관념 유형을 말한다. 이러한 관념을 문학적으로 형상화한 것이 지각형상이다. 그런데 지각형상은 의식형태를 고스란히 반영하지 않는다. 여기에는 의식형태를 말하면서 동시에 의식형태로부터 물러나는 이중의 시각이 보존되어 있다. 지각형상이란 본질적으로 개념의 정의를 벗어나는 것, 개념의 정의에서 새어 나오는 것이다. 작품에는 언제나 말할 수 없거나 말하기를 거부하는 요소들이 내재한다.[40] 앞에서도 지적했다시피 지금까지 근대 초기 기독교를 다룬 소설에 대한 연구는 각 작품에 나타난 기독교관과 문명관의 시각 차이를 면밀히 분별하지 못했다. 따라서 이 글에서는 근대 초기 기독교라는 관념 유형을 다룬 지각형상의 특징을 더욱 분명하게 드러내기 위해 몇 가지 분석 방법을 제안하고 그것을 작품 분석에 적용하려고 한다.

우선, 화자와 등장인물의 시각이 갖는 특징과 그 의미에 대해 주목하고자 한다. 당대 조선의 "서구 근대성의 요청은 집합적 아이덴티티의 위기 속에서 형성되었"[41]다. 따라서 서구 문명을 받아들여 문명개

하지만, 다른 한편에서 적극적으로 표현하면, 기존 문화의 자기 부정을 통한 새로운 산물의 창조사이기도 하다. 이렇게 부정된 기존 민족의식 속으로 밀려들어간 외세로 인해 새로운 민족의식이 형성되면서 외세는 더 이상 외세가 아닌, 민족의식의 핵심으로 작용하게 되는 것이다. 이찬수, 「기독교와 근대 민족주의가 만나는 논리: 한국적 상황을 중심으로」, 『한국기독교 신학논총』 52집, 2007, 242면.

40 김인환, 『기억의 계단』, 민음사, 2001, 22~33면 참조.

화를 이루어야 한다는 주장을 펴는 주체[42]는 민족과 공속적인 주체로서 항상 집합적인 성격을 띠었으며, 왕실이나 국가 혹은 민족 혹은 인종이 주체의 중심에 자리 잡고 있었다. 이때 집합적 주체의 발화는 주로 지식인이 담당했는데, 그(그들)는 서구적 시각에 따라 우리 민족을 서구에 비해 뒤떨어진 것으로 규정했고, 불안과 자책, 자기반성의 정념으로 응시했다. 동시에 그(그들)는 뒤떨어진 민족을 재촉하기 위해 자신(들)을 계몽의 주체로 하고 여성과 일반 대중을 재타자화하여 계몽의 대상으로 삼는 프로그램을 기획하였다.

이러한 기획은 근대적 시간 의식과 더불어 등장한 역사주의적 사고방식에 기반한 것으로서 유길준의 『서유견문(西遊見聞)』(1895)에서 개화의 등급을 '미개(未開) → 반개(半開) → 개화(開化)'로 나누는 것으로 표현되었다.[43] 이때 이 등급은 개인을 기준으로 매길 수도 있고, 나라를 기준으로 매길 수도 있다. 나라가 개화했더라도 개인이 노력을 게을리하면 미개한 자이고, 나라가 미개하더라도 개인이 노력을 충실히 하면 그 개인은 개화한 자다. 또한 한 나라에 개화한 자가 많으면 그

---

41 장석만, 앞의 글, 85~86면.

42 여기서 주체(主體)는 세계를 인식하는 구심적 중심을 말한다. 그리고 이 주체는 자기 존재를 무(無)의 영역에서 표상할 줄 아는 반성적 주체이기도 하며, 자기를 타자와 소통시켜 연대(連帶)하는 사회적 보편 주체이기도 하다. 윤채근, 『차이와 체계—서정과 서사의 존재론』, 월인, 2000, 11~12면 참조.

43 사실, 이 도식은 후쿠자와 유키치가 『문명론의 개략』(1875)에서 문명개화의 단계를 사회진화론적 발전 단계설의 논리에 기초해 '문명-반개(半開)-야만'으로 나눈 것을 수용한 것이다. 유길준에 따르면 개화란 "인간 세상의 천만 가지 사물이 지극히 선하고도 아름다운 경지에 이르는 것"이다. 또한 "반쯤 개화한 자는 사물을 연구하지 않고 경영하지도 않으며, 구차한 계획과 고식적인 의사로써 조금 성공한 경지에 안주하고 장기적인 대책이 없는 자"다. 마지막으로 미개는 "천만 가지 사물에 규모와 제도"가 없는 "야만스러운 종족"이며 "천하에 불쌍한 자들"이다. 유길준, 허경진 옮김, 『서유견문』, 서해문집, 2004, 393~395면.

나라는 개화한 나라이고, 반쯤 개화한 자가 많으면 반쯤 개화한 나라며, 아직 개화하지 않은 자가 많으면 아직 개화하지 않은 나라이다.[44] 주목할 것은 등급의 구분은 교육의 필요성을 제기한다는 점이다. 유길준은 개화한 자가 개화하지 못한 자를 가르쳐서 깨닫게 해 주는 것이 "개화한 자의 책임이고 직분"[45]이라고 말한다. 여기서 주목할 것은 '개화의 등급'에서 '반개'의 상대적인 위치이다. '반개'는 '개화'에게는 교육을 받아야 하는 위치에 있지만 '미개'에는 교육을 베풀어야 하는 위치에 있기 때문이다. 따라서 '반개'는 '개화의 등급'의 세 항을 상대적인 관계 속에 재배치하는 촉매적인 기능을 수행하는데,[46] 근대 전환기 소설의 화자는 많은 경우 서사 가운데 이 '반개'의 자리에 위치한다.

그런데 이러한 유길준의 교육론은 그가 이야기하는 것처럼 낭만적으로 이루어지지 않는다. 나라와 나라 간, 개인과 개인 간의 행위에는 '힘'의 논리가 개입하기 때문이다. 앞서 말했던 것처럼 '반개'는 배우면서 동시에 가르치는 위치에 있다. 고모리 요이치(小森陽一)에 따르면 메이지 유신 무렵 일본은 서양의 문명을 받아들이면서 한편으로는 홋카이도나 류큐 열도, 한반도 등에는 자신들이 배운 문명을 전파하는 역할을 하였다. 일본이 서양의 문명을 받아들이는 것은 일견 자발적인 행위처럼 보이지만, 사실 그것은 이미 펼쳐진 세계 질서 체제에 순응하여 반강제적으로 이루어진 행위라고 할 수 있다. 이렇게 자발성을 가장하면서 식민지화하는 상황을 '자기 식민지화'라고 부른다.[47] 그리고 이것은 자신도 모르게 식민지화가 이루어진다고 하여 '식민지적 무

---

44 위의 책, 395~396면.

45 위의 책, 396면.

46 고모리 요이치, 송태욱 옮김, 『포스트콜로니얼—식민지적 무의식과 식민주의적 의식』, 삼인, 2007, 33~36면 참조.

47 위의 책, 24면.

의식'이라고 한다. 또한 서양 문명을 모방하는 '자기 식민지화'를 은폐하기 위한 전략으로 자신이 스스로 주체가 되어 자신보다 열등한 문명을 식민화하는 것을 '식민주의적 의식'이라고 한다. 다시 말해 문명화의 수동적인 객체의 자리에서 능동적인 주체로의 자리바꿈을 시도하는 것인데 이는 의식적인 상황에서 식민주의라는 권력 행사로 나타난다. 일본이 홋카이도나 한반도 등을 식민화한 것은 일본 스스로가 서양의 문명을 받아들이면서 수행한 '자기 식민화'를 은폐하기 위한 의식의 소산이라고 할 수 있다.

그렇다면 조선은 어떤가? 조선은 당시 새롭게 재편되는 세계 질서 속에서 살아남기 위해 일본 혹은 서양의 문명을 받아들이면서 '자기 식민지화'를 수행하였다. 그런데 조선은 일본처럼 식민화할 수 있는 열등한 문명이 주변에 없었다. 그래서 조선의 '자기 식민지화'를 수행하였던 지식인들은 일본 혹은 서양 문명을 접하지 못한 자국 내 지역/사람들을 대상으로 식민화를 하며 예의 식민지적 무의식과 식민주의적 의식 회로의 과정을 답습하였다.

특히, 민족의 존립을 위해 문명의 기호로서 기독교를 받아들여야 한다는 의식형태를 담은 작품에서는 식민지적 무의식과 식민주의적 의식이 화자의 시각에 잘 나타나 있다. 그런 점에서 대상 텍스트의 화자의 성격을 규명하는 것은 우리가 논의를 진행하는 데 있어 가장 기본적이면서 중요한 작업이다. 즉 화자가 집합적인 성격을 갖는지 아니면 개인적인 성격을 갖는지, 그리고 그 화자는 계몽적인 심급(審級)에서 서사를 주제화하고 있는지 비판적인 심급에서 문명기호로서 기독교를 바라보고 있는지가 이 글의 주된 논점이 될 것이다.

한편, 민족의 존립을 위해 '문명의 종교'인 기독교를 신앙해야 한다는 의식형태와 그것을 반영한 지각형상을 분석하기 위해서는 작품이 놓인 사회적 상황과 작품 자체의 세심한 분석이 필요하다. 이 글에서는 작품이 놓인 사회적 상황은 작가 연보를 사회적 맥락 아래 검토하여 추출할 것이다. 그리고 작품 분석에서 구성에 해당하는 기독교적인 요소와 그것에 개성을 부여하는 문체를 구분하여 각 작품의 특징을 밝혀내고자 한다.

연구 대상 시기는 1900년대부터 1917년까지로 한정한다. 1900년 즈음은 기독교가 우리나라에 본격적으로 전래되던 시기이다. 그때부터 1917년까지로 대상 시기를 한정한 이유는 1917년에 발표된 『무정』 이후의 문학 작품에는 기독교와 관련된 의식형태의 핵심 개념인 '문명(文明; civilization)'이 '문화(文化; culture)'로 전이되는 조짐을 보이기 때문이다. 1900년대부터 1917년 이전의 의식형태는 "민족 존립을 위해서 기독교 신앙을 받아들여야 한다" 혹은 "문명개화를 이루기 위해서 기독교 신앙을 받아들여야 한다" 등으로 표현할 수 있는 데 비해, 1917년 이후에는 이러한 관념 유형이 설 자리를 잃어버리고, 기독교는 문화형이나 문화 표상으로서 문학 작품에 남는다.[48]

연구는 다음과 같은 순서에 따를 것이다.

먼저, 2장에서는 기독교가 본격적으로 수용되고 그것이 문학 작품으로 형상화되기 시작했던 1900년대의 작품을 다루려고 한다. 2.1.에서는 1907년 8월 12일부터 9월 17일까지 모두 24회에 걸쳐 『皇城新聞』에 실린 반아(槃阿)의 「몽조(夢潮)」를 분석하여 그동안 진행되었던 기독교와 관련된 소설 연구사를 비판적으로 검토하고, 죄 고백과 죄의식이

48 김현주는 19세기 말에서 1910년대까지 약 30여 년 동안 한국 사회의 근대성 형성에 주도적으로 관여했던 이념은 '문명'이라고 보았다. 이 시기에 중국과 일본을 거쳐 수용된 서구의 모든 문물과 사고방식은 '문명'으로 표상되었으며 문명화의 궁극적 목표는 근대적 국민-국가 만들기로 수렴되었다는 것이 그의 주장이다. 그리고 그는 '문화'는 1910년대 후반에 등장하였고 이는 근대성과 근대적 주체 형성이 새로운 단계에 진입했음을 의미하는 것으로 보았다. 김현주, 『이광수와 문화의 기획』, 태학사, 2005, 32~33면.

당시 기독교를 다룬 작품의 핵심 개념임을 도출해 낼 것이다. 2.2.에서는 우화 소설이라고 할 수 있는 최병헌의 『성산명경』과 안국선의 『금수회의록』, 김필수의 『경세종』을 다룰 것이다. 이 글에서는 이 작품들이 게일 부처가 번역한 『텬로력뎡』과 관련 있음을 밝힐 것이다. 아울러 『텬로력뎡』을 우리나라 현실에 맞추어 각색한 길선주의 『해타론』을 살필 것이다. 2.3.에서는 백악춘사 장응진이 남긴 네 편의 소설 중, 기독교를 다룬 두 작품 「다정다한」, 「마굴」을 분석할 것이다. 장응진은 동경고등사범학교 재학 중인 1907년, 자신이 편집인을 맡았던 『太極學報』에 소설 네 편을 발표하였다. 「多情多恨」을 1월호(제6호)와 2월호(제7호)에 분재했고, 「春夢」을 3월호(제8호)에, 「月下의 自白」을 9월호(제13호), 「魔窟」을 12월호(제16호)에 게재했다. 이 중 「다정다한」과 「월하의 자백」은 기독교와 매우 관련이 깊은 작품이다. 이 절에서는 이 두 작품을 중심으로 장응진의 기독교 소재 작품이 갖는 의미를 검토할 것이다.

3장에서는 기독교로의 회심을 중심 소재로 삼은 신소설을 살필 것이다. 신소설은 일반적으로 계몽적인 어조를 띠고 있다. 따라서 이 장에서 다루는 작품은 기독교 신앙을 전달하고자 하는 의도가 강하게 담겨 있는 계몽적 서사다. 대상 작품은 이해조의 『고목화』(『제국신문』, 1907.6.5~10.4; 박문서관, 1908), 이상춘의 『박연폭포』(유일서관, 1913), 작자 미상의 『광야』(유일서관, 1912), 『부벽루』(보급서관, 1914)이다. 기독교를 다룬 신소설의 특징을 3.1.에서 검토한 다음, 3.2.에서는 『고목화』와 『박연폭포』를, 3.3.에서는 『광야』와 『부벽루』를 묶어 분석할 것이다. 분류 근거는 주제 차원에서 앞의 두 작품은 민족 구원에 대한 소망이 간절하게 드러나 있는 데 비해 뒤의 두 작품은 개인 구원에 대한 소망이 나타나 있다는 데 따른 것이다. 한편, 『고목화』와 『박연폭포』는 흥미로운 공통점과 주목할 만한 차이점을 보이고 있다. 공통점은 주인공이 도적들에게 잡혀가는 것으로 이야기가 시작된다는 점, 또한 주인공이 기독교를 받아들이고 그 받아들인 종교적 신념으로써 도적들을 감화시킨다는 것이다. 차이점은 각각의 작품이 지니고 있는 기독교에 대한 시각이 다르다는 것인데, 이러한 분석을 통해 기독교의 정신과 신소설 양식이 어떻게 결합하였는지, 그리고 시대에 따라 그 기독교를 바라보는 인식이 어떻게 바뀌었는지 논증할 것이다. 그리고 『광야』와 『부벽루』는 개인의 존재론적인 구원에 초점을 맞추고 있다는 특징이 있다. 또한 당대 문명, 문화에 대한 기독교적 시각이 표현되어 있는데 이것이 『고목화』, 『박연폭포』와 어떻게 다른지 논증할 것이다.

4장에서는 죄 고백을 중심 화소로 삼은 작품과 기독교 신앙에 대해 비판적으로 접근한 작품을 아울러 살펴보려고 한다. 이들 작품은 대개 근대 소설로 포섭할 수 있는 텍스트로서 각각 자기비판과 타자 혹은 기독교 비판의 내용이 담겨 있다는 점에서 비판적 서사라고 할 수 있다. 4.2.에서는 죄 고백이 중심 화소로 설정된 작품인 이상협의 『눈물』(『매일신보』, 1913.7.16~1914.1.21)과 학인의 『쌔린씨』(『긔독신보』, 1915.12.15~1916.5.10), 현상윤의 「핍박」(『청춘(靑春)』 8호, 1917.6)을 분석할 것이다. 이 분석 작업을 통해 기독교의 죄 고백과 신문학 형성기의 단편 소설에 나타난 자기반성적 내면 고백체의 관련성을 살피고자 한다. 그리고 4.3.에서는 기독교를 비판적으로 접근한 이광수와 류영모의 텍스트를 분석하려고 한다. 이광수와 류영모는 비슷한 시대를 살다 간 지식인으로서 각기 다른 관점에서 기독교 비판에 대한 글을 남겼다. 두 사람의 비교 검토를 통해서 근대 문명이자 외래 문명인 기독교에 대한 시각의 차이와 그것이 갖는 의미를 분석할 것이다.

이 글에서 다루는 작품들은 모두 민족의 존립이나 문명개화를 위해 기독교를 받아들여야 한다는 의식형태와 직·간접적으로 관련을 맺고 있는 지각형상들이다. 이들 작품에 대한 구체적인 분석을 통해 기독교와 관련된 근대 초기 한국 문학의 사회사 연구의 한 지점을 마련하는 것이 이 글의 목적이다.

2. 구한말 기독교 담론과 민족의 형성

2.1. 죄의식과 구원의 논리

이 절에서는 기독교 담론이 어떻게 소설 양식으로 서사화되었는지, 그 가운데 어떤 의미를 담지하게 되었는지 1907년에 발표된 반아의 「몽조」를 통해 검토하고자 한다.

「몽조(夢潮)」는 1907년 8월 12일부터 9월 17일까지 모두 24회에 걸쳐 『皇城新聞』에 실렸다. 『황성신문』은 당시 지식층인 양반, 유생을 상대로 하여 국한문 혼용으로 간행되었던 신문이다.[1] 「몽조」는 24회 모두 이 신문 제1면의 외보와 잡보 사이에 마련된 '소설'란에 국문으로 실렸다.[2] 제목 아래에 작가의 이름 대신 "槃阿"라는 필명이 적혀 있는데, 실

---

1 이광린, 『개화파와 개화사상 연구』, 일조각, 1989, 194면.

2 근대 계몽기 신문에 실린 수많은 서사 문학 작품들 가운데 '소설'이라는 명칭이 붙어 있는 작품은 약 100여 편이다. 이 중 국한문 혼용으로 된 작품은 두 편으로서 『한성신보』에 수록된 번역 소설 「경국미담」(1904.10.4~11.2)과 『황성신문』에 수록된 작품 『신단공안』(1906.5.19~12.31)이다. 김영민, 「한국 근대계몽기 '소설'의 정체성 연구—『대한매일신보』를 중심으로」, 문학과 사상연구회 편, 『근대계몽기 문학의 재인식』, 소명출판, 2007, 21면.

제 작가에 대해서는 아직 확실히 밝혀진 바 없다.[3] 개화 지식인 한대홍 일가의 비참한 삶을 다룬 전반부와, 한대흥의 아내인 정씨 부인[4]과 정동교회의 전도 부인과의 만남을 다룬 후반부, 그리고 마지막 서술자의 말 등 세 부분으로 구성된 「몽조」는 구한말 개화기 신문 연재소설로서 그리고 기독교적인 성격을 드러낸 작품으로서 일찍부터 연구자들의 주목을 받아 왔다. 그런데 흥미로운 점은 「몽조」에 나타난 기독교적인 요소에 대해서 연구자에 따라 서로 다른 의견이 제출되고 있다는 사실이다.

---

3 최원식은 당대에 석진형이라는 법학자가 ‘槃阿’라는 호를 쓴 점에 착안하여 「몽조」의 저자를 석진형으로 지목한 바 있다. 최원식, 「반아 석진형의 「몽조」」, 『한국계몽주의문학사론』, 소명출판, 2002, 287면. 이는 당시 시대적 상황, 즉 같은 호를 쓸 만큼 필자가 많지 않던 상황에 비추어 충분히 의미 있는 추정이나, 명백한 근거에 바탕했다고는 볼 수 없다. 임기현은 이에 대해 몇 가지 근거를 보충하여 최원식의 논의를 지지하는 의견을 제출했다. 반아 석진형의 새로운 글 세 편을 발굴하여 그 내용 중에 기독교에 우호적인 부분이 있고 글쓴이가 대체적으로 실력양성론자의 면모를 보인다는 점에서 석진형이 「몽조」의 저자임을 입증하려고 한 것이다. 그러나 문제는 여전히 남는다. 임기현이 발굴한 석진형의 세 편의 글 중, 두 편의 글은 국한문 혼용체이며 한 편의 글은 한시이다. 그는 이를 근거로 석진형의 언어 능력이 출중하다는 평가를 내렸다. 그리고 「몽조」의 국문체는 석진형이 ‘소설’이란 장르를 인식한 결과라고 말한다. 임기현, 「반아 석진형의 「몽조」 연구—인물탐구를 중심으로」, 『현대소설연구』 39집, 2008 참조. 그러나 임기현이 발굴한 석진형의 글이 한주국종(漢主國從)의 국한문 혼용체라는 점은 그가 다양한 문체를 구사할 정도로 언어 능력이 출중했다는 근거가 아니라 「몽조」의 반아와 석진형이 동일인이 아닐 수 있다는 것을 의심할 수 있는 근거가 된다. 「몽조」는 당시 어느 신소설보다 사실적이고 세련된 국문체로 되어 있는 작품이다. 만약 석진형이 「몽조」를 썼다면, 한주국종의 문체를 구사하던 석진형이 어떻게 세련된 국문체의 소설을 창작할 수 있었는지가 명쾌히 해명되어야 한다고 생각한다. 이런 이유로 이 글에서는 「몽조」의 저자를 석진형으로 인정하는 것을 유보하고 저자를 ‘반아’로 표기한다.

4 원문에서는 “뎡부인”이라고 표기되어 있다. 이 글에서는 원문의 내용을 직접 인용할 때는 ‘뎡부인’을 살려 쓰고, 그에 관한 논의를 개진할 때는 현대어 표기인 ‘정씨 부인’으로 표기하도록 하겠다.

먼저 「몽조」에서 다루어지고 있는 기독교를 긍정적인 의미에서 바라본 연구를 살펴보도록 하자. 이재선은 정씨 부인이 기독교의 구원을 얻으면서 이야기가 종결된다고 하였으며,[5] 송민호는 이와 같은 해석을 받아들여 「몽조」를 일종의 종교 소설로 보았다.[6] 이러한 초기 연구의 토대 위에 다수의 연구자들이 「몽조」를, 기독교가 긍정적인 의미로 수용되고 있는 작품으로 보았다. 이재춘, 김경완, 김병학은 개화 지식인인 남편을 잃고 슬픔에 빠진 정씨 부인이 기독교에 귀의하여 마음의 안정을 되찾아 가는 것에 주목하면서 「몽조」가 기독교의 구원론을 잘 드러낸 작품이라고 평가했다.[7] 또한 이민자와 이인복은 정씨 부인의 기독교 귀의를 당시의 시대상과 결부하여 분석했다. 즉, 정씨 부인이 전도 부인의 일방적인 해설식 설교에 의해 쉽게 기독교에 귀의하는 모습은, 당시 기독교를 찾은 사람들의 절박함과 기독교가 맹렬한 위세로 전파된 까닭을 알게 해 준다고 본 것이다.[8] 이러한 관점 아래 이길연은 정씨 부인의 기독교 귀의에 대해 새로운 전망으로서 민족적인 부활이라는 의미를 부여했으며,[9] 양진오는 정씨 부인의 고백에 주목하면서 종교적 근대성에 대한 논의[10]를 이끌어 내고 있다.

이와는 다른 측면에서 「몽조」를 이해하는 논의들도 있다. 김춘섭은

---

5 이재선, 『한국 개화기 소설 연구』, 일조각, 1972, 55면.

6 송민호, 『한국 개화기 소설의 사적 연구』, 일지사, 1975, 121~126면.

7 이재춘, 「신소설에 나타난 기독교 사상」, 『한민족어문학』 9집, 한민족어문학회, 1982, 141~142면.
김경완, 『한국소설의 기독교 수용과 문학적 표현』, 태학사, 2000, 90면.
김병학, 『한국 개화기 문학과 기독교』, 역락, 2004, 127면.

8 이민자, 『개화기 문학과 기독교상 연구』, 집문당, 1989, 133면.
이인복, 「한국문학과 기독교사상」, 『한국문학연구』 제14집, 한국문학연구소, 1992, 46면.

9 이길연, 『한국 근현대 기독교 문학 연구』, 국학자료원, 2001 참조.

10 양진오, 「기독교 수용의 문학적 방식과 그 의미에 관한 연구—「몽조」와 「다정다한」을 중심으로」, 『어문학』 83집, 한국어문학회, 2004, 290면.

정씨 부인의 종교적 귀의를 관념적이며 개화 의지의 현실도피이자 패배주의의 한 양상으로 해석했으며,[11] 조남현은 마지막 회 화자의 말에 주목하여 기독교에 관한 한 판단중지의 상태를 유지하려는 듯한 기미를 보여 준다는 의견을 제출했다. 다시 말해, 새로운 외래 사조에 대해 조심스럽게 접근하려는 태도가 엿보인다는 것이다.[12] 정환국 역시 그에 대해 "이 야소교를 찬동하는 쪽은 아닌 것으로 보여진다"고 하며 화자가 정씨 부인의 경도를 매우 안타깝게 바라보고 있는 점을 그 근거로 제시했다.[13] 여기에서 한 걸음 더 나아가 최원식은 「몽조」의 작가가 기독교를 비판적으로 바라보고 있다고 보았다. 정씨 부인은 비록 영적 구원을 얻는다 할지라도 자신의 이성을 주체적으로 행사하는 계몽주의를 포기하고 있기 때문이라는 것이다. 그는 이러한 차원에서 「몽조」를 기독교적으로 해석한 기존의 연구는 재검토되어야 한다는 주장을 제기하고 있다.[14] 한편, 전성욱은 「몽조」의 구원이 개인의 영

11 김춘섭, 「개화기 소설에 나타난 현실 인식 태도」, 『배화논집』 1집, 배화여자대학교, 1979, 12~13면.

12 조남현, 「구한말 신문소설의 양식화 방법」, 『건대 학술지』 24집, 건국대학교, 1980, 7~8면.

13 정환국, 「1900년대의 여성, 그 전도된 인식과 반영의 궤적—1906, 7년 소설에 나타난 여성을 중심으로」, 『한국고전여성문학연구』 9집, 한국고전여성문학회, 2004, 266~267면. 특히 정환국은 정씨 부인의 여성으로서의 위치에 주목하면서 정씨 부인의 기독교 귀의가 "근대라는 물결 속에 준비되지 않은 조선 여성의 또 다른 침몰"을 보여 준다고 했다.

14 최원식, 『한국계몽주의문학사론』, 소명출판, 2002, 309면. 그의 해석은 한 걸음 더 나아간다. 그는 "「몽조」는 고종의 강제 폐위 앞에서 계몽주의의 양면성이 가지고 있는 어떤 긴장이 환멸 속에 이완된 시기의 산물"이라고 의미를 부여하고 있다. 덧붙여 북한의 문학 연구가인 은종섭은 「몽조」가 여타의 신소설과 같이 요란한 사건 없이 사회정치적 문제를 예리하게 풀어 나간다는 점에서 특색 있는 작품으로 보았다. 그리고 정씨 부인이 기독교에 귀의하는 모습에 대해서는 당대 역사적 현실의 진실한 반영이라고 보면서 정씨 부인이 끝내 기독교를 거부하는 모습을 보여 주지 않았다는 점을 지적하며 작가의 입장을 비판하고 있다. 은종섭, 「계몽기문학과 신소설에 대하여」, 『계몽기 소설집 1』, 평양: 문예출판사, 1987, 19~23면.

적 구원이라는 점에서 비판적 관점 아래 조명되고 있다고 지적했다. 그에 따르면 '대부흥 운동'이 일어난 1907년은 기독교가 비정치화의 길로 나아가는 기점인데 1907년에 창작된 「몽조」는 그러한 시대적 배경이 반영된 작품이다.[15]

「몽조」에서 기독교가 갖는 의미에 대해 이렇게 다른 해석이 제출되는 이유는 작품 안에 기독교를 바라보는 시선이 다양하게 마련되어 있기 때문이다. 우선 마지막 회, 화자의 말을 어느 정도의 비중으로 받아들이냐가 이 작품 해석의 중요한 열쇠다. 화자의 말보다는 전도 부인의 설교 내용과 그것을 듣고 만약 남편이 살아 돌아올 수만 있다면 자신의 죄를 회개하겠다는 정씨 부인의 고백으로 끝나는 23회 내용에 착념하고 그것에 중요한 의미를 부여한다면, 이 작품을 정씨 부인이 기독교로 귀의한다는 '구원의 서사'로 읽을 수 있을 것이다. 반면에 마지막 회에서 화자가 정씨 부인을 바라보는 시선에 주목하고 이를 전체 서사를 거느리는 최종 심급으로 받아들인다면 「몽조」는 '구원의 서사'와는 판이한 '환멸의 서사'로 의미화될 수 있을 것이다.

일반적으로 「몽조」가 쓰일 당시의 서사 양식이나 소설의 화자는 전지적 시선을 가진 자로서 서사 자체를 거느리며 굽어보는 위치에 있다. 즉 작품 의미 형성의 주도권을 화자가 쥐고 있었던 것이다. 그럼에도 많은 연구자들이 「몽조」를 '구원의 서사'로 독해한 이유는, 「몽조」의 화자가 동시대 다른 서사 양식이나 소설의 화자와는 그 성격이 다르기 때문인 것으로 보인다. 이 작품의 화자는 "세상이 꿈인지 꿈이 세상인지 세상인지 꿈인지 꿈과 세상은 도모지 알기 어려온 일이로다" 등과 같은 한탄이 깃든 서술을 자주 하면서 서사 내 권위적 입법자의 위치를 포기하고 있기 때문이다. 그러면서 화자는 작품 말미에 "이

---

15 전성욱, 「근대계몽기 기독교 서사문학 연구」, 동아대학교 석사학위 논문, 2004, 76~77면.

셰상의 풍죠"가 어떠한 것인지 많은 지면을 할애하여 설명하고 있는데 결국, 그것 역시 알기 어렵다는 점에서, 비관적인 심경을 토로하고 있다. 즉 '꿈 몽(夢)'에다 '조수 조(潮)'를 쓰는 작품 제목 '몽조(夢潮)'는 '꿈처럼 흐릿하게 알 수 없는 세상의 형편'이라는 의미인데 곧 화자의 심경을 강하게 드러내고 있는 것이다. 당시, 신문이나 잡지에 실렸던 서사나 소설의 화자들이 대개 뚜렷한 확신의 어조로 계몽적인 내용을 표현했던 것을 상기할 때, 「몽조」 화자의 예의 '알 수 없다'는 태도는 색다른 빛깔을 지니고 있다. 아마도 이 때문에 몇몇 연구자는 「몽조」 화자의 발화보다는 정씨 부인이라는 주인공의 행동과 발화를 더 탐탁하게 여겼던 것 같다.

이에 관해서는 「몽조」에서 주를 이루고 있는 정씨 부인과 관련한 서사를 분석하면서 논의를 진척하도록 하자. 정씨 부인과 관련된 서사는 다음과 같이 정리될 수 있다.

1. 뎡부인은 여덟 살에 어머니를 잃고 계모 슬하에서 자란다.
2. 결혼 적령기에 이르러, 일본에서 유학하고 돌아온 청년 한딕흥과 결혼한다.
3. 한딕흥은 개화 운동을 하다가 경무청에 끌려가 사형을 당한다.
4. 뎡부인은 막막한 마음으로 어린 아들과 딸을 데리고 산다.
5. 한딕흥의 친구 박 주사가 물심양면으로 도와주나 뎡부인의 막막함은 여전하다.
6. 뎡동교회 뎐도마누라가 방문하여 뎡부인에게 예수의 말씀을 전한다.
7. 뎡부인은 눈물을 쏟으며 회개하고 예수를 믿고자 한다.

「몽조」에서 조명되고 있는 정씨 부인의 삶은 불행과 막막함, 그 자체이다. 그녀는 여덟 살에 어머니를 잃고 계모 슬하에서 자란다. 결혼을 통해 새로운 삶이 그녀에게 주어졌으나 미처 결혼 생활의 기쁨을 맛보기도 전에, 남편 한대홍이 개화 운동을 하다가 처형당해 정씨 부인은 다시 비참한 생활에 빠진다. 이러한 정씨 부인에게 두 명의 구원자가 나타난다. 그중 한 명인 박 주사는 한대홍과 뜻을 함께했던 친구로서 죽은 친구의 아내인 정씨 부인을 성심성의껏 도와준다. 그는 물질적으로 도움을 줄 뿐만 아니라, 정씨 부인의 아들인 증남의 교육을 책임지려 하는 등 여러 면에서 곤란에 빠진 정씨 부인을 돕기 위해 노력한다. 그러나 작중에서 박 주사의 도움은 적절하게 그 효력을 나타내지 못한다. 우선, "증남의 나희가 열 살이 지나거던 외국에 류학시겨 이십 셰긔(二十世紀)의 셰계뎍(世界的) 인물을 만그러셔 노흐리라"와 같은 박 주사의 미래지향적인 교육에 대한 의식은 당장 생활난에 지쳐 있는 정씨 부인이나 아직 철이 없는 증남에게 제대로 전달되지 않는다. 게다가 정씨 부인의 남편 없이 아이들을 데리고 살아야 한다는 막막한 감정을 그는 위로해 주지 못한다. 특히 친구의 부인인 정씨 부인과 철저히 내외의 거리를 유지해야 한다고 생각하는 박 주사의 봉건적 인식은 그의 돕고자 하는 마음을 더욱 허황하게 만든다.

> ᄉᆞᄅᆞᆷ의 속이 답답ᄒᆞ고 갑갑ᄒᆞᆯ ᄯᆡ에ᄂᆞᆫ 통ᄉᆞ정ᄒᆞᆯ 만흔 ᄉᆞᄅᆞᆷ을 만나 그 ᄉᆞᄅᆞᆷ이 그럿케 만그러 쥰 것은 아니지만 ᄉᆡᆼ각ᄒᆞᄂᆞᆫ만암 ᄒᆞ고 십흔 말을 속두지 아니ᄒᆞ고 말ᄒᆞᄂᆞᆫ 것이 을만큼 마암을 위로ᄒᆞ고 긔ᄆᆡᆨ키고 가삼이 쌔겨지ᄂᆞᆫ 듯흔 ᄯᆡ에ᄂᆞᆫ 남 보지 아니ᄒᆞᄂᆞᆫ 곳에 가셔 잔디닙히라도 쥐여뜻고 한바탕 우넌 것이 가삼에 뭉킨 것을 을만큼 풀건마ᄂᆞᆫ (16회)[16]

인용문에서 보는 바와 같이 화자는 정씨 부인에게 정작 필요한 것

---

16 『황성신문』, 1907.9.4, 1면.

은 남편 잃은 슬픔에 대한 위안과 그것을 통한 슬픔의 해소라고 말하고 있다. 정씨 부인은 당장 생계를 걱정해야 하는 어려운 처지이기도 하지만 무엇보다 자신의 기가 막힌 사정을 하소연할 곳이 없는 철저히 고립된 상황에 처해 있기 때문이다. 여기서 유의해야 할 점은 박 주사의 구원 실패를 통해 유교적 세계관에 바탕한 그의 교육관(教育觀)과 개화관(開化觀)이 그것의 정치적 올바름과는 상관없이 당대 현실에서는 난망(難望)한 것임을 드러내는 시선이 화자를 통해 나타나고 있다는 사실이다. 화자는 유학(儒學)과 유학자(儒學者)의 현실 사회에 대한 규정력이 그만큼 왜소해졌음을 직시하고 있는 것이다.

이러한 정씨 부인에게 다가오는 또 다른 구원자는 정동교회의 전도 부인이다. 전도 부인(Bible woman)은 당시 성서 판매 및 배포를 주로 담당하고 때때로 그들이 가지고 있는 기독교 지식을 전파하던 여성이었다.[17] 이 전도 부인은 정씨 부인의 집을 처음 방문해서는 「누가복음서」를 주고 가고, 두 번째 방문에서는 긴 설교를 통해 그녀에게 눈물을 쏟는 회개를 받아 낸다. 그녀의 설교는 3회(20회~22회)에 걸쳐 이어질 정도로 길고 장황하다. 화자가 "딕통에 물 흐르넌 것 갓고 소반에 구슬 구르넌 것 갓다"고 표현하고 있는 전도 부인의 설교 내용의 골자는 이렇다. 이 세상은 마귀가 지배하는 세상이라 이곳에서 벗어나기 위해서는 하나님을 믿어야 하며, 하나님을 믿기 위해서는 자신의 죄를 회개해야 한다는 것이다. 마지막에 영국의 어떤 사람의 일화[18]도

---

17 장성진, 『한국교회의 잊혀진 이야기—초기 한국 개신교 선교와 교회 성장에서의 전도부인에 관한 연구, 1892~1945』, 한국학술정보, 2008, 160면.

18 영국의 한 노인과 황족에 관한 일화다. 하나님을 믿어 항상 기쁘게 사는 노인이 황제의 친척이지만 세상일에 시름과 걱정이 많은 황족에게 신앙을 권면한다는 내용이다(22회). 당시 '전도'를 위한 글에는 교리적 내용과 더불어 이러한 짤막한 일화 등이 많이 등장한다. 이러한 일화를 담은 책으로 대표적인 것이 『譬喩要旨』(美華書館, 1905)다. 이

들어 가면서 전하는 그녀의 설교는 정씨 부인의 마음을 움직이고 "과격흔 감동(感動)"을 이끌어 낸다. "쥬홍 갓튼 피눈물이 눈에셔 펑펑 소사는" 지경에 이른 것이다. 이때 정씨 부인은 자신의 죄 때문에 남편 한대흥이 죽었다고 하며 한대흥이 다시 살아날 수 있다면 하나님을 믿겠다고 전도 부인에게 고백한다.

피눈물의 고백, 이것이 「몽조」에서 정씨 부인과 관련한 서사의 마지막을 이룬다. 슬픔이 북받쳐 오르면서 정씨 부인이 눈물을 흘리며 기독교를 믿는다고 고백하는 것으로 작품의 막이 내리고 있는 것이다. 「몽조」가 기독교를 긍정적인 의미에서 수용한 작품이고 나아가 기독교의 교의를 전하고 있는 작품이라고 보는 선행 연구에서는 이러한 정씨 부인의 서사를 기독교적인 '구원의 서사'로 바라보았다. 비교적 자세하게 다루어지고 있는 전도 부인의 구원론과, 정씨 부인이 눈물을 쏟으면서 자신의 죄를 회개하고 하나님을 믿겠다고 고백한 것에 주목했기 때문이다.

한편, 마지막 회에 본격적으로 발화되어 있는 화자의 말은 앞선 서

책은 성서와 기독교 신앙에 관련한 비유 또는 예화를 담고 있는 설교 예화집 성격의 교리 전도문서이다. 중국에 있던 미국인 목사 콘덧(J. Condit; 江德)이 편찬한 것을 청나라 사람 공계년이 한역(漢譯)한 책이다. 이 책은 1906년에 평북 선천 사는 안준이 우리말로 번역했다. 민준호는 이 책에 몇 가지 일화를 덧붙여 우리말로 된 『즁션비유요지』(동양서원, 1912)를 편찬했다. 1910년에 이해조가 발표한 『자유종』에 이 책의 '12장 거짓말론'에서 다룬 정직한 아들에 관한 일화가 소개되어 있어 흥미를 끈다. 숭실대학교 한국기독교박물관 학예과, 『한국기독교박물관 소장 기독교 자료 해제』, 숭실대학교 한국기독교박물관, 2007, 197면. 현재 국립중앙도서관에는 미국 하와이 미이미 서원에서 1912년에 우리말로 간행한 『즁션비유요지』가 소장되어 있다. 이 책은 민찬호 목사가 편집했다. 한편 『자유종』에 인용된 글을 소개하면 다음과 같다. "비유요지라 흐는 칙에 말흐얏스되 셔양에 흔 부인이 그 아달을 잘 교육흘식 그 아달이 장셩흐야 장스츠로 나아가거늘 그 부인이 부탁흐되 (후략)…" 리해조, 『自由鍾』, 김샹만(광학셔표), 1910, 25면.

사에 대한 평가 혹은 주석의 형식을 지닌 것으로서 정씨 부인의 서사와는 다른 서술 층위에 있다고 할 수 있다. 그에 대한 근거는 다른 회와는 달리 마지막 회는 한 문장으로 이루어졌다는 것, 그리고 그 문장의 접미어는 화자가 인물의 경험이나 사고의 범위를 뛰어넘어 더욱 적절한 판단을 내릴 수 있다는 성격을 표지(標識)하는 '~로다'로 되어 있다는 사실이다.[19] 「몽조」에서 등장인물과 그들에게 일어나는 사건이 서술될 때에는 상대적으로 서술이 '~다'로 끝날 때가 많다. 일반적으로 '~다'체는 당시 신소설에서 서두에 장면을 제시할 때 주로 사용한 접미어로 그 장면의 구체적인 실감(實感)을 드러내기 위해 사용되었다. 그에 비해 「몽조」에서는 일반적인 사건 서술에 '~다'체를 빈번하게 사용했으며 대화 제시의 방법도 신소설과는 달리 화자에 의해 중개되는 등 당대 소설과는 다른 문체를 보여 주고 있다. 이러한 생생한 사건 서술이 정씨 부인의 개종 장면을 더욱 극적으로 드러내 주었으며 연구자들의 눈길을 끌었으리라 생각한다. 그런데 마지막 회에서 화자는 정씨 부인의 처지에 대해 크게 개탄하고 있다. 그는 세상의 풍조에 따라 사는 사람을 제일, 제이의 행복가로 분류하고 "자긔의 잡은 싱각을 이르기 위ᄒᆞ야 이 세상의 이러ᄒᆞᆫ 풍죠를 거슬너 노는 ᄉᆞ람"을 불행한 사람이라고 말한다. 그리고 그 불행한 사람에게 다음과 같은 말을 덧붙이며 작품을 마무리한다.

---

19 또한 "'~더라'체의 우위는 화자가 '모든 일을 이미 알고 있는' 존재로서 발언하고 있다는 사실을 말해 주는 것이다. 여기서 화자는 일종의 집합적 화자, 즉 집합적 경험의 축적을 기반으로 하고 있는 설화적 세계의 존재이다. 화자는 시 · 공간의 제약을 받는 구체적 존재가 아니라 모든 시 · 공간에 편재(遍在)해 있는 집합적 주체이다. 신소설의 서사는 갖은 우여곡절로 포장되지만, 그럼에도 화자에게 사건의 추이란 처음부터 명확하다. 권선징악이나 복선화음(福善禍淫)의 가치가 유력한 표지판이 되고 있을뿐더러, 인물의 성격과 행동, 서사의 경과가 화자로서는 '이미 알고 있는' 영역의 일이기 때문이다." 권보드래, 『근대소설의 기원』, 소명, 2000, 236~237면.

이 ᄉᆞᄅᆞᆷ만 공연히 불힝ᄒᆞᆫ 디경에 ᄲᅡ질 ᄲᅮᆫ 아니라 그 ᄉᆞᄅᆞᆷ의게 ᄯᅡ러 잇던 ᄉᆞᄅᆞᆷ도 모다 다 그 ᄉᆞᄅᆞᆷ과 ᄀᆞᆺ흔 디경에 ᄲᅡ질ᄂᆞᆫ도다 ᄀᆞᆺ흔 디경에만 ᄲᅡ짒 분일ᄶᅡ ᄯᅩ 한칭 더 불상ᄒᆞᆫ 디경에 ᄲᅡ지ᄂᆞᆫ도다 이 한ᄃᆡ홍 씨의 집은 실로 이 디경을 당ᄒᆞ고 실로 이 디경에 ᄲᅡ진 집이로다[20]

화자가 지칭하는 불행한 사람은 바로 한대홍과 그의 가족이다. 또한 화자는 정씨 부인과 아이들을, 형장의 이슬로 사라진 한대홍보다 더 "불상ᄒᆞᆫ 디경"에 빠진 사람들로 규정하고 있다. 한대홍과는 달리 어지러운 세상에 남아 자신의 의사와는 무관하게 시련을 감내해야 하기 때문이다. 이러한 화자의 말에 주목한다면, 「몽조」는 세상 풍조를 따르지 않은 사람에게 더 혹독한 시련이 닥치는, 구한말 비극적인 민족의 현실을 드러낸 것으로서 의미화될 것이다. 이런 점에서 볼 때, 「몽조」에서 기독교에 대한 신앙은 한 가족의 비참한 전말을 더 비극적으로 드러내기 위해서 이야기 속에 차용되었다고 보는 것이 온당할 것이다. 다시 말해, 「몽조」에서 기독교는 비참한 지경에 빠진 사람의 마음속에 파고드는 것, 그리고 과도한 눈물의 정념과 뗄 수 없는 것으로 현상되고 있는 것이다. 여기에서 기독교가 긍정적으로 수용되고 있는가, 부정적으로 수용되고 있는가는 사실 부차적인 문제이다. "근일에 각 디방이 소요ᄒᆞ매 ᄇᆡᆨ셩들이 의로쳐가 업셔셔 예슈교에 드러나ᄂᆞᆫ 쟈 만함으로 면면이 례ᄇᆡ당이오 동리마다 십ᄌᆞ긔라"[21]라고 당세 세정을 묘파한 기자의 말을 소설화하고 그에 대한 시각을 드러낸 작품이 「몽조」인 것이다.

특히, 「몽조」는 전도의 과정을 사실적으로 묘사한 작품이라고 할

---

20 『皇城新聞』, 1907.9.17, 1면.
21 『대한매일신보』, 1908.1.19, 2면.

수 있다. 이와 같은 전제 아래 우리가 주목하는 것은 정씨 부인의 죄 고백[22] 장면이다. 죄 고백은 당대 기독교로의 개종 과정에서 핵심적인 의례라고 할 수 있다. 그것을 통해 죄 고백의 주체는 자신의 삶을 죄 고백 이전과 이후로 구획하고 죄 고백 이후의 달라진 삶을 기독교인으로서 살아가는 것이다. 그런데 「몽조」에서 정씨 부인은 죄 고백의 의례를 제대로 숙지하고 있는 것 같지 않다. 그는 무엇이 죄가 되는지, 죄가 있다면 그것을 어떻게 고백하는지 모르고 있다. 그러는 와중에 그는 불쑥 "죄가 만어 밧간남정도 도라갓지요"라는 말을 한다. 즉, 남편이 자신의 죄 때문에 죽었다는 고백을 하는 것이다. 이러한 정씨 부인의 말에는 '죄'의 내용이 적시되어 있지 않다. 그의 고백은 자신의 '죄' 때문에 남편이 죽었다는 것으로서 그것은 실상 죄를 고백했다기보다는 자신의 죄의식을 구성한 것으로 볼 수 있을 것이다. 결국 「몽조」는 한 인물이 기독교를 받아들이는 동시에 죄의식을 지닌 주체로서 구성됨을 여실하게 보여 주고 있다고 할 수 있다.

「몽조」는 그동안 '기독교 소설' 연구 가장 첫 자리에서 다루어졌다.

---

22 이유나에 따르면, 죄 고백은 당시 부흥회 때 의례적인 행사였다. 죄 고백을 하는 사람들은 남녀 고하를 막론하고 스스로를 중한 죄를 지은 죄인으로 인식했고, 자신의 죄가 용서받을 수 있는지에 관한 의문을 갖고 있었다. 죄 고백은 자신을 드러내는 행위(self-representation)로 볼 수 있다. 선교사들이 주장하듯, 이전 사회에서 자신의 죄와 과오를 다른 사람 앞에서 공개적으로 드러내는 행위는 법정에서 죄를 자백할 때나 가능한 것이었을 뿐, 일상적인 행위라고 하기에는 매우 이례적인 행위였던 것이 사실이다. 무속 의례에서도 죄를 고백하는 행위가 있었지만 이것은 망자를 위무(慰撫)하기 위한 성격이 강했다. 그렇기 때문에 자기 자신, 보다 구체적으로 자신의 과거와 기억을 불러일으키는 행위는 내면의 발견을 의미하는 것이다. 이전 사회에서 스스로의 내면을 발견하는 일은 유교적 수양론을 익히고 실천한 소수 엘리트들에 의해서나 가능했던 일이지만, 이제 신분의 고하를 막론하고 의례 속에서 스스로의 내면을 발견하는 일이 가능해진 것이다. 이유나, 『한국 초기 기독교의 죄 이해 1884~1910』, 한들출판사, 2007, 185~186면 참조.

그러나 '기독교 소설'을 기독교의 교의가 잘 드러나 있고 나아가 독자들에게 그것을 전달하고자 하는 작품이라고 정의한다면 「몽조」는 '기독교 소설'이라고 말하기는 어려울 것이다. 그것보다 「몽조」는 당시 어느 소설보다 기독교가 함의하고 있는 사회사적 맥락을 사실적으로 그린 작품이다. 그런 점에서 「몽조」는 구한말, 기독교가 어떻게 받아들여졌는지, 그 특징은 무엇인지에 대한 참조점을 얻는 데 유용한 작품으로서 첫 자리에 올려야 한다. 또한 「몽조」에서 주목할 참조점은 기독교 신앙이 외부로부터 고립과 비참한 처지에 빠진 이의 마음속을 파고든다는 점, 그리고 그 과정에서 신앙을 갖는 주체에게 죄의식이 형성된다는 것이다.[23]

또한 여기서 우리가 확인해 두어야 할 것은 정씨 부인의 고난과 죄의식이 개인사에 한정된 것이 아니라 민족사적인 지평과 공속적인 관계에 있다는 점이다. 「몽조」의 화자 역시, 한 개인, 한 가정의 차원에서 정씨 부인의 삶을 다루는 것이 아니라 민족 차원에서 다루고 있다. '고난 → 죄에 대한 깨달음 → 죄 고백 → 회심 · 거듭남'이라는 개인의 기독교적 회심 경로는 민족에게 전이되어 민족의 위난(危難)의 원인으로 '죄'를 지목하고 그 '죄'의 내용에 대해 논자에 따라 다양한 의견을 첨부하기 시작한 것이다. 이러한 인식은 당시 기독교 수사학에 깊이 뿌리를 내렸다. 『越南亡國史』 번역본 세 종을 검토하는 과정에서 우리는 이 점을 확인할 수 있을 것이다.

『월남망국사』는 청말의 저명한 개혁 사상가이자 문인인 양계초와

---

23 류대영에 따르면, "개항기 이후 우리 민족 자의식의 일부로 자리잡은 패배의식, 열등감, 그리고 서구화에 대한 강박관념은 문명 개화론에 설득당하고 제국주의에 강탈당한 역사의 지워지지 않는 흉터"이다. 류대영, 「한말 기독교 신문의 문명개화론」, 『한국 기독교와 역사』, 2005, 43면. 정씨 부인이 기독교로 귀의하면서 갖는 죄의식은 이러한 '역사적 흉터'를 상징적으로 보여 준다고 할 수 있다.

베트남의 대표적인 독립운동가 판보이 차우가 나눈 이야기를 1905년 9월 중국 상하이에서 '대담집' 형식으로 묶은 것이다. 한국의 지식인들이 이 책에 관심을 보여 『황성신문』은 '소남자'의 망국의 기억만을 모아 부분 연재했고,[24] 1906년 현채는 국한문체 번역으로 한국에서 『월남망국사』를 단행본으로 출간했다. 그리고 1907년에는 잇달아 주시경과 리상익이 국문체로 번역하여 다시 간행했다. 당시 한국 사회에서 일었던 『월남망국사』에 대한 높은 관심을 보여 주는 대목이다. 여기서 주목하는 것은 이 책 말미에 양계초가 당시 일본의 세력 안에 있던 조선에 대해 쓴 대목이다. 이 글을 세 명의 역자는 다음과 같이 번역을 해 놓았다.

현채 역

…(전략) 嗚呼라 日人도 오히려 此言을 出ᄒᆞ거ᄂᆞᆯ 韓廷은 至今ᄭᆞ지 夢夢然ᄒᆞ도다 今에 會員을 放逐ᄒᆞ니 其心에 固히 快快ᄒᆞ거니와 警吏의 威風이, 샹ᄒᆞᆫ 安在ᄒᆞ뇨 古語에 云ᄒᆞ되 兄弟가 爭室에 開門揖盜가, 곳 此라 自此로 朝鮮人의 朝鮮이, 아니오 日本의 朝鮮이로다[25]

주시경 역

…(전략) 슬프다 내가 이것을 보니고 쌍이 움작이는 일을 억지로 힝ᄒᆞ는도다 그러나 **조션 정부가 죄가 업다고 ᄒᆞᆯ 이가** 누가 널노 ᄒᆞ여곰 경찰을 셜시ᄒᆞ야 ᄇᆡᆨ셩을 보호치 아니ᄒᆞ고 ᄇᆡᆨ셩을 압제ᄒᆞ라 ᄒᆞ엿ᄂᆞ뇨 이제브터는 죠션 사람의 조선이 아니요 일본의 조션이로다[26] (강조는 인용자)

---

24 「讀越南亡國史」란 제목으로 1906년 8월 28일부터 9월 5일까지 모두 7회 동안 연재되었다.

25 越南亡命客 巢南子 述, 支那 梁啓超 纂, 韓國 玄采 譯, 『越南亡國史』, 玄公廉, 1906, 92면.

26 월남망명ᄀᆡᆨ 소남ᄌᆞ 슐, 지나(청국) 량계초 찬, 한국(죠션) 쥬시경 번역ᄒᆞᆷ, 『월남망국ᄉᆞ』, 박문서관, 1907, 86면.

리상익 역

…(전략) 슬푸다, 일인도 오히려, 이갓치 말ᄒᆞ거ᄂᆞᆯ, 정신업ᄂᆞᆫ, 져 한국 정부ᄂᆞᆫ, 지금ᄭᆞ지, ᄉᆞᆱ을 ᄭᅵ지 못ᄒᆞᄂᆞᆫ가, 지금 그 회원을, 모다 ᄶᅩᆾ쳣스니, 그 마ᄋᆞᆷ에ᄂᆞᆫ 쾌ᄒᆞ다 ᄒᆞᄂᆞ, 젼일에 긔강 부리든, 경찰 관리는, 어ᄃᆡ로 갓ᄂᆞᆫ뇨, 어언간에, 일본이 ᄎᆞ지ᄒᆞ얏스니, ᄃᆡ뎌, 나라에 경찰권이, 업셔지면, 곳 나라이 망ᄒᆞᆷ과 가튼지라, 슬푸고 원통ᄒᆞ다, 인제ᄂᆞᆫ 죠션이, 죠션 사ᄅᆞᆷ의 죠션이 아니오, 일본의 죠션이, 되얏도다[27]

인용문은 양계초가 사법권을 빼앗긴 조선의 현실을 개탄하고 그것의 원인은 한국 정부의 무능에 있다고 서술한 부분의 번역이다. 대체로 내용은 비슷하지만 그것의 표현은 상당히 다르다. 특히 한국 정부의 무능을 표현한 대목이 그렇다. 이 부분에 대해 현채는 "夢夢然ᄒᆞ도다"라는 표현을 썼고, 리상익은 "정신업ᄂᆞᆫ", "ᄉᆞᆱ을 ᄭᅵ지 못"해서라는 표현을 했다. 이에 비해 배재학당 출신으로 기독교적 배경을 가진 주시경은 '죄'라는 표현을 사용하고 있다. 우리 정부의 무능과 부조리를 '죄'와 연결하여 이해한 것인데 이는 전형적인 기독교적 수사학에서 나온 표현이다. 한편, 여기서 간과하면 안 될 것은 양계초의 논리에서 일본에 대한 지탄(指彈)은 전혀 발견할 수 없다는 점이다. 양계초는 "약한 것이 죄"라는 유럽 제국주의자들의 신조를 내면화했으며 조선이 망하는 것은 스스로 자유를 포기했기 때문이라고 생각했다.[28] 이때 대다수의 민족주의자들은 이러한 양계초의 논리를 받아들였다. 그중에서도 기독교 민족주의자들은 죄의식 가운데 자신과 자신이 기반을 둔 민족의 주체를 구성했다. 그리고 이것을 기반으로 하여 속죄(贖罪)를

27 리샹익 역술, 현공렴 교, 『월남망국ᄉᆞ』, 1907, 71면.
28 박노자, 『우승열패의 신화』, 한겨레 출판, 2007, 148면.

통한 구원(救援)을 소망하였다.

『대한매일신보』에 1908년 3월 5일부터 18일까지 실린 「서호문답」에는 속죄와 구원에 대한 바람이 수사학적 표현을 넘어서 구체적으로 제시된다. 이 글은 동호객이 묻고 서호자가 대답하는 것으로 이루어진 문답형 논설이다. 서호자가 선생이 되고 동호객이 학생이 되어 있는 셈인데 그렇다고 해서 동호객이 아주 아무것도 모르는 학생은 아니다. 그는 화제를 제시하며 이야기를 이끌어 나가는 사회자 역할을 한다. 예컨대 교육에 대해 이야기를 좀 더 진척시킬 때, 그는 미리 교육에는 세 가지 부분이 있는데 그것을 차례대로 설명해 달라고 서호자에게 묻는다. 서호자는 동호객의 교육에 대한 물음에 대해, 교육은 그것이 이루어지는 측면에서 가정 교육, 학교 교육, 사회 교육으로 나뉘고, 그 내용적인 측면에서 지육, 덕육, 체육으로 나뉜다고 답한다.

이후 이어지는 서호자의 교육에 대한 설명은 다음과 같다. 가정 교육에서 교육의 주체는 가부장인 아버지다. 그는 여성과 아이들에게 국문을 익히게 하고 가정 잡지와 국문 신보를 읽게 한다. 학교 교육은 네다섯 살부터 시키는데 이렇게 일찍부터 교육을 시키는 것은 시국이 위태롭기 때문이다. 그리고 사회 교육을 통해 사농공상에서 실제로 사업을 할 수 있게 실무 교육을 시킨다. 또한 지육은 일반적인 지식 교육으로서 학술, 의술, 기술 등의 교육을 말한다. 덕육은 먼저 개인이 '개과천선'하고 다음으로 만민을 감동케 하고 만국을 평화케 하는 것이다.

그러면서 서호자는 이러한 덕육은 종교가 담당한다고 말한다. 이때 종교란 개념에는 선도(仙道), 불도(佛道), 유도(儒道), 기독교가 포함되는데, 선도는 사람이 이루기 어렵고, 나라와 사람의 일에는 쓸모없으며, 불도는 제 몸만 착하게 하는 것이며, 유도는 천하를 평화케 한다지만 요즈음 선비는 글만 읽는다고 비판한다. 이때 흥미롭게도 유도의 경우에는 유도라는 종교 자체에 대한 비판이 아니라 그것을 따르는 선비에 대한 비판이다. 요컨대 서호자의 이들 종교 전반에 대한 생각은, 만민을 감동케 하고 만국을 평화케 하는 데 쓸모가 없다는 것이다.

마지막으로 기독교에 이르러 서호자의 언변은 화려해진다. 「서호문답」의 작가가 그 사상적 배경을 어디에 두고 있는지 분명히 보여 주는 대목이다.

> 쥬인 왈 그러ᄒᆞ다 예수 긔독은 곳 하ᄂᆞ님 아ᄃᆞᆯ이오 만국 뎨왕의 왕이신ᄃᆡ 셰상을 구원ᄒᆞ시려고 강ᄉᆡᆼᄒᆞ셧다가 텬하 만국 만민의 죄악을 ᄃᆡ쇽ᄒᆞ야 십ᄌᆞ가에 못 박히셧스니 곳 우리 한국 이쳔만 인민의 죄도 ᄃᆡ신ᄒᆞ야 도라가신지라 오ᄂᆞᆯ날 우리 한국이 텬리를 슌죵치 아니ᄒᆞ고 의무를 쥰힝치 아니ᄒᆞ야 죄악이 관영ᄒᆞᆫ즉 허다ᄒᆞᆫ 죄악을 일일이 다 말ᄒᆞᆯ 수 업스나 개인의 나라를 망ᄒᆞᆯ 죄와 온 나라의 권리를 일흔 죄가 츙만ᄒᆞ야 ᄉᆡᆼ젼 디옥에 침혹ᄒᆞᆫ 것을 보니 어진 사ᄅᆞᆷ이야 엇지 ᄎᆞᆷ아 이거ᄉᆞᆯ 보리오 원컨ᄃᆡ 동포들은 다 구쥬를 독실히 밋어 ᄒᆞᆫ 몸의 죄와 ᄒᆞᆫ 나라의 죄를 쇽량ᄒᆞ고 쥬의 은혜ᄅᆞᆯ 감복ᄒᆞ야 몸이 죽드ᄅᆡ도 어진 ᄉᆞ업을 일우며 창ᄉᆡᆼ들도 구졔ᄒᆞᆯ지어다 동포들 ᄉᆞ랑ᄒᆞᄂᆞᆫ 범위가 이에 버셔나지 아니ᄒᆞᆯ지니라 …(중략)…
>
> 쥬인 왈 샹뎨로 대쥬ᄌᆡ를 ᄉᆞᆷ고 긔독으로 대원슈를 ᄉᆞᆷ고 셩신으로 검을 ᄉᆞᆷ고 밋음으로 방ᄑᆡ를 ᄉᆞᆷ아 용ᄆᆡᆼ 잇게 압흐로 나아가면 누가 죄를 ᄌᆞ복지 아니ᄒᆞ며 누가 명을 슌죵치 아니ᄒᆞ리오 지금 예수교로 종교ᄅᆞᆯ ᄉᆞᆷᄂᆞᆫ 영 미 법 덕국의 진보된 영광이 엇더ᄒᆞ뇨 우리 동포들도 이거ᄉᆞᆯ 부러워ᄒᆞ거든 그 나라들의 슝봉ᄒᆞᄂᆞᆫ 종교를 좃칠지니라[29]

인용문의 서호자의 말은 가히 기독교 설교문이라고 할 만하다. 짤

---

29 「서호문답(쇽)」, 『대한매일신보』, 1908.3.12, 2면.

막한 말 속에 기독교의 핵심 교리가 들어가 있을 뿐만 아니라 다양한 기독교 담론이 펼쳐지고 있기 때문이다. '죄'를 설명하는 대목을 주목하여 보자. 사실 기독교에서 '죄'는 존재론적이며 구원론적인 개념이다. 그런데 앞서 살펴보았듯이 이 '죄'란 개념은 우리나라에서는 나라가 망할 지경에 이르게 된 원인으로 지목되었다. 위 인용문에서 보듯이 서호자는 "한국 이천만 인민의 죄"가 천리를 순종하지 않고 의무를 준행하지 않는 것 등에 있다고 추상적인 차원에서 이야기하고 있다. 그리고 이러한 죄는 "개인의 나라를 망흘 죄와 온 나라의 권리를 일흔 죄"라고 말하며 당시 조선을 지옥이라고 언명하고 있다.

그렇다면 그 지옥에서 어떻게 벗어날 것인가? 그 방법은 하나님을 믿는 것이다. 그러면서 개인의 죄뿐만 아니라 한 나라의 죄도 속량받을 수 있다는 논리를 펴고 있는데, 이것은 영국, 미국, 프랑스, 독일이 부강한 것은 그 나라들의 종교가 기독교이기 때문이라는 예시로 부연된다. 그리고 서호자는 '마귀'라는 용어를 동원하여 기독교 신앙의 필요성을 역설한다. 그에 따르면 학교를 못 세우게 하고 외국 유학하는 것을 막는 것은 마귀 때문이고 자기 공명과 이익을 앞세우는 이기심도 마귀 때문에 비롯된 것이다. 또한 단체를 조직하는 것을 막게 하는 시기심과 노예성도 마귀 때문이다. 결국 「서호문답」은 민족의 존립을 위해서는 기독교 교육을 해야 한다는 논리로 귀결된다.

이와 같은 「서호문답」의 논리는 오늘날의 시각에서 볼 때 근거가 매우 박약할 뿐만 아니라 일반 정론지에 실린 기사라고는 생각할 수 없을 만큼 기독교적 색채를 짙게 띠고 있다. 당시 문명개화는 명시적으로 개념화되어 통용되지는 않았지만 사회 · 경제적으로 자본주의 제도를 받아들인다는 것을 의미하였다. 당시 정부의 정책 입안자들이나 지식인들은 자본주의 경제 제도를 체계적으로 받아들일 만큼 여유가 없었다. 지구상 모든 국가를 세계 자본주의 체제 안에 편입시키려는 제국주의 열강(列强)의 세력 판도 안에서 한국은 주체적이며 합리적인 계산을 해낼 최소한의 정치 공학적인 공간도 확보할 수 없었던 것이다.

그렇지만 기독교 정신을 토대로 한 교육의 강조는 나름대로 실효성을 갖춘 처방이었다고 할 수 있다. 막스 베버는 중국과 인도가 아니라 서구에서 자본주의 제도가 발전한 것은 합리성과 계산 가능성 때문이라고 보았다.[30] 그리고 합리성은 청교도 윤리와 관련이 깊음을 논증했는데, 그중 그는 종교 교육을 받은 독일 처녀의 예를 들면서 종교 교육이 자본주의가 요구하는 노동하는 인간을 배출하는 데 기여했다고 말한다.[31] 그런 점에서 구한말, 종교를 기반으로 한 근대 교육은 우리나라가 자본주의 제도를 받아들여 문명개화를 하는 데 기본적이며 필수적인 사업이었다고 할 수 있을 것이다. 문제는 그것이 스스로 패배를 인정하고 그것을 '죄'로 인지(認知)하는 "정신의 식민화"[32] 과정 속에서 이루어졌다는 데 있다.

요컨대 기독교를 받아들여야 한다는 의식형태는 근대 전환기의 위기(危機)를 극복하는 데 긴요한 관념 유형이었지만, 그것을 사고(思考)한다는 것은 자연스레 식민지적 무의식과 식민주의적 의식의 회로의 심연(深淵)으로 진입한다는 것을 의미했다. 당시 많은 지식인들이 문명개화를 외쳤는데, 실상 문명개화는 "서구열강의 논리와 가치관에

---

30 막스 베버, 김덕영 옮김, 『프로테스탄티즘의 윤리와 자본주의 정신』, 길, 2010, 24면.

31 "생각을 집중하는 능력과 '노동을 의무로 여기는' 절대적으로 중요한 태도가 이들에게서는 빈번하게, 수입과 그 크기를 반드시 계산하는 엄격한 경제성, 그리고 작업 능력을 상당히 제고하는 냉철한 자기통제 및 절제와 결합되어 나타난다. 자본주의가 요구하는 노동을 자기 목적, 즉 '소명'으로 파악하는 태도가 확립될 수 있는 가장 유리한 토대는 바로 이들에게서 존재한다. 다시 말해 전통주의적 구습을 극복할 수 있는 가장 큰 기회는 다름 아닌 종교적 교육의 결과로서 주어지는 것이다." 위의 책, 87면.

32 정선태, 『심연을 탐사하는 고래의 눈』, 소명출판, 2003, 93면.

입각해 자기를 철저하게 개변하려고 하는 자기 식민지화"[33]를 수반하였다. 따라서 문명기호로서 받아들여졌던 기독교 신앙의 수용 역시 많은 경우 자기 식민지화의 과정 속에서 이루어졌다. 앞으로 구체적으로 살펴볼 작품들(지각형상)은 그것과의 순응, 긴장, 탈주의 현장이다.

2.2. 우화 소설의 현실 인식
—『성산명경』(1907), 『금수회의록』(1908), 『경세종』(1908)을 중심으로

1905년 을사늑약이 강제로 체결된 후부터 서양 문명을 받아들여야 한다, 받아들이면 안 된다는 논제는 이미 논쟁거리로서 시효를 다하게 되었다. 그 대신 서양 문명의 근본을 이루고 있는 것처럼 보이는 기독교를 받아들이느냐, 마느냐라는 논제가 당시 주요한 의식형태로서 자리 잡기 시작했다. 1900년대 발표된 신소설에는 작가의 문명개화에 대한 신념이 강하게 드러나 있다. 또한 그중 상당수에는 기독교가 문명개화에 큰 역할을 담당할 것이라는 의식이 담겨 있다. 당시 신소설을 발표한 작가로는 『혈의 누』(1906), 『은세계』(1907) 등의 이인직, 『고목화』(1907), 『구마검』(1908) 등의 이해조, 『송뢰금』(1908)의 육정수,[34] 『금수회의록』(1908)의 안국선, 『경세종』(1908)의 김필수, 『성산명경』(1909)의 최병헌 등이 있다. 이 중, 종로 연동교회 세례 교인이었던 이해조와 옥중에서 기독교로 개종한 안국선, 전주 서문교회 장로였던 김필수, 서

---

33 고모리 요이치, 송태욱 옮김, 『포스트콜로니얼—식민지적 무의식과 식민주의적 의식』, 삼인, 2007, 70면.

34 당시 육정수(陸定洙, 1885~1945)는 YMCA 교육부 간사였다. 그는 하와이 노동 이민 관련 업무도 맡았는데, 『송뢰금』은 그 경험을 바탕으로 창작되었다.

울 정동교회 목사 최병헌은 망해 가는 나라를 구원하는 방법으로서 기독교 신앙을 제시하는 작품을 남겼다. 특히 안국선의 『금수회의록』, 김필수의 『경세종』, 최병헌의 『성산명경』은 연설과 토론으로 이야기가 진행되며 우의적 양식을 지닌 작품이다. 기독교가 하나의 모티프로서 서사 속에 용해된 이해조의 『고목화』와는 다른 양식의 작품들이라고 할 수 있다.

이 글에서는 1900년대 신소설 중에서 기독교 신앙에 대한 신념을 제시한 작품이 결코 작다고 할 수 없는 비중을 차지하는 것과 그 작품들이 우의적 양식을 지니고 있다는 점에 대한 이유를 규명하는 데서 먼저 논의를 시작하고자 한다. 그리고 "민족의 존립을 위해 기독교를 받아들여야 한다"는 의식형태가 각 작품, 즉 『성산명경』, 『금수회의록』, 『경세종』에서 어떻게 다르게 표현되고 있는지, 그리고 그것이 의미하는 바가 무엇인지 살펴보고자 한다.

1) 『텬로력뎡』과 우화 양식의 신소설

『성산명경』은 '성산유람긔'라는 제목으로 1907년에 『신학월보』에 4회에 걸쳐 연재되다가 그 완성을 보지 못하고 1909년 정동황화서재에서 단행본으로 출판되었다. 그리고 안국선(安國善)의 『금수회의록』은 황성서적업조합에서 1908년 2월에 초판이, 같은 해 5월에 재판이 발행되었다. 김필수가 저술[35]한 『경세종』은 『금수회의록』 초판이 발행된

35 간기에는 교열자로 "리승두, 리명혁"이 표기되어 있지만, 본문 말미에는 "리승두"만 표기되어 있다. 또한 『황성신문』에는 1908년 10월 1일 자부터 거의 한 달 동안 매일 『경세종』에 대한 광고가 실린다. 광고에서 저작자는 "金弼秀", 교열자는 "李明赫"이라고 표기하고 있으며, 제목 "警世鍾" 앞에 "宗教小說"이라고 부기해 놓았다. 또한 김필수를 장로라고 소개하여 『경세종』이 기독교와 관련이 있음을 확실히 부각시키고 있다.

지 8개월 만인 1908년 10월에 발행되었다.[36] 그런데 우리는 이 세 작품의 단행본 간기(刊記)에서 흥미로운 공통점을 발견할 수 있다. 그것은 여타 신소설 단행본의 간기에서는 쉽게 찾아볼 수 없는 교열자의 이름이 저작자 이름 옆에 병기되어 있다는 사실이다.[37] 『성산명경』의 교열자는 조원시(趙元時)이다. 조원시는 감리교 선교사 존스(George Heber Jones, 1867~1910)의 한국 이름이다. 또한 『금수회의록』의 교열자는 이장진이며, 『경세종』의 교열자는 리승두와 리명혁이다. 우선 『성산명경』의 경우 외국인 선교사가 교열자라는 사실은 특이하다. 외국인이, 한국인이 한국어로 쓴 문장 표현을 교정했다고 보기는 어렵기 때문이다. 아마도 이때 교열은 문장을 고치는 차원이 아니라 작품에 나타난 기독교 사상과 관련된 내용을 검토하는 차원이라고 보아야 할 것이다. 『금수회의록』의 교열자 이장진은 현재 어떤 인물인지 확인할 근거가 없으나, 『경세종』의 교열자 리승두와 리명혁은 모두 기독교와 관련 있는 인물들이라고 할 수 있다. 리승두는 1911년 1월 전주 서문교회의 장로로 피택될 만큼 신앙심이 깊었으며 레이놀즈(William D. Reynolds) 선교사의 구약성경 편찬 사업을 도운 인물이다.[38] 그리고 리명혁은 구한말 지식인들이 많이 찾았던 연동교회의 장로이며 책사를 내어 기독교 복음 서적을 팔던 인물이었다.[39] 그런 점에서 『금수회의

36 탈고 시기는 1908년 8월이다.

37 이즈음에 간행된 신소설 중에서 저자 외에 교열자가 병기되어 있는 작품은 융희 2년에 광학서포에서 출판된 『빈상설』과 박문서관에서 출판된 『송뢰금』이다. 『빈상설』의 간기에는 "져슐쟈 리ᄒᆡ됴(李海朝) 교열자 변영헌(卞榮憲)", 『숑뢰금』의 간기에는 "著作者 蕉雨堂 主人 陸定洙 校閱者 採芝山人 李源昌"이라고 표기되어 있다.

38 번역자 리승두는 구약성경을 번역하는 레이놀즈를 도와 그의 번역 사무실에서 일했다. 구약성경은 착수한 지 5년 4개월 16일 만인 1910년 4월 2일에 완성된다. 전주서문교회 100년사 편찬위원회, 『전주서문교회 100년사』, 쿰란출판사, 1999, 182면.

39 리명혁에 관한 정보는 『대한매일신보』 1908년 5월 16일 자 '잡보'란에 실린 「일순사의

록』, 『경세종』의 교열자 역시 문장 표현이 아니라 작품의 기독교 사상에 관한 내용을 교열하는 역할을 했을 것이라고 짐작할 수 있으며, 그만큼 『성산명경』을 위시한 이 작품들이 작중에 기독교 사상을 표현하는 데 심혈을 기울였다고 말할 수 있을 것이다.

한편 『성산명경』 서문은 교열자 조원시가 작성하였는데 이를 보면, 『성산명경』은 물론, 『금수회의록』과 『경세종』이 왜 우의적 양식을 지니고 있는지 추론할 수 있는 근거를 찾을 수 있다. 이 서문은 영문과 그것을 번역한 국한문으로 되어 있는데, 이 중 첫머리를 부분 인용한다.

The best testimony that the Christian Religion has become the personal and complete possession of a nation of people lies in the fact that the people write great Christian allegories in their own language. In English the great Bunyan has given us the Pilgrim's Progress which is deservedly regarded as one of the greatest books ever written. And this is true of other languages for they all possess Christian allegories. It is therefore a noteable testimony to the wonderful Christian development of the Korean people that already the teachers of the Korean Christian Church are using this form of writing.

夫基督教가 無論 何國ᄒᆞ고 其人民의 思想과 精神을 將ᄒᆞᆫ 바의 證據ᄂᆞᆫ 該地 教友가 自國 方言으로 宗教的 比論 書籍을 著述ᄒᆞᆷ에 亶在ᄒᆞᆫ지라 以英文言之컨ᄃᆡ 藩延約翰의 天路歷程은 此等 著作에 最大ᄒᆞᆫ 功效가 有ᄒᆞᆫ 것이

만힝」이란 기사에서 찾았다. 그에 관한 정보가 실린 구절은 다음과 같다. "리명혁 씨ᄂᆞᆫ 야소교의 년구ᄒᆞ고 진실ᄒᆞᆫ 신도요 련동 긔일 목ᄉᆞ 교당에 쟝로인ᄃᆡ 뎐긔회샤 월편에 칙샤를 내고 복음의 셔칙을 ᄑᆞᄂᆞᆫ 쟈ㅣ니 이 사ᄅᆞᆷ이 곳 이러ᄒᆞᆫ 참혹ᄒᆞᆫ 일을 당ᄒᆞᆫ 쟈ㅣ (후략)…"

오 其他 方言에도 如斯 文藝의 勢力이 多ᄒᆞ도다 然則 韓國人士의 莫大ᄒᆞᆫ 宗敎發展은 韓國牧會中 先覺者가 此等 著述을 着勵ᄒᆞᆷ에 關ᄒᆞᆫ지라 (후략)…[40]

인용한 조원시의 서문에 따르면 한 나라에서 기독교가 종교로서 자리 잡았음을 보여 주는 증거는 그 나라의 말로 쓰인 기독교 알레고리(allegory; 比論)[41]가 있느냐에 달려 있다. 그는 영어로 된 알레고리로서 영국의 작가 존 번연(John Bunyan, 1628~1688)이 1678년에 출간한 『천로역정(天路歷程; *The Pilgrim's Progress*)』을 예로 들고, 그에 값하는 한국어로 된 알레고리는 최병헌의 『성산명경』이라고 소개하고 있다. 기독교가 정착되었는지를 보여 주는 증거를 그 나라 말로 된 기독교 알레고리의 유무로 살펴야 한다는 견해는 흥미로운데, 그만큼 우화적 양식이라고 할 수 있는 알레고리가 나오려면 기독교가 그 나라 문화적 상황에서 농익어야 한다는 말이다.

한편, 존 번연의 『천로역정』은 1895년에 캐나다 출신의 장로교 선교사 게일(James Scrath Gale, 1863~1934) 부처(夫妻)에 의해 '텬로력뎡'이라는 제목으로 한글로 번역 출판되었다.[42] 『텬로력뎡』은 초창기 기독교로

40 최병헌, 『성산명경』, 정동황화서재, 1909, 서문 중에서.

41 이 용어는 '다르게 말하다'라는 뜻의 그리스어에서 유래했다. other의 뜻을 지닌 그리스어 allo와 speaking의 뜻을 지닌 agoria의 합성어이다. 알레고리는 주인공, 행위, 배경 등이 표면적 의미와 심층적 의미를 지니도록 고안된 허구적 서사로 정의된다. 의인화(personification)는 알레고리의 중요한 특징인데, 덕이나 악, 마음의 상태, 생활 양식, 성격의 유형과 같은 추상적인 실체들이 의인화된다. 양진오, 『한국소설의 형성』, 국학자료원, 1998, 111면. 한편 번역문에서는 알레고리를 "比論"이라고 표현하고 있다.

42 서문 말미에 "구세쥬강싱 일쳔팔빅구십ᄉᆞ년 원산셩회 긔일 셔"라고 표기된 것으로 보아 실제 번역 작업은 1894년에 마친 것으로 보인다. 일반적으로 『텬로력뎡』은 게일이 번역한 것으로 알려져 있지만, 그의 부인 E.G. Harriet(1860~1908)의 도움과 이창직(李昌稙, 1866~1936)의 교정에 힘입은 바가 크다. 목판본에 수록된 삽화는 한말의 풍속화가였던 김준근(金俊根)이 그렸다. 1684년에 간행된 2부는 Underwood 부인이 번역하였

개종한 사람들에게 매우 큰 영향을 미쳤다.[43] 유교 사상이 지배하였던 당시 사람들의 인식으로는 대속 교리(代贖教理)를 바탕으로 한 기독교 복음을 받아들이기가 쉽지 않았다. 대신 '긔독도'라는 인물이 곧 망할 '쟝망셩'을 떠나 온갖 고난을 이기고 마침내 '텬셩'에 도달한다는 우화 양식의 서사가 당시 기독교를 기다리고 있던 이들에게 더 큰 울림을 주어 개종의 계기를 제공했다.

특히, 길선주는 『텬로력뎡』을 읽고 큰 감동을 얻은 나머지 『텬로력뎡』을 당시 조선의 상황에 맞게 각색하여 1904년에 『해타론』을 저술하였다.

길선주는 1869년 평안남도 안주시 후장동(後場洞)에서 태어났다. 그는 어렸을 때는 한학(漢學)을 공부했으며 청년이 되어서는 산에 들어가 선도(仙道)를 연마했다. 길선주는 천성적으로 현실 너머의 세계에 대한 관심이 지극하였고 그만큼 도를 닦는 일에 온 힘을 기울였다. 그의 선도 수련은 꽤 경지에 이르러 각종 차력에 성공하여 이인(異人)의 칭호를 받기도 했다. 한편 길선주가 선도를 연마하게 된 것은 먼저 선도 수련을 한 김종섭의 소개 때문이었다. 그런데 어느 날 김종섭은 독실한 기독교 신자가 되어 길선주 앞에 나타났다. 길선주는 김종섭의

으며, 1920년에 『텬로력졍 데이권 부제: 긔독도부인 려힝록』이라는 제목으로 조선야소교서회에서 발행되었다.

43 『텬로력뎡』은 구한말 감옥에 마련되었던 도서관의 기독교 관련 도서 중에서도 인기가 있었다. "한글로 된 책 중에서 많이 빌어 간 순서대로 그 횟수를 적어보면 『신약전서』 110, 『그리스도신문』 70, 『국문독본』 67, 『ᄉᆞ민필지』 51, 『텬로력뎡』 50회이고 한문으로 된 책은 『新約聖書』 35, 『萬國通史』 24, 『泰西新史』 23, 『유몽천자』 21, 『張袁兩友相論』 21, 『新舊約全書』 19회로 되어 있다. 한글 책은 일반 잡범들이 읽었기 때문에 횟수가 많았다. 한편 한문 책은 정치범들이 주로 읽었고 중국에서 들여온 것이었다. 물론 한글로 된 『신약젼서』와 『그리스도신문』은 정치범들이 많이 읽었다." 이광린, 「구한말 옥중에서의 기독교 신앙」, 『한국 개화사의 제문제』, 일지사, 1986, 232면.

이교행(異教行)에 심히 분개했으나 그가 전해 준 책들은 내치지 않고 받아 읽었다. 길선주가 김종섭에게서 받아 읽은 책은 『이선생전(李先生傳)』, 『장원양우상론(張元兩友相論)』, 『텬로력뎡』 등인데, 특히 『텬로력뎡』은 길선주의 마음을 움직이는 결정적인 계기를 제공했다.[44]

> 그러나 마펫 박사의 가르침을 통해 친구 김종섭이 신실한 그리스도인이 되었고, 그는 계속해서 나로 하여금 자신이 믿는 그 교리를 믿게 하려고 노력했습니다. 김종섭은 천로역정 한 권을 빌려 주었는데 이 책을 읽으면서 수없이 눈물을 흘렸습니다. 왜냐하면 생전 처음으로 내가 죄인이라는 사실을 깨달았기 때문입니다.[45]

그 후, 길선주는 선도 수련하듯 기독교에 대해서도 공부하여 1896년 겨울, 그의 나이 28세에 회심을 경험하고 다음 해 1897년 8월 15일에 세례를 받았다. 그리고 1903년에 평양신학교에 입학하여 1907년 제1회로 졸업하고 장대현교회 전임 목사가 되었다. 1919년 3·1운동 33인 민족 대표의 1인으로 참여하였으며 조선 교회의 지도자로서 활동하다가 1935년 11월 26일 별세했다.[46]

길선주는 평양신학교 재학 중이던 1904년에 『해타론』을 국문체로 써서 발표했다.[47] 분량은 17면 정도이지만 당시 소설사적 맥락에서 고

---

44 허호익, 『길선주 목사의 목회와 신학사상』, 대한기독교서회, 2009, 25~51면 참조.

45 George T.B. Davis, *Korea for Christ*, 36; 허호익, 앞의 책, 51면에서 재인용.

46 허호익, 앞의 책, 353~354면 참조.

47 『해타론』의 서문에는 1901년에 집필했다고 되어 있다. 서문의 전문을 인용하면 다음과 같다.

> "해타론 서문
> 녯적 동양에 엇던 지혜 잇는 사람이 말하기를 한갈갓치 부즈런한 사람의게는 천하에 어려온 일이 업다 하엿스니 일노 볼진대 만사를 성취하는 거슨 부즈런한 대 잇고 천 가

려하면 결코 적은 분량의 작품은 아니다. '해타'는 한자어 '懈惰'의 우리 음 표기로서 게으름을 뜻한다. 본문 첫 장에는 영문 제목으로 "INDOLENCE"라고 표기되어 있다. 『텬로력뎡』이 '긔독도'라는 인물이 '텬셩'에 가는 여정을 그린 작품인 데 비해 『해타론』은 여정을 이루는 공간만 비유적으로 설명해 놓은 작품이다. 인물의 갈등이 형상화되지 않았고 세상을 기독교적인 구도로 도해(圖解)한 위에 어떻게 살아가야 하는지를 전단적으로 설명하는 작품인 『해타론』의 문학적 성취는 높다 할 수 없다. 하지만, 우리는 『해타론』을 통해 번역 문학인 『텬로력뎡』의 문학적 영향력과 기독교의 전통적 이해의 단면을 확인할 수 있다. 『해타론』의 내용을 요약하면 다음과 같다.

이 세상에 사는 사람은 각자 무엇이 되고자 하는 소원이 있으니 이 세상은 소원 성이라고 부를 수 있다. 또한 사람은 성취하기를 바라므로 성취 국도 있다. 그런데 소원 성에서 성취 국으로 가는 길에는 무슨 생각이 많이 일어나는 여러 갈래의 사로가 있다. 이 사로에는, 술이 많아 그 술에 취하게 하는 취주 로, 아름다운 미인이 유혹하는 음란 로, 즐거운 음악과 맛있는 음식으로 마음을 뺏는 연락 로, 돌이 많고 바람이 강해 몸이 날아가게 하는 급심 로, 자만한 생각이 나게 하여 앞으로 가지 않고 그 자리에서 늙게 만드는 자만 로, 마음에 두 가지 생각이 나게 하여 갈팡질팡하게 하는 이심 로 등이 있다. 이 길들 외에 성취 국으로 가는 정 로가 있다. 이 길로 가면 어느 생각이든지 하나의 뜻대로 작정이 되는 정의 문이 있

지에 해로온 거슨 게으른 대 잇는지라 그런고로 **이 해타론을 일천구백일 년 오 월에 지엿스니** 실상은 업는 일이나 그 뜻신즉 잇는 거시니 원컨대 쳠 군자는 그 뜻슬 깁히 생각하여 보시오"(강조는 인용자)

길선주, 『해타론』, 耶蘇敎書會, 1904, 1면. 1901년은 길선주가 장대현교회의 장로로 장립되었을 때이다. 이즈음에 구상하여 원고 집필을 대강 마쳤던 것으로 보인다.

다. 이 문에서는 각 사람의 자질을 시험하여 그 사람에 맞게 표를 나누어 준다. 정의 문을 지나면 마음 가운데 육신을 평안케 하고자 하는 모안 로가 나온다. 이 길에는 형상이 괴괴망측하고 성품이 흉악한 해타란 짐승이 있는데 이 짐승은 아담과 이와가 하나님께 죄를 지은 다음, 마귀의 간계에 의해 생겨났다. 해타는 남초와 담배를 먹고 괴악한 냄새를 내뱉는데 길을 지나는 사람이 이 냄새를 맡으면 취해서 쓰러진다. 이때 해타는 쓰러진 사람을 먹어 성취 국으로 들어가는 사람이 적다. 이에 하나님은 소원 성 사람들을 어여삐 여겨 예수를 소원 성에 강생시켜 예수를 믿는 사람에게 인긔를 주었다. 인긔를 가진 사람에게는 정의 문에서 표 나누어 주는 사람이 해타를 피할 수 있는 경성 갑옷을 주어 성취 국으로 들어갈 수 있게 했다. 모안 로를 지나면 올라가는 데 고난이 많은 고난 산이 있고 그 산을 넘으면 쉬기가 좋은 휴식 정이 있다. 지금껏 고난 산을 지나 성취 국으로 간 사람은 동중서, 광형, 요 님군, 순 님군, 이세택, 공자, 주매신, 바울 등이 있다. 한편 모안 로 근처를 지키는 마귀의 인긔 표는 '할 수 업다'이며 고난 산 주인의 인긔 표는 '할 수 잇다'이다. 모두 고난 산 주인의 인긔 표를 얻어 성취 국으로 들어가길 바란다.

이러한 내용으로 비추어 보아 『해타론』의 특징은, 첫째, 작품에 반영된 기독교 신앙이 비교적 현실적인 관점을 취하고 있다는 데 있다. 즉, 기독교 신앙을 소원을 성취한다는 관점에서 다루고 있으며, 소원을 성취하는 데 있어 '해타', 즉 게으름이 가장 큰 적임을 비유적으로 설명하고 있기 때문이다. 또한 짐승으로 묘사된 '해타'가 담배를 좋아한다고 설정하여 생활상의 경계를 담고 있으며, 예수의 '인긔 표'는 "할 수 있다"는 내용을 담고 있다고 하여 기독교 신앙을 자조적(自助的)인 측면에서 설명하고 있다. 둘째, 기독교 신앙을 이해하는 데 동양적인 전통도 아울러 수용하고 있다는 점이다. 작중 말미에서 '성취 국'에

도달한 인물이 소개되고 있는데, 이들 인물 중에는 사도 바울을 비롯하여, 공자, 요 임금, 순 임금도 있다. 공자를 비롯한 요·순 임금의 동양적 윤리로 얻은 성취도 바울의 그것과 같은 반열에 놓고 바라본 것이다. 셋째, 『해타론』은 『텬로력뎡』의 비유적 구조를 고스란히 차용하고 있다는 점이다. 『텬로력뎡』에서 묘사되고 있는 장소들과 길은 구원 과정에서 경험하는 마음의 상태를 표현한 것인데,[48] 『해타론』은 이 같은 구조를 우리의 문화에 맞게 각색했다. 예컨대 두 작품 첫머리에는 작중의 장소에 대한 간략한 설명이 있다.

『텬로력뎡』

쟝망셩 쟝찻 말 망홀 뜻시라 / **우울리** 걱졍 모아 넛는 구뎡이라 / **쇽졍부** 졍욕에 붓튼 마음이라 / **슈힝촌** 힝실 닥는 마음이라 등.

『해타론』

소원 성 소원이 잇단 말이오 / **성취 국** 성취한단 말이오 / **영생 국** 영원이 산단 말이오 / **사로** 생각한단 말이오 등.

『해타론』이 『텬로력뎡』의 체제를 얼마나 많이 참조했는지 보여 주는 대목이다. 앞에서도 말했다시피 『텬로력뎡』의 특징은 마음의 상태를 사건과 장소를 통하여 비유적으로 표현하고 있다는 것인데, 이러

---

48 "『천로역정』의 비유적 구조는 전통과 개인적 재능의 상호 작용에 기반을 두고 있다. 낭만과 모험이 어우러져 있는 그 책 안에는, 구원을 눈에 보이는 한 도시에서 다른 도시로 나아가는 여정으로, 또 뚜렷한 시작과 중간과 끝이 있는 여정으로 보는 칼빈주의적 사고 체계가 나타나 있다. …(중략)… 일반적으로, 도중에 일어나는 여러 사건들(예를 들면, 크리스챤과 소망이 절망 거인에게 붙잡히는 사건)과 순례자가 지나가는 장소들(예를 들면, 기쁨의 산)은 구원 과정에서 경험하는 마음의 상태를 표현한다." 제임스 포레스트, 「천로역정 해설」, 존 번연, 유성덕 옮김, 『천로역정』, 크리스챤 다이제스트, 2002.

한 내면 묘사의 방법이 당시 기독교를 지성적으로 이해하고자 한 지식인들에게 강한 울림을 주었던 것 같다. 한편 길선주는 1916년에 『해타론』을 수정 보완하여 『만ᄉᆞ셩취』[49]를 펴낸다. 길선주의 『해타론』과 『만ᄉᆞ셩취』는 당시 『텬로력뎡』의 인기와 그 위상이 얼마나 대단했는지 보여 주는 증거라고 할 수 있다. 『해타론』과 『만사성취』 역시 우리나라 소설사의 일부로 편입될 수 있을 것이다.

그렇다면 당시 『텬로력뎡』의 위상에 힘입어 일찌감치 근대 초기 소설사에 자리 잡은 『성산명경』, 『금수회의록』, 『경세종』에 대해 살펴보도록 하자.

조신권은 『금수회의록』에서 『텬로력뎡』의 흔적을 찾았다. 그는 비교적 자세하게 작중에 나타난 기독교와 관련된 주제와 사상, 그리고 우화적 양식의 공통점을 살폈다. 그리고 안국선이 번역된 『텬로력뎡』을 읽고 그 영향 아래 『금수회의록』을 썼을 것이라고 추정한다.[50] 이와

49 길션쥬, 『만ᄉᆞ셩취』, 광명서관, 1916. 『해타론』이 국문체였음에 반해 『만ᄉᆞ셩취』는 국한문 혼용체이다. 내용 분량은 52면으로 『해타론』의 17면에 비해 세 배나 늘었다. 내용이 더욱 구체적으로 되어 있을 뿐만 아니라, 예수를 믿어야만 갈 수 있는 성취국 다음의 세계인 영생국이 자세히 묘사되어 있고 한시가 삽입되어 있다. 그리고 『텬로력뎡』처럼 삽화가 11개 들어가 있다. 이 책의 서문은 길선주의 문하에 있는 한상호가 썼다. 서문의 일부분을 옮겨 보면 다음과 같다. "일일에 션ᄉᆡᆼ이 ᄎᆡᆨ ᄒᆞᆫ 권을 ᄂᆡ여주기로 바다 본즉 이젼에 해타론(懈惰論)이라 ᄒᆞᄂᆞᆫ ᄎᆡᆨ을 곳쳐 일홈ᄒᆞ기를 만ᄉᆞ셩취(萬事成就)라 ᄒᆞᆫ지라 이 ᄎᆡᆨ을 ᄒᆞᆫ두 번 열람 후에 손으로ᄂᆞᆫ ᄎᆡᆨ을 만지고 ᄆᆞᄋᆞᆷ으로ᄂᆞᆫ 쳔금을 엇은 것ᄀᆞᆺ치 깃븜을 이긔지 못ᄒᆞ야 언ᄉᆞ에 우졸(愚拙)과 문법(文法)에 용렬ᄒᆞᆷ을 도라보지 안코 대졍(大正) 四년 즉 쥬후 일천구ᄇᆡᆨ십오년 하(夏)에 문하(門下) 한상호(韓相鎬)ᄂᆞᆫ 셔ᄒᆞ노이다"

50 조신권, 『한국문학과 기독교』, 연세대학교 출판부, 1983, 203~204면. 하지만 분명히 밝혀 둘 것은 『텬로력뎡』과 『금수회의록』의 관련성은 두 작품이 직접적인 영향 관계에 있다기보다는 기독교 신앙을 전달하려는 의도가 있고 그것을 우화적 양식으로 표현했다는 유사점에 한정해야 한다는 것이다. 예컨대 세리카와 데쓰요(芹川哲世)는 『금수회의록』과 『경세종』이 다지마(田島象二)의 『인류공격금수국회(人類攻擊禽獸國會)』(1885)에서 유래한다고 주장했다. 동물들이 모여 사람들을 비판한다는 점, 작품 배경에 기독

같은 논의의 연장선상에서 『금수회의록』과 유사한 제재와 구성을 지니고 있는 『경세종』에 관한 논의도 가능하다. 즉 『성산명경』, 『금수회의록』, 『경세종』은 민족의 존립을 기독교 신앙과 관련하여 살피고 있는 작품이며, 그것을 효과적으로 전달하기 위해 우의적 양식을 채택하였다고 볼 수 있다. 여기서 『성산명경』은 『금수회의록』과 『경세종』에 비해 전대 소설 양식의 지배를 더 많이 받고 있을 뿐 아니라 인물 간의 토론 형식도 그다지 세련미를 부여받지 못했다. 그러나 『성산명경』은 당대 "기독교를 받아들여야 한다"는 의식형태가 사회적인 배경과 관련하여 어떻게 변형되어 나타나는지 그 이화 작용의 실상을 보여 준다. 다음 절에서는 『성산명경』의 의식형태가 이화 작용에 의해 지각형상인 본문에서 어떻게 드러나고 있는지 간략하게 살펴본 다음, 상대적으로 근대 전환기의 소설 양식인 신소설의 의장(意匠)을 갖춘 『금수회의록』과 『경세종』을 자세히 고찰하도록 하겠다.

2) 문명기호로서의 기독교

① 기독교 신앙의 이상(理想)과 현실(現實)

『성산명경』의 저자 최병헌은 1858년 충북 제천에서 태어났다. 한학

교와 여러 고사(故事)가 자리 잡고 있다는 점을 들어 전자의 작품들을 후자의 번안 작품으로 본 것이다. 芹川哲世, 「韓日開化期 政治小說의 比較硏究」, 서울대학교 석사학위논문, 1975, 74~77면. 이에 대해 인권환은 이들 작품 간의 영향 관계의 가능성은 인정하나 우리나라 전래 소설에도 『금수회의록』의 기본을 이루고 있는 동물우화담이나 동물집회 모티브를 찾아볼 수 있다는 점에서 세리카와의 '번안설'을 일축했다. 인권환, 「『禽獸會議錄』의 在來的 源泉에 대하여」, 『語文論集』 19집, 안암어문학회, 1977, 643면. 후에 서재길은 『금수회의록』이 1904년 6월 긴코도 서적(金港堂書籍)에서 간행한 『禽獸會議 人類攻擊』의 번안임을 실증했다. 서재길, 「『금수회의록』의 번안에 관한 연구」, 『국어국문학』 157, 국어국문학회, 2011.

에 밝았으며 조선 왕조의 체제에 불만이 많았던 그는 세계지리서인 『영환지략(瀛環志略)』을 읽고 한문 성경을 연구하여 선교사의 인도 없이 1893년에 기독교로 개종하였다. 그는 독립협회 운동(1896~1898)의 주요 주도 회원이었고 1898년 성서번역사업에 번역위원으로 참여하였다. 그리고 1902년에 목사 안수를 받고 곧 아펜젤러를 대신하여 정동감리교회의 담임 목사로 취임하였다. 1914년에 정동교회에서 물러나 감리사(監理司)가 되었고, 1927년에 세상을 떠났다.[51]

『성산명경』에는 『텬로력뎡』에서 고집, 인내, 성실 등 각 품성을 대표하는 인물이 나오는 것처럼 유교도(儒教徒), 불교도(佛教徒), 도교도(道教徒), 기독교도(基督教徒) 등 각 종교를 대표하는 네 명의 인물이 등장한다. 기독교를 대표하는 인물인 신천옹이 각 종교를 대표하는 인물들의 변론(辯論)을 물리치고 그들을 기독교로 감화시킨다는 내용을 지닌 이 작품은 마지막에 다음과 같이 끝을 맺는다.

> 그곳에셔 네 사름을 맛나셔 슈작홈을 듯고 깃버ᄒᆞ다가 오경텬(五更天) 찬바람에 황계셩(黃鷄聲)이 악악(喔喔)ᄒᆞ거ᄂᆞᆯ 놀나 니러나니 일쟝몽죠가 ᄀᆞ쟝 이샹ᄒᆞᆫ지라 셔안을 의지ᄒᆞ야 믁믁히 ᄉᆡᆼ각ᄒᆞ며 스ᄉᆞ로 ᄒᆡ몽ᄒᆞᄃᆡ 셩산은 곳 밋ᄂᆞᆫ 쟈의 몸이오 령ᄃᆡ는 곳 믿ᄂᆞᆫ 쟈의 ᄆᆞ음이라 유불션 삼도에셔 공부ᄒᆞ던 쟈라도 만일 셩신이 인도ᄒᆞ야 예수교인과 샹죵ᄒᆞ면 ᄆᆞ음이 교통ᄒᆞ야 밋ᄂᆞᆫ 뎨ᄌᆞ가 될 수 잇슴이라 그런고로 탁ᄉᆞᄌᆞㅣ 그 몽죠를 긔록ᄒᆞ야 ᄌᆞ긔의 평일 소원을 표홈일너라[52]

인용한 작품의 마지막 대목은 『성산명경』에 등장하는 네 사람의 이

---

51 최원식, 「신소설과 기독교—『성산명경』과 『경세종』을 중심으로」, 『한국계몽주의문학사론』, 소명출판, 2002, 239~244면.

52 최병헌, 앞의 책, 80면.

야기가 '탁ᄉᆞᄌᆞ'의 꿈속에서 일어난 일임을 알려 준다. '탁ᄉᆞᄌᆞ'는 그 꿈을 통해 유교, 불교, 도교에 몸을 담고 있는 자라도 성신(聖神)이 인도하여 예수교인과 함께 교제를 나누면 예수의 제자가 될 수 있음을 깨닫는다. 그 깨달음은 곧 작가가 독자에게 전달하고 싶은 것이기도 하다. 작중에 하나의 이념(理念)을 대표하는 인물들이 등장한다는 점, 그것이 주인공의 꿈을 통해 목격된다는 점에서 『성산명경』은 『텬로력뎡』과 닮았다. 바로 이러한 점 때문에 조원시는 『성산명경』을 한국어로 된 기독교 알레고리로 평가한 듯하다.

『성산명경』은 『텬로력뎡』처럼 서사적인 흥미와 더불어 영적인 감화력이 있는 작품은 아니었지만, 유학자(儒學者) 출신이면서 감리교의 첫 한국인 목사였던 최병헌이 『텬로력뎡』을 염두에 두고 구상할 수 있었던 최선의 작품이었다고 할 수 있다.[53] 그는 당대 한국인들에게 기독교를 전하기 위해서 오래전부터 전통 문화와 사상으로서 자리 잡고 있었던 유·불·선 사상의 교리(教理)를 기독교 논리를 가지고 대화 혹은 토론의 방식으로 논파(論破)하는 서사의 방식을 선택한 것이다. 그런데 이러한 서사의 방식에서 드러난 토론의 수준은 최원식이 이미 지적한 바와 같이 높다고는 할 수 없다. 모든 토론이 기독교 논리의 담지자인 신천옹의 일방적 주도로 이어지기 때문이다.[54]

신천옹이 힘주어 주장하는 것은 무엇보다 다른 종교에 비해 기독교의 영혼 개념이 더 낫다는 것이다. 이에 불교도(佛教徒) 원각과 도교도(道教徒) 백운은 쉽게 설복당하나 유교도(儒教徒) 진도는 좀처럼 신천옹

53 『성산명경』의 서술 양식은 당대 풍미하던 신소설을 따르기보다는 전대 소설을 따랐다. 아마 최병헌이 서사의 흥미 차원을 좀 더 고민하였더라면 신소설의 서술 양식을 따랐을 것이다.

54 최원식, 앞의 글, 247면.

의 주장에 설득당하지 않는다. 유교는 불교와 도교에 비해 상대적으로 영혼의 개념을 중요하게 다루지 않기 때문일 것이다. 뿐만 아니라 당시 유교는 불교와 도교보다 더 완강히 기독교를 배척한 종교였던 것을 반영한 것이기도 하다. 결국 신천옹이 진도를 설득하기 위해 내세운 논리는 기독교와 문명과의 관계이다. 신천옹이 빅토리아 여왕, 조지 워싱턴, 까부르, 마찌니 등이 모두 예수교 신자로서 자신의 국가를 일등 문명국으로 만들었다고 하자, 그제서야 진도는 기독교를 받아들일 자세를 취한다.

사실 기독교를 문명기호의 차원에서 바라보는 관점은 기독교 자체가 갖고 있는 교리의 의미와는 무관하다. 즉 그것은 신학적, 종교적인 관점이 아니라 사회적인 측면에서 바라본 관점이다. 기독교의 복음을 온전하게 전하기 위해서는 문명과 관련한 기독교보다는 내면과 영적인 의미와 관련 있는 기독교를 전달해야 한다.

> 그러나 우리의 토론ᄒᆞᆷ은 정치샹 관계가 아니오 슌젼ᄒᆞᆫ 도덕계의 말ᄉᆞᆷ이라 독일무이ᄒᆞ신 샹쥬를 죤슝ᄒᆞ며 영ᄉᆡᆼ진리의 종교를 신앙ᄒᆞ면 ᄆᆞᄋᆞᆷ이 평안ᄒᆞ고 긔운이 화락ᄒᆞ야 단뎐(丹田)의 됴흔 씨ᄂᆞᆫ ᄇᆡᆨᄇᆡᆨ나 결실ᄒᆞ고 령유(靈囿)에 션ᄒᆞᆫ 나무ᄂᆞᆫ 스ᄉᆞ로 션과를 ᄆᆡ칠지니 마ᄋᆞ(魔兒)ᄂᆞᆫ ᄌᆞ복(自服)ᄒᆞ고 의젹(疑賊)이 ᄯᅩᄒᆞᆫ 도망ᄒᆞ며 혼연ᄒᆞᆫ 텬국에 ᄌᆞ유민이 될지라 다시 인간에 무엇슬 구ᄒᆞ오닛가 진도가 쳥파에 놀나 ᄀᆞᆯᄋᆞᄃᆡ **셔국의 문명ᄒᆞᆷ이 실노 예수교 덕화의 밋친 바라 ᄒᆞ고 용단ᄒᆞᆫ ᄆᆞᄋᆞᆷ으로 예수교 밋기ᄅᆞᆯ 쟉뎡ᄒᆞ거ᄂᆞᆯ** 신텬옹이 더옥 깃버ᄒᆞ야 이에 네 사ᄅᆞᆷ이 곳 그 ᄌᆞ리에 업ᄃᆡ여 ᄒᆞᆷᄭᅴ 긔도ᄒᆞ고 다 구셰쥬의 신도가 되엿다 ᄒᆞ니 실노 셩신의 도으심이러라.[55] (강조는 인용자)

55 최병헌, 앞의 책, 79면.

진도를 개종시키기 위해 기독교 신앙과 문명국과의 관계를 설파하던 신천옹은 이 대목에 이르러 자신의 논조를 재차 가다듬는다. 지금까지 "정치샹 관계"에 대해 이야기했지만 실상 신앙에서 중요한 것은 "도덕계의 말숨"이라는 것이다. 그리고 신앙의 유익으로 마음이 평안한 것, 즉 영적인 구원의 소중함을 강조하고 있다. 최원식은 이를 들어 『성산명경』에서 기독교는 "사회구원이 아니라 영적인 구원으로 퇴각하였"고, "이 때문에 우리나라에서 창작된 최초의 기독교 소설로 기록될 『성산명경』의 민족문학적 가치는 깊이 훼손되었다"[56]고 평가한다. 그러나 이러한 평가는 신천옹의 말을 작품의 의미로 바로 받아들인 것으로 온당치 않다. 앞에 인용한 대목에서 진도가 예수교 믿기를 작정하며 말하는 부분을 보자. 정작 그는 "셔국의 문명홈이 실노 예수교 덕화의 밋친 바라"며 신천옹이 나중에 힘주어 덧붙인 영혼 구원 차원의 기독교는 흘려듣고 앞서 말한 문명 차원의 기독교에만 착념하고 있는 것이다.[57] 그럼에도 불구하고 신천옹은 진도의 개종 동기에 대해 별로 토를 달지 않고 진도를 받아들이고 있다. 그런 점에서 인용문의 신천옹과 진도의 대화는 서로 어긋나 있다고 말할 수 있는데, 이것은 서사 구성에 있어 세심함의 결여라기보다는 당시 기독교가 어떻게 받아들여졌는지를 보여 주는 것이라고 할 수 있다. 쇠락하는 국운을 되돌리기 위해서는 기독교 신앙이 필요하다는 의식형태는 『성산명경』에서 논리적인 결락(缺落)을 안고 제시되었다.

그렇다면 『금수회의록』과 『경세종』에서는 기독교가 어떻게 드러나

56 최원식, 앞의 글, 249면.

57 양진오도 이러한 진도의 개종 동기를 지적했다. 그에 따르면 원각과 백운이 영혼 개념을 반복적으로 청취하면서 개종을 결심했다면 진도는 기독교의 문명기호적 개념을 청취하고 개종을 결심했다고 한다. 양진오, 「근대성으로서의 기독교와 기독교 담론의 소설화—『성산명경』과 『경세종』을 중심으로」, 『어문학』 92집, 한국어문학회, 386~387면.

있을까? 기본적으로 『성산명경』에서 이야기하는 것처럼 "기독교를 받아들여야 한다"는 의식형태가 두 작품에 담겨 있다. 그러나 이러한 의식형태로부터의 거리는 각기 다르다. 우선 『금수회의록』부터 살펴보자.

② 반성적 주체의 회개와 민족 구원에 대한 소망

『금수회의록』의 저자 안국선은 1879년 12월 경기도 양지군 봉촌(鳳村)에서 태어났다.[58] 그는 1895년에 관비 유학생으로 선발되어 그해 8월에 게이오의숙(慶應義塾) 보통과에 입학했다.[59] 그리고 동경전문학교(東京專門學校; 早稻田大學의 전신) 방어정치과(邦語政治科)에서 수학하였으며, 졸업한 해인 1899년에 귀국했다. 그는 그해 11월 독립협회의 간부들과 관계를 맺고 있다가 체포되어 종신형을 선고받는다. 옥중에서 그는 선교사 아펜젤러와 벙커 등의 권유로 기독교로 개종하고, 1904년 이상재, 홍재기, 김정식, 이원긍, 유성준, 이승만, 신흥우 등과 석방되어 감옥에서 나온다.[60] 한편 출옥 후, 전라남도 진도로 유배되었던[61] 안국선은 1907년 3월에 해배(解配)된다. 그는 보성관 번역원을 지내다 1907년

58 최기영에 따르면, 안국선의 초명은 주선이었지만 20대 중반까지는 명선이라는 이름을 쓰다가, 1900년대 중반부터 국선이라는 이름을 사용했다고 한다. 최기영, 「안국선의 생애와 계몽사상」, 『한국 근대 계몽사상 연구』, 일조각, 2003, 142면.

59 1895년에 제1회 관비 유학생 182명이 일본에 파견되었다. 이 중 게이오의숙(慶應義塾)에 입학한 학생은 162명이다. 이처럼 유학생 대부분이 게이오의숙에 입학한 이유는 한국 정부와의 특별한 인연 때문이었다. 후쿠자와 유키치(福澤諭吉)가 설립한 게이오의숙은 유길준, 윤치호, 김옥균 등 개화파 지식인들의 연고가 있었다. 당시 이러한 유학생의 편중은 유학생 사이에서 불만이 높아 이듬해에는 단 한 명만이 입학했다. 김영모, 『한말 지배층 연구』, 한국문화연구소, 1972, 164~169면.

60 안국선과 함께 옥중에서 기독교로 개종했던 독립협회 지도자들은 게일 목사가 시무하던 연동교회에 입교한다. 전택부, 『한국기독교청년회운동사』, 정음사, 1978, 80면. 최기영에 따르면, 안국선은 미리 세례를 받은 이상재, 이원긍, 김정식, 홍재기, 유성준 등의 권유로 1907년에 세례를 받았을 것으로 추측한다. 최기영, 앞의 글, 153면.

61 조신권, 앞의 책, 187면.

11월 제실재산정리국(帝室財産整理局)의 사무관에 임명되지만 한 달 뒤에 면직당한다. 그리고 다시 1908년 7월 탁지부 서기관으로 관문에 들어선다. 그 후, 주로 행정이나 경제 관련 관직에 종사하다가 1926년 7월에 세상을 달리한다.

안국선은 보성관 번역원을 지내던 시절부터 활발하게 문필 생활을 했다. 『정치원론』(중앙서관, 1907), 『연설법방』(일한인쇄주식회사, 1907) 등의 저서와 『외교통의』(보성관, 1907), 『비율빈전사』(보성관, 1907), 『행정법』(보성관, 1908) 등의 번역서를 출간했으며, 『야뢰』나 『대한협회회보』와 같은 잡지에 정치와 법, 경제에 관련한 논설들을 다수 기고했다.[62]

이러한 정력적인 문필 활동은 수감(收監) 생활과 유배 생활 동안 안국선이 얼마나 절치부심하며 사회, 정치 분야에 대한 식견을 쌓았는지 보여 준다. 오랫동안 공들인 식견이 해배와 동시에 폭발적으로 전개된 것이다. 『금수회의록』이 발표된 시점은 그가 제실재산정리국을 그만두었을 때이다. 이즈음에 안국선이 그동안 주로 발표했던 논설류의 글과는 장르가 다르며 당대 사회를 풍자하는 내용을 담은 『금수회의록』을 펴냈다는 것은 주목할 점이다. 한 달여간의 관직 경험은 기울어 가는 나라의 실상(實像)을 명확히 확인하는 기회가 되었을 것이다. 또한 '실직'에서 느낀 실망감은 비록 논설적 요소가 강하긴 하지만 자신의 심정을 의탁할 수 있고 당대 사회를 우회적으로 비판할 수 있는 서사를 창작하는 데 이르게 했다고 볼 수 있다.

『금수회의록』의 서두는 다음과 같이 시작한다.

> 머리를 들어 하늘을 우러러보니 일월과 셩신이 쳔츄의 빗츨 일치 아니ᄒᆞ고 눈을 ᄯᅥ셔 ᄯᅡ흘 굽어보니 강히와 산악이 만고에 형샹을 변치 아

62 김영민 편, 『금수회의록(외)』, 범우, 2004, 「작가 연보」 참조.

니ᄒᆞ도다 어나 봄에 ᄭᅩᆺ치 피지 아니ᄒᆞ며 어나 가을에 입히 ᄯᅥ러지々 아니ᄒᆞ리오 우쥬는 의연히 ᄇᆡᆨᄃᆡ에 ᄒᆞᆫ결갓거ᄂᆞᆯ 사ᄅᆞᆷ의 일은 엇지ᄒᆞ야 고금이 다르뇨 지금 셰상 사ᄅᆞᆷ을 살펴보니 ᄋᆡ닯고 불상ᄒᆞ고 탄식ᄒᆞ고 통곡할 만ᄒᆞ도다 젼인의 말삼을 듯던지 력ᄉᆞ를 보던지 녯적 사ᄅᆞᆷ은 량심이 잇셔 텬리를 슌죵ᄒᆞ야 하나님씌 갓가왓거ᄂᆞᆯ 지금 셰샹은 인문이 결단나셔 도덕도 업셔지고 의리도 업셔지고 렴치도 업셔지고 절ᄀᆡ도 업셔져셔 사ᄅᆞᆷ마다 더럽고 흐린 풍랑에 ᄲᅡ지고 헤여 나올 줄 몰나셔 온 셰샹이 다 악ᄒᆞᆫ 고로 …(중략)… 우리 인류사회가 이갓치 악ᄒᆞ게 됨을 근심ᄒᆞ야 ᄆᆡ양 셩현의 글을 읽어 셩현의 ᄆᆞᄋᆞᆷ을 본밧으려 ᄒᆞ더니 맛참 셔창에 곤히 든 잠이 춘풍에 니ᄅᆡᆨ한 바 되ᄆᆡ 유흥을 금치 못ᄒᆞ야 죽장마혜로 록슈를 ᄯᅡ르고 청산을 차져셔 ᄒᆞᆫ 곳에 다다르니 ᄉᆞ면에 ᄀᆡ화요초는 우거졋고 시ᄂᆡ물 소ᄅᆡ는 죵ᄒᆞ야 인젹이 고요ᄒᆞᆫ데 흰 구룸 푸른 슈풀 ᄉᆞ이에 현판 ᄒᆞᆫ아히 달녓거ᄂᆞᆯ ᄌᆞ세히 보니 다섯 글자를 크게 써스되 금슈회의소라 ᄒᆞ고[63]

『금수회의록』의 화자 '나'는 현실 세계에 미만해 있는 부조리(不條理)로 인해 번민하는 존재이며, 동물들의 회의를 목격하고 그것을 통해 깨달음을 얻는 반성적 주체이다. '나'는 하늘과 땅은 예나 지금이나 한결같이 변함이 없는데 인간의 역사는 예전과 달라 현재에 이르러 타락했다는 한탄을 한다. 현재로서는 아득하게 멀어져 도무지 추체험이 불가능한 시원(始原)에 천리(天理)를 담지한 이상 세계(理想世界)가 있었다고 전제하고 현재의 결여를 부각시키는 것이다. '나'는 이 결여를 채울 방법을 모색한다. 화자 '나'가 작가 안국선이 투영된 인물이라면 이때 결여는 망해 가는 나라를 구할 구원책이다. '나'는 그 구원책을 찾기 위해 성현의 글을 찾아 읽는다. 그러나 곧 잠이 들어 동물들이 모여

63 안국선, 『금수회의록』, 황성서적조합, 1908, 1~2면.

회의를 벌이는 세계로 들어간다.

'나'가 '금수회의소'에서 목격한 동물들의 발언은 그동안 연구에서 자세히 다루어져 왔다. 따라서 이 글에서는 『금수회의록』에서 '기독교 수용'의 의식형태가 분명히 드러나는 부분만을 언급하며 이야기를 진행하고자 한다. 이 작품에 나타난 기독교 담론의 특징을 엿볼 수 있는 부분은 개구리의 연설이다. 개구리는 자신이 갖고 있는 지식을 자랑하며 아는 체하는 인간을 비판하는데, 그 비판은 제국주의에 대한 비판으로까지 나아간다. 그리고 여기서 비판의 근거는 모든 것을 다 아는 '하ᄂᆞ님'이 겸손하다는 사실이다.

> 대저 텬디의 리치ᄂᆞᆫ 무궁무진ᄒᆞ야 만물의 쥬인 되시ᄂᆞᆫ 하나님밧게 아ᄂᆞᆫ 이가 업ᄂᆞᆫ지라 **론어에 말ᄒᆞ기를 하나님께 죄를 엇으면 빌 곳이 업다 ᄒᆞ엿ᄂᆞᆫᄃᆡ 그 주에 말ᄒᆞ기를 하ᄂᆞ님은 곳 리치라 ᄒᆞ얏스니 하ᄂᆞ님이 곳 리치오 하ᄂᆞ님이 곳 만물리치의 쥬인이라** 그런고로 하ᄂᆞ님은 곳 조화쥬오 텬디만물의 대쥬ᄌᆡ시니 텬디만물의 리치를 다 아시려니와 사ᄅᆞᆷ은 다만 텬디간의 ᄒᆞᆫ 물건인ᄃᆡ 엇지 리치를 알 수 잇스리오 여간 좀 연구ᄒᆞ야 아ᄂᆞᆫ 거시 잇거든 그 아ᄂᆞᆫ ᄃᆡ로 셰상에 유익ᄒᆞ고 사회에 효험 잇게 아름다온 사업을 영위ᄒᆞᆯ 거시어ᄂᆞᆯ 조고맛치 남보다 몬저 알엇다고 그 지식을 이용ᄒᆞ야 남의 나라 ᄲᅢ앗기와 남의 ᄇᆡᆨ셩 학ᄃᆡᄒᆞ기와 군함 대포를 만드러셔 악ᄒᆞᆫ 일에 죵사ᄒᆞ니 그런 ᄂᆞ라 사ᄅᆞᆷ들은 당초에 사ᄅᆞᆷ되ᄂᆞᆫ 령혼을 주지 아니ᄒᆞ얏더면 도로혀 조흘 번ᄒᆞ얏소[64] (강조는 인용자)

인용한 대목에서 주목해서 바라보아야 할 것은 개구리의 '하ᄂᆞ님' 이해에 관한 것이다. 그는 바로 성서의 '하ᄂᆞ님'으로 나아가지 않고

---

64 위의 책, 22면.

『논어』를 경유한다.[65] 그런데 그가 인용하는 『논어』의 구절이 "하나님께 죄를 엇으면 빌 곳이 업다"는 팔일편(八佾篇)의 "獲罪於天, 無所禱也"인 점이 매우 흥미롭다. 여기서 '天'은 논자가 어떠한 세계관을 가지고 있느냐에 따라 다르게 해석되기 때문이다. 인용문에서 '나'가 인용하는 주(註)는 주자(朱子)의 것으로 보인다. 주자는 '天'에 대해 "天, 卽理也"라고 주석하였다.[66] 이때 주자의 주석 '理'에는 인격의 개념이 없다. 그것은 원리이며 이치일 뿐이다. 한편, 천주교의 영향을 받았던 다산 정약용은 이 '天'에 상제(上帝)의 의미가 있는 것으로 본다.[67] 본문에서 개구리는 "하ᄂ님이 곳 만물리치의 쥬인"이라는 말을 덧붙이며 자연스럽게 '하ᄂ님'에 인격을 부여하고 있다. 개구리가 주자의 주석에 이의를 제시하는 것인지, 아니면 주자의 주석을 오해하고 있는지는 불분명하다. 하지만 확실한 것은 개구리가 『논어』 팔일편의 '天'을 정약용의 그것처럼 인격을 가진 신(神) 개념으로 본다는 사실이다. 이것은 『금수회의록』에 나타난 기독교 사상이 유가 사유(儒家思惟)를 저변으로 전개되고 있음을 보여 주는 단서라고 할 수 있다. 이는 유교적 배경

---

65 양진오는 『논어』의 하나님을 거론하였다고 해서 『금수회의록』의 하나님이 그리스도의 의미에 밀착되어 있다기보다는 하늘의 이치를 함축하는 상징적 기호에 가깝다고 해석하고 있다. 그러면서 『금수회의록』의 하나님은 기독교적 관념과 내재적인 의미의 전통적 관념이 혼융되어 있다고 말한다. 양진오, 『한국 소설의 형성』, 국학자료원, 1998, 152면. 이 글에서는 인용한 『논어』의 구절이 논쟁적인 담론 차원에 있음을 지적하고, 『금수회의록』의 기독교는 유교 사상에 기반을 둔 지식인의 신앙 방식을 보여 준다는 것을 밝히려고 한다.

66 朱熹 集注, 林東錫 譯註, 『四書集註諺解 論語』, 학고방, 2004, 107면.

67 다산 정약용은 이 구절에 대해 다음과 같은 주석을 달았다. "天之所怒, 非衆神之所能福, 故無所禱也." 『與猶堂全書』[2], 권7, 51, 「論語古今註」; 금장태, 『仁과 禮—다산의 『논어』 해석』, 서울대학교 출판부, 2006, 12면에서 재인용. 다산 주석의 풀이는 다음과 같다. "하늘이 노여워하면 뭇 신들이 복을 줄 수 없으니 그러므로 빌 곳이 없다." 금장태는 이 다산의 주석에서 '天'이 '上帝'를 의미하는 것으로 본다.

을 가진 독자를 배려한 것으로 볼 수 있고, 안국선 자신이 이해한 기독교의 방식을 드러낸 것으로 볼 수도 있는 것이다.

또한 개구리는 위와 같은 '하ᄂᆞ님' 이해를 통해 남보다 먼저 지식을 소유했다 하여 남의 나라를 빼앗고 남의 백성을 학대하는 사람들의 행태를 비판한다. 이것은 말할 것도 없이 당시 제국주의에 대한 비판이다. "세상에 유익ᄒᆞ고 사회에 효험 잇게 아름다온 사업을 영위"하는 것이 '하ᄂᆞ님'의 뜻인데 제국주의는 그것에 철저히 반하는 이념이라는 것이다. 이것은 기독교 신앙의 입장에서는 지극히 당연한 논리의 개진이나 당시 사회 상황이나 기독교와 사회진화론의 관계에 비추어 볼 때 매우 이례적인 것이라고 할 수 있다.

당시 지식인들은 국제사회의 힘의 정치를 사회진화론적인 관점에서 파악했다. 그것은 약자의 입장에서 강국의 횡포에 대응하는 길은 스스로 힘을 키워 강자가 되는 것뿐이라는 생각으로 나타났으며, 약소국가들의 패망 원인을 제국주의 국가들의 세력 확장에 대한 야욕에서 찾기보다는 약소국가 자신의 무능력에서 찾았다.[68] 이때 기독교 사상은 약자의 지위를 '죄'라는 인식틀에서 바라보는 것으로 사회진화론과 결합했다. 도산 안창호는 "'실력 양성'을 통해 차츰 '약자의 죄'를 면하고 점진적으로 강자가 돼서 독립에 가까워질 수 있다고 믿"[69]었다. 윤치호는 '사랑'의 기독교와 '우승열패'의 사회진화론 사이에서 치열한 갈등을 겪다, 결국 현실 논리를 인정하고 "'조선 민족'이 살아남기 위해서는 '부패한 조선인'은 한 번 죽고 다시 서구인이나 일본인과 같은 모습으로 거듭나야"[70] 한다는 믿음을 가졌다. 즉 당시 기독교는 제국주

68 전복희, 『사회진화론과 국가사상』, 한울, 1996, 145~147면.
69 박노자, 앞의 책, 148면.
70 위의 책, 252면.

의에 대한 비판으로 나아가기는커녕, 많은 경우 제국주의 논리에 투항하여 야합하는 길을 선택했다. 한국의 기독교는 문명의 기호로서, 문명의 힘을 강조하는 사회진화론과 굳게 결부되어 있었기 때문이다. 그런 점에서 볼 때 『금수회의록』에서 나타난 기독교의 논리는 주목할 만하다. 그만큼 『금수회의록』의 기독교는 역사의식을 통해 자기 인식을 정립하고 있는 반성적 주체에 의해 사유되고 있으며, 또한 유교적인 현실 비판 의식을 통해서 검토되고 있음을 보여 준다.

한편, '나'는 동물들을 통해 제기되었던 인간들에 대한 비판을 다음과 같이 받아들인다.

> 사ᄅᆞᆷ이 써러져셔 즘생의 아ᄅᆡ가 되고 즘생이 도로혀 사ᄅᆞᆷ보다 샹등이 되얏스니 엇지ᄒᆞ면 조흘고 예수씨의 말삼을 드르니 하ᄂᆞ님이 아직도 사ᄅᆞᆷ을 ᄉᆞ랑ᄒᆞ신다 ᄒᆞ니 사ᄅᆞᆷ들이 악ᄒᆞᆫ 일을 만히 ᄒᆞ엿슬지라도 회개ᄒᆞ면 구완 잇ᄂᆞᆫ 길이 잇다 ᄒᆞ얏스니 이 세상에 잇ᄂᆞᆫ 여러 형졔ᄌᆞᄆᆡᄂᆞᆫ 깁히깁히 생각ᄒᆞ시오[71]

동물들의 회의를 목격하고 사람이 동물보다 못한 처지에 있음을 깨달은 '나'는 참담한 심정에서 앞으로 나아갈 바를 "예수씨의 말삼"에서 찾는다. '회개와 구원', 즉 이제껏 잘못한 것을 죄로서 고백하고 뉘우치면 구원이 찾아올 것이라는 희망이다. 정치와 사회 그리고 법률적 지식에 해박했던 안국선이 내린 결론으로서는 실망스럽기 이를 데 없다. 이렇게 될 수밖에 없었던 것은 안국선이 애초 사회 문제의 해결 방안으로서 기독교 신앙에 대한 이해가 그리 깊지 않았으며, 그가 세상에서 겪었던 낙담을 형식화한 것이 또한 『금수회의록』이라는 서사였

---

71 안국선, 앞의 책, 48~49면.

기 때문일 것이다. 그 낙담이 원하였던 것은 비판과 위안이었지 사태의 정교한 분석과 해결은 아니었다. 그럼에도 『금수회의록』의 반성적 주체로서 '나'와 이 작품에 나타난 제국주의에 대한 인식은 주목할 특징으로 남는다.

김필수의 『경세종』 역시, 동물들이 모여 사람을 비판하는 구성으로 되어 있는 우화 양식의 작품이다. 마찬가지로 기독교를 받아들여야 한다는 의식형태가 담겨 있지만 『금수회의록』과 비교하여 차이가 드러난다. 그 차이는 어디에서 비롯되는지, 그것은 어떤 의미를 부여할 수 있는지 다음 절에서 고찰하기로 한다.

③ 계몽적 주체의 문명개화에 대한 소망

김필수는 1872년 2월 경기도 안성에서 태어났다. 그는 미국 남장로교 선교사 레이놀즈(W.D. Reynolds) 목사의 어학 선생이 되어 전주에서 자리를 잡았다. 한학 지식과 개화 사상을 겸비한 그는 전주 신흥학교 교사로도 활동했다. 그는 1903년 YMCA 창립총회에서 이사로 선출되었다.[72] 또한 1907년 4월 3일부터 8일까지 일본 동경에서 개최된 제7회 세계기독학생연맹(WSCF) 대회에 한국 대표로서 윤치호, 김정식, 김규식, 민준호, 강태응, 브로크만(F.M. Brockman) 등과 함께 참석하기도 하였다.[73] 그는 평양신학교를 다니던 중, 1908년 8월 전주 서문교회의 초대 장로로 피택되었으며, 1909년 9월 6일에는 동사목사로 장립되었다.[74] 그리고 1918년 YMCA회관에서 장로교와 감리교의 두 교파 지도

72 전택부, 앞의 책, 62~63면.

73 위의 책, 131면. 장응진이 『태극학보』에 실은 연설 번역문은 이 대회 참관의 결과물인 것으로 보인다. 『태극학보』 10호(1907.5)에 실린 「印度에 基督教 勢力」, 「修身의 必要」 참조.

74 전주서문교회 100년사 편찬위원회, 앞의 책, 187~188면.

자가 모여 결성한 조선예수교 장감 연합 협의회의 초대 회장으로 선출되기도 하였다.[75]

그가 『경세종』을 탈고할 무렵은 전주 서문교회의 초대 장로로 피택될 즈음이다. 그리고 앞서 지적했듯이 『금수회의록』이 출판된 지 불과 몇 개월 되지 않은 시점이기도 하다. 김필수는 초판을 발행한 지 3개월 만에 재판을 출간할 정도로 인기를 모은 『금수회의록』을 읽었을 것이다. 그렇다면 왜 그는 똑같은 제재와 구성을 지닌 작품을 창작했을까? 아마도 작품의 형식적 특성은 찬탄할 만한 것인 데 비해 그것이 담은 내용에 대한 아쉬움이 김필수를 『경세종』의 창작으로 이끌었으리라 생각된다.

그런 점에서 『경세종』은 『금수회의록』의 비판적 독서의 토대 아래 창작되었다고 볼 수 있다. 김필수 역시, 민족의 존립을 위해 기독교를 받아들여야 한다는 의식형태를 지지했다. 그러나 평양신학교의 신학생이자 장로 지위에 오를 만큼 교회의 조직 활동에 열심이었던 그는 기독교가 좀 더 성경에 기반해야 한다고 생각했으며, 교회에 다니는 교인들은 좀 더 교인다워져야 한다고 생각했다.[76] 『경세종』에는 『금수

---

75 전택부, 앞의 책, 383면.

76 기존 연구에서 『경세종』은 주로 『금수회의록』과 『성산명경』과의 비교를 통해 분석되었다. 권보드래는 『금수회의록』과 『경세종』을 비교하며 전자가 현실적이라면 후자는 관념적인 인식을 보여 준다고 했다. 그리고 『경세종』은 관념적 평화주의와 함께 "부강의 첩경으로서의 기독교"를 선전하는 배타적 목소리도 작중에 내재해 있다고 말했다. 권보드래, 「신소설에 나타난 기독교의 의미」, 『한국현대문학연구』 6집, 26면. 최원식은 『경세종』이 『성산명경』에 비해 사회 구원적인 측면을 이야기한다고 평가했다. 그렇지만 『금수회의록』을 넘어선 작품이라고 볼 수는 없다고 했는데, 그 이유는 "『경세종』이 기독교의 세계주의와 당시 우리나라 기독교 교단의 정치적 순응주의에 견인되어서, 『금수회의록』만큼 반외세·반중세의 문제를 날카롭게 다루지 못했기 때문"이라고 주장한다. 최원식, 앞의 글, 256면. 양진오는 『성산명경』이 영혼 개념을 중시하면서 기독교를 이야기하는 데 비해 『경세종』은 윤리 개념을 통해 기독교를 이야기하는 작

회의록』보다 성경에 관한 내용이 더 많으며 구체적이다. 예컨대 『경세종』에는 동물들이 이사야, 아합왕, 엘리야, 예레미야, 솔로몬 등 성경에 등장하는 구체적인 인물들을 언급하여 자신의 생각을 변론하는 대목이 나온다. 『금수회의록』에서 동물들이 기독교 신앙의 일반적인 차원을 언급했던 것과는 사뭇 다르다. 그리고 『경세종』에 거론되는 성경의 인물들은 모두 구약성경에 나오는 인물인데, 이는 한글로 된 구약성경을 완성시킨 레이놀즈와 작가인 김필수, 교열자 리승두와의 밀접한 관련 때문으로 볼 수 있다. 앞서 말했듯이 김필수는 레이놀즈의 우리말 선생이었으며, 리승두는 레이놀즈를 도와 우리말로 된 구약성경을 편찬하는 데 참여한 인물이었던 것이다.[77]

『금수회의록』의 화자는 작중에 '나'로 등장하여 동물들이 회의하는 것을 목격하고 그것에 대해 나름대로 깨달은 것을 독자에게 알리는 역할을 하였다. 그에 비해 『경세종』의 화자는 호화자제와 풍수 등 형편없는 사람들의 모습과 지혜로운 동물들의 원유(園遊)를 중개하면서 마지막에 호화자제와 풍수를 보는 이가 깨달음을 얻었는지 독자에게 묻는 역할을 하고 있다.

즉, 『금수회의록』의 화자가 작중에 있었던 것에 비해 『경세종』의 화자는 작중에서 벌어지는 사건 외부에 위치한다. 그는 외부에서 "무

품이라고 말한다. 그러면서 전통적인 윤리 개념을 그대로 활용하는 것이 아니라 기독교 텍스트로 그 정당성을 입증하며 활용한다고 덧붙인다. 양진오, 「근대성으로서의 기독교와 기독교담론의 소설화—『성산명경』과 『경세종』을 중심으로」, 『어문학』 92집, 한국어문학회, 2006, 395~396면. 김경완은 이 작품에서는 윤리 문제가 보다 성경에 기반하여 제시되고 있음을 지적하고 있다. 김경완, 앞의 책, 137면.

77 전주서문교회 100년사 편찬위원회, 앞의 책, 182면. 구약성경의 편찬은 착수한 지 5년 4개월 16일 만인 1910년 4월 2일에 완성되었다. 그리고 리승두는 1911년 1월 전주서문교회의 장로로 피택된다. 또 한 명의 교열자 리명혁은 연동교회 장로이며 책사를 내어 기독교 복음 서적을 팔던 인물이었다. 『대한매일신보』, 1908.5.16.

ᄆᆞ음이 교만ᄒᆞ고 셩픔이 패려”한 호화자제와 “뒤웅박 차고 바람 잡으러 ᄃᆞ니ᄂᆞᆫ 쟈”들인 풍수들을 바라본다. 이들에 대한 화자의 시선은 비판적이며 냉소적이다. 이야기는 이들 인물이 동물들의 회의를 목격하는 것으로부터 시작한다.

> 풍편에 무슨 소ᄅᆡ가 들니ᄂᆞᆫᄃᆡ 륙칠월 셕양판에 소낙이 드러오ᄂᆞᆫ 것도 ᄀᆞᆺ고 **륙ᄒᆡ군이 구비ᄒᆞᆫ 나라에셔 마병들이 ᄆᆞᆯ을 ᄐᆞ고 교련쟝으로 달녀가ᄂᆞᆫ 발ᄌᆞ최 소ᄅᆡ도 ᄀᆞᆺ고** 동지 셧ᄃᆞᆯ 젹셜 즁에 더벙머리 초동들이 양디ᄶᅡᆨ에셔 왕대 갈키로 나무 ᄭᆞᆨᄂᆞᆫ 소ᄅᆡ도 ᄀᆞᆺ더라 이 사ᄅᆞᆷ들이 니야기를 ᄯᅮᆨ 긋치고 ᄒᆞᆫ편을 넘셩이 보니 **밀밀ᄒᆞᆫ 창숑은 대부의 긔상을 ᄯᅴ여 잇고** 잔잔ᄒᆞᆫ 간슈는 거문고를 화답ᄒᆞᆯ 만ᄒᆞ고 욱어진 록음은 제물 쟝막을 드리운 듯ᄒᆞ고 란만ᄒᆞᆫ ᄭᅩᆺ들은 스ᄉᆞ로 웃ᄂᆞᆫ 모양으로 환영ᄒᆞᄂᆞᆫ 것 ᄀᆞᆺᄒᆞᆫᄃᆡ 금슈와 곤츙들이 ᄭᅮ역ᄭᅮ역 모혀들더라 이날은 금슈 곤츙들이 친목ᄒᆞ기 위ᄒᆞ야 원유(園遊)회를 ᄇᆡ셜ᄒᆞᆫ 거신ᄃᆡ 그 원인은 (후략)…[78] (강조는 인용자)

인용문은 『경세종』에서 호화자제와 풍수가 금수들의 모임을 발견하는 대목이다. 그들은 서로 이야기를 나누다가 무슨 소리가 들려 이야기를 그치고 소리가 들리는 쪽을 본다. 이때 “풍편에 무슨 소ᄅᆡ가 들니ᄂᆞᆫᄃᆡ”와 “이 사ᄅᆞᆷ들이 니야기를 ᄯᅮᆨ 긋치고 ᄒᆞᆫ편을 넘셩이 보니” 다음에는 각 소리와 보이는 것에 대한 묘사가 직유(直喩)를 통해 드러나 있다. 문장의 진행상으로 듣고 보는 행위의 주체는 호화자제와 풍수들이다. 그런데 그 소리와 시야를 묘사하는 데 사용한 보조 관념들의 내용을 살펴보면, 그것들이 놀기 좋아하는 호화자제와 양반들 속이는 데 혈안이 된 풍수들의 의식에서 나왔다고 보기 어렵다.

---

78 김필수, 『경세종』, 광학서포, 1908, 4~5면.

예컨대 소리의 요란함을 들어 육해군이 구비된 나라에서 마병들이 훈련하는 것 같다고 하거나 동물들의 모임이 베풀어지는 장소의 나무들이 대부의 기상을 띤 것으로 보고, 꽃들이 환영하는 듯 보인다고 하는 것은 개화사상에 관심이 있고, 이미 동물들의 모임 성격이 어떤 것인지 미리 파악한 자의 표현이라고 할 수 있다. 또한 인용문의 마지막에서 보듯 화자는 이 금수들의 모임이 왜 열렸는지에 대한 지식도 갖추고 있다. 『금수회의록』의 화자 '나'가 자신 앞에 펼쳐진 세계를 처음 보듯 묘사하고 있다면, 『경세종』의 화자는 비개입적인 시각에서 세계를 묘사하면서 간접적으로 자신이 알고 있는 지식을 덧붙이고 있다.

한편, 『경세종』의 작중 인물들은 꿈이 아니라 현실 속에서 동물들의 모임을 목격한다. 하지만 그들은 그 회의에 대해서 어떤 놀라움도 갖지 않는다. 『경세종』의 인물들은 동물들의 회의를 목격하는 역할만 한다. 그들은 그것을 통해서 무언가를 생각하고 느끼는 인물이 아니다. 그들은 사람이 얼마나 형편없는 존재인지를 대표적으로 보여 주기 위한 역할만을 하고 있는 것이다. 화자 역시 동물들의 회의와 관련한 작중 인물들의 반응에 대해 관심이 없다. 요컨대 『경세종』의 등장인물은 비판받는 존재의 구체적인 모습으로 작중에 존재할 뿐이다. 그리고 『경세종』의 화자는 직접적으로 등장인물을 비판하고 동물들의 사람들에 대한 비판을 수긍하는 입법자적인 주체로서 존재하고 있다.

A. 종교의 교육력이라 ᄒᆞᄂᆞᆫ 거슨 연약ᄒᆞᆫ ᄆᆞᄋᆞᆷ을 견강케 ᄇᆡ양ᄒᆞ고 부패ᄒᆞᆫ 셩질을 새롭게 소셩ᄒᆞ고 우졸ᄒᆞᆫ ᄉᆞ샹을 활발케 운동ᄒᆞᄂᆞᆫ 거신 고로 ᄇᆡᆨ인죵들이 종교의 힘으로 교육ᄒᆞ야 뎌럿틋 강셩ᄒᆞᆫ 거시올세다마는 문명의 열ᄆᆡ 되ᄂᆞᆫ 각죵 긔계와 물건은 취ᄒᆞ야 가지나 문명의 근본된 그 종교는 알아볼 ᄉᆡᆼ각도 업ᄂᆞᆫ 고로 눈이 잇서도 맛당히 볼 거슬 보지

못ᄒᆞ게 되엿스니 일향 뎌 모양으로 지내면 ᄇᆡᆨ인죵의 노예 되기ᄂᆞᆫ 우리가 눈 깜작ᄒᆞᆯ 동안 될 거신 줄 확실히 아ᄂᆞ이다[79]

B. 나는 잉무새와 과결간 되ᄂᆞᆫ 공쟉새올세다 잉무새와 ᄀᆞᆺ치 오려 ᄒᆞ엿더니 잉무새는 요ᄉᆞ이 평안도 운산 금광에 통편으로 가노라고 오지 못ᄒᆞ옵고 위임쟝ᄭᆞ지 맛하 가지고 나 혼자 참셕이 되엿습ᄂᆞ이다[80]

C. 내가 압흐로 나갈 ᄯᅢ면 반ᄃᆞ시 몬져 젼신을 쉽으리ᄂᆞᆫ 거슨 무ᄉᆞᆷ 굴ᄒᆞᆯ 일이 잇서 그런 거시 아니오라 나의 굽히ᄂᆞᆫ 거시 쟝ᄎᆞᆺ 펼 쟝본이올세다 그러나 이 셰샹 사ᄅᆞᆷ들은 굽힐 ᄯᅢ는 짐즛 굽혓다가 펼 긔회에는 용ᄆᆡᆼ과 힘을 다ᄒᆞ야 펼 거신ᄃᆡ 굽힐 ᄉᆞ긔에 굽히지 아니ᄒᆞ고져 ᄒᆞ다가 쟝ᄎᆞᆺ 펼 긔회ᄭᆞ지 일허ᄇᆞ리ᄂᆞᆫ 쟈가 태반이오니 엇지 곤츙의 지혜를 ᄯᆞ르리오 그럼으로 나의 굴신은 진보의 방침이오 측량의 모범이올세다[81]

인용문 A는 '올뱀이'의 말로서 당대 기독교 담론의 한 특징을 고스란히 보여 주는 대목이다. '올뱀이'는 서구 문명의 근본은 기독교에 있다는 전제 아래 기독교적인 교육을 해야 서구 문명과 같은 문명을 우리도 이룰 수 있다는 주장을 펴고 있다. 사실, 이러한 주장은 당시 1900년대 언론에서 두루 회자되던 기독교 수용의 논리였다. 예컨대『그리스도신문』의 집필진은 "신구약 성경을 펴 놓고 남녀 아이를 잘 교육시키는 나라는 자연히 강국이 된다"[82]는 논리를 역설했으며, 직접적으로 기독교와 관련이 없는『대한매일신보』에도 종교는 재력 · 무력 등 유

79 위의 책, 30면.
80 위의 책, 34면.
81 위의 책, 40~41면.
82『그리스도신문』, 1901.9.12.

형의 자강을 뒷받침할 수 있는 무형의 자강력이라는 논지의 기사[83]와 정치 개혁을 이루기 위해서는 먼저 종교 개혁을 해야 한다는 주장[84]이 실리기도 했다. 그런데 이러한 담론에는 구체적으로 기독교의 어떤 면이 서양의 문명 발달과 연결되는가에 대한 차분한 고찰이 유감스럽게도 결여되어 있다. 또한 서양의 문명이라는 것이 기계에 근간한 문명을 말하는 것인지 무형의 자본주의적 구조를 말하는 것인지 구체적으로 적시되지 않은 채 성근 논리의 체계에서 공전(空轉)하고 있다. 근대화에 뒤처졌다는 초조함과 선교사들의 선교 전략적 발화가 결합된 담론이 바로 기독교가 서양 문명의 근본이라는 담론이었다. 이러한 담론은 이상적 미래를 가상적으로 선취하는 신소설의 아이디얼리즘의 표현 방식[85]과 기독교를 결합하는 주요한 매개 논리가 되었다.

또한 『경세종』에서 주목할 기독교 담론은 인용문 C의 자벌레의 말에서 찾을 수 있다. 여기서 자벌레는 자신의 이름과 관련하여 우리나라에 측량 학교가 세워지고 각종 측량술이 많아지면 좋겠다는 바람을 이야기한다. 그러면서 자신이 움직이는 모습을 예로 들며 앞으로 나아가기 위해서는 굽힐 줄 알아야 한다는 의견을 내놓고 있는데, 자벌레는 이에 대한 구체적인 설명을 부가하지는 않고 있다. 앞으로 나아

---

83 「新敎自强」, 『大韓每日申報』, 1905.12.1.

84 「宗敎改革이 爲政治改革之原因」, 『大韓每日申報』, 1905.10.11.

85 한기형은 신소설의 특징으로서 아이디얼리즘적인 표현 방식을 다음과 같이 제시한다. "소설가이기에 앞서 계몽주의자들이었던 초기 신소설 작가들은 그들이 지닌 사회적 이상을 보편 타당한 것으로, 현실성이 있는 근대기획으로 대중에게 설득해야만 했다. 여기서 '이상의 가상적 선취'라는 창작 방법이 등장하게 된다. 근대사회가 요구하는 삶의 모형이 이미 현실화된 것으로, 혹은 마땅히 그렇게 되어야만 하는 것으로 묘사함으로써 새로운 가치관이 요지부동의 실체를 지닌 것으로 받아들여지기를 의도했던 것이다. 이것이 신소설 특유의 아이디얼리즘이 지닌 미학적 본질이다." 한기형, 『한국 근대소설사의 시각』, 소명출판, 1999, 63면.

가기 위해 지금의 '굴신'은 감수해야 한다는 것은 당대 맥락에서 볼 때 실력 양성론이나 준비론의 입장을 말하는 것으로 보인다. 외세의 침투에 대해 무조건적으로 반발하기보다는 그것을 받아들여서 앞으로 도모할 미래에 대한 발판으로 삼자는 주장이다.

그리고 인용문 B에서 공작새는 자신의 외모의 찬란함이 사치에서 비롯된 것이 아니라 하나님의 신성이 나타난 것이라고 하며 인간의 사치스러움을 비판하고 있다. 그런데 공작새는 자신의 생각을 발언하기 전에 앵무새의 이야기를 꺼낸다. 친구인 앵무새와 같이 오려고 하였는데 앵무새가 평안도 운산에서 통편 일을 하느라 못 왔다는 것이다. 평안도 운산은 미국 사업가가 채굴권을 가지고 개발한 금광이다. 이때 미국 사업가에게 채굴권이 넘어가는 데 선교사 알렌이 큰 역할을 하였다. 그렇다면 왜 작가는 공작새의 입을 빌려 이야기 전개와는 아무런 관계 없는 평안도 운산 이야기를 꺼냈을까? 최원식은 이를 두고 외국 자본에 대한 작가의 비판적 의식을 엿볼 수 있다며 『경세종』이 『성산명경』에 비해 사회구원적인 성격을 강하게 띠고 있다고 본다.[86]

하지만 이러한 주장에 대한 근거는 본문에서 발견할 수 없다. 이 작품에서 공작새는 단순히 운산 금광을 언급하고 있으며 그 말투에도 앵무새가 공연한 일, 혹 불합리한 일을 하고 있다는 뉘앙스는 없기 때문이다. 평안도 운산 금광 이야기를 거론했다는 것만으로 작가의 비판 의식을 엿볼 수 있다고 말하기 위해서는 당시 대부분의 사람들이 평안도 운산 금광의 채굴권이 미국에 있다는 것에 대해 불만을 갖고 있었다는 전제가 있어야 한다. 그러나 당시의 시각이 모두 미국의 채굴권 소유에 대해 부정적인 것만은 아니었다. 오히려 평안도 기독교

86 최원식, 앞의 글, 254면.

도는 자신의 지역에 광산이 개발되어 그것에 따라 지역 경제가 활성화되었다는 것에 대해 환영의 입장을 갖고 있었다.[87] 이런 점에서 공작새의 운산 금광 언급은 그것을 비판했다기보다는 기독교계 입장에서 알리고 싶은 사례로서 소개했을 가능성을 배제할 수 없다. 작가 김필수가 레이놀즈와 같은 선교사들과 밀접한 관계를 맺고 있었고 평양에 있는 학교인 평양신학교 출신이라는 점을 고려할 때, 공작새의 운산 금광 거론은 그것에 대해 비판적인 의견을 표명했다기보다는 좋은 사례를 선전하는 의도에서 비롯되었다고 볼 수 있다.

1900년대 후반 무렵에 발표된 최병헌의 『성산명경』, 안국선의 『금수회의록』, 김필수의 『경세종』은 모두 민족의 존립을 위해서 기독교를 받아들여야 한다는 의식형태에 기반한 작품이다. 또한 이들 작품은 작품의 주제를 효과적으로 전달하기 위해 우의적 양식을 채용하고 있는데, 이것의 연원은 1895년에 번역 발표된 『텬로력뎡』에 가 닿아 있음을 밝혔다. 이들 세 작품은 동일한 의식형태를 담고 있으나 각각 작품이 갖는 의미는 다르다. 『성산명경』은 유교, 불교, 도교의 교리와 비교하여 기독교의 종교적 정당성을 주장한 기독교 변증(辨證)을 담은 작품이다. 이 작품에는 당시 한국 사회에서 기독교가 문명의 차원에서 받아들여지는 것에 대한 난처함이 드러나 있다. 이에 비해 『금수회의록』은 좀 더 기독교의 현실적인 측면을 다루고 있다. 『금수회의록』에

87 민경배에 따르면 서북인들의 근세 초기 상업활동을 성공으로 이끈 직접적 요인은 이 광산 지역을 중심으로 해서 흘러 들어온 막대한 금융과 노무자들에게 매달 지불되어 유통되던 통화량이었다고 한다. 또한 순천의 기독교인들은 평양 주민의 반수에도 미달하였지만 금광에서 매월 지급되는 수천 불의 봉급의 유통 덕분으로 교회 헌금액은 평양 교회의 2배에 이르고 있었다고 한다. 민경배, 『알렌의 宣敎와 近代韓美外交』, 연세대학교 출판부, 1992, 340~341면.

는 유교의 비판적 이성에 입각해, 기독교를 통한 문명개화가 자기 식민지화[88]로 연결될 수 있음을 저어하는 사고가 개입되어 있다. 『경세종』은 되도록 기독교가 갖는 사회적 의미를 축소하고 종교적인 의미에 착념했다. 동일한 의식형태를 다루었을 뿐 아니라 비슷한 제재와 구성을 지녔음에도 『금수회의록』과는 달리 『경세종』이 1909년 5월에 적용된 출판법[89]의 법망을 피할 수 있었던 이유는 여기에 있었다. 한편, 『텬로력뎡』은 당시 사람들이 기독교를 이해하고 기독교로 회심하는 데 큰 역할을 했다. 그 영향을 받아 기독교계 지도자 길선주는 『텬로력뎡』을 한국의 상황과 맞게 각색, 번안한 『해타론』(1904)을 저술하였다.

2.3. 기독교 담론과 구원의 양상

광무(光武) · 융희(隆熙) 연간 국운은 급속도로 쇠퇴하였지만 기독교의 교세는 활발하게 확장되었다. 민족의 존립을 위해 기독교를 받아들여야 한다는 의식형태가 신문 · 잡지 등 공론의 장에서 주요 담론으로 부상했고, 그것을 형상화한 작품들이 그 당시 다수 마련되었다. 이 글에서는 이와 같은 사실에 입각하여 당시 재일(在日) 유학생이었던 장응진의 소설을 살펴보려고 한다. 그는 1907년 자신이 편집인으로 있던 학회지 『太極學報』에 네 편의 소설을 발표했다. 장응진의 소설 네 편은 양식적 특질에 있어 각이한 양상을 보이고 있어 흥미를 이끈다. 특히 네 편 중 두 편에는 당대 기독교와 관련한 의식형태가 담겨 있다.

88 고모리 요이치, 송태욱 옮김, 앞의 책, 70면.
89 최기영, 앞의 책, 172면.

이러한 장응진 소설을 검토하기 위해 먼저 기존 장응진 소설에 관한 연구를 살펴보고 장응진이라는 인물의 삶을 전기적으로 간략하게 고찰하도록 하겠다.

장응진의 첫 번째 소설 「多情多恨」(『太極學報』, 1907.1 · 2)은 기독교를 다룬 소설로서 그동안 많은 논의가 있어 왔다. 그 외 장응진과 그의 다른 작품을 주목하고 구체적으로 논의하고 정리한 연구는 송민호,[90] 김윤재,[91] 하태석,[92] 최호석[93]의 연구가 있다. 송민호는 각 작품에 나타난 구소설적 요소와 신소설적 요소를 나누어 분석하여 장응진 작품의 새로움을 부각했다. 김윤재는 개화기 지식인으로서 장응진의 삶을 구체적 사료를 통해 조명한 후, 장응진의 소설 네 편을 분석하였다. 그는 장응진 소설의 특징으로서 실제 사건을 소재로 했다는 점, 1인칭 독백체를 사용한 점을 들었다. 그리고 그는 장응진의 소설이 당대 국내에서 창작되었던 신소설과 비교하여 언문일치에 가까이 다가섰다고 평가했다.[94] 하태석은 장응진의 소설 네 작품 모두에서 계몽적 주제와 함께 기독교 수용의 모습을 찾아볼 수 있다고 지적했다. 그는 네 작품에 대한 분석을 통해서 기독교가 계몽 운동을 위한 방편으로서 수용되었다는 것을 밝히고, 기독교의 의미가 회개와 구원의 논리에 집중되어 조명됨으로써 타 종교에 대한 배타적 비판은 전혀 나타나지 않았음을 강조한다.[95] 최호석은 치밀한 자료 조사를 통해 그동안 드러나

90 송민호, 『韓國開化期小說의 史的硏究』, 一志社, 1980.
91 김윤재, 「白岳春史 張應震 硏究」, 『민족문학사 연구』 12집, 민족문학사연구소, 1998.
92 하태석, 「白岳春史 張應震의 소설에 나타난 계몽사상의 성격」, 『우리문학연구』 14집, 2001.
93 최호석, 「장응진 소설의 성경 모티프 연구—일본 유학 시절 작품을 대상으로」, 『동북아 문화 연구』 22집, 2010.
94 김윤재, 앞의 글, 202면.
95 하태석, 앞의 글, 339면.

지 않았던 장응진의 삶을 자세하게 복원해 냈다. 그리고 각 작품에 나타난 성경 모티프에 대해 고찰하였다.[96] 앞선 연구자들의 연구를 종합해 볼 때, 장응진 소설의 특징은 실제 사건을 소설화한 경향이 있으며, 작품의 내용이 기독교와 결부되어 있으며, 1인칭 독백체가 자주 등장한다는 것이다. 그런데 이 세 가지 특징은 서로 연관되어 있다. 특히 작품 내용에서 살펴볼 수 있는 기독교는 장응진 소설의 문체 그리고 서사의 구조와도 긴밀한 관련이 있다. 여기에서는 이 점에 착안하여 장응진 소설을 살필 것이다.

1) 교육자 장응진(張應震, 1880~1951)의 소설 쓰기

선행 연구에 장응진의 삶의 내력(來歷)은 이미 정리가 잘되어 있으므로, 이 글에서는 논의 진행에 필요한 사항을 취택(取擇)하는 차원에서 그의 삶을 제시하도록 하겠다.[97]

장응진은 1880년 3월 15일 황해도 장련(長連)에서 태어났다. 그는 서울을 자주 오가던 부친 장의택[98]의 권유로 1897년에 서울로 유학하여

---

96 최호석, 앞의 글, 34면.

97 장응진의 삶의 이력은 다음의 논문에 자세히 잘 정리되어 있다.
최호석, 「장응진 소설의 성경 모티프 연구—일본 유학 시절 작품을 대상으로」, 『동북아 문화 연구』 22집, 2010.
김윤재, 「白岳春史 張應震 硏究」, 『민족문학사 연구』 12집, 민족문학사연구소, 1998.

98 장응진의 아버지 장의택은 유림 출신이었지만 기독교로 개종하였으며 신학문의 중요성을 인식한 인물이었다. 그는 1911년 '105인 사건'에 연루되어 아들과 함께 옥고를 치르기도 했다. 그리고 1919년 7월부로 제정되어 실시된 연통제(聯通制)에서 임시정부 은율군 군감(郡監)을 맡기도 하였다. 은율군지 발간위원회, 『황해도은율군지』, 2007, 193~398면 참조. 또한 『기독교 사전』에 따르면 장의택은 1906년에 그리스도인이 되었고 1911년에 장로로 장립되었다. 그는 1925년에 평양 장로회 신학교를 졸업하고 황해 노회에서 목사 안수를 받았다. 한영제 편, 『기독교 사전』, 기독교문사, 841면.

관립 영어학교에 입학했다. 종로 네거리에 백포장(白布帳)이 높이 올라가고 만민공동회가 열리자, 장응진은 영어학교 대표로서 연설할 기회를 갖고 십부대신(十部大臣) 면전에서 정부를 비판했다.[99] 정부의 개입으로 만민공동회가 해산되고 장응진은 진고개로 피신하였다. 그 도중에 그는 일본 신문 기자를 만나 일본에 관한 소식을 듣고 도일(渡日)한다. 일본에서 약 1년간 영어, 일어, 산술 등을 공부한 후, 1900년에 동경 시내의 순천중학(順天中學) 이년 급에 입학한다. 4년 만에 중학을 졸업하고 관비 유학생이 되었다. 재정난으로 정부가 유학생을 소환하자 장응진은 고향집에 부탁하여 여비를 얻어 미국 로스앤젤레스로 간다. 미국에서 1년간 농사도 하고 공부도 하다 생활이 여의치 않자 다시 1905년에 일본으로 돌아온다. 그리고 조선 사람으로서 처음으로 동경고등사범학교에 입학한다. 사범학교 재학 중, 장응진은 태극학회를 통해 본격적으로 사회 활동을 시작하고, 1906년 8월 창간된 태극학회의 기관지 『태극학보』의 편집인을 맡는다.[100] 그리고 1909년에 동경고등사범학교를 졸업한다.[101] 그해 한국으로 와 대성학교 학감이 되었다. 1911년에는 '105인 사건'의 주동자라는 혐의로 1심 재판에서 징역 8년 형을 선고받고, 1년여의 기간 동안 옥고를 치렀다. 1913년에 휘문고등보통학교에서, 1924년에 보성전문학교에서 교편을 잡았다.[102] 1925년 6월에 경성공립여자고등보통학교 교유(教諭)가 되고, 1930년 9월에

---

99 이에 대해서는, 장응진, 「나의 젊엇든 시절 제일 통쾌하엿던 일, 십구세때에 독립협회에서 십부대신을 매도하든 일」, 『별건곤』 제21호, 1929.6 참조.

100 하태석, 앞의 글, 324~325면.

101 장응진, 「二十年前 韓國學界 이약이, 내가 入學試驗 치르던 때, 中學도 師範도 내가 처음 點心갑 타가며 학교에 다녓소」, 『별건곤』 제5호, 1927.3 참조.

102 장응진은 1923년 11월 말경부터 시작되었던 휘문고보의 맹휴사태에 대한 책임을 지고 1924년 9월 학감 자리에서 물러났다. 휘문 70년사 편찬위원회, 『徽文七十年史』, 1976, 215면.

조선총독부 시학관(視學官) 겸 편수관(編修官)에 임명되었다.[103] 또한 1938년에는 광주욱공립고등여학교(光州旭公立高等女學校) 교장으로 임명되었는데, 조선인으로서 공립고등학교 교장 임명은 그가 최초였다.[104] 1950년 6월부터 휘문고등학교 교장으로 근무하던 중 6·25 동란이 발발, 같은 해 부산 피난지의 임시학교에서 과로로 순직하였다.[105]

당시 열악했던 교육 전반의 상황과 뜨거웠던 교육에 대한 열망을 고려할 때, 일본 소재 사범학교의 우리나라 최초의 입학생이자 졸업생[106]이라는 장응진의 이력은 눈에 띈다. 그는 비록 일제에 협력하기도 했지만[107] 교육자로서 한생을 살았다. 그런데 교육자 장응진 삶의 한 단락은 소설가로서의 삶이 차지하고 있다. 동경고등사범학교 재학중이었던 1907년, 자신이 편집을 맡았던 『태극학보』에 소설 네 편을 발표한 것이다.[108] 그는 「多情多恨」을 1월호(제6호)와 2월호(제7호)에 분

103 한국사 데이터베이스, http://db.history.go.kr/url.jsp?ID=im_109_00220.

104 『매일신보』, 1938.9.26, 2면.

105 휘문 70년사 편찬위원회, 앞의 책, 348면.

106 "…(전략) 盖自十五六年來로 吾國青年이 出洋留學ᄒᆞ야 這間 各種 學科에 卒業而歸者도 固數數 覯矣오 近又留學이 漸進ᄒᆞ야 七百人에 達ᄒᆞ얏ᄂᆞᆫᄃᆡ 師範學에 卒業者ᄂᆞᆫ 張君이라 我韓學界에 高尙ᄒᆞᆫ 師範의 資格을 今始得焉ᄒᆞ얏스니 此其懽迎者 ㅣ一 오 現今 我韓에 各種 學問이 無不緊要ᄒᆞ지만은 最急者ᄂᆞᆫ 師範이라 是以로 國內 青年이 君의 歸國홈을 聞ᄒᆞ고 爭相告語ᄒᆞ야 曰 張膺震氏ᄂᆞᆫ 何日渡來오 吾儕가 將次 高等教授를 得ᄒᆞ리라 ᄒᆞ더니 今日에 顔貌를 得接홈ᄋᆡ 其慰喜의 洽足이 久渴의 得飮과 如ᄒᆞᆯ지니 (후략)…" 「懽迎張膺震君」, 『皇城新聞』, 1909.7.17, 논설.

107 최호석에 따르면, 장응진은 휘문고보를 그만둔 후 친일의 길에 들어섰다 한다. 장응진은 조선총독부에 근무하면서 사립학교를 담당하는 직무를 맡았으며, 각종 기고문을 통하여 황민화 교육의 취지를 널리 알렸다. 그의 친일 이력이 밝혀져 1996년에는 그가 받았던 독립유공자 서훈이 취소되었다. 최호석, 앞의 글, 25면.

108 장응진은 『태극학보』에 소설 네 편 외에 논설문을 비롯하여 학술문, 수필 등 다양한 장르의 글을 정력적으로 발표했다. 장응진이 발표한 글의 목록은, 하태석, 앞의 글, 325면을 참조할 것.

재했고, 「春夢」을 3월호(제8호)에, 「月下의 自白」을 9월호(제13호), 「魔窟」을 12월호(제16호)에 게재했다.[109] 3개월마다 소설 한 편씩을 기고한 셈이다. 장응진은 그 이후로는 더 이상 소설 창작을 하지 않았다. 소설가로서 삶은 그의 나이가 26세가 되던 해에 한정되어 있다.

그 무렵, 사범학교 학생 장응진의 글쓰기의 주력은 논설이었다. 장응진이 『태극학보』에 실은 논설은 소설의 약 세 배인 12편을 상회한다.[110] 그렇다면, 1907년에 잇달아 발표한 소설 네 편은 장응진에게 어떤 의미를 가질까? 앞에서도 언급했다시피 1907년은 한국에서 기독교가 활발하게 교세를 확장하던 시기였다. 기독교를 받아들이는 것을 통해 개인의 삶과 그 개인이 터한 민족의 삶을 구원받고자 하는 바람이 나라 전역에 들끓었던 때이다. 청년 장응진이 기독교를 하나의 신앙 체계로서 받아들였다는 기록은 찾을 수 없다. 논설에서 그는 직접적으로 기독교에 대한 신앙 고백이나 그에 대한 관심을 표명한 바가 없다. 다만 기독교와 관련되어 있는 번역문들이 있는데, 그것은 『태극학보』 1907년 5월호(제10호)에 잇달아 실은 「印度에 基督教 勢力」과 「修身의 必要」 그리고 10월호(제14호)와 11월호(제15호)에 분재한 「勞動과 人生」 등이다. 이 점으로 보아 장응진은 기독교를 신앙으로서 받아들였다고 확언하기는 어려우나, 적어도 모국의 운명과 관련하여 그리고 자신의 삶의 방향과 관련하여 기독교에 대해 관심을 가지고 있었다는 것은 추측할 수 있다.

이러한 관심은 소설 창작에서 오롯하게 표현되었다. 장응진은 자신

---

109 주종연은 장응진의 이 네 편의 소설이 1900년대 한국 근대 단편 소설의 고찰에 중요한 자료 구실을 한다고 평가하고 있다. 특히 그는 이 소설들에 보이는 양식적인 특성에 주목했다. 주종연, 『한국소설의 형성』, 집문당, 1987, 168~174면 참조.

110 하태석, 앞의 글, 325면 참조.

의 기독교에 대한 관심과 그것과 관련된 삶의 매듭을 소설이라는 서사 양식을 통해서 표현하고자 한 것이다. 앞서 말했다시피 그는 네 편의 소설을 동일한 방식으로 쓰지 않았다. 미숙하지만 자기 서술과 타자 서술을 번갈아 가며 적용하는 실험을 시도하였고, 자신의 심사(心思)를 다양한 정조를 통해 표현하였다. 1900년대와 1910년대 기독교를 다룬 소설들은 개인의 존재론적 구원을 다룬 것과 민족 구원을 다룬 것으로 분류할 수 있는데, 장응진은 이를 각각 「다정다한」과 「월하의 자백」에 담았다.

2) 소설가 장응진의 기독교 신앙의 모색

① 고난의 신앙과 개인 구원—「多情多恨」

장응진의 첫 소설 「다정다한」에는 그 이후의 소설과는 달리, 제목 옆에 "寫實小說"이라고 '소설' 장르 표기가 되어 있다. 장응진은 실제 있었던 '사실'을 소설이라는 의장(意匠)을 통해서 제시한다는 자의식을 "사실소설"이라는 표기로써 나타낸 것으로 보인다. 선행 연구자들이 밝혔다시피 「다정다한」의 주인공 삼성선생은 실존했던 인물 김정식이다. 즉, 「다정다한」은 한성부 경무관 출신인 삼성 김정식이 독립협회 사건으로 투옥되고 옥중에서 기독교로 개종한 사실(事實)을 소설화한 것이다. 김정식은 1906년 8월 동경에 있는 재일본대한기독교청년회에 파견되어 일본 유학생들 사이에서 신망받는 지도자로 활동했다.[111] 아마도 이때 유학생이었던 장응진은 김정식의 신앙 간증(干證)

111 1906년 서울 YMCA는 재일 한국 학생들 사이에 기독교 신앙에 대한 관심이 높다는 사실을 파악하고 8월에 김정식을 일본에 파견했다. 김정식은 그해 11월 5일에 '東京朝鮮基督教青年會'를 발족시켰다. 그리고 1907년 8월에는 간다구(神田區 西小川町 2丁目 7

형식의 강연을 들었든지 아니면 그와 교류가 있었던 것 같다.

앞서 거론한 『태극학보』에 실린 장응진의 번역문, 「인도에 기독교 세력」과 「수신의 필요」는 "日本東京神田橋和强樂堂"에서 열린 강연을 윤치호, 김규식 등이 통역하고 그것을 장응진이 필기한 것이다. 여기서 "神田橋和强樂堂"은 재일본 조선기독교청년회가 있던 곳이다. 장응진은 기독교인 윤치호, 김규식 등과 교류가 있었을 뿐 아니라 재일본 조선기독교청년회와도 관련이 있었던 것이다.

소설이라는 새로운 장르의 글쓰기를 시도할 만큼 김정식의 삶은 장응진의 마음을 크게 두드렸다.[112] 그렇다면 김정식의 삶의 어떤 면이 장응진의 마음을 움직였을까? 그것은 「다정다한」에서 드러난 것으로 보아 크게 두 가지로 추정된다. 첫째, 만민공동회에 대한 기억의 공유

番地)에 공간을 마련해 독립적으로 한국 YMCA 활동을 개시했다. 서울 YMCA 편, 『서울 YMCA 運動史 1903~1993』, 路출판, 1993, 105면.

112 김윤재, 앞의 글, 192~194면. 김정식은 열정적으로 일본에 있는 유학생들에게 복음을 전파했던 것으로 보인다. 1907년에는 400~500명의 유학생 중 163명이 기독교 신자가 되었다고 한다. 전택부, 앞의 책, 134~135면. 한편, 김정식이 회심한 사실은 다음의 기록에도 나타나 있다. "이해(1903년) 12월 말에 피슈된 여러 동지들이 모여 서로 말하기를 우리 오늘날 이와 갓치 하나님의 무한한 은총을 엇음은 모다 리근택 씨의 덕이라 출옥한 후에는 그를 심방하고 치사함이 올타 하고 원수 갑흘 생각이 이갓치 변한 것을 일동이 감사하는 뜻으로 하나님께 기도하엿다" 兪星濬, 「밋음의 動機와 由來(속)」, 『긔독신보』, 1928.7.11, 5면. 여기서 리근택은 警衛院總長으로서 유성준 등이 일본에 있는 유길준과 연락하여 역모를 감행했다는 죄로 그들을 수감한 사람이다. 이 글은 유성준의 회심 기록인데, 이때 함께 수감되었던 인물은 김정식을 비롯하여 이승만, 이원긍, 이상재, 홍재기, 안국선, 이승인, 신흥우 등이다. 또한 김정식에 대한 기록은 김교신이 주간하였던 잡지, 『성서조선』 100호(1937.5)에서도 확인할 수 있다. 여기에는 「故 金貞植 先生」, 「信仰의 動機」, 「故三醒金貞植先生」 등 김정식에 관한 글이 세 편 실려 있다. 특히 「신앙의 동기」는 김정식이 직접 쓴 글로서 자신이 어떻게 기독교 신앙에 입문했는지 소개하는 내용이 실려 있으며, 그것은 「다정다한」과 유사하다. 글 말미에는 이 글이 1912년 10월 12일, "在日本東京朝鮮基督敎青年會에서" 쓰였다고 표기되어 있다. 이에 대해서는 4장에서 다시 자세히 논의하도록 하겠다.

때문이다. 장응진은 훗날 자신의 삶에서 가장 통쾌했던 일로 영어학교 대표로 만민공동회의 연사로 나간 것을 꼽는다. 그런데 김정식은, 만민공동회에 참여한 사람들을 도륙하라는 당국의 명령을 거부하여 경무관 직에서 좌천당했던 인물이었다. 김정식의 이러한 행적은 장응진의 마음에 깊이 각인되었으리라 짐작할 수 있다. 둘째, 김정식의 고난으로 점철된 삶과 그것을 그가 기독교라는 신앙으로 승화시킨 것에 대한 관심이다. 장응진이 『태극학보』에 번역한 글에는 공통적으로 기독교 신앙에서 고난이 갖는 의미가 중요하게 다루어지고 있다. 그는 민족의 존립을 위한 방도에 대한 탐색과 더불어 삶에 있어 고난이 갖는 의미를 해명할 방법으로서 기독교에 대해 관심을 기울였던 것이다.

이와 같은 사항을 염두에 두고 「다정다한」을 살펴보기로 하자. 이 작품의 내용은 다음과 같다.

경무관인 삼성선생은 번번이 정부 상관의 눈 밖에 벗어나는 실무행정을 집행하여 좌천되었다가 급기야는 감옥에 갇히는 신세가 된다. 경무관으로서 삼성선생이 집행한 일은 당대 정치·사회적 지형에서 관(官)보다는 민(民), 구(舊)보다는 신(新)을 위한 일이었다. 그는 만민공동회 등의 집회로 인해 인민과 당국 사이의 갈등이 심해질 때 인민들을 도륙하라는 당국의 명령을 거부했고, 패장(牌將) 등이 관헌의 허락없이 사형(私刑)을 행사하는 것을 제지했으며, 미신 숭배를 일삼는 신당을 없애고 소학교를 세웠다. 이러한 개혁적인 일 집행으로 인해, 삼성선생은 당시 정권을 갖고 있었던 수구당의 눈 밖에 나 목포 경무관으로 좌천되었다가 곧 해임되고 급기야 감옥에 갇히는 신세가 되고 만다. 이렇듯 작품의 전반부는 삼성선생의 개혁가로서의 면모와 좌절된 삶을 기록하고 있다.

후반부는 삼성선생이 감옥에서 기독교를 받아들이는 것에 초점이 맞추어져 있다. 감옥에 갇힌 삼성선생은 기독교의 고전인 존 번연의

『천로역정』을 읽은 뒤, 작품뿐만 아니라 그 작품을 쓴 저자 존 번연의 인품에 감동을 받아 기독교를 받아들인다.

> 先生이 同境遇에 同情의 淚를 不禁ᄒᆞ야 晝宵를 不息ᄒᆞ고 孜々讀來ᄒᆞ니 隱然中에 一種快味를 漸覺ᄒᆞ고 또 全文義를 通ᄒᆞ야 半點이라도 人을 怨望ᄒᆞᄂᆞᆫ 氣色이 無ᄒᆞ며 恒常 自己의 運命을 自慰自樂ᄒᆞᄂᆞᆫ 精神이 到底凡常ᄒᆞᆫ 人士의 思及ᄒᆞᆯ 바ㅣ 아니러라 先生이 疑訝思ᄒᆞ되 彼도 人이오 我도 人이어ᄂᆞᆯ 彼ᄂᆞᆫ 如何ᄒᆞᆫ 思想과 如何ᄒᆞᆫ 精神이 有ᄒᆞ야 如許히 浮世의 苦樂을 冷視ᄒᆞᆷ인고 다 못 드른즉 彼ᄂᆞᆫ 耶蘇敎를 信ᄒᆞᆫ다 ᄒᆞ니 實노 耶蘇敎中에 如許ᄒᆞᆫ 能力이 有ᄒᆞᆫ가 於是에 同志幾人이 마음을 決斷ᄒᆞ고 新舊約幾部를 求來ᄒᆞ야 自此로ᄂᆞᆫ 晝宵餘念업시 漸次로 讀去ᄒᆞ니 其中에 千古難解의 眞理가 包藏ᄒᆞ고 一種難言의 快味를 感得ᄒᆞ깃더라 幾朔을 熱心으로 功究ᄒᆞ야 僅々讀畢ᄒᆞ니 心眼이 洞開에 一種活路를 新得ᄒᆞᆫ ᄃᆞᆺ 相議後에 一是耶蘇 밋기를 確定ᄒᆞ고 一邊으로ᄂᆞᆫ 各其本第에 通寄ᄒᆞ야 耶蘇 밋기를 懇勸ᄒᆞ며 一邊으로ᄂᆞᆫ 聖經硏究外에 餘念이 無ᄒᆞ더라[113]

삼성선생이 기독교에 귀의하게 된 과정은 의지적이며 지적인 계기가 개입되어 있다. 그는 존 번연의 "自己의 運命을 自慰自樂ᄒᆞᄂᆞᆫ 精神"에 감동을 받고 그 정신의 근저에는 기독교가 있음을 주목하여 그것을 신앙하고자 결단하기 때문이다. 또한 삼성선생은 기독교의 경전인 성경을 주야로 읽고 연구하여 그것에서 진리를 발견한다. 이렇게 삼성선생이 기독교를 받아들이는 데는 자신이 수감된 처지라는 존재론적 인식이 깊숙이 관련되어 있다. 비록 신체는 구속되어 있지만 정신적으로는 인간됨의 고귀함을 지켜야겠다는 소망 속에서 신앙의 열정

113 백악춘사, 「다정다한」, 『태극학보』 7호, 1907.2, 51~52면.

이 잉태되고 있는 것이다. 따라서 삼성선생이 기독교를 받아들이는 장소가 감옥이라는 점은 주목되어야 한다. 「다정다한」에서 묘사되고 있는 감옥 생활은 비참하기 이를 데 없다.[114] 더운 여름에 "도야지우리 ᄀᆞᆺᄒᆞᆫ 젹은 房"에 많은 죄인이 수감되어 있어 그 생활이 대단히 열악한 데다 삼성선생은 "原來 軟弱ᄒᆞᆫ 身體에 무겁고 무거운 착拷를 이긔지 못ᄒᆞ야" 허리가 끊어지는 고통을 호소하며 밤잠을 설치는 수난 가운데 있는 것이다. 또한 삼성선생의 비참한 처지는 그의 어린 아들이 생계의 곤란함을 전하러 자신이 있는 감옥을 찾는 장면에서 극명하게 드러난다. 삼성선생은 아들 유봉을 만나는 자리에서 "胸間이 ᄆᆡ키고 悲感이 湧出ᄒᆞ야 一言을 發ᄒᆞᆯ 勇氣가 다시 업고 더운 눈물만 두 소ᄆᆡ를 적시며 嗟泣"한다. 즉, 가족이 고통받고 있는 상황을 통해 더 분명하게 자신의 비극적인 처지를 깨닫고 슬픔에 북받쳐 눈물을 흘리고 있는 것이다. 그러나 삼성선생의 옥중 신앙은 마냥 슬퍼하는 것으로 끝나지 않는다. 그는 "하ᄂᆞ님이 우리 사람을 ᄂᆡ실 ᄯᅢ에 엇지 굴머 죽게 ᄒᆞ실 理致가 잇게삼냇가 耶蘇 잘 밋으시고 安心ᄒᆞ야 지ᄂᆡ시면 自然 사난 도리가 잇잡ᄂᆡ다"라고 자신의 아내에게 전할 말을 아들에게 남기는데, 그만큼 삼성선생은 기독교인으로서 자신이 본받고자 한 존 번연의 "自己의 運命을 自慰自樂ᄒᆞᄂᆞᆫ 精神"의 형식을 체득하고 그것을 실행에 옮기고 있는 것이다.

요컨대 「다정다한」에서 기독교는 작중 인물인 삼성선생이 처한 곤경에서 벗어나는 계기를 마련해 주는 역할을 한다. 삼성선생은 구한말

---

114 당시 김정식이 수감된 감옥은 현재 종로구 서린동 41번지(영풍문고 근처)에 위치한 한성감옥서였다. 한 방에 15명을 수용하도록 설계되어 죄수 1명이 차지하는 공간은 약 0.23평에 불과하였을 만큼 매우 비좁았다. 유영익, 『젊은 날의 이승만—한성감옥 생활(1899~1904)과 옥중잡기 연구』, 연세대학교 출판부, 2002, 29~30면.

의 관료였기에 유교적 교양을 쌓은 지식인이라고 할 수 있지만, 정작 어려운 상황에 빠졌을 때, 그는 삶을 지탱할 정신의 근거를 유교가 아니라 기독교 정신에서 찾는다. 이는 그동안 우리 정신의 맥을 이어 왔던 유교에 대한 지극한 회의를 보여 줌과 동시에 새로운 정신의 맥을 기독교에서 구했다는 점에서 주목을 요한다.

앞서도 말했다시피 이러한 김정식의 신앙의 동기는 장응진의 마음에 깊이 머무른 바가 되었고 그를 소설 창작으로 이끌었다. 장응진은 첫 소설 창작에서 당대 신소설에서 적용되던 문법을 적용하였다. 「다정다한」은 광무 5년경, 즉 1901년 무렵에 비범해 보이는 인물이 어린 아이와 함께 초췌한 모습으로 인천항에 나타나는 것으로 시작한다. 작품 전개상 중요한 부분이 소설 처음에 장면화되어 있는 것이다.[115] 이렇게 작품의 첫 단락은 이 인물의 겉모습에 대한 묘사와 그에 대한 화자의 추측으로 이루어졌으며, 두 번째 단락에 이르러서야 화자는 그가 삼성선생임을 밝히고 있다. 작가는 삼성선생의 삶을 확연히 보여 주는 장면을 작품 첫머리에 묘사의 방법으로 그려 독자의 관심을 불러일으키고 있는 것이다. 여기서 제시된 시기인 1901년은 김정식이 '조선협회사건'으로 안국선, 이상재 등과 함께 구속된 해다.[116] 주인공의 수감을 고난의 최정점으로 의미화하여 이를 첫 장면에 상징적으로 배치한 것이다.

또한 등장인물의 발화가 서술부로부터 분리된 문체가 사용되었다.[117]

---

115 조동일, 『신소설의 문학사적 성격』, 서울대학교 출판부, 1994, 120~125면. 조동일에 따르면, 신소설의 특징 중 하나는 서사 전개상 서술이 역전된다는 것이다. 이는 새로운 방법으로서 독자의 흥미를 끌고 독자를 긴장시키는 역할을 한다.

116 김윤재, 앞의 글, 192면.

117 박진영에 따르면, 이러한 문체는 『불여귀』에서부터 시작된 것으로서 신소설의 특징이다. 박진영, 「번역 · 번안소설과 한국 근대소설어의 성립—근대 소설의 양식과 매

…(전략) **先生** "監理使道씌셔 如許ᄒᆞᆫ 條文을 許給ᄒᆞ얏당 말이냐?" **牌將** "네ㅣ 果然 監理使道씌오셔 條文을 許下하셧습니다" **先生** "그러면 그 條文을 가져오너라" (후략)…[118] (강조는 인용자)

인용문은 삼성선생이 목포 경무관으로 있을 때 패장과 대화하는 내용이다. 이처럼 「다정다한」에서 인물의 발화는 서술부와 독립되어 있다. 한자어가 많아 발화부에서 신소설처럼 온전하게 구어체가 구현되었다고 할 수는 없지만, 예의 신소설에서의 형식적 요건은 구비되어 있는 셈이다. 즉, 장응진은 「다정다한」을 창작함에 있어 당대의 소설 양식 중 신소설의 양식을 숙지하고 그것을 작품 속에 반영하고 있다고 볼 수 있다.

하지만 작중에서 화자가 차지하는 위치는 신소설의 그것과는 다른 점이 있다. 신소설의 화자가 '민족'이라는 집합적인 주체의 위치에서 서술하거나 서사 전체를 굽어보는 입법자의 심급에서 서술한다면, 「다정다한」의 화자는 한편으로는 '개인'의 성격을 드러내고 있다. 예컨대 「다정다한」은 작품 전체에 걸쳐 화자가 "모든 일을 이미 알고 있는 존재로서 발언하고 있다는 사실을 말해 주는"[119] '~더라'체가 우위에 있는 작품이다. 그런데 작품의 마지막에 화자는 예의 '~더라'체 대신 "先生은 至今도 一身을 救世에 自委ᄒᆞ야 傳道事業에 熱心從事ᄒᆞᆸ내다 아멘"이라고 '~ㅂ니다'체로 맺고 있다. 아마도 이러한 종결어미의 사용은 화자가 지금껏 소개한 삼성선생이 실존 인물임을 강조하기 위한 것으

체 그리고 언어」, 임형택 · 한기형 · 류준필 · 이혜령 엮음, 『흔들리는 언어들』, 성균관대학교 출판부, 2008, 283면.

118 白岳春史, 「多情多恨」, 『태극학보』 6호, 1907.1, 48면.

119 권보드래, 『근대소설의 기원』, 소명출판, 2000, 237면.

로 보인다. 즉 이 마지막 문장은 앞선 서술과 다른 층위의 서술로서 이 글이 허구가 아니라 사실적인 글임을 확인하기 위해 마련된 것이라고 할 수 있다.

결국 마지막 문장을 '~ㅂ니다'체로 맺음으로써 작품 내적으로는 화자가 작중 인물인 삼성선생의 삶에 개인적으로 경의를 표한 것으로 그리고, 다른 한편으로는 독자가 지금껏 소개된 인물을 친숙하게 여길 수 있게 하는 효과를 낳았다. 이때 화자가 작중 인물에게 경의를 표한다는 것은 신소설의 화자와는 달리 전능하지도 않고 집합적 주체의 성격을 띠고 있지도 않다는 것을 보여 준다. 그리고 여기에서 화자가 '아멘'으로 서술을 종료한다는 것도 주목을 요한다. '아멘'은 기독교에서 '진실로 그렇게 되기를 기원한다'는 뜻의 기도 끝에 붙이는 말로서 「다정다한」의 화자가 기독교의 관습을 받아들이고 있다는 개성적인 표지(標識)로 볼 수 있기 때문이다.

또한 「다정다한」은 작중 인물 삼성선생에게 초점화되어 있다. 그리고 그 초점화는 삼성선생이 경험한 감옥 생활이 얼마나 혹독한 것인지, 그 가운데 어떻게 신앙을 갖게 되었는지를 부각하고 있으며, 그 신앙의 내용은 유학자가 어떻게 기독교 신앙을 받아들이는지, 다시 말해 이성에 기반한 신앙 형성이 어떠한 것인지에 맞추어져 있다. 이러한 기독교에 대한 태도는 「다정다한」을 쓴 장응진이 당대 많은 사람이 그랬던 것처럼 단지 문명의 기호 차원에서 기독교 신앙을 바라보고 있는 것은 아님을 보여 준다.

② 죄 고백과 민족 구원—「月下의 自白」

장응진의 세 번째 작품인 「月下의 自白」(『태극학보』 13호, 1907.9)에서 기독교 신앙은 민족 문제와 결부되어 형상화된다. 「다정다한」에서 민족 문제는 상대적으로 후면으로 물러나 있던 것과는 다른 모습이다.

이 작품은 자신을 "半島國 貴族 門中의 獨子"로 표현하는 한 노인이 황해안 절벽에서 자살하기 전에 남긴 자백을 서사화하였다. 그 노인은 자신의 죄로서 권세를 남용하고 불의의 재물을 탈취한 것 등을 들고 스스로 악마이며 죄인이라고 규정한다. 그리고 자신의 죄목을 독백으로써 진술하는데 그 내용을 간추리면 다음과 같다.

그는 목민관 출신으로 강제 징수를 일삼다 민요(民擾)를 당해 12세 된 사랑하는 아들 복길(福吉)을 잃는다. 그래서 그는 이에 대한 보복으로 민요를 일으킨 수령 다섯 명 중 두 명은 때려죽이고 나머지 세 명은 절해고도에 유배시킨다. 그는 자신의 실정(失政)이 민요를 불러왔다는 것에 대한 반성은 하지 않고 노름과 화류계에 삶을 탕진한다. 그사이에 아내는 세 살 먹은 외아들과 함께 자살한다. 또한 조상 대대로 내려오던 집은 불타 버리고 만다. 노인이 과거의 일을 후회하고 한탄하는 것의 시작은 이렇게 자신의 삶의 근거를 송두리째 박탈당한 자리에서부터이다.

그런데 노인은, 과거 자신이 저지른 일들에 대한 후회를 민족과 국가 차원에서 조망한다. 그가 잇따른 폐정(弊政)을 행사하고 탐욕에 물든 것은 "半島國 衰敗의 惡習에 感染"되었기 때문이라고 고백하고 있는데, 이와 같은 인식은 몇 가지 점에서 문제적이다. 첫째, 노인의 고국이라고 할 수 있는 조선을 '半島國'으로 지칭하고 있다는 점이다. 이 '반도국'이라는 용어는 조선의 지형적 특성에서 기인한 것으로서 자신의 나라를 지칭하는 용어보다는 다른 나라 사람이 지칭하는 대상화되고 타자화된 용어에 가깝다. 즉, 작품 속에서 노인이 자신의 과거를 되돌아보는 인식의 발단은 고국을 대상화하는 시점에서 시작하고 있다는 것이다. 둘째, 이 '半島國'이 쇠락하고 패퇴하였음을 기정사실화하면서 그 원인에는 악습이 있음을 인정하고 있는 점이다. 그리고 그 악습은 노인이 과거에 저지른 일과 같은 관리들의 탐욕과 그로 인한 실정(失政)이다. 노인의 자백(自白)은 지난날 자신의 과오를 돌아본다는 점에서 반성적(反省的)이다. 그리고 그는 개인적인 자기반성을 민족적인 차원으로 확장시킨다. 현재 민족의 운명이 쇠락해진 것에 대해 스스로 통렬하게 반성을 하고 있는 것이다.

주목할 것은 이러한 노인의 반성적 인식에는 기독교에 대한 신앙고백이 스며들어 있다는 점이다.

> 아아! 全知全能ᄒᆞ시고 萬有의 主人 되시ᄂᆞᆫ 하나님이시여! 이 半島江山에 이놈과 갓흔 兇惡이 잇ᄉᆞ오면 聖神의 靈火로 一網撲滅ᄒᆞ읍시고 이 世上에셔 正義로 ᄒᆞ여금 恒常 悖理를 勝케 ᄒᆞ옵소셔
>
> 아아 이 半島國中에 住所를 닐코 도라갈 곳이 업셔 流離呌號ᄒᆞᄂᆞᆫ 幾萬의 可憐ᄒᆞᆫ 種族이 山野에 遍滿ᄒᆞ여습나이다 아아 하나님이시여 져 불상ᄒᆞᆫ 種族에게 鴻大ᄒᆞᆫ 은혜를 나리우시샤 飢ᄒᆞᆫ 者에게 飮食을 주시고 추어ᄒᆞᄂᆞᆫ 者에게 居處와 衣服을 주옵시며 悲哀ᄒᆞᄂᆞᆫ 者에게 깃붐을 주옵시고 우ᄂᆞᆫ 者에게 慰勞를 주시며 渴ᄒᆞᆫ 者에게 聖靈의 水를 주시고 惡ᄒᆞᆫ 者에게 聖神의 火를 나리우소셔
>
> 이 世上에셔 一切의 罪惡을 驅逐ᄒᆞ시고 地球上에 永遠히 極樂의 天國을 建設ᄒᆞ시옵소셔[120]

노인의 고백은 작품 대부분을 차지하고 있으며, 위 인용문에서 보는 것처럼 기도로 끝난다. 그래서 선행 연구자들은 이 작품을 1인칭 독백체로 이루어진 작품이라고 했다.[121] 하지만 엄밀히 말해서 「월하

120 白岳春夫, 「月下의 自白」, 『태극학보』 13호, 1907.9, 47면.

121 「월하의 자백」에서 노인의 독백은 작중에서 상당히 많은 비중을 차지한다. 그래서인지 김윤재는 이 작품이 「춘몽」과 더불어 1인칭 독백체의 소설이라고 하였다. 김윤재,

의 자백」은 화자의 중개에 의해 구성된 작품이다. 작품 초반에 작품 시작을 위한 일반적인 서술과 작품 말미에 노인의 죽음에 대한 생각을 드러내는 서술에 화자가 개입하고 있기 때문이다. 한편 노인이 그간 잘못을 뉘우치고 드리는 기도는 전형적인 기독교 기도문의 수사적 관습을 따르고 있다. 노인은 자신의 죄를 뉘우친 다음에 "불상ᄒᆞᆫ 種族"을 위한 기도를 드리고 있다. 죄 고백과 민족 구원에 대한 염원이 연결되어 있는 것이다. 조선 왕조와 그에 뒤이은 대한제국의 쇠퇴가 한 탐학(貪虐)한 관리의 실정(失政) 때문에 비롯되지는 않았을 것이다. 그리고 그가 회개(悔改)한다고 하여 국운이 다시 회복되지는 않을 것이다. 자신의 과오와 민족이 현재에 처한 불운을 결부시키는 데에는 회개를 통해 잃었던 것들을 회복하기 바라는 근대 전환기 조선 민족의 소망과 기독교적 상상력(想像力)이 결부되어 있다.[122] 기독교에서 죄에 대한 의식은 오직 구원과 연관해서만 내면화할 수 있기 때문이다.[123]

老人은 말을 맛치고 無言으로 셔서 黃海를 바라보니 밤은 五更이라 海天은 無窮히 廣濶ᄒᆞ고 天地ᄂᆞᆫ 平和의 神이 降臨ᄒᆞᆫ 듯 四方이 寂寥ᄒᆞᆫ데 덤ㅣ벙ᄒᆞᆫ 소ᄅᆡ에 岩下 거을 갓흔 水面上에 月光을 ᄡᅵ치니

앞의 글, 199면.

122 그러나 조선 관리의 '부패'와 '실정'은 실제보다 조선을 응시하는 시선에 의해 부각된 것은 자명하다. 다시 말해, 자신의 죄를 자인(自認)하는 것은 식민 지배의 정당성을 확인하는 절차 역할을 한다. 이런 점에서 기독교적인 상상력은 한편으로 식민주의의 상상력과 결부되어 있다. 그렇다고 하여 꼭 기독교가 식민주의를 의도했다고는 볼 수 없다. 그러한 경우도 있었겠지만 한편으로는 '의도하지 않은 의도'로서 기독교가 식민주의를 잉태했다고 볼 수 있다. 한편 죄의식은 병리학적인 이미지가 강하지만 꼭 부정적으로만 바라볼 수 없다. 미래에 대한 소망과 구원에 관한 감정은 죄의식을 통해 나오기 때문이다.

123 프리드리히 슐라이어마허, 최신한 옮김, 『기독교 신앙』, 한길사, 2008, 358면.

岩上에 섯든 老人 忽然이 간곳업다

幸인지 不幸인지?[124]

인용문은 「월하의 자백」의 마지막 부분으로서 화자의 서술로만 이루어졌다. 밤 오경, 즉 새벽 세 시부터 다섯 시 사이, 달빛 밝은 바닷가에서 노인은 홀로 자신의 죄를 참회하고 또한 나라와 백성을 위해 기도한 다음, 바위 아래 바다로 몸을 던져 생을 마감한다. 이 대목에서 유념하여 살펴보아야 할 것은 마지막 문장 "행인지 불행인지?"이다. 작품 전반에 걸쳐서 노인의 행동을 객관적으로 중개하던 화자가 여기에서는 노인의 행동에 대해 해석적 개입을 시도하고 있는 것이다. 그러면서 단적으로 그 의미를 부여하지 않고 그것이 좋은 것인지 좋지 않은 것인지 묻고 있다. 이때 '좋다/좋지 않다'의 판단의 주체로서 역할을 할 수 있는 심급은 물론 민족이 될 터이다. 하태석은 여기에 대해 "주인공의 죽음이 당사자에게는 불행이지만 사회적으로는 다행이 될 수도 있다는 투"라고 하면서 "참회를 하였다 해도 악인은 사라지는 것이 올바르다는 판단이 앞선 결과"[125]라고 설명하고 있다.

하지만 작가는 왜 노인의 죽음으로 작품의 결말을 맺었을까라는 의문은 여전히 남는다. 한점돌은 이 작품이 표면적으로 노인의 자결이라는 비극적 결말로 끝나지만, "이 세상에 악의 어두움이 지속될 수는 없고 결국 자아는 선함을 되찾고 세계의 어두움은 사라진다는 것을 보여줌으로써 표면구조와는 달리 이면에서는 역설적으로 낙관적 상승구조를 실현"하고 있다고 말한다. 한 인물의 죽음을 통해 낙관적 상승구조를 포착하는 인식은 일견 모순된 것으로 보이지만, 이것은 기

124 白岳春夫, 앞의 글, 47면.

125 하태석, 앞의 글, 335면.

독교의 희생양(犧牲羊) 제의 모티프에서 비롯된 것으로서 기독교에서 발견되는 특징적인 인식이다. 즉 「월하의 자백」에는 기독교의 희생양 모티프가 작품을 지배하는 구조로서 채택되고 있는데,[126] 이것은 민족 구원의 논리와 결부되었다는 점에서 주목할 만하다. 또한 「다정다한」의 기독교 신앙이 개인의 존재론적 문제에 중점을 둔 신앙이었다면, 「월하의 자백」의 기독교 신앙은 민족을 염두에 두고 있다. 이 작품에서는 개인의 죄의식이 어떻게 민족의 죄의식과 연결되는지, 또한 개인적 주체가 민족 주체와 어떻게 공속(共贖)되는지를 보여 준다.[127]

요컨대 장응진은 1907년에 「다정다한」, 「춘몽」, 「월하의 자백」, 「마굴」 등 네 편의 소설을 썼다. 이들 작품은 자기 서술/타자 서술 혹은 일인칭 서술/작가 주석 서술 등 다양한 서술 방법으로 표현되었다. 이 가운데 「다정다한」과 「월하의 자백」은 기독교와 밀접한 관련을 맺고 있는 작품이다. 「다정다한」은 한 기독교인의 회심 과정을 주목한 작품

---

126 최성윤은 신소설과 근대소설에서 발견되는 희생양 제의는 작가의 세계관 혹은 인생관과 관련되어 있다고 말한다. 그에 따르면 노인의 죽음은 "작가의 서사적 응징"이라고 볼 수 있을 것이다. 최성윤, 『한국 근대초기 소설 작법의 형성과정 연구』, 고려대학교 박사학위 논문, 2009, 36~41면. 그러나 「월하의 자백」에서는 등장인물이 회개와 죄 고백에 뒤이어 죽음에 이르고 있다는 점에서 기독교적인 의미를 좀 더 부각하여 이해하는 것이 온당할 것이다.

127 개인의 죄와 민족의 죄가 연결되는 과정은 신학적으로도 정당화된다. 다음은 슐라이어마허가 원죄를 설명하면서 개인의 죄와 민족의 죄의 공속성을 설명한 대목이다. "민족을 뒤덮고 있는 죄 가운데는 민족의 죄와 잘못이 공통적인 것으로 전제되어 있다. 또한 각 민족의 죄는 다른 모든 민족의 죄와 구별되는데, 이는 아버지의 죄가 아이들에게 미친다는 위협이 아래로 번어가는 공통의 잘못을 전제하지 않고는 설명될 수 없는 것과 같다. 바울로가 이스라엘 사람들과 그리스 사람들의 죄를 구별한다면, 이것은 한편으로 특수한 종교형식과 관계하지만, 다른 한편으로는 바울로가 이 때문에 그리스 사람들을 야만인들과 구별할 수 있기 때문에 민족의 특유성과 관계한다." 프리드리히 슐라이어마허, 최신한 옮김, 앞의 책, 370~371면.

이고, 「월하의 자백」은 기독교의 죄의식과 민족의 운명을 관련지어 살핀 작품이다. 즉, 「다정다한」은 개인의 존재론적 구원, 「월하의 자백」은 민족 구원에 대한 내용이 담겼는데, 이 같은 주제는 1910년대 기독교를 다룬 작품들에서 더욱 본격적으로 다루어진다.

3. 기독교 담론의 계몽적 서사화

3.1. 기독교 담론과 신소설의 전개

이 장에서는 기독교적인 구원을 중심 주제로 한 신소설을 살펴보고자 한다. 신소설은 민족의 존립을 위해서 기독교를 받아들여야 한다는 의식형태와 잘 부합하는 서사 양식이다. 신소설의 서사는 대개 "고단한 처지에 있는 인물들이 구원자를 만나 행복에 이른다"는 구조를 갖추고 있다. 여기에 '구원자'를 '기독교 신앙' 혹은 '예수'로, '행복'을 '나라의 구원'으로 대체하면 우리가 말하는 의식형태를 담을 수 있다. 기독교와 관련된 화소가 담겨 있는 신소설은 대단히 많다. 그 까닭을 이재춘은 다음과 같이 풀이하고 있다.

> 신소설이 쓰여진 시기는 기독교가 한창 퍼져 나갈 때로서 선교의 목적 아래 신소설을 통해 기독교의 복음과 교리를 전달하려 한 경우도 있을 것이고, 한편으로는 기독교가 당시의 지식인들이나 서민들에게도 대중화·상식화되어 있던 때이라 작품 속에 기독교적 요소가 작품 전개의 수단으로서 쓰여진 경우도 있었을 것으로 보인다.[1]

즉, 신소설이 주로 창작되던 시기인 1900~1910년대는, 기독교가 활발히 전파되었고, 기독교가 지식인이나 대중에게 친숙했던 때였기 때문에 신소설에 기독교적 요소가 빈번하게 등장했을 것이라는 지적이다. 덧붙여 기독교는 선교의 방법 중에 문학 작품을 이용하는 것을 대단히 중요하게 여겼다.[2] 한편, 기독교의 신소설 중에는 기독교의 복음과 교리를 주제적인 차원에서 다루는 작품이 있고, 단순히 소재적 차원에서 다루는 작품[3]이 있는데, 이 장에서 주안점을 두는 작품은 전자다. 이 작품들에는 민족의 존립을 위해서는 기독교 신앙을 받아들여야 한다는 의식형태와 시대적 상황에 따라 다소 변주(變奏)된, 문명개화를 위해서 기독교 신앙을 받아들여야 한다는 의식형태가 담겨 있다.

한 편의 소설은 구성과 문체로 나누어 분석할 수 있다. 소설을 읽을 때 쉽게 예측할 수 있는 측면을 구성이라고 하고, 그 소설의 개성이 담겨 있으며 섬세하게 정독하지 않으면 예측할 수 없는 측면을 문체라고 한다.[4] 기독교적인 구원을 주제로 다루고 있는 신소설 작품에서 구성에 해당하는 것은 회심에 관한 서사이다. 작중 인물이 기독교를 신앙하고 마침내 구원을 얻는 과정에서는 회심이라는 사건이 핵심적이기 때문이다. 이러한 회심에 관한 서사는 등장인물이 기독교를 받아

1 이재춘, 「신소설에 나타난 기독교 사상」, 『한민족어문학』 9집, 1982, 152면.

2 우리나라 선교에 영향을 많이 미쳤던 네비우스(John L. Nevius)는 다음과 같은 말을 남겼다. "궁극적으로는 문학 사업에 착수하라. 이것이야말로 가장 '원숙하고 진한' 열매이니 말이다." John L. Nevius, 『선교 방법론』, 77면; 존 프랭클, 『한국문학에 나타난 외국의 의미』, 소명, 2008, 238~239면에서 재인용.

3 이재춘은 이러한 작품의 예로서 『두견성』, 『현미경』, 『국의향』, 『귀의성』, 『은세계』, 『목단병』, 『장한몽』, 『도화원』, 『명월정』, 『비행선』, 『완월루』, 『옥호기연』, 『쌍옥적』, 『원앙도』, 『만인계』 등을 들고 있다. 그에 따르면 이들 작품은 기독교가 사건 전개를 위한 수단, 즉 배경 또는 도구로서 단편적으로 나타나고 있다. 이재춘, 앞의 글, 152면.

4 김인환, 『비평의 원리』, 나남, 1994, 133면.

들이기 이전과 이후(before-and-after)의 구조[5]로 구성된다. 또한 이 글에서 다루는 작품들의 문체는, 기독교적인 구원의 서사라는 공통점에 차이를 빚어내는 부분으로서 의식형태와 거리를 발생케 하는, 작품마다의 개성적인 시각이라고 할 수 있다. 따라서 이 글에서는 각 작품의 회심에 관한 서사를 먼저 분석한 후, 그 작품의 특징을 보여 주는 개성적인 측면에 대해 고찰할 것이다. 개성적인 측면 중에서는 특히 문명에 대한 관점이 드러난 부분을 주목할 것이다. 기독교를 다룬 신소설의 구성과 문체에 대해 이야기하기 위해서는 다음과 같은 검토 작업이 필요하다.

신소설은 유례(類例)없이 외국 혹은 다른 민족이라는 타자성(otherness)이 쇄도해 오던 시기에 태어난 서사 양식이다. 구한말은 타자성과의 마찰과 충돌이라는 사건들로 인해 한민족(韓民族)이라는 주체의 자기의식이 더욱 두터워졌으며 그에 따라 근대적 의미의 민족이 성립되었던 시기였다. 그런데 이때 타자는 주체를 압도하는 타자였다. "타자와의 만남은 한국인들을 새로운 자기의식으로 인도한 것이 아니라, 자기부정과 타자 속에서의 자기상실에 이르게"[6] 했다. 이 시기 쏟아져 나오기 시작한 역사·전기류의 소설이 과거 민족의 영웅을 호명하여 민족의 정체성을 형성하고자 한 것은 자기 부정의 시각을 극복하기

---

5 이유나에 따르면 회심은 오랜 기간 동안의 고심을 통해서 자신의 신념을 결정하는 것과 스스로의 의도가 개입될 여지가 없는 갑작스럽게 일어난 사건을 통해서 자신의 신념을 깨닫고 그것과 더불어 과거와 절연하는 것으로 나눌 수 있다. 그는 후자의 회심을 '이전과 이후(before-and-after) 구조'로 파악한다. 이유나, 『한국 초기 기독교의 죄 이해 1884~1910』, 한들출판사, 2007, 94면. 일반적으로 신소설에 나타나는 회심 사건은 후자의 경우이다. 신소설에서 후자의 경우를 채용하는 이유는 그것이 극적인 반전의 재미를 주기 때문이다. 사실 차분하고 꾸준하게 변모의 모습을 나타내는 전자의 경우는 신소설의 양식적 특성과 상합(相合)하지 않는다.

6 김상봉, 『서로주체성의 이념』, 길, 2007, 187면.

위한 노력의 소산이었다. 신소설은 다른 길을 택했다. 현재 민족이 안고 있는 결핍을 인정하고 서구의 타자성을 경유하며 나아갈 길을 모색한 것이다. 때문에 신소설에서는 특히 자기 식민화의 과정인 식민지적 무의식과, 식민주의적 의식에 따른 문명화의 위계적 구도를 잘 발견할 수 있다.

김교제의 『목단화』(광학서포, 1911)는 여성 교육의 중요성에 대하여 이야기하고 있는 작품이다. 작중 인물 정숙은, 서울 시댁에서는 신식 교육을 받았다는 이유로 소박을 당하지만 의주(義州)에서는 교육자로서 이름을 얻고 신안주에서는 당당하게 여러 사람 앞에서 일장 연설을 할 정도로 유명 인사가 된다. 화자에 따르면, 정숙의 교육 활동으로 "세계뎨일등 야만으로 지목밧든 의쥬 방면"은 "문명ᄒᆞᆫ 됴흔" 지역으로 변모하였다. 우리는 여기에서 '문명/야만'의 이분법적인 구도를 발견할 수 있다. 서울 구식 양반에게서 어림도 없는 일로 치부되었던 여성 '교육'이 한반도의 서북 끝에 자리한 의주에서 빛을 발하고 있는 것이다. '문명/야만'의 이분법적인 구도는 화자의 논평뿐만 아니라 작중의 한 장면에서도 포착된다. 정숙은 경의선 기차를 타고 오다 신안주 지방의 "여자 사회"의 부탁으로 그곳에서도 일장 연설을 한다. 연설을 하고 여관으로 돌아오다가 비를 만나 우연히 리 초시 집에 들게 되는데, 다음의 인용문은 리 초시 집에 대한 정숙의 시선이 드러난 구절이다.

> 정슉이는 감ᄉᆞᄒᆞ다 여러 번 치ᄉᆞᄒᆞ고 방으로 들어가니 코구멍만 ᄒᆞᆫ 방에 조희 ᄒᆞᆫ 장도 붓치지 안이ᄒᆞ고 텬뎡이며 바람벽에 몬지와 거믜줄은 뎐보국에 뎐보줄 얼키듯 비인틈업시 얼키여 늘어졋고 어둑컴〻ᄒᆞ기가 쥬야를 분간 못 ᄒᆞᆯ 만ᄒᆞᆫᄃᆡ 오즘ㅅ독을 방문 엽헤 뭇어 노앗든 고로 지리고 더러운 ᄂᆡᆷᄉᆡ는 코를 거슬너 구역이 나오는지라 간신이 코를 틀어막고 안졋더니[7]

정숙은 그 집의 크기를 '코구멍'에 비유한다. 집이 비좁을 뿐만 아니라 그리 쾌적하지도 않다는 표현이다. 그리고 거미줄과 먼지로 지저분하며 낮과 밤을 분간 못 할 정도로 어두컴컴하다. 게다가 방문 옆에 요강이 있어 거기서 나는 지린내 때문에 구역질이 난다. 한편 리 초시 내외는 서울 사람이 자신의 집에 왔다는 것에 당황한다. 그들에게는 서울 사람이 자신의 집에 왔다는 것 자체가 놀라운 사건이다. 여기서 우리는 정숙과 리 초시가 사는 지역적 공간인 서울과 지방이 각각 문명과 야만을 상징하는 공간으로 분할되어 의미화되고 있다는 것을 발견할 수 있다. 서울 사는 정숙이 리 초시의 집에 들어서는 순간 리 초시의 집은 문명의 빛이 필요한 공간으로 조명되고 있는 것이다. 그런데 이러한 '문명'과 '야만'을 분할하는 시선은 새삼스러운 것이 아니다.

> 그 방의 모습이 일본의 마사(馬舍)보다 좁고, 외양간보다도 더럽다. 그리고 사방의 광경을 둘러보건대 모두가 구토를 일게 하고 눈살을 찌푸리게 하는 것들뿐이다. 문 앞에는 깨진 요강이 있어 냄새가 코를 찌르고 …(중략)… 그 불결하고 누추하기란 아프리카 내지의 야만 지역에도 이토록 더러운 집은 없을 것이며, 몽고, 달단(韃靼)의 야만인이라 해도 이에서 사는 것을 기꺼워하지 않을 것이다.[8]

인용문은 『國民新聞』의 기자 마츠바라 이와고로(松原岩五郎)의 여행기 『征塵餘錄』(1896.2)에 실린 글로서 그가 들른 조선의 여숙(旅宿)과 조

---

7 김교제, 『목단화』, 광학서포, 1911, 336면.

8 松原岩五郎, 『征塵餘錄』(東京: 民友社, 1896), 『明治北方調査探檢記集成』 6, 東京: ゆまに書房, 1988, 225 · 234면; 박양신, 「19세기 말 일본인의 조선여행기에 나타난 조선상」, 단국대학교 동양학연구소, 『개화기 한국과 세계의 상호 이해』, 국학자료원, 2003, 82~83면에서 재인용.

선인 집에 대한 묘사이다. 마츠바라는 조선의 집을 '마사(馬舍)'와 '외양간' 등 동물이 사는 집과 비교한다. 그러면서 조선의 집이 좁고 더럽다는 것을 강하게 환기시킨다. 그리고 어김없이 요강을 버르집어 방 안에서 악취가 난다는 사실을 적시(摘示)하고 있다. 이를 통해 마츠바라는 조선이 아프리카나 몽고, 달단과 동궤에 있는 사회임을 강조한다.

이렇듯 일본인 마츠바라가 조선의 집을 바라보는 시선과 서울 사람 정숙이 신안주 지방의 집을 바라보는 시선은 흡사하다. 여기에는 문명인이 비문명적인 공간을 바라본다는 공통점이 존재한다. 또한 두 시선이 단순히 마츠바라와 정숙이라는 인물의 개인적이고 사소한 시선이 아니라 제도적 시선이라는 사실이 부가되어야 한다. 자신을 문명인으로 인식하고 야만적인 공간을 바라보는 순간, 비좁고, 더럽고, 냄새난다는 설명들은 자동적으로 기입되는 일련의 항목인 것이다. 여기서 문제가 되는 것은 두 시선에 함의되어 있는 위계적 성격이다. 마츠바라의 시선과 정숙의 시선은 표면적으로는 유사하나 그 심층에서는 성격을 달리한다. 그 시선의 주체가 속한 민족 혹은 국가가 각기 일본과 조선으로서 다르기 때문이다. 당시 문명개화를 기준으로 한 국제사회의 질서에서 볼 때, 조선은 일본에 비해 계층적으로 낮은 곳에 위치한다.

문명, 야만의 구분은 상대적인 것으로서 마츠바라에게 조선인 정숙은 야만의 자리에 있다.[9] 의주와 신안주 지방에 대한 정숙의 시선은

---

9 후쿠자와 유키치는 1874년부터 구상했고 그 이듬해에 탈고한 『문명론의 개략』에서 '문명개화'의 개념을 상대화했다. 즉 생산 양식과 문화의 차이에 따라 '야만', '반개', '문명'을 사회진화론적 발전 단계설의 논리에 기초해 세 단계로 위치 지은 것이다. 여기서 '반개'는 이들 세 항을 상대적인 관계 속에 재배치하는 촉매적인 기능을 수행한다. 고모리 요이치, 송태욱 옮김, 『포스트콜로니얼—식민지적 무의식과 식민주의적 의식』, 삼인, 2007, 33~36면 참조.

실상 마츠바라 들에게서 모방한 것에 다름없다. 정숙이 일본이나 서구에서 발신된 문명개화의 이념을 받아들이는 과정이 자기 식민화의 과정이었다고 한다면, 정숙이 의주 사람을 '보고', '문명화'하는 작업은 식민주의화의 과정이라고 할 수 있다. 즉, 신소설의 화자(지식인 인물)는 민족을 심급으로 하는 계몽적 주체이지만 문명이 도래한 일본 혹은 서구 문명의 시선에서 자유롭지 못한 존재이다. '그'(신소설의 화자)는 새로운 문명을 수용하는 주체이면서 동시에 그것을 전하는 계몽적 주체이기도 한 것이다. 따라서 신소설에는 문명화의 위계적 구도가 잘 드러나 있다. 신소설은 독자를 계몽하려는 욕구가 강한 서사 양식이기 때문이다. 특히 기독교 신앙으로의 회심을 중심 주제로 삼은 신소설은 선교 혹은 전도를 통해 그 위계적 구도를 드러낸다. 기독교 주제의 작품에서는 많은 경우 '문명/야만'은 '기독교 신앙/비기독교 신앙'으로 편성되어 있기 때문이다. 그런데 신소설에서는 이러한 특징이 뚜렷이 나타난 작품과 그렇지 않은 작품들이 있다. 이 글에서는 이들 작품을 분류하여 살펴봄으로써 그 특징에 대한 좀 더 심도 있는 논의를 이끌어 내려고 한다. 전자에 해당하는 작품은 『고목화』와 『박연폭포』이고, 후자에 해당하는 작품은 『광야』, 『부벽루』이다.

3.2. 민족 구원과 문명개화 실천—『고목화』(1907)와 『박연폭포』(1913)

이해조의 『고목화』와 이상춘의 『박연폭포』는 흥미로운 공통점과 주목할 만한 차이점을 지닌 작품들이다. 창작 시기를 놓고 볼 때, 두 작품은 약 6년이라는 시차(時差)를 지니고 있다. 이해조의 첫 창작 소설인 『고목화』는 『제국신문』에 1907년 6월 5일부터 10월 4일까지 연재되었고, 그 이듬해인 1908년, 상 · 하권 단행본으로 박문서관에서 출판되었다.[10] 그리고 이상춘의 『박연폭포』는 1913년에 유일서관에서 간행되었다.[11] 이 두 작품은 주인공이 도적들에게 잡혀가는 것으로 이야기가 시작된다는 점, 또한 주인공이 도적굴에서 빠져나와 기독교를 받아들이고 종교적 신념으로 도적들을 감화시킨다는 공통점이 있다. 이러한 점에서 두 작품은 앞 장에서 다룬 우화 양식 소설들의 의식형태, "나라를 구원하기 위해서 기독교를 받아들여야 한다"가 반영된 지각형상이라고 할 수 있다. 그러나 두 작품 간에 놓여 있는 시차는 단순히 6년이라는 물리적 시간(時間)에 기인한 차이뿐만 아니라 세계를 바라보는 시각(視覺)의 차이를 내포하고 있다. 1910년 경술국치(庚戌國恥) 이전 사고의 준거(準據)가 '망해 가는 나라'에서 시작했다면, 1910년 이후 사고의 준거는 '망해 버린 나라'에서 시작한다. 구원의 방편으로 똑같이 기독교를 선택했다 하더라도 역사 · 사회적 전제가 다른 것은 유의할 사항이다.[12]

---

10 전광용은 『고목화』의 단행본 초판 서지에 대해 "현공렴 발행자, 李東儂 저작자, 고목화, 1908년 1월 20일 초판 출간"으로 기록해 놓았다. 전광용, 「『枯木花』에 대하여」, 『국어국문학』 71집, 1976 참조. 한편 최원식에 따르면 『고목화』의 초판은 박문서관 1908년 본이다. 최원식, 『한국근대소설사론』, 창작사, 1986, 31면. 전광용은 출판사명을 밝히지 않았고, 최원식은 발행자명을 밝히지 않아 두 판본이 같은 판본을 지시하는 것인지는 확인할 길이 없다. 그런데 분명한 것은 두 연구자 모두 『고목화』의 초판이 1908년에 간행되었다고 한다는 사실이다. 그런데 필자는 1908년에 간행된 판본을 확인하지 못했다. 확인할 수 있었던 판본은 국립중앙도서관에 소장 중인 동양서원 1912년 본과 아세아문화사에서 영인한 박문서관 1922년 본이다. 이 두 판본은 내용상으로는 큰 차이가 없다. 다만 각각 148면, 139면으로 분량상 약간의 차이가 있고 단어의 표기법이 다를 뿐이다. 그런데 박문서관 본의 경우 발화의 주체와 그 주체의 대사 배열에 있어 오류가 더러 눈에 띈다. 그리고 동양서원 1912년 본이 박문서관 1922년 본보다 판형이 더 정교하고 세련되었는데, 이 점으로 보아 박문서관 1922년 본은 박문서관 1908년 본과 동일한 판본으로 추측된다. 이 글에서는 이러한 추측에 근거하여 박문서관 1922년 본을 초판본이라고 판단하여 텍스트로 삼았다.

11 남궁준 편집 겸 발행이며, 본문 첫 장에 "開城 李常春 原著"라고 표기되어 있다.

『고목화』와 『박연폭포』에서 공히 등장하는 도적굴 화소는 명말(明末)의 단편집 『금고기관(今古奇觀)』 중 「이견공궁도우협객(李汧公窮途遇俠客)」에서 유래했다.[13] 이 화소는 두목을 잃은 도적들이 법당에 머리 없는 새를 그려 놓고 기다리다, 그 새의 머리를 그려 놓은 사람을 두목으로 삼기 위해 자신들의 소굴로 데리고 간다는 내용을 담고 있다. 뒤에 자세히 살펴보겠지만 『박연폭포』는 『고목화』의 서사 구조를 상당 정도 수용한 작품이다.

『고목화』는 이해조의 첫 창작 소설이다. 그 이전에 이미 그는 『잠상태(岑上苔)』를 『少年韓半島』(1906.11~1907.4)에 연재한 바 있지만, 이 작품은 옛 한문 소설을 저본으로 한 백화체 소설이라는 점에서 그렇다. 첫 창작이니만큼 이해조는 한문 단편 화소를 빌려 이야기의 실마리를 풀었다. 또한 여러 한문 단편 중, 도적굴 화소가 담긴 「이견공궁도우협객」을 취택(取擇)한 것은 작가 이해조가 체감하고 있는 당대 사회에 대한 인식이 반영되었다고 볼 수 있다. 당대 사회는 마치 도적굴처럼 법률과 제도가 무용한 사회라는 인식이 담겨 있는 것이다.[14] 한편, 『고목

---

12 경술국치라는 사회 · 역사적 사건을 들어 신소설의 경향을 설명하는 방식은 연구자들에 의해 많이 시도되었다. 특히 이들 시도는 1910년대 신소설의 통속화 경향을 설명하는 데 할애되었다. 박혜경은 이에 대해 다분히 일면적인 시각이라고 비판하며 "신소설이 점차 통속화의 길로 나아간 것은 외부적인 상황 변화 탓이라기보다 근대의 물적 토대가 빈곤한 상태에서 일종의 이념적 포즈로 자신의 실체를 주장했던 계몽의 논리가 스스로 자체의 한계를 드러내 보인 양상"으로 볼 수 있다고 지적한다. 박혜경, 『이념 뒤에 숨은 인간』, 역락, 2009, 66면.

13 최원식, 앞의 책, 65면.

14 한기형은 『고목화』에서 오 도령과 관련된 도적 화소와 기독교와 관련된 문명개화 화소는 부조화한다고 지적한다. 작가가 창작 능력을 갖추지 못해 주제의 구현과 무관한 삽화들이 인위적으로 배치되었기 때문이라는 것이다. 한기형, 『한국 근대소설사의 시각』, 소명출판, 1999, 58면. 작가의 창작 능력 부족에 관한 지적은 마땅하지만, 주제의 구현과 무관한 화소 배치라는 것에 대해서는 동의할 수 없다. 도적굴 화소는 당대 사회에

화』와 『박연폭포』의 기독교는 문명의 기호로서 작중에서 도적굴을 밝혀 주는 빛의 성격을 강하게 띠고 있다. 문명을 받아들여야 하고, 받아들인 문명은 전파해야 한다. 그것은 두 작품에서 회심 사건이 계층화되어 있는 것으로 나타난다. 이에 대한 구체적인 양상은 작품 분석을 통해 살펴보기로 한다.

1) 문명의 빛과 그림자—『고목화(枯木花)』(1907)

이해조는 1869년 2월 27일 경기도 포천에서 태어났다. 그는 인조의 셋째 왕자 인평대군의 10대손으로서 조선 왕조와 친연 관계에 있는 집안 출신이다. 1907년 6월 제국신문사에 입사하였으며, 대한협회, 기호흥학회에서 애국계몽운동에 열성적으로 참여했다. 경술국치 후, 그는 매일신보사에 입사하면서 일제와 타협의 길을 선택했다. 1919년 이후 이해조는 보수적 유생으로 퇴행하고, 1927년 5월 11일 포천에서 59세를 일기로 타계했다.[15] 최원식은 이해조의 연보에 기독교와 관련된 사항을 덧붙였다. 1905년 7월, 이해조가 연동교회에 입교하였고, 1907년 3월, 사찰위원(査察委員)으로 피임되었음을 밝힌 것이다.[16] 이해조가 연동교회에 처음으로 나가기 시작할 때는, 을사늑약 이후 이 교회에서 한국이 완전한 독립국이 되기를 기원하는 기도회가 매일 오후 3시에서 4시까지 한 시간 동안 열려, 온 장안의 주목을 받았을 시점이다.[17]

대한 상징적인 메타포의 기능을 수행하고 있으며 이상춘이 그 화소를 그대로 받아들인 것도 그것에 대한 비슷한 의식을 공유하고 있었기 때문이다.

15 최원식, 앞의 책, 16~29면 참조.

16 조창용, 『백농실기』, 독립기념관 한국독립운동사연구소, 1993, 42면; 최원식, 「동아시아의 조지 워싱턴 수용」, 『한국계몽주의문학사론』, 소명출판, 2002, 167면에서 재인용.

17 한규원, 『개화기 한국 기독교 민족교육의 연구』, 국학자료원, 1997, 430면. 그리고 연동

연동교회의 활발한 구국(救國)을 위한 활동이 조선 왕조의 후손이자 유교적 소양을 갖춘 이해조의 마음을 움직였던 것이다. 이러한 작가의 기독교에 대한 관심은 소설 창작에서도 나타났다. 그는 연동교회의 사찰위원이 된 지 3개월이 지난 시점에 『제국신문』에 『고목화』를 연재했다.

①『고목화』의 회심

『고목화』는 권 진사가 하인 갑동과 속리산 법주사에 갔다가 자신들의 두목을 구하는 도적들에게 붙잡혀 도적굴로 끌려가는 신세가 되는 것으로부터 시작한다. 도적굴에는 권 진사처럼 붙잡혀 온 과부 청주집이 있었는데, 권 진사는 청주집의 도움에 힘입어 도적굴에서 탈출한다. 그런데 그는 청주집을 구할 생각을 하지 않고, 오로지 도적들이 도망간 자신을 다시 찾아올 것이 두려워 서둘러 가족을 이끌고 서울로 이사한다. 그리고 서울에 와서는 신경 쇠약으로 몸져눕는 신세가 된다. 도적굴을 빠져나온 이후에 보이는 권 진사의 일련의 행적은 무책임하기 그지없다. 그는 목숨을 걸고 자신을 구해 준 청주집의 안위에 대해서는 아무런 관심도 보이지 않고 있는 것이다. 애초 작품에 나타난 권 진사의 행적 역시 미덥지 못했다. 그가 이 산 저 산 구경을 다니는 이유는 상처(喪妻)한 후, 마음이 울적할 뿐만 아니라 어미 잃은 네

교회는 기도문을 작성하고 그것을 1만여 장 정도 인쇄하여 거리에 배포까지 하였다. 그 기도문의 내용은 다음과 같다. "萬王의 王이신 하나님이시여 우리 韓國이 罪惡으로 沈淪에 드렷스ᄆᆡ 오직 하나님밧게 빌 ᄃᆡ 업사와 우리가 一時에 祈禱ᄒᆞ오니 韓國을 불샹히 녁이사 耶利未亞와 以賽亞와 但以理의 自己 나라를 爲ᄒᆞ야 懇求ᄒᆞᆷ을 드르심갓치 韓國을 救援ᄒᆞ사 全國人民으로 自己 罪를 悔改ᄒᆞ고 다 天國百姓이 되어 나라이 하나님의 永遠ᄒᆞᆫ 保護ᄅᆞᆯ 밧아 地球上에 獨立國이 確實케 ᄒᆞ야 쥬심을 耶蘇의 일홈으로 비ᄋᆞᆸ나이다"『大韓每日申報』, 1905.11.19.

살 먹은 어린아이가 보채면 화가 나서였다. 이처럼 권 진사는 현실에 대한 응전 능력도 없고 책임감이 결여된 인물이다. 무책임하고 무능했던 권 진사가 자리를 털고 일어나 청주집을 구하기 위해 집을 떠날 수 있었던 것은 조 박사 덕분이다.

> 죠 박사ᄂᆞᆫ 본ᄅᆡ 야박ᄒᆞ고 경솔ᄒᆞ기로 ᄑᆡ호ᄒᆞ얏던 ᄉᆞᄅᆞᆷ인ᄃᆡ 미국을 가셔 셩경 공부를 ᄒᆞᆫ 후로 독실ᄒᆞᆫ 신ᄉᆞ가 되야 진리를 ᄭᆡ다름으로 젼에 ᄒᆞ던 힝실을 낫々치 회ᄀᆡᄒᆞ고 도덕군ᄌᆞ가 된 사ᄅᆞᆷ이라 날노 권 진사를 위ᄒᆞ야 상뎨게 긔도々 ᄒᆞ고 죠흔 말노 병ᄌᆞ를 인도々 ᄒᆞ니 권 진사 병은 사지ᄇᆡᆨ히에 고항지질 안이라 다만 급히 놀남을 당ᄒᆞ야 일신에 류통ᄒᆞᄂᆞᆫ 혈분이 번격이 되야 신경에 슌환이 잘되지 못ᄒᆞᆷ으로 졍신이 상실ᄒᆞᆫ 증셰라 죠 박사에 약도 신효ᄒᆞ고 졍셩도 간졀ᄒᆞᆫ 고로 얼마 안이 되야 완젼ᄒᆞᆫ 사ᄅᆞᆷ이 다시 되얏더라[18]

조 박사는 미국 화셩돈(워싱턴)대학에서 의학을 공부하고 한편으로는 성경을 공부하여 독실한 기독교 신자가 된 인물이다. 화자는 조 박사가 원래 성품은 야박하고 경솔하였지만 신앙을 가진 다음 도덕군자가 되었다고 한다. 기독교 신앙은 성품과 행실을 바꾸는 힘이 있다는 믿음은 동시대 담론의 공통된 인식소(認識素)였다. 『은세계』에서 미국으로 유학 간 옥순과 옥남 남매는 미국인 시엑기 아니스를 만난다. 이 작품의 화자는 시엑기 아니스를 "ᄒᆞ나님을 아바지 ᄉᆞᆷ고 셰계 인죵을 형뎨갓치 ᄉᆞ랑ᄒᆞ고 야쇼교를 실심으로 밋ᄂᆞᆫ ᄉᆞᄅᆞᆷ"[19]이라고 하며, 옥순과 옥남은 시엑기 아니스의 교육을 통해 "마음이 ᄒᆞᆫ층 더 널너지고 목

18 이해조, 『고목화』, 박문서관, 1922, 108면.
19 이인직, 『은세계』, 110면.

덕 범위가 훈층 더 커져셔 텬ᄒ를 한집갓치 울고 사해를 형데갓치 녀겨셔 몸은 덕의상(德義上)에 두고 마음은 인ᄋ덕(仁愛的)으로 가저셔 구구ᄒᆫ 싱각이 업고 활발ᄒᆫ 마음이 싱기더니 학문에 락을 붓쳐셔 고향 싱각을 이저버린다"[20]고 말한다.

이렇듯 『고목화』와 『은세계』의 화자에 따르면 기독교는 성품을 바꾸며 좁은 마음과 좁은 시야를 넓게 해 주는 종교라는 것인데, 이러한 담론은 『독립신문』 이래로 교육 담론 가운데 널리 회자된 것이다. 이것은 자연스레 우리나라가 서구 문명에 미치지 못한 것은 민족성에 결함이 있기 때문이므로 그것을 해결하기 위해서는 기독교의 교화가 필요하다는 논리로 전개되었다. 이 과정에서 민족성의 결함은 서사에서 병리학적인 것으로 표현된다. 권 진사의 무능력과 무책임도 이와 같은 차원에서 이해할 수 있을 것이다. 따라서 권 진사와 조 박사의 만남은 갑동에 의해 매개된 우연적이며 사소한 만남이 아니라 병든 조선과 그 병을 치유할 수 있는 기독교 문명과의 만남으로 의미화될 수 있다. 권 진사의 회심은 또한 악인 인물 유형인 오 도령과 괴산집의 회심으로 이어진다. 권 진사는 기독교적인 사랑으로 오 도령과 괴산집을 용서하고 그들도 자신처럼 신앙을 갖게 하는 것이다.

여기에서 권 진사가 오 도령과 괴산집을 용서하고 그들을 기독교 신앙으로 이끈 것에 대해서는 주목을 요한다. 전대 소설은 물론 신소설에서는 권선징악의 논리에 따라 오 도령과 같은 이는 처벌에 처해지기 마련이었기 때문이다. 오 도령 들이 처벌 대신 용서를 받는 것은 기독교 신앙 자체가 용서와 사랑의 의미를 지니고 있기 때문이기도 하지만, 작가가 기독교 신앙을 민족 구원을 위한 대안적 기준[21]으로 받아

20 위의 책, 111면.

21 권보드래, 「신소설에 나타난 기독교의 의미」, 『한국현대문학연구』 6집, 27면.

들이고 있기 때문이다. 이는 한편으로 권 진사의 자기 식민화와 오 도령 들에 대한 재식민화 과정으로 이해할 수 있다. 앞서 『목단화』에서 살펴보았듯이 권 진사는 정숙의 자리에 서 있다. 그런데 『고목화』는 문명개화라는 독립변수에 마냥 종속적이지는 않다. 작중에서 문명에 대한 거리 감각이 유지되고 있기 때문이다. 그것은 작중의 '기차'를 통해 드러난다.

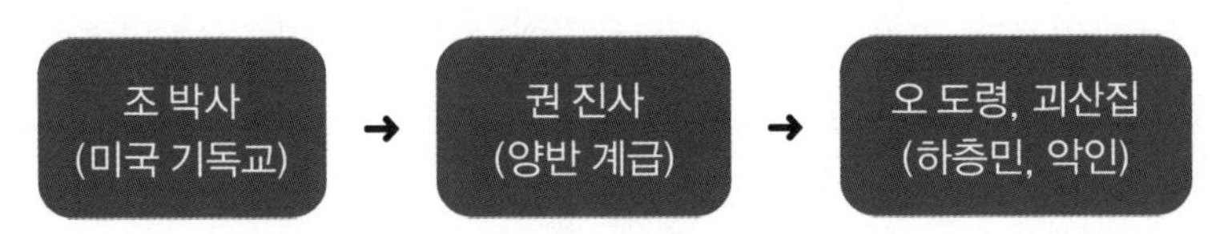

그림 1 『고목화』에 나타난 '회심'의 위계적 구도

② 『고목화』의 '기차'

권 진사의 청주집 구원은 단번에 완성되지 않고 지체된다. 권 진사가 청주집을 구하러 조 박사와 보은으로 내려갈 때는, 이미 청주집이 아버지 박 부장과 함께 도적굴을 빠져나온 이후이다. 청주 진영 포교들이 도적굴을 습격하여 그들을 구해 낸 것이다. 청주집은 박 부장을 설득하여 권 진사가 살고 있는 서울로 곧바로 올라온다. 그런데 청주집이 서울로 올라올 때 이용한 교통수단은 사인교(四人轎) 가마다. 청주집은 가마를 타고 서울로 올라오고 권 진사는 기차를 타고 보은으로 내려가는 바람에 길이 어긋난 것이다. 그 이후 『고목화』 하권의 서사에는 인물들의 서로 엇갈리는 여정이 계속되는데 원인은 기차 때문이라고 할 수 있다. 특히 기차가 서사 구성에 중요한 역할을 한다는 점에서 하권의 주인공은 기차다. 기차를 통해서 『고목화』의 작가가 인식하는 문명의 성격과 그 의미를 확인할 수 있다는 점에서 작중에 나타난 기차에 대한 고찰은 중요하다.

작중에는 기차를 주요한 소재로 채용하기 위한 포석으로 우리나라 기차에 관련한 역사가 인물들의 대화를 통해 채워져 있다. 권 진사 모친의 말에 의하면 권 진사는 집을 떠나 칠팔 삭이 되도록 소식이 없다가 신축년(辛丑年)에 집으로 돌아왔다.[22] 그리고 그로부터 4~5년이 지나[23] 갑동이 기차를 타고 권 진사를 찾아왔다. 여기서 신축년은 1901년이니 갑동이 권 진사를 찾으러 간 해는 1905~1906년이다. 경부선(京釜線)은 1904년 12월 27일에 완공되고 1905년 1월 1일에 전 구간이 개통되었다. 작중에서 권 진사를 찾아가기 전, 갑동이 "들으닛가 근일에 부산철도를 다 노아셔 몃 시간이면 셔울을 들어간다고 ᄒᆞ니"라고 하니 비슷한 시점이다. 그리고 청주집이 복돌과 함께 타게 되는 경의선(京義線)은 1906년 4월 3일 용산과 신의주 간 철도가 개통됨으로써 열렸다. 이렇게 『고목화』의 인물들은 1905~1906년에 완공된 경부선, 경의선을 따라 이동한다. 경부선과 경의선이 작중 배경인 셈이다. 그렇다면 경부선과 경의선을 오가는 『고목화』의 기차는 어떤 의미를 담고 있을까?

다음의 인용문들은 『고목화』에 등장하는 기차와 관련한 대목들이다.

---

22 "그ᄯᆡ 너고 갓치 나가셔 칠팔 삭이 되도록 소식이 돈절ᄒᆞ더니 무술 긔히 아마 그ᄒᆡ가 신축년인가 보다 그ᄒᆡ 이월 금음에 일신에 유혈이 낭ᄌᆞ하고 들어오시더니 그 밤으로 셔울로 이사를 ᄒᆞᄂᆞᆫᄃᆡ 중노에셔붓터 병환이 들어 일신을 운동치 못ᄒᆞ고" 이해조, 앞의 책, 98면.

23 『고목화』 상권은 권 진사가 솔가하여 서울로 올라가고, 박 부장이 도적들에게 붙잡혀 딸 청주집과 함께 도적굴에 있는 신세가 되는 것으로 끝난다. 그리고 『고목화』 하권은 박 부장과 청주집이 부녀 관계라는 것이 밝혀져 위기에 처하고 갑동이 권 진사를 찾아 서울로 올라가는 것으로 시작한다. 상권과 하권 사이에는 4~5년의 시간 차이가 있다. "청주집은 가ᄉᆞᆷ이 숫등걸이 다 되도록 참고 참으며 지ᄂᆡ기ᄂᆞᆫ 권 진ᄉᆞ가 지각도 업지 안코 의로도 잇ᄂᆞᆫ 터에 죠만은 알 수 업스나 ᄌᆞ긔의 힘것 주션을 ᄒᆞ야 죠흔 소식이 잇쓰려니 십어 ᄒᆞ로이틀로 한 달 두 달을 지나 그럭더럭 **사오 년**이러라" 위의 책, 82면. "져의 갓흔 아ᄒᆡ들이 별 볼 일이야 잇겟슴닛가마는 **사오 년** 전에 져 잇ᄂᆞᆫ 집 주인어룬이 셔울 오신다고 ᄯᅥᄂᆞ가시든이 오날ᄭᆞ지 소식이 업슴으로"(강조는 인용자) 위의 책, 91면.

A. 갑동이가 밧아 들고 화륜거 오기만 기다린다 오륙월 소락비에 천동갓치 우루々 소리가 뎜뎜 갓가이 들니며 지동홀 쩍쳐럼 두 불이 썰니더니 연긔가 펄석々々 나며 귀청이 콱 막계 쎄익 ᄒᆞᄂᆞᆫ 한마듸에 사방이 두주 모양으로 싱긴 것이 큰나큰 집치 갓흔 륜거 되여셧을 쏭문이에 들고 순식간에 들어와셔닛가 이 간 뎌 간에셔 혹 보쌀이도 들고 혹 짐짝도 메인 사름들이 수역々々 나온 후 됴곰 잇드니 **일본 사름 하나이 상여 압헤셔 치ᄂᆞᆫ 요령 갓흔 것을 흔들며 무어시라고 소릐를 질르고 도라단기닛가** 표 사 가지고 잇든 사름들이 분주히 올으ᄂᆞᆫ듸 갑동이도 갓치 탓더라 평싱에 신교바탕도 한번 타 보지 못ᄒᆞᆫ 갑동이가 쳐음으로 긔ᄎᆞ 위에 올나안즈니 콩길음시루갓치 사름이 쎅々ᄒᆞᆫ듸 쎄익 소릐가 쏘다시 나더니 몸이 별안간에 훼々 닉둘녀 불아질이 ᄂᆞᆫ다 긔차 창문 밧그로 뵈이ᄂᆞᆫ 산과 나무들이 확々 달음질을 ᄒᆞ야 정신이 엇득엇득ᄒᆞ고 긔계간에셔 셕탄 닉식ᄂᆞᆫ 바름결에 코를 거슬너 비위가 뒤노으니 두 손으로 걸상을 검쳐 붓들고 아모리 진정ᄒᆞ랴도 졈々 견댈 수가 업스며 입으로 쏭물을 울걱々々 토ᄒᆞ고 업듸엿ᄂᆞᆫ듸 어듸를 왓ᄂᆞᆫ지 다시 요동을 안이 ᄒᆞ고 사름에 신발 소릐가 우둥々々ᄒᆞ드니 누가 겻혜와 억기를 흔들며 이이 너 어듸로 가ᄂᆞᆫ 아희냐 어셔 정신을 ᄎᆞ려 이러나거라[24] (강조는 인용자)

B. 청주집이 홀일업셔 차에 올ᄂᆞ 한편 구셕에 가 쥐 죽은 듯시 안젓스니 압뒤에셔 천동 갓흔 소릐ᄂᆞᆫ 정신을 ᄎᆞ릴 수 업고 평싱의 마죠 보도 못ᄒᆞ든 본국 사름 타국 사름이 무수히 들셕들셕ᄒᆞ야 정거홀 쩍마다 청주집은 최가々 닉리ᄌᆞ ᄒᆞ기만 기다리고 잇더니 언마를 왓든지 살ᄀᆞ치 나가던 차가 별안간에 뒤로 몸으청ᄒᆞ며 쑥 긋쳐 정거를 ᄒᆞ니 **어셔 그**

24 위의 책, 89~90면.

러케 예비를 힛든지 열ᄃᆡ여셧 살 된 아ᄒᆡ들이 모판을 압흐로 메고 이 문 져 문으로 드나들며 못지가 요로시 々々々 々々々 외ᄂᆞᆫ 소ᄅᆡ에 귀가 식그럽고 긔계통에 김 ᄲᆡᄂᆞᆫ 소ᄅᆡ를 몃 번ᄌᆡ 듯ᄂᆞᆫ 터이언만 들을 적마다 가슴이 덜컥々々 ᄂᆡ려안ᄂᆞᆫ다[25] (강조는 인용자)

C. 괴산집은 업고 오 도령은 부축을 ᄒᆞ여 날이 ᄉᆡ도록 가더니 **큰길에 나셔며 일본 ᄉᆞ람이 득시글々々々ᄒᆞ다** 여긔가 어ᄃᆡ냐 물어볼 수도 업고 일본말을 ᄒᆞ지 못ᄒᆞ니 젼션ᄃᆡ 늘언히 셔 잇는 그 밋헤다가 쳘노를 노앗ᄂᆞᆫᄃᆡ 집 모양만 보아도 졍거장 갓기ᄂᆞᆫ ᄒᆞ나 지명은 알 슈 업더니 쳥주집이 젼션ᄃᆡ에 써 부친 글ᄌᆞ를 보고[26] (강조는 인용자)

인용문 A는 갑동이가 조치원역에서 기차를 타고 서울역까지 오는 여정을 담은 장면이다. 여기에서 기차에 대한 묘사는 기차라는 근대 문명의 운송 수단을 처음 목격한 감동과 충격이 고스란히 반영되어 있다. 어린 갑동이 먼 거리에 떨어져 있는 권 진사의 집에 홀로 찾아가서 제 부모와 만날 수 있었던 것은 경부선 기차가 개통되었기 때문이다. 그렇지 않았다면 갑동이는 감히 혼자 서울로 갈 생각을 하지 못했을 것이다. 그렇게 유용한 운송 수단이지만 정작 갑동은 기차 안에서 심한 멀미를 하며 정신을 잃는다. 갑동에게 조치원에서 서울로 향하는 기차 안은 구원자가 나타나야 하는 위험한 공간이다. 갑동이는 기차 안에서 조 박사를 만난다. 의사인 그는 부산에 사는 친구를 치료하고 서울로 올라오는 길이었다.

이후로 기차는 『고목화』의 인물들이 서로 엇갈리며 고난과 행복을

25 위의 책, 125면.
26 위의 책, 138면.

교대로 만나게 하는 역할을 한다. 앞에서 청주집과 박 부장이 기차를 타지 않고 가마를 탔기 때문에 권 진사와 길이 어긋났다고 말했다. 그렇게 길이 어긋난 바람에 청주집은 다시 위험에 처한다. 리 경무사의 하인 복돌이 청주집을 납치한 것이다. 복돌은 청주집을 남들이 모르는 곳에서 확실히 차지하기 위해 여정(旅程)의 기착지를 송도(松都)로 정하고 경의선에 오른다.

인용문 B는 청주집이 만난 경의선 기차의 풍경이다. 그녀에게도 기차는 낯설다. 기차의 기적 소리는 천둥 소리처럼 들리고 그녀가 체감하는 기차의 속도는 빠른 화살 같다. 그리고 난생처음 보는 외국 사람들의 모습도 눈에 띈다. 그래서 청주집은 쥐 죽은 듯이 옹색하게 자리에 앉아 있다. 청주집은 갑동이처럼 기차 안에서 멀미는 하지 않지만 기차에서 내릴 때 넘어져 압사당하는 위험에 처한다. 이때 청주집을 구하는 사람은 예전에 자신을 못살게 굴었지만 권 진사와 조 박사를 통해 회개한 오 도령과 괴산집이다.[27] 청주집에게도 기차는 위험한 공간이며 도움이 필요한 공간인 것이다.

---

27 여기서 지적해 둘 것은 기차 안에서 갑동이는 조 박사를 만나고, 청주집은 괴산집과 오 도령을 만난다는 점이다. 기차는 구원자를 만나야 하는 위험한 공간이기도 한 것이다. 또한 『혈의 누』에서도 기차에서 옥련과 구완서가 만난다는 점은 흥미롭다. “ᄲᆞ르던 긔차가 차차 쳔쳔이 가다가 ᄯᅡᆨ 멈치면셔 ᄇᆞᆫ동되야 뒤로 물러ᄂᆞ니 셧던 옥년이가 너머지며 손으로 셔싱의 다리를 집흐니 공교히 셔싱 다리의 신경ᄆᆡᆨ을 집흔지라 그ᄯᅢ 셔싱은 창밧만 보고 안졋다가 입을 ᄯᅡᆨ 버리면셔 ᄭᅡᆷᄶᅡᆨ 놀라 도라다보니 옥년이가 무심즁에 일본말로 실례이라 ᄒᆞᄂᆞ 그 셔싱은 일본ᄆᆞᆯ을 모르ᄂᆞᆫ 고로 아라듯지ᄂᆞᆫ 못ᄒᆞᄂᆞ 외양으로 가엽서하ᄂᆞᆫ 쥴로 알고 그 ᄃᆡ답은 업시 죠흔 얼골빗츠로 ᄊᆞᆫ믈을 ᄒᆞᆫ다” 이인직, 『혈의 루』, 광학서포, 1907, 62면. 김동식에 따르면 기차의 객실은 남자, 여자, 신분의 구별 없이 모이는 “평등한 공간”이며 하나의 “작은 세계”이다. 김동식, 「철도와 근대성: 「경부철도노래」와 「세계일주가」를 중심으로」, 『한국 근대문학의 풍경들』, 들린아침, 2005, 116~121면. 이러한 공간의 특이성 때문에 신소설에서 신분이 다른 이들이 우연히 만나는 장소로 기차 안이 자주 설정된 것 같다.

인용문 C는 오 도령과 괴산집에 의해 구원을 받은 청주집이 문산포에서 서울로 가는 기차를 타려는 장면이다. 결국 청주집은 기차를 타고 서울로 가서 권 진사와 재회할 수 있게 된다. 여기서 주목할 것은 『고목화』에서 기차가 나오는 장면에 모두 일본인 또는 일본과 관련된 삽화가 등장한다는 것이다.[28] 인용문 A에서 등장하는 일본인은 역무원인 것처럼 보인다. 그가 울리는 요령(搖鈴)을 신호로 하여 사람들이 기차에 올라타기 때문이다. 그런데 기차의 역무원이 일본인이라는 것은 그 기차가 일본의 소유일 가능성을 보여 주는 대목이다. 또한 화자는 그 일본인이 치는 요령을 "상여 압헤셔 치는" 것 같다고 묘사하고 있다. 역무원이 울리는 요령에서 주검을 실어 나르는 상여를 연상한다는 것은 어떤 점에서는 그 일본인 역무원의 존재에 대한 화자의 불쾌감을 보여 준다고 해석하는 것도 가능할 것이다. 인용문 B에는 기차가 정거장에 멈추어 설 때마다 일본말로 외치며 떡을 파는 아이들에 대한 묘사가 담겨 있다. 아마도 이 아이들은 한국인으로서 "떡이 좋습니다"라는 뜻인 "못지가 요로시(餅もちが よろしい)" 정도만 외워서 일본인들에게 떡을 파는 이들일 것이다. 한국에서 운행되는 기차 안에서 일본말로 떡을 판다는 것은 그만큼 기차 안의 승객 중에는 한국

28 이에 대해서는 이미 최원식과 전성욱이 간략하게 지적한 바 있다. 최원식은 철도가 한국과 중국을 침략하려는 일제의 군사적 목적에 긴박되어 있다는 점을 들어 『고목화』의 일본인과 철도와 관련된 삽화는 일제의 침략을 간접적으로 환기시키는 장치라고 하였다. 그리고 『혈의 누』에서는 일본인이 조선인의 구원자로 미화되어 있는 데 반해, 『고목화』에서는 그렇지 않다고 하였다. 최원식, 앞의 책, 60~62면. 전성욱은 『고목화』의 기차와 철도 묘사에서 나타나는 일본인의 존재는 일제의 조선에 대한 식민화의 준비가 착착 진행되는 상황을 보여 준다고 했다. 전성욱, 「근대계몽기 기독교 서사문학 연구」, 동아대학교 석사학위 논문, 2004, 88면. 이 글에서는 최원식과 전성욱이 기차와 철도에 대해 소략하게 해석한 것에 유의하면서 『고목화』에서 기차와 일본인의 관계를 살펴보고자 했다.

인보다 일본인이 많다는 의미로 볼 수 있다. 한국인과 일본인의 경제적 계급의 차이, 그리고 역시 기차의 소유권이 결국 누구에게 있는지 짐작할 수 있는 대목이다.

인용문 C에서는 기차역 가는 큰길에 일본인들만 득실득실한 것을 보여 주고 있다. 정재정에 따르면 1913년 현재, 일본인 이주자들의 약 70%가 철도연선(鐵道沿線)에 집중되어 이곳은 바야흐로 일본인의 집단 거주지로서 소일본국화(小日本國化)되어 갔다고 한다. 철도역 근처에 일본인이 많이 거주했다는 지적이다. 이런 점에서 이 인용문 역시 기차와 일본과의 관계를 암시하는 삽화라고 볼 수 있다.[29] 문명의 상징으로 기차를 조명하면서도 그것 안에 내재해 있는 정치적 성격에 대한 염려가 『고목화』의 기차 삽화에는 담겨 있다.[30]

요컨대 『고목화』의 숨은 주인공이라고 할 수 있는 기차에는 당대 사람들이 직면했던 문명에 대한 의식이 구체적이며 생생하게 드러나 있다. 그런데 그 문명에 대한 의식은 양가적(兩價的)이다. 기차의 속도는 선망(羨望)할 것이지만 한편으로 두려운 것이기도 하다. 갑동과 청주집은 기차가 가진 속도의 혜택을 누리면서도 기차 안에서 멀미를 하거나 넘어져 위기에 처하고 말기 때문이다. 여기서 문명에 대한 두려움에는 일본이 결부되어 있다는 사실을 주목해야 한다. 『고목화』에는 문명을 희구하되 그 문명의 발신지 혹은 경로에 해당하는 일본에

---

29 정재정, 「韓末 · 日帝初期(1905~1916년) 鐵道運輸의 植民地的 性格(下)—京釜 · 京義鐵道를 中心으로」, 『한국학보』 8집, 1982, 161면. 이러한 사실로 볼 때 역 주변에 일본인이 많다고 묘사한 장면은 사실적인 묘사로 볼 수 있으며, 또한 그러한 사정에 대한 작가의 반감이 표출된 것이라고 이해할 수 있을 것이다.

30 일본이 철도를 이용하여 어떻게 조선 사회를 침탈했는지에 대해서는 다음 논문에 구체적으로 실증되어 있다. 정재정, 「大韓帝國期 鐵道建設勞動者의 動員과 沿線住民의 抵抗運動」, 『韓國史研究』 73집, 1991.

대한 거리 의식이 나타나 있는데, 이것은 당시에 있었던 민족이 먼저냐 문명개화가 먼저냐라는 딜레마의 표현이라고 할 수 있다. 그런 점에서 『고목화』 서사를 구원으로 이끄는 최종적인 귀착지가 미국에 유학한 조 박사와 기독교라는 점에 주목해야 한다. 이때 『고목화』의 문명기호로서 기독교는 일본을 경유한 문명과의 거리 의식과 민족 국가에 대한 관심이 동시에 표현되어 있는 것이다.[31]

『고목화』의 기독교적인 화해와 용서 그리고 민족 구원에 대한 관심의 특징은 이상춘의 『박연폭포』와 비교함으로써 더욱 밝히 드러날 것이다. 그것은 『고목화』를 다시 쓴 이상춘의 기독교에 대한 생각과 작품의 창작 시기의 차이에 따른 결과이기도 하다. 다음으로는 『박연폭포』에 대해 살펴보기로 하자.

---

31 이는 『고목화』의 작가 이해조가 다니던 연동교회의 담임 목사가 캐나다인 게일 목사라는 점과 관련지을 수 있다. 게일(James Scarth Gale; 奇一) 목사는 1900년 5월, 연동교회에 부임하여 27년 동안 목사직을 수행했다. 고춘섭 편저, 『연동교회 100년사: 1894~1994』, 대한예수교장로회 연동교회, 1995, 127면. 꼭 미국의 영향이 아니더라도 을사늑약 이후 생겨난 일본에 대한 경계심이 표현된 것이라고도 할 수 있다. 앙드레 슈미드에 따르면 『황성신문』과 『대한매일신보』 편집자들은 을사늑약 이후, 일본의 동아시아주의에 대한 지지를 거두고 일본에 대한 경계감을 갖기 시작했다. 그렇다고 일본의 문명개화에 대한 관심은 폐기하지 않았다. "확실히 『황성신문』과 『대한매일신보』의 편집자들은 식민화의 유혹에 속지 않았다. 하지만 일본이 내세운 문명개화에 대해 분명히 알리고 풍자하면서도 그 개념을 완전히 부인하지는 않았다. 한국의 민족주의자들은 문명개화의 개념을 포기하기 힘들었다. 왜냐하면 그것은 그들의 개혁 의제와 국가에 대한 기본 이념, 그리고 변화의 주체로서 자신들에 대한 인식까지도 포함하는 상위 개념이었기 때문이다." 앙드레 슈미드, 정여울 옮김, 『제국 그 사이의 한국』, 휴머니스트, 2007, 253면. 『고목화』에 나타난 시선처럼 『황성신문』과 『대한매일신보』 편집자들도 일본의 문명개화에 대해 양가적인 시선을 유지했다.

2) 문명에 대한 낙관적 기대—『박연폭포(朴淵瀑布)』(1913)

이상춘은 1882년 개성에서 태어났다. 그는 1906년, 개성 산지현에서 왓슨(A.W. Wasson) 목사, 콜리어(C.T. Collyer) 목사와 크램(W.G. Cram) 박사가 운영하던 야학에서 수학했다. 그 무렵, 그는 양국태, 김동성 등과 함께, 내한한 미국 남감리회 캔들러(W.A. Candler) 감독에게 개성에 학교를 설립해 줄 것을 요구하는 진정서를 제출했다. 이를 받아들인 캔들러 감독은 윤치호에게 학교 설립을 위임하여 한영서원(韓英書院)을 설립게 했다.[32] 이렇게 하여 한영서원은 1906년 10월 3일, 기독교 계통의 실업 교육을 강조하는 교육 기관으로 문을 열었다.[33] 이상춘은 한영서원의 첫 졸업생이었으며 졸업 후에는 교사로 봉직하였다. 그는 한영서원에 설치된 고등과 1회를 1910년에 마치고 중등과 1회를 1913년에 졸업하였다.[34] 이후 이상춘은 한영서원, 그리고 한영서원이 개편되어 이룬 송도고등보통학교에서 교편을 잡았다.[35] 그는 소설가이면서 주시경 문하에서 조선어학을 연구한 어학자이기도 하였다. 한영서원을 졸업한 1913년에 기독교의 박애 정신을 주제로 한 『박연폭포』를 발표하고, 이듬해 1914년에는 모험 정신과 실용 학문 교육을 강조한

32 학교법인 송도학원, 『松都學園 100年史』, 2006, 24~25면.

33 학교를 설립한 윤치호는 "셰익스피어나 스펜서를 인용할 줄 아는 사람보다 오히려 딸기를 잘 재배하고 기계를 잘 다룰 줄 아는 사람을 길러내는 것"을 우선으로 하는 교육을 목표로 삼았다. 또한 그는 실업교육을 통해서 독립의지를 길러 참다운 애국심을 함양하고 종래의 유교적 탁상공론의 학문을 지양하고, 실사구시의 학문을 교육하고자 하였다. 위의 책, 39면.

34 중등과는 1912년에 설치되었다. 아마도 중등과는 이상춘이 1910년에 이수한 고등과보다 높은 과정이었던 것 같다. 위의 책, 691~693면.

35 이상춘은 송도고등보통학교 재직 시 종교부 이사라는 보직을 맡기도 했다. 위의 책, 85면. 또한 루씨고등여학교에서도 교사로 활동하였으며, 개성고등여학교 교장을 지냈다. 김경완, 『한국소설의 기독교 수용과 문학적 표현』, 태학사, 2000, 91면.

『서해풍파』를 발표했다.[36] 또한 『매일신보』 현상 응모 소설란에 1913년 2월 8일부터 9일까지 단편 「정(情)」을 분재했으며, 『청춘』 10호(1917.9), 11호(1917.11), 15호(1918.9)에 각각 「두 벗」, 「기로」, 「백운」을 실었다.[37] 『청춘』에 작품을 발표한 이후로 그는 더 이상 소설을 창작하지 않았다. 대신 어학 관련 저서를 집필하면서 어학자의 길을 걸었다. 1925년에 『朝鮮語文法』을 저술하였으며, 1933년부터 1936년까지 『조선어사전』 편찬위원회 준비위원을 지내기도 하였다.

①『박연폭포』의 회심

『박연폭포』[38]는 이상춘의 첫 소설이다. 『박연폭포』는 내용 면에 있어서 『고목화』를 이어받았다. 도적굴 화소를 차용하고 사건의 해결을 기독교의 죄 용서와 긴밀히 결부시킨 것이다. 그런데 『박연폭포』는 분량이 100면으로서 『고목화』의 139면에 비해 내용이 단출하다. 회심 이야기에 초점을 맞추어 『고목화』에서 반복적으로 펼쳐지는 남녀이

36 최영호는 『서해풍파』를 한국문학사상 최초의 창작 '해양' 신소설로 평가한다. 흥미롭게도 이 작품에서는 남극 대륙 발견이 소재로 제시되기도 한다. 실제로 아문센이 남극 탐험에 성공한 것은 1911년 12월 14일이다. 최영호, 「한국 최초의 창작 해양 신소설—이상춘의 『서해풍파(西海風波)』」, 『백야 이상춘의 서해풍파』, 한국국학진흥원, 2006, 16면.

37 남매간의 이별과 해후의 정을 그린 「정」은 신소설의 범주에 더 가깝고 장편축약형의 단편 유형에 속하는 작품이다. 김복순, 『1910년대 한국문학과 근대성』, 소명출판, 1999, 244면. 그에 비해 『청춘』에 실린 단편들은 신소설 양식에서 탈피한 신문학의 형식을 띠고 있다. 소설가 이상춘은 신소설을 창작했다가 후에는 신문학에 가담했는데, 이러한 이력은 특이하면서 주목할 만하다.

38 작품의 제목 '박연폭포'는 내용과 큰 관계가 없다. 다만 작품 서두에서 '박연폭포'에 대한 묘사가 나올 뿐이다. 이상춘은 『박연폭포』, 『서해풍파』를 경성 중부 사동에 위치한 유일서관(唯一書館)에서 출판했다. 그리고 각 작품 본문 첫 장에 적힌 자신의 이름 앞에 '개성(開城)'이란 지명을 꼭 덧붙였다. 이것은 자신이 태어나고 자란 고향에 대한 자부심이 반영된 것으로 보인다.

합 화소나 기차에 대한 단상(斷想)이 표현된 화소와 같은 군살을 제거했기 때문이다.

이 작품은 개성의 갑부 리지평의 둘째 아들 리시웅이 박연폭포 어귀에서 도적들에게 잡혀가는 것으로 시작한다. 시웅의 형 리시영은 문필이 뛰어난 선비이나 잔병이 심해 박연폭포에 휴양차 갔는데, 시웅이 그러한 형을 찾으러 가다가 변을 당한 것이다. 도적들은 시웅을 이용해 리지평에게 돈을 뜯어내려는 계획을 갖고 있다. 그런데 마침 도적굴에는 최성일이라는 신계군 아전 출신이 있다. 그는 상처(喪妻)한 후, 십삼도 유람 중에 도적들에게 두목이 되어 달라고 붙잡혀 와 있는 인물로서 『고목화』에서 권 진사와 비슷한 상황에 처한 인물이다. 성일과 시웅은 결국 도적굴에서 탈출을 하고, 도적들의 보복을 피해 일본으로 간다. 둘은 그곳에서 우연히 조선 기독교인을 만나 회심한다. 그리고 귀국하여 시웅은 아내 애경과 함께 도적의 앞잡이라고 할 수 있는 고 대장을 회심시킨다. 그런데 『박연폭포』에서는 『고목화』와는 다르게 1차 회심이라고 할 수 있는 양반 계급의 회심보다 2차 회심이라고 할 수 있는 고 대장의 회심 이야기가 자세하게 다루어져 있다.

1차 회심인 성일과 시웅의 기독교 회심은 다음과 같이, 몇 가지 장면에 나타나는 정황과 화자의 직접 서술로 표현된다.

A. 나ᄂᆞᆫ 이곳에 유학ᄒᆞᄂᆞᆫ 학ᄉᆡᆼ과 여간 상관이 잇ᄂᆞᆫ 사ᄅᆞᆷ이오 려관으로 가실 것 업시 우션 나 잇ᄂᆞᆫ 곳으로 가셧다가 차차 엇지ᄒᆞ던지 ᄒᆞ시면 엇더ᄒᆞ오릿가?

(최) 노형ᄭᅴ셔 계신 곳은 어ᄃᆡ온잇가? / (그 사ᄅᆞᆷ) 예 나 잇ᄂᆞᆫ 곳은 동경 죠션인 긔독교청년회관이라 ᄒᆞ고 최 리 양인을 다리고 신젼구 셔소천정 청년회관으로 드러가더니 려관도 뎡ᄒᆞ야 주고 학교에 입학ᄒᆞᆯ 일도 일〻히 지시ᄒᆞ야 주더라 최셩일은 즁학교에 입학ᄒᆞ기 위ᄒᆞᆫ

야 수리와 일어를 예비ᄒᆞ고 리시웅은 심샹소학교에 입학ᄒᆞ엿더라[39]

B. 십여 년 셩상을 고ᄉᆡᆼᄒᆞ며 열심ᄒᆞᆫ 결과로 최셩일은 의학을 졸업ᄒᆞᆫ 후에 또 긔독교 신학을 연구ᄒᆞ엿고 리시웅은 문학을 졸업ᄒᆞ엿더라[40]

C. ᄀᆡ셩군 븍부면에 ᄉᆡ로 셜립ᄒᆞᆫ 한 유명ᄒᆞᆫ 병원이 잇스니 그 병원은 예수교회에서 셜립ᄒᆞᆫ 남셩병원인데 건츅도 쟝려ᄒᆞ고 셜비도 완젼ᄒᆞᆯ ᄲᅮᆫ 아니라 영업뎍으로 하ᄂᆞᆫ 것이 아니오 자션뎍 ᄉᆞ업으로만 ᄒᆞᄂᆞᆫ 것이라[41]

도적들의 보복을 피해 고국을 떠나 일본으로 간 성일과 시웅이 일본에서 처음 만난 사람은 인용문 A에서 보는 바와 같이 "동경 죠션인 긔독교청년회관", 즉 동경 소재 조선 YMCA[42]에 있는 조선인이다. 둘은 그 사람의 도움으로 숙소도 정하고 들어갈 학교도 정한다. 즉, 구원자로서 같은 민족의 기독교인을 만나 이국(異國)에서 살길을 마련했을 뿐 아니라 공부의 목적도 성취한 것이다. 또한 작중에서 구원자의 신원은 구체적으로 드러나지 않는데, 그 까닭은 동경의 조선 YMCA와 기독교인이란 기호가 그만큼 구원자로서 지위를 충분히 드러낼 만큼 위세(威勢)를 가지고 있기 때문이다.

---

39 이상춘, 『박연폭포』, 유일서관, 1913, 58~59면.

40 위의 책, 85면.

41 위의 책, 72면.

42 동경조선기독교청년회는 1906년 11월 5일 동경 일본 YMCA 2층의 방 하나를 빌려 발족되었다. 최고 책임자는 김정식이었다. 동경조선기독교청년회는 1907년 8월 간다(神田區 西小川町 2町目 7)로 옮겨 본격적인 활동을 시작했다. 이 장소는 1919년 2월 8일 동경 유학생들이 독립을 선언했던 곳이기도 하다. 고춘섭, 『연동교회 애국지사 16인 열전』, 대한예수교장로회 연동교회, 2009, 102면.

인용문 B에서 화자는 성일과 시웅은 10여 년 동안 각각 의학과 신학, 문학을 공부하여 졸업하였다고 서술하고 있다. 기독교 신앙을 가졌다는 사실을 직접적으로 거론하지 않았지만 신학을 공부했다는 사실에서 회심 사실을 짐작할 수 있다. 한편 성일이 공부한 학문은 『고목화』의 조 박사가 미국에서 배운 것과 같은 의학이다. 에드워드 사이드에 따르면, 식민지 인도에 체류한 초기의 영국인 오리엔탈리스트들의 대부분은 법학자이거나 선교사 겸 의사였다.[43] 서양의 의학은 동양에서 기독교를 전하는 데 매우 효과적인 도구 역할을 했다. 예컨대, 고종이 기독교에 우호적인 생각을 갖게 된 계기는 의사이자 선교사였던 알렌이 민영환의 총에 맞은 상처를 고친 이후였다. 의학과 결부된 기독교는 서양 문명의 우수성을 구체적이며 실질적으로 보여 주었으며, 동양이 노쇠하고 무능하므로 개량이 필요하다는 의식을 형성케 하였다. 인용문 C는 시웅과 정혼한 애경이 고 대장의 복수로 인해 팔에 자상(刺傷)을 입었을 때, 치료를 받은 병원을 서술한 장면이다. 남성병원의 의사는 산속에서 칼에 찔린 채 쓰러져 있는 애경을 병원으로 옮겨 치료를 한다. 이 의사 역시 구체적인 신원은 밝혀져 있지 않으며, 구체적으로 애경에게 기독교에 대한 교리를 전파하지는 않는다. 그러나 이러한 사실은 애경이 살아날 수 있었던 이유가 기독교 계통의 병원과 그곳에서 일하는 의사의 도움 때문이었다는 사실을 지시한다.

성일과 시웅의 회심은 문명의 세례를 받는 차원에서 간략하게 검토되고 있는 반면, 고 대장의 회심은 죄 고백 그리고 회개와 결부되어 구체적인 상황 묘사와 함께 다루어지고 있다. 고 대장은 시웅과 성일을 납치한 장본인이며, 산중에서 애경의 팔을 찔러 상해를 입히기도 한 인물이다. 그 후에도 고 대장은 도적질을 하고 다닌다. 이러한 고 대

43 에드워드 사이드, 박홍규 역, 『오리엔탈리즘』, 교보문고, 2002, 152면.

장에게 기독교의 구원의 빛을 선사하는 인물은 애경이다. 그녀는 고 대장에게 먼저 칼을 보여 주어 그의 과거의 죄를 깨닫게 하고, 나중에 성경을 주어 회개하여 신앙을 갖게 한다.

> 이런 경우를 당ᄒᆞ야 목셕이면 엇지 감복지 아니ᄒᆞ리오 ᄋᆡ경의 주던 바 셩경을 쉴 ᄉᆡ 업시 닑으며 그젼에 ᄒᆡᆼᄒᆞᆫ 일을 크게 후회ᄒᆞ야 힘써 악ᄒᆡᆼ을 바리고 션ᄒᆞᆫ 일만 ᄒᆡᆼᄒᆞ니 일노브터 포악ᄒᆞᆫ 강도가 변ᄒᆞ야 양션ᄒᆞᆫ 의인이 되엿더라 / 대져 이 세상 보통 인졍이 주먹은 주먹으로 ᄃᆡ젹ᄒᆞ고 발길은 발길노 ᄃᆡ젹ᄒᆞ야 악으로써 악을 갑흐나 / 원수ᄭᆞ지 ᄉᆞ랑ᄒᆞ라신 예수 그리스도의 명령을 좃차 ᄭᅩᆨ 그ᄃᆡ로 ᄒᆡᆼᄒᆞᄂᆞᆫ 그리스도교인의 원수를 갑ᄂᆞᆫ 것은 대개 이와 ᄀᆞᆺ흐니라[44]

『박연폭포』는 앞의 인용문에서 보는 바와 같이 화자의 요약 제시로 막을 내린다. 결국 이 작품은 "원수ᄭᆞ지 ᄉᆞ랑ᄒᆞ라"는 성경 말씀을 토대로 구성된 셈이다. 『고목화』에서도 보았듯이 애경, 성일, 시웅을 통한 고 대장의 회심은 단순히 악인(惡人)이 선인(善人)이 되었다는 의미에 머무르지 않는다. 그것은 계몽 지식인의 지위에 있는 이들의 문명개화에 대한 열정이 반영된 삽화이다. 그리고 이러한 삽화가 이루어지는 데 기독교적 상상력이 동원되었다.[45] 악인을 벌하는 대신 용서하는 자와 용서받는 자 혹은 교육하는 자와 교육받는 자를 배치하고 이

---

44 이상춘, 앞의 책, 99~100면.

45 "독자는 악한이 벌을 받아 고통스러워하는 모습을 상상하는 대신에, 죄에 대한 참회의 눈물을 흘리고 있는 모습을 상정하게 된다. 이러한 장면의 연출을 가능케 한 전환점, 그 동력은 기독교적 상상력에 있다. 이전에 무조건 벌을 받아야 했던 악한 자는 일단 회개의 대상으로 편입, 용서를 받을 수 있는 기회를 갖는다." 노연숙, 「『대한매일신보』에 나타난 기독교적 상상력」, 『민족문학사연구』 31집, 2006, 246면.

가운데 계몽의 원리를 도입하면서 민족 구원이라는 소망을 드러낸 것이다. 고 대장을 용서하는 것은 기독교의 정신인 사랑을 실천하는 행위이며, 고 대장은 참회를 통해 새롭게 건설될 민족 공동체의 일원으로 포섭된다. 이런 의미에서 이 작품에서 드러나는 기독교는 단순히 어떤 한 사람의 전도와 회심이 아니라 민족 전체에 대한 계몽의 의지가 반영되어 있다고 보아야 할 것이다.

여기서 유의해야 할 것은 『고목화』에 비해 『박연폭포』에서는 먼저 문명개화된 나라인 일본에 대한 대타의식(對他意識)이 존재하지 않는다는 사실이다. 앞서 살펴본 바와 같이 『고목화』의 일본인에 대한 묘사에서는 '거리 감각'이 개재되어 있었는 데 비해 『박연폭포』에서는 그것을 찾아볼 수 없다. 『박연폭포』에서는 민족 '국가'보다는 확실히 문명개화에 대한 관심이 크다. 회심 과정에 있어서도 문명과 관련된 의장(意匠)이 중요한 역할을 하고 있는데, 이에 대해서는 다음 절에서 살펴보기로 한다.

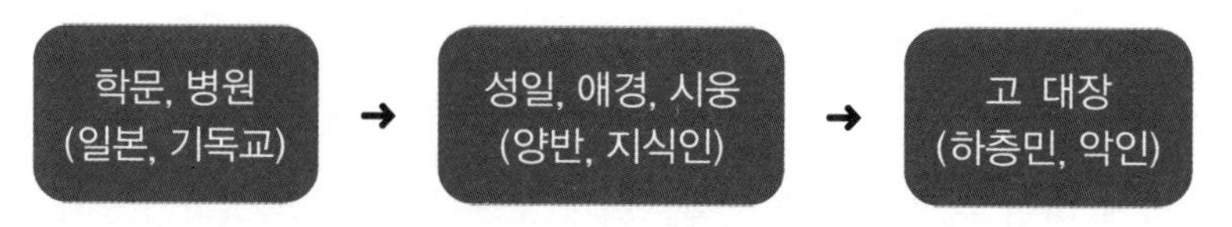

그림 2 『박연폭포』에 나타난 '회심'의 위계적 구도

② 『박연폭포』의 '양옥(洋屋)'

『박연폭포』는 '박연폭포'에 대한 묘사로 시작한다. 화자는 박연폭포가 있는 천마산을 "만문대포가 씻타리지도 못홀 텬마산셩"[46]이라고 묘사하고 박연폭포의 폭포수가 계곡을 내려오는 모습을 "급힝렬챠굿치

46 이상춘, 앞의 책, 3면.

구을너 나려오다가"라고 표현하고 있다. 자연에 대한 묘사어로서 '만문대포'나 '급힝렬챠'와 같은 문명을 표상하는 단어를 사용한 것인데, 이러한 화자의 문명에 대한 관심은 여타 신소설의 묘사에서도 심심치 않게 발견할 수 있다.

문제는 『박연폭포』의 중심 주제인 기독교적인 구원 역시 문명개화와 긴밀한 관련이 있다는 사실이다. 『박연폭포』의 여주인공 애경은 자신에게 상해를 입힌 고 대장을 찾기 위하여 송도에 집을 짓고 큰길가에 창을 내어 그 길을 오고 가는 사람을 감시하는 대담함을 보인다. 그러던 중, 성일은 "유리창을 의지ᄒᆞ야 신문을 닑"다가 도적질을 하기 위하여 참빗 장사로 위장하여 돌아다니던 고 대장을 발견하고, 이에 애경은 고 대장을 자신의 집 방 안으로 들인다.

이때 성일이 고 대장을 발견하는 장면을 눈여겨볼 필요가 있다. 유리창을 의지하면서 신문을 읽었다는 것은 유리창 너머를 건너다보면서 동시에 신문을 읽었다는 것으로 이해할 수 있을 것이다. 신문을 읽는다는 것은 신문에 쓰인 활자를 통해서 세상을 보는 행위로, 유리창을 통해 길가를 살피는 행위와 유비적(類比的)이라고 할 수 있다. 또한 당시 신문을 읽는 것은 계몽의 열정과 상관있는 행위로, 미몽에 빠져 있는 고 대장을 찾아 회심시키려는 것과도 통한다.

또한 고 대장이 회개를 하는 공간과 그 분위기에도 주목을 요한다. 공간은 "사회적 관계의 형식이며, 따라서 공간적 형식 그 자체가 사회적 관계의 양상을 제약한다."[47] 고 대장이 들어온 방은 "반양제로 꿈인 방인데 셔칙 긔명이 눈이 부시"게 차려져 있다. 그리고 고 대장에게 회개를 받아 낼 애경과 시웅, 성일은 모두 양복을 입고 그의 앞에 등장한다. 방에 들어온 고 대장에게는 이미 예전 도적굴을 호령했던 위엄

---

47 이진경, 『근대적 주거공간의 탄생』, 소명출판, 2000, 43면.

이라고는 찾아볼 수가 없다. '참빗 장사'에 불과한 그는 "눈이 부시"게 세련된 방에서 양복을 차려입고 '교의'에 앉은 세 사람을 마주하게 되는데, 이 장면은 고 대장과 애경 등의 사회적 관계의 형식을 고스란히 보여 준다. 이로 볼 때, 고 대장의 회심은 종교적인 감화 이전에 '문명'의 위세(威勢)의 압도 가운데 일어난 사건이라고 할 수 있다.

『고목화』와 『박연폭포』는 회심의 위계적 구도를 통해 민족 구원의 염원을 표현하였다. 『고목화』에서는 조 박사와 권 진사가, 『박연폭포』에서는 최성일, 이시웅, 애경 등이 계몽적 주체로서 각각 문명의 빛을 받지 않은 인물들을 전도(傳道)하였다. 여기서 전도는 표면적으로 기독교의 전도와 더불어 민족 구원 혹은 문명개화에 대한 소망을 나타낸다. 그러나 그 이면에는 '자기 식민화'와 식민주의 의식의 권력이 작용하고 있음을 밝혔다. 한편, 『고목화』에서는 민족 구원에 대한 소망이, 『박연폭포』에서는 문명개화에 대한 소망이 더 강하게 드러났다. 이와 같은 차이는 작가가 생각하는 기독교관의 차이일 수도 있고, 각 작품이 처한 사회 상황의 반영일 수도 있다. 『박연폭포』는 1913년에 발행되었는데, 이 시기는 이미 일본에게 나라를 빼앗긴 때이기도 하거니와 일본의 검열을 염두에 두고 창작을 해야 했던 시기였기 때문이다.

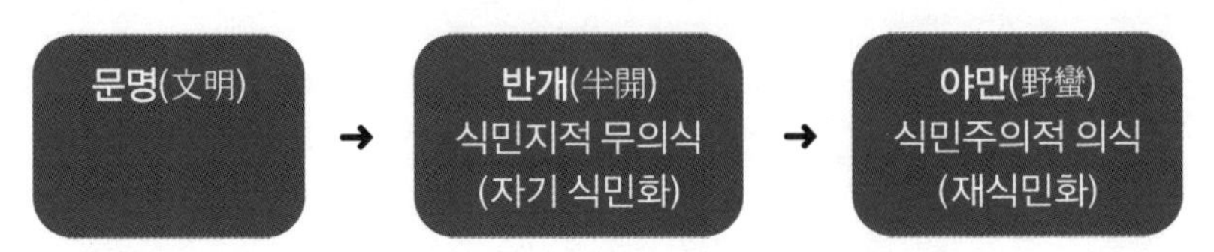

그림 3 『고목화』와 『박연폭포』에 나타난 문명화의 구도

3.3. 개인 구원과 기독교 윤리 실천—『광야』(1912)와 『부벽루』(1914)

이 절에서 살펴볼 『광야』와 『부벽루』는 앞 절에서 살핀 『고목화』와 『박연폭포』와는 달리 작가를 확인할 수 없는 작품들이다. 『광야』는 유일서관에서 1912년에 간행되었으며, 『부벽루』는 보급서관에서 1914년에 발표되었다. 등장인물의 회심은 이 두 작품에서도 중요한 위치를 차지한다. 그런데 두 작품의 회심은 앞 절에서 살펴본 『고목화』와 『박연폭포』와 같이 계층화를 이루고 있지 않다. 『광야』는 소경 박 장임이 세상의 고난과 즐거움을 경험하다 결국 기독교에 귀의하여 목사가 된다는 내용의 작품이고, 『부벽루』는 탕자(蕩子) 최운영이 허랑방탕한 생활을 청산하고 착실한 신앙인이 된다는 내용을 담고 있다. 이들 작품에서 회심은 박 장임과 최운영의 회심에서 끝난다. 그것은 회심이 민족의 계몽과 구원에 대한 바람으로 나아가기보다는 개인 존재의 구원 차원에서 이루어지고 있음을 보여 준다.

1) 기독교 윤리와 가족—『광야(廣野)』(1912)

① 『광야』의 회심

우선, 『광야(廣野)』부터 살펴보기로 하자. 이 작품은 1912년 9월 30일에 발행되었으며 저작 겸 발행자는 남궁 준, 발행소는 유일서관이다.[48] 전체적인 서사는 다음과 같이 정리할 수 있다.

1. 박 장임은 앞을 못 보는 소경이다. 그는 구걸을 하며 아내 최 부인과

---

48 『광야』는 계명문화사가 발행한 '개화기 문학 신소설 전집' 4권에 수록되어 있다. 표지에 "新小說 廣광野야"라고 표기되어 있으며 전체 면수는 66면이다.

곤궁한 삶을 산다.

2. 건넛마을에 사는 장 주부는 약국도 하고 점도 치는 인물이다. 그는 박 장임의 아내 최 부인에게 마음이 있다.
3. 최 부인은 이유 없는 두통을 호소하는 박 장임을 위해 장 주부에게 약을 구하고, 장 주부는 이를 빌미로 최 부인의 마음을 사고자 한다.
4. 최 부인이 좀처럼 마음을 내주지 않자 장 주부는 박 장임을 죽이려는 계획을 세우고 그를 유인하여 한강에 빠트린다.
5. 박 장임은 어부에 의해 구출되고, 경성의 유명한 술객인 정 김해에게 점 보는 법을 배워 경성에 정착한다.
6. 박 장임은 점 보는 능력을 인정받아 큰 부자가 되고, 홀로 고생하며 사는 최 부인을 데리고 온다.
7. 장안의 갑부가 되어 기생과 술을 탐하던 박 장임은 갑자기 몸이 아프기 시작한다. 이 약 저 약을 다 써 보아도 듣지 않는다.
8. 전도사가 전하는 하나님 말씀을 통해 병 고침을 받은 박 장임은 자신이 모은 재산을 다른 사람에게 나누어 주고 목사가 된다.

『광야』에서 박 장임의 삶은 '고난 ①(1, 2, 3, 4)-행복 ①(5, 6)-고난 ②(7)-행복 ②(8)'로 이루어져 있다. 이때 박 장임의 첫 번째 행복은 그가 태어나면서 처했던 궁핍으로부터 벗어난 것이다. 그리고 두 번째 행복은 그가 그동안 모았던 돈을 헛되게 생각해 모두 버리고 예수를 믿으며 기독교 신앙을 갖는 것이다. 이러한 구조를 통해 『광야』에서는 기독교의 문명기호적인 성격이 탈각되고 존재론적 구원의 의미가 더욱 부각되어 있다. 즉, 앞서 살핀 두 작품과는 다른 각도에서 기독교가 조명되어 있다고 할 수 있다.

존재론적 구원으로 다가서는 계기가 된 박 장임의 고난은 신체적인 병에서 촉발되었다. 그는 태어나면서부터 앞을 보지 못하는 맹인이다. 그는 앞을 못 본다는 신체적인 결함 때문에 가난한 삶을 산다. 그리고 이유 없는 두통으로 인하여 장 주부에게 신세를 져 그와 인연을 맺게 되고, 그 때문에 결국 한강에서 목숨을 잃는 신세에 놓인다. 이러한 사건들이 박 장임의 첫 번째 고난을 이룬다. 두 번째 고난은 그의 방탕한 생활로 인해 생긴 신체적 질병이다. 그는 "쥬ᄉᆡᆨ에 침혹ᄒᆞ거나 심ᄒᆞᆫ 더위와 치위를 가리지 안코 누습ᄒᆞᆫ 곳에 자고 먹기와 잠을 ᄯᆡ에 자지 아니ᄒᆞ"는 생활을 하다가 결국 백약이 무효한 병에 걸리고 만다. 주목할 점은 『광야』에서 박 장임의 병을 고치는 자는 의사가 아니라 하나님 말씀을 전하는 전도사라는 사실이다.

A. 이십 셰긔ᄂᆞᆫ 셔로 경ᄌᆡᆼ이 위심ᄒᆞᆫ 시긔라 만국에 공법인들 소용 잇나 나라와 나라ᄭᅵ리도 경ᄌᆡᆼ이 우심ᄒᆞ고 동ᄉᆡᆨ동족ᄭᅵ리도 경ᄌᆡᆼ이 우심ᄒᆞ고 한동니 거ᄉᆡᆼᄒᆞᄂᆞᆫ 사ᄅᆞᆷᄭᅵ리도 셔로 욕ᄒᆞ고 음난ᄒᆞ고 당연치 못ᄒᆞᆫ 경우가 열에 여ᄃᆞᆲ아홉은 되고 보니 나라마다 정치를 아모리 잘ᄒᆞ고 법률이 아모리 명ᄇᆡᆨᄒᆞᆯ지라도 위ᄉᆡᆼ은 발달되야 인종은 ᄒᆡ마다 졈〻 번셩ᄒᆞ야지ᄂᆞᆫ 그런 시ᄃᆡ에 여러 억만 ᄉᆞᄅᆞᆷ을 뉘가 엇지 정치 법률노만 다ᄉᆞ릴이오

B. 지공무사ᄒᆞ옵신 하ᄂᆞ님이 외아달 예수 그리스도를 이 셰상에 보ᄂᆡ사 덕화를 벼푸시고져 ᄒᆞ나 져의가 듯지 아닐 쥴 아르시고 유ᄃᆡ국에 졔사 졔장의 손에 예수를 쥭게 ᄒᆞ시고 ᄉᆞᆷ일 후 다시 살니사 쳔하 사ᄅᆞᆷ으로 진실로 하나님 명영을 밧들고 나려오신 주인 쥴 밋도록 ᄒᆞ시니 감사감사ᄒᆞᆸ니다

C. 셩신이 감화된 젼도ᄉᆞᄂᆞᆫ 풍우를 불폐ᄒᆞ고 귀ᄒᆞᆫ 사ᄅᆞᆷ이나 쳔ᄒᆞᆫ 사ᄅᆞᆷ을 물론ᄒᆞ고 신구약을 손에 들고 지셩으로 가ᄂᆞᆫ 곳마다 보ᄂᆞᆫ 사ᄅᆞᆷ마다

하나님 참이치로 젼도하더라[49]

인용문은 박 장임이 앓아누웠을 즈음에 전도사가 등장하는 대목이다. 특히 A에는 작품 내용의 전개상 큰 관련이 없는 만국공법과 기독교의 관계에 대한 논설이 첨부되어 있다. 화자는 20세기라는 시대와 결부하여 기독교의 의미를 논하고 있는데,[50] 주지하다시피 20세기는 생존경쟁(生存競爭) 우승열패(優勝劣敗)라는 논리로 세계의 모든 나라들이 각축(角逐)을 벌이던 시기였다. 또한 한편으로는 각 나라들을 하나의 법적 행위자로서 간주하여 그 권리를 인정하고 또한 제한하는 만국공법(萬國公法)의 역할이 대두되던 시기이기도 하였다. 그런데 화자는 이러한 경쟁의 논리가 안고 있는 폐해를 지적하며 기독교를 논의하고 있다. 그의 시선은 "여러 억만 ᄉᆞ름" 중에서 자연스럽게 도태되기 마련인 사람들에게로 가 있는데, 그러면서 세상은 정치 법률로만 다스릴 수 없음을 지적하고 그렇기 때문에 하나님 말씀에 기반한 기독교 정신이 필요함을 역설하고 있다. 이는 만국공법을 신뢰할 수 없는 상황에서 기독교적 '덕화(德化)'의 가치를 보여 준다.

---

49 『광야』, 유일서관, 1912, 44~45면.

50 당시 시대적 담론에서 '20세기'는 새로운 세상을 상징하는 주요한 열쇠어였다. 저자가 신채호로 알려진 「이십 셰긔 식 국민」에서도 『광야』의 화자가 말한 것과 비슷한 사상이 전개되고 있다. "그러나 한국 종교계에 있어서 제일 전력할 것은 유교를 개량하되 그 발달하기를 힘쓸 것이오. 예수교를 확장하되 그 자신을 보전할 것이 우리는 어찌하여 이렇게 말을 하는가 하면 유교는 한국 사람에게 끼쳐 준 감화력이 심히 큰 고로 이것을 개량하여 발달하게 함이 가하고, 예수교는 어디를 가든지 한국 종교계에 첫째 지위를 점령하여 과연 이십 세기 새 국민의 종교가 될 만한 값이 있으니 이것을 확장하되 그 정신이 없는 것은 경성하여 홍하게 하며 또 침해하는 것이 있으면 몰아 내치면 가히 국민 전체에 큰 복음이 될 줄로 생각하는 고로 이렇게 말함이로다." 『대한매일신보』, 1910.3.3.

이러한 기독교에 대한 논설은 작중 인물이 봉착한 상황과는 그다지 관련이 없지만, 이 작품의 화자가 갖고 있는 기독교관의 일면을 분명히 보여 주고 있다. 당시 기독교의 문명기호적인 성격에 관심을 기울이던 논자들의 대부분은 사회진화론을 기독교 정신과 아무런 충돌 없이 받아들일 수 있었는 데 반해 『광야』의 화자는 사회진화론적인 관점이 기독교 정신과 상합할 수 없다고 생각한다는 것을 확인할 수 있다.

B는 전도사의 말로서 그의 기도 혹은 신앙 고백으로 보인다. 전도사는 다른 무엇보다도 기독교의 핵심 교리에 해당하는 예수의 대속 교리를 통해 박 장임에게 접근한다. 당시 기독교가 거느리고 있던 다양한 전도 담론 중에서 가장 본질적인 측면에 대해 전도사는 말하고 있는 것이다. C는 전도사의 행동에 대한 화자의 주석이다. 화자는 전도사의 근면과 더불어 하나님의 참이치로 전도함을 강조하고 있다. 이러한 강조점은 여러모로 앞서 다룬 작품 속의 기독교와는 다른 의미를 조형하고 있다. 전도사는 박 장임의 집을 꾸준히 방문하여 결국 그를 교회로 인도한다. 박 장임이 회심하는 과정은 앞서 살펴본 『고목화』나 『박연폭포』에 비해 점진적이며 구체적이다. 박 장임은 처음에 전도자를 "코 큰 사룸의 종이 되야 져리 익를 쓰노 ᄒᆞ며 비소"하였지만 나중에는 그의 전도를 진심으로 받아들인다. 그의 회심에는 서양 의학이나 '문명의 힘'이 개재되어 있지 않다. 오히려 박 장임은 자신이 기독교 신앙을 받아들였다는 의미로 자신의 삶을 물질적으로 지탱해 줄 수 있는 재산을 버린다.

> 박 목ᄉᆞ 쌜기 갓튼 형제 아달과 유덕ᄒᆞᆫ 두 분 ᄯᆞ님으로 일실리 화락ᄒᆞ고 의식범졀에도 군ᄉᆡᆨ지 아니ᄒᆞ니 녯날 슈만금 ᄌᆡ산이 잇슬 졔ᄂᆞᆫ 근심 걱정이 하로 몃 번식 잇셔도 주머니에 귀ᄉᆞ돈 ᄒᆞᆫ 입 업ᄂᆞᆫ 오날은 마음이 편안ᄒᆞ고 몸이 건강ᄒᆞ고 집안이 화락ᄒᆞ고 가ᄂᆞᆫ 곳마다 션ᄉᆡᆼ님 이리 오시

오 반가ᄒᆞ기ᄂᆞᆫ 져의 부모 형졔 갓고 위ᄃᆡᄒᆞ기ᄂᆞᆫ 구상뎐갓치 ᄒᆞ니 영광이 이만々 ᄒᆞ면 오ᄂᆞᆯ々 육신 몸덩이가 쥭어셔 안민도 박송에 은쟝을 쌍々 박을지라도 남져지 한 되ᄂᆞᆫ 거시 업깃더라[51]

『광야』의 회심 서사는 앞의 인용문에서 확인할 수 있는 것처럼 신앙이 있으면 비록 재물이 없더라도 행복하다는 지극히 교훈적인 서사로 의미화된다. 여기에는 문명기호적인 의미가 개재되어 있지 않으며 또한 민족 차원의 의미도 없다는 사실은 주목되어야 한다. 이렇게 볼 때 『광야』에서는 "망해 가는 나라를 구원하기 위해 기독교를 신앙하여야 한다"는 사회사적인 의미의 의식형태가 표면적으로는 드러나 있지 않다. 하지만 그것은 심층에 여전히 남아 있다.

② 『광야』의 일부일처제

『광야』에서 등장인물의 발화는 일반적인 신소설의 양식을 따르고 있지 않다. 아마도 『광야』의 작가는 신소설의 양식적 특징을 분명하게 인식하지는 못했던 것 같다. 화자는 인물의 발화나 지문을 구분하지 않는 서술로 서사를 이끌어 가다가 박 장임이 두통을 호소하고 최씨 부인이 박 장임의 약을 구하기 위해 장 주부를 찾게 되는 대목에 이르러 비로소 인물의 발화를 따로 내세우는 서술을 적용한다.

A. (장) 멀지ᄂᆞᆫ 안치만 어레오셧소 한동니지만 안과 박기 다른 고로 이ᄊᆡ 것 말슴은 못 ᄒᆞ얏스나 넉々지 못ᄒᆞᆫ 살림ᄒᆞ시기 ᄆᆡ우 밧부시지오 / (최) 구ᄎᆞᄒᆞ니ᄭᅡ 무슴 일거리가 잇셔야 밧부지오 별너셔 와 뵈옵기ᄂᆞᆫ 가장(家丈)이 병드러 먹지도 못ᄒᆞ고 일지도 아니ᄒᆞ옵기 무슴 약이나

---

51 『광야』, 66면.

써 볼가 의론이올시다 / (장) **속에 짠싱각이 잇셔 욕심 뭉치가 북바치닛가 병드러 약 의론이란 말은 코으로 맛고 듯지 못ᄒᆞ얏던지** 공연이 짠 수작으로 발셔라도 한번 뵈면 긴이 ᄒᆞᆯ 의론도 잇고 ᄂᆡ가 구청을 말솜도 잇셧지오 오늘ᄂᆞᆯ 이갓치 먼져 오셔셔 뵈오니 반갑습니다 ᄒᆞ고 져의 마누라더러 여보 졈심이나 좀 차리구려…… / (최) 속마음으로 ᄂᆡ 아모리 미련ᄒᆞ나 남의 말어훈 눈치야 모를가 ᄂᆡ가 무엇시 그리 반갑고 ᄂᆞᆯ 갓튼 사ᄅᆞᆷ의게 구청은 무솜 허긔진 구쳥이야 남은 병드러 약 의론 왓다ᄂᆞᆫᄃᆡ 문병 ᄃᆡ답은 아니ᄒᆞ고 ᄉᆡᆼ판 짠 슈작을 쥬엄〃〃 느러놋코 졈심은 무슨 ᄉᆞ이급스럽게 차리라 말라 ᄒᆞ노 …(중략)… 머리를 슉여 공슌이 ᄃᆡ답ᄒᆞ되 멀지 안닌 데셔 온 사ᄅᆞᆷ을 위ᄒᆞ야 졈심ᄭᅥ지 염녀ᄒᆞ시니 감격ᄒᆞ오나 가쟝이 누어 일지 못ᄒᆞ고 물을 마시고져 ᄒᆞ야도 슈하에 슈죵ᄒᆞᆯ 사ᄅᆞᆷ 업고 보니 참으로 밧부와 스ᄉᆞ로 민망ᄒᆞ오니 원컨ᄃᆡ 무솜 약이나 가르쳐 쥬시옵소셔[52] (강조는 인용자)

B. (장) ᄂᆡ가 용열ᄒᆞ야 누츄ᄒᆞᆫ 마음을 그ᄃᆡ의게 향ᄒᆞᆫ 지 오ᄅᆞᆫ지라 ᄃᆡ톄로만 ᄉᆡᆼ각ᄒᆞ고 인졍을 통ᄒᆞ지 못ᄒᆞ면 오히려 고집이라 ᄒᆞ다 ᄒᆞᆯ 만도 ᄒᆞ고 ᄯᅩᄂᆞᆫ 영위거졀ᄒᆞ면 나의 몸이 병 되어 황쳔원혼이 될 거시니 그리고 보면 무어시 시원ᄒᆞᆯ가 ᄒᆞ며 졔 무안에 취ᄒᆞ야 얼골이 붉으락푸르락ᄒᆞ고 집젹이ᄂᆞᆫ지라[53]

C. 하늘에 일월이 밝가스나 ᄒᆡᄂᆞᆫ 양(陽)이오 달은 음(陰)이라 ᄒᆡ와 달이 둘식 될 니치ᄂᆞᆫ 만무ᄒᆞ고 사ᄅᆞᆷ은 쳔지간 신령ᄒᆞᆫ 자격이니 일남(一男) 일녀(一女)가 뎡ᄒᆞᆫ 이치라 법률에도 ᄌᆞ직ᄒᆞ니 한 남편에 녀인 둘과 한

52 위의 책, 9~10면.
53 위의 책, 16면.

> 녀인의게 남편이 둘 될 리치가 만무ᄒᆞᆫ 거슨 셩현의 말슴이 아니라도 셰상이 아ᄂᆞᆫ ᄇᆡ라 아모리 용열ᄒᆞ오나 횡ᄋᆡᆨ으로 몸을 헌신갓치 바리고져 ᄒᆞ와도 양심에 붓그럽고 하ᄂᆞᆯ과 신명이 살피시니 사졍에 일을 힝치 못ᄒᆞᆯ지라 병신이라도 우리 가장이 셰상을 하즉ᄒᆞ고 보면 그ᄯᆡᄂᆞᆫ 읏던 ᄉᆡᆼ각이 잇슬지 아지 못ᄒᆞ거니와 ᄂᆡ의라 명목이 잇ᄂᆞᆫ 이상에ᄂᆞᆫ 두 ᄯᅳᆺ을 ᄃᆞᆷ은 쳔만부당ᄒᆞ오니 용셔ᄒᆞ시고 귀ᄒᆞ신 몸을 보즁ᄒᆞ쇼셔 언ᄉᆞ가 간졀ᄒᆞ거ᄂᆞᆯ[54]

장 주부는 아내가 있는 자이지만 남몰래 최씨 부인을 흠모하고 그녀를 욕망한다. 인용문 A는 장 주부가 속마음으로만 애타게 그리던 최씨 부인을 만나 이야기를 나누는 대목이다. 그런데 『광야』의 작가는 발화자의 대사를 기입해야 할 난에 발화자의 속마음도 역시 기입해 놓고 있다. 예컨대 인용문에서 두 번째 장 주부의 대사 중, 강조한 부분은 그의 말이 아니라 그의 속마음이다. 작가는 '(장)'이라고 발화자의 신원(身元)을 표시한 이후의 난은 발화자의 대사뿐 아니라 그와 관련된 모든 것을 표현하는 것으로 이해한 것 같다. 다시 말해 발화자의 대사가 들어갈 자리에 그의 속마음뿐만 아니라 행동도 묘사되어 있는 것이다. 이것은 '신소설 문법'을 오해한 것이다. 그런데 『광야』에서는 이러한 오해로 말미암아 자신의 아내를 두고 남의 아내를 유혹하는 사내의 마음과 외간 남자의 구애를 받고 있는 유부녀의 난처한 처지에 대한 심경 묘사가 비교적 자세하게 드러나 있다. 이를 통해 제도로서 일부일처제의 엄정함이 강조되고 있으면서 동시에 남녀 간의 심리 게임이 소설적으로 형상화되어 있다.

한편 심리 게임이 성립되기 위해서는 게임 당사자들이 갖고 있는

54 위의 책, 23면.

능력이 서로 비등해야 한다. 남성이자 재력을 갖춘 장 주부와 여성이면서 가난한 최씨 부인의 심리 게임이 가능한 이유는 장 주부가 자의식을 강하게 갖고 있는 인물이기 때문이다. 장 주부는 최씨 부인을 얻기 위하여 그녀의 남편 박 장임을 죽일 계획을 세우고 그것을 실행할 정도로 간악한 인물이다. 당시의 신소설 서사에서는 이쯤 되는 인물이면 단박에 여성을 유괴하여 제 욕심을 채웠을 것이다. 그러나 장 주부는 유부녀에게 마음을 두는 것에 대해 부끄러움을 갖는다. 장 주부는 오래전부터 최씨 부인에게 마음을 두었음에도 불구하고 최씨 부인이 자신의 필요에 의해 찾아오기 전까지 선뜻 제 마음을 보이지 못했다. 그는 최대한 완력을 제한하고 온건한 방법으로 그녀의 마음을 사고자 한다.

인용문 B는 장 주부가 최씨 부인에게 자신의 마음을 고백하는 대목이다. 그는 자신을 용렬하고 "누츄ᄒᆞᆫ 마음"을 가진 자로 표현한다. 더불어 화자는 최씨 부인에게 사랑을 고백하는 장 주부를 "제 무안에 취했다"고 표현하고 있다. 여기에서 염두에 두어야 할 것은 '일부일처제'가 기독교 담론과 긴밀한 관계에 있다는 사실이다.[55]

일찍이 이해조는 동양의 축첩제도를 비판하면서, "구미 기독교 국(國)에는 일부일처로써 기(其) 풍속을 작(作)하였으나 동양에는 입첩(立妾)의 풍(風)의 상유(尙有)하니 시성(是誠) 야민의 습(習)을 미탈(未脫)하였도

55 권보드래는 기독교와 일부일처제의 관계를 다음과 같이 설명한다. "기독교는 신 앞에서의 만민 평등을, 또한 각 개인의 주체성과 독립을 강조하는 동시에 가족 제도에 있어서는 1:1의 관계가 필요함을 설득해 냈다. '간음하지 말라'는 계명을 축첩 금지로 해석함으로써 새로운 결혼관에 일부일처제의 이념을 추가했던 것이다. 축첩 금지가 법령화되지 않았음에도 1:1의 부부 관계가 모범적 관계로 추천되어간 데는 기독교의 영향이 적지 않았으리라 짐작된다." 권보드래, 「공화(共和)의 수사학과 일부일처제」, 『문화과학』 24집, 2000, 231면.

다"[56]라고 말한 바 있다. 또한 '일부일처제'는 당시 죄 담론을 형성하는 동인(動因)들 중 하나였다.[57] 죄에 대한 인식은 기독교로의 회심의 핵심 요건이다. 당대 사회에서 '죄'는 존재론적인 의미로서보다는 개별적인 규범 행위로부터의 일탈의 의미로 받아들여졌는데, 특히 남성들은 '죄'를 자신의 아내 외의 다른 여자와 사통(私通)하는 것에서 주로 찾게 되었다. 그런 점에서 볼 때 『광야』에서 장 주부의 부끄러움은 기독교와 관련 있는 부끄러움이다.[58] 당시 한국 기독교계에서는 원칙적으로 첩을 둔 남자를 교인으로 받아들이는 것을 인정하지 않았다. 그러나 처 외에 첩을 두는 것은 당시 사회에서는 일상적으로 일어나는 일이었다. 그러니 이러한 교회법을 일률적으로 적용시키는 데에는 여러 가지 문제가 따랐고 이에 대해 많은 논쟁이 있었다.[59] 대부분 어렸을 때 부모의 결정 아래 조혼을 하였다가 나중에 자신의 마음에 맞는 여인과 결혼을 하는 것이 당시 일반적인 결혼 방식이었다.

조혼 풍습은 자연스레 처와 첩이 동시에 생기게 되기 마련이었는데, 결국 일부일처제를 지향하는 것은 조혼 비판과 같은 논의와 같은 맥락 아래 있었다. 일부일처제가 법적 테두리 안에 규정되어 있었지만 그것이 실질적으로 법적 효력을 갖추기 시작한 것은 1940년대 이후이다.[60] 그런 의미에서 『광야』의 일부일처제는 도덕적, 종교적으로 강제

---

56 이해조, 「윤리학」, 『기호흥학회월보』 11, 1909.6, 28면.

57 이유나, 앞의 책, 85면.

58 장 주부의 부끄러움이 기독교적인 부끄러움이라는 논의가 장 주부가 기독교인이라는 것을 가정한 것에서부터 나온 것은 아니다. 작중에서 장 주부는 기독교인이 아니다. 기독교적인 배경을 가진 작가/화자가 장 주부를 부끄러움을 가진 인물로 묘사했다는 논의를 하려는 것이다.

59 이에 대해서는 다음 논문을 참조할 것. 옥성득, 「초기 한국교회의 일부다처제 논쟁」, 『한국 기독교와 역사』 16집, 2002.

60 정지영, 「근대일부일처제의 법제화와 '첩'의 문제」, 『여성과 역사』 9집, 2008, 86~88면.

된 의무였다.

인용문 C에 이르러서는 일부일처제에 대한 일장 논설이 펼쳐지고 있다. 이 논설의 발화 주체는 최씨 부인이지만 어조는 당시 신문 담론의 그것과 비슷하다.[61] 그녀는 장 주부를 거절하는 근거로 일부일처제를 들면서 그것은 자연의 이치에 합당할 뿐만 아니라 법률과도 일치하는 것이라고 말하고 있다. 그리고 그녀는 만약 자신의 남편이 죽는다면 그때는 생각이 달라질 수 있다 하더라도 그가 엄연히 살아 있으니 장 주부에게 마음을 허락할 수 없다고 한다. 결국 이 말로 인해 장 주부는 박 장임을 죽일 생각을 하고 박 장임과의 여행을 시작한다.

일부일처제 문제를 『광야』처럼 표나게 다룬 신소설은 드물다. 신소설의 시대에서 일부일처제는 핵심적인 쟁점이 아니었다. 『광야』에서 그것이 중요하게 다루어진 것은 기독교와의 관계 때문이다. 기독교계의 일부일처제 강조는 그것이 기독교적인 의미에서 죄의식을 불러일으키는 주요 행위 규범들 중의 하나였기 때문이다.

결국, 『광야』에서 박 장임과 최씨 부인과의 결혼은 보존되고 이대 가족을 형성한다. 박 장임의 가족에 대한 이야기는 『광야』의 결말에 후일담 형식으로 다루어져 있다. 화자는 목사가 된 박 장임이 "열심으로 젼도ᄒᆞ고 긔도ᄒᆞ니 아달 형제 ᄯᅡ님 형제 두엇더라"고 하며 그의 자식들의 삶을 소개하고 있다. 화자에 따르면 장녀는 학생을 가르치는 교사가 되고, 차녀는 고등전문학교 학생이며, 장자는 "미리견젠쓰 ᄃᆡ

61 『광야』가 출판되기 전 약 16년 전에 『죠션크리스도인회보』 1897년 8월 4일 자 1면에는 「부부론」이란 제목의 논설이 실렸는데, 여기에는 다음과 같은 내용이 담겨 있다. "쥬역에 ᄀᆞᆯᄋᆞᄃᆡ ᄒᆞᆫ 음과 ᄒᆞᆫ 양을 닐ᄋᆞᄃᆡ 도라 ᄒᆞ니 이제 ᄒᆞᆫ 남ᄌᆞ가 두 녀인을 취ᄒᆞᆫ즉 이ᄂᆞᆫ ᄒᆞᆫ 양이 두 음을 둠과 ᄀᆞᆺᄒᆞᆫ지라 엇지 도라 닐ᄋᆞ리오 …(중략)… 하ᄂᆞ님이 짝ᄒᆞ신 바ᄅᆞᆯ ᄉᆞᄅᆞᆷ이 가히 난호지 못ᄒᆞᆫ다 ᄒᆞ신 고로 쥬ᄅᆞᆯ 밋ᄂᆞᆫ ᄉᆞᄅᆞᆷ은 ᄒᆞᆫ 지아비와 ᄒᆞᆫ 지어미로 몸을 맛치거니와 (후략)…"

학 졸업싱"[62]이며 교과서를 편집하고 성서를 번역하였고, 차자는 상업 학교를 졸업하고 은행 지배인으로 있다가 지금은 교육계에 종사하기 위해 준비 중이다. 그러면서 화자는 예전 박 장임이 부자로 살 때보다 가족이 모여 화목하게 사는 것이 더 행복함을 강조하며 이야기의 막을 내리고 있다.

남녀이합형 서사에서 남녀가 결혼하고 자식을 낳아 훌륭하게 키운다는 결말은 자연스럽다. 그런데 『광야』에서는 가족의 번영과 화목함이 구체적이며 자세한 상황을 첨부하여 중요하게 강조되고 있다. 요컨대 『광야』의 일부일처제는 종국에는 '가족주의'로 귀착되고 있는 것이다. '가족주의'는 자본주의화가 활발히 진행된 19세기 서구에 나타난 가족제도를 설명하기 위한 용어로서 "노동자들의 생활과 노동, 실천을 포섭하기 위하여, 노동자들의 욕망 자체를 가족으로 재영토화하기 위하여 부르주아지가 고안하고 실행했던 계급적 전략의 이름"[63]이다. 이 점으로 보아 『광야』의 일부일처제는 기독교인의 행위 규범인 동시에 자본주의 사회의 규범 차원에서 이해할 수 있을 것이다.

요컨대 『광야』의 기독교는 문명기호로서 개념이 현저히 축소되고 개인의 존재론적 구원의 의미에서 다루어지고 있다. 하지만 그 이면에는 문명과의 관련성이 제시되고 있으며 한층 더 나아가 자본주의적 생활의 양식을 지시하는 차원에 이르고 있다. 이에 대한 이야기는 다음에 다룰 『부벽루』를 통해서 더 진전시키기로 하자. 기독교와 자본주의는 근대적인 시간 개념의 공유와도 서로 관련을 맺는다. 『부벽루』에서 주목할 부분이다.

---

62 '미리견'은 '아메리카'의 음역어 '彌利堅'이다. 그렇다면 '젠쓰'는 대학 이름일 텐데 구체적으로는 확인하지 못했다.

63 이진경, 앞의 책, 312면.

2) 기독교 윤리와 시간 의식—『부벽루(浮碧樓)』(1914)

『부벽루』는 편집 겸 발행자가 김용준이며 1914년에 보급서관에서 발행되었다.[64] 단행본 표지에 제목이 "新小說 浮碧樓"라고 표기되어 있으며 본문 첫 장에는 "보급셔관 편집부 져"라고 기재되어 있다. 저자의 이름이 직접적으로 밝혀져 있지 않지만 저자를 김용준으로 추측할 수 있는 여지가 있다. 김용준은 출판사 사장[65]이지만, 여러 가지 정황 증거로 보아 신소설 창작에도 긴밀한 관여를 한 것으로 보이는 인물이기 때문이다.

김용준이 기독교적인 구원을 다룬 소설『부벽루』를 창작했다는 주장을 뒷받침할 작은 증거가 있다.『황성신문』1909년 6월 24일 기사에 김용준이 황성기독교청년학회관에서 실시한 학년 시험을 통과하여 야학 일어과 졸업생이 되었다는 내용이 실려 있기 때문이다.[66] 여기에서 짐작할 수 있는 사실은 우선 김용준이 황성기독교청년학회관에서 운

---

64 인쇄소는 朝鮮福音印刷所이다.

65『황성신문』1910년 8월 30일 자 3면에는 보급서관 주인 김용준이 낸 것으로 되어 있는 「개업광고」가 실려 있다. "開業廣告 / 本書館에셔 一般教育界에 公益을 普及ᄒᆞ기 爲ᄒᆞ야 小安洞十六統八戶에 書館을 新設ᄒᆞ고 東西洋古今書籍과 教科用各種圖書와 學校及學徒用諸般物品을 一新備置ᄒᆞ고 廉價로 迅速便利ᄒᆞ게 酬應홈을 注意ᄒᆞ야 九月二日에 開業ᄒᆞ오니 京鄕各書舖와 各學校學員及職員僉彦은 隨宜請求ᄒᆞ심을 懋望 但地方에 在ᄒᆞ야 代金을 直接으로 辦交치 못ᄒᆞᄂᆞᆫ 境遇에ᄂᆞᆫ 引換으로 相交홈 / 漢城北部小安洞十六統八戶 / 普及書館主人金容俊白"

66 "靑學會舘의 成績 / 皇城基督敎靑年學會舘에셔 學年試驗을 經ᄒᆞ얏ᄂᆞᆫᄃᆡ …(중략)… 夜學日語科卒業生은 ◈泰卿 李肯萬 金祀 申哲均 玄寬植 **金容俊** 金永鶴 李犧鍾 沈珪燮 鄭錫溶 鄭錫鉉 鄭求昌氏 等 十二人이오 (후략)…"(강조는 인용자) 동명이인일 가능성을 배제할 수 없지만, 작중에 주인공의 친구 장한주가 일어학교 출신이고, 일본말에 대한 담론이 자주 다루어지고 있다는 사실은 여기 일어학교 졸업생 명단의 김용준이 부벽루의 저작 겸 발행자인 김용준과 같은 인물일 수 있다는 가능성을 높여 준다.

영하는 학교를 다닌 만큼 기독교와 관련이 있다는 것이다. 그리고 『부벽루』에는 주인공 최운영의 친구 장한주가 일어학교 출신이라는 것이 언급되면서 일본말에 대한 작중 인물과 화자의 담론이 자주 등장하는데, 이것이 저자로 추정할 수 있는 김용준의 개인적인 이력과 맞닿아 있다는 사실이다. 그러나 이러한 정보만으로는 김용준을 『부벽루』의 실제 작가라고 단정하기에 충분치 않다. 따라서 이 글에서는 김용준이 『부벽루』의 창작과 관련이 있을 수 있다는 가능성만 제시하는 것으로 저자의 문제에 대해서 마무리를 짓고 본격적인 분석에 들어가고자 한다.

① 『부벽루』의 회심

『부벽루』는 성경에 나오는 '돌아온 탕자'에 관한 비유를 토대로 구성된 작품이다. 이 작품에서 '돌아온 탕자'는 최운영이다. 그는 주색잡기에 빠져 그것을 핀잔하는 어머니에게 반항하고 급기야 아내를 색주가에 팔아 버리는 난봉꾼이다. 그런데 그는 갑자기 평양 부벽루에서 그간 자신의 죄를 뉘우치고 회심을 한다. 그리고 착실한 기독교 신자가 된 친구 장한주를 만나 그의 권유로 교회에 나가 기독교 신자가 되고 결국 권사가 된다. 또한 운영의 아내 김씨 부인도 신앙인이 된다. 남편에 의해 색주가에 팔린 처지가 된 그녀는 기지를 발휘하여 그곳에서 빠져나오고 새문 밖에 있는 감리교회 목사인 고 목사를 만나 그에게 도움을 받고 그 과정에서 하나님을 믿게 된 것이다. 둘은 우연히 개성에 있는 교회에서 재회하고 이전과는 다른 가정을 꾸린다.

그렇다면 이 작품에서 중심적인 회심 이야기를 이루고 있는 탕자인 최운영의 회심 장면을 살펴보자.

긔묘토다 이 셰계는 츈하츄동 ᄉᆞ시가 ᄯᅢ를 맛쳐 순환ᄒᆞ야 갓든 ᄉᆡ도

도로 오고 졋든 쏫도 도로 퓌니 슌환지리(循環之理) 분명토다 슯후다 나의 리력 말홀진딕 죄과만 지엇스니 오날날 이 신셰는 ᄌ작지얼(自作之孼)이 아닌가 딕져 하ᄂ님이 ᄉ름을 닉신 후로븟터 인의례지의 셩품을 쥬시지 아닌 것이 아니로딕(蓋自天降生民莫不與之以仁義禮智之性矣[67]) 다만 긔품에 거리ᄭ인 바와 인욕에 가리운 빅 된즉 ᄡ로 혼연ᄒ나 그 본쳬에 붉음은 일즉이 쉬지 아니함이 잇는 고로 빅우는 ᄌ 맛당이 그 발ᄒ는 바를 인ᄒ야 드딕여 발켜써 그 쳐음을 회복홀지니라(但爲氣稟所拘人欲所蔽則有時而昏然其本體之明則有未嘗息者故學者當因其所發而遂明之以復其初也) ᄒ는 성현의 말솜도 잇슨즉 …(중략)… 아 ᄒᄂ님이여 이놈의 죄는 춤아 입으로 말홀 슈 업솝니다 졔가 오날날붓터는 ᄒᄂ님 압헤셔 죄를 ᄌ복ᄒ고 조흔 ᄉ름이 되고ᄌ ᄒ나 져의 안히는 무슨 지경이 되엿슴닛가 아아아[68]

앞의 인용문은 운영이 평양에 있는 부벽루에 올라 회심하는 장면이다. 그는 아내를 색주가에 팔아넘기고, 기생 옥매와 함께 평양으로 도망 와 산다. 그런데 옥매가 죽자 그는 하릴없이 부벽루에 올랐다가 갑자기 마음을 돌이킨다. 이때 운영의 독백은 유교 경전의 심성론(心性論)에서 하나님의 원리를 찾는 것에서 시작하여 죄를 고백하는 것으로 끝난다. 이러한 독백의 방식은 그간 운영의 삶의 양식과는 거리가 있다. 패악하고 늘 노름과 여자만 찾던 인물이 갑자기 유교 경전을 읊고 자신의 죄를 뉘우치고 있는 것이다.

하지만 회심(悔心)의 정황 자체는 이해하기 어렵지 않다. 노스럽 프라이에 따르면 민담과 신화에는 하늘 또는 태양과 지상 사이는 원래

67 주자(朱子)의 「대학장구서(大學章句序)」의 한 구절이다.

68 김용준, 『부벽루』, 유일서관, 116~118면.

서로 관련이 있었다는 이야기들로 꽉 차 있다. 또한 그러한 이야기들은 소설 속에서도 등장하는데 그것들의 원형은 성경 안에 들어 있다. 야곱의 사닥다리며 모세가 '약속의 땅'을 바라보는 비스가 산상이 다 하늘과 지상이 통하는 지점이다. 즉, '부벽루'와 같은 공간은 묵시적인 세계와 자연의 주기적인 세계가 일치하는 지점이며, 현현(epiphany)이라고 부를 만한 상징적인 지점으로서[69] 삶의 가장 낮은 자리에 처하게 된 운영이 회심으로 향할 수 있는 가장 최적의 장소라고 할 수 있는 것이다. 또한 여기서 지적해 둘 것은 운영의 회심 과정에 동원된 현학적이라고 할 만한 유교 경전의 차용이다. 운영은『대학』,『중용』등을 넘나들며 자신이 절대자에게 귀의할 수밖에 없는 논리를 펼치고 있다. 앞에서도 말한 바와 같이 이러한 회심의 유교적 설명은 그 이전 서사의 맥락과는 맞지 않는 과잉된 논설로서 작품 내적인 의미는 찾기 어렵다. 다만 우리는 이를 통해 작가가 유교적 소양을 지녔고 기독교로의 회심을 유교적 관점을 통해 이해하려는 자임을 확인할 수 있다.

결국, 운영의 회심은 기독교에 대한 신앙 고백으로 낙착된다. 운영은 부벽루에서 내려오는 도중 영명사에서, 몇 달 전까지만 하더라도 함께 주색잡기로 세월을 보내던 친구 장한주를 우연히 만난다. 한주는 서울에서의 난봉 생활을 청산하고 고향인 평양으로 돌아와 신자(信者)인 모친과 아내를 따라 교회에 나가 지난 죄를 회개하고 예수를 믿기 시작했다. 그리고 교회 학교에서 일어학교 교사를 하고 있는 중이었다. 운영은 한주를 따라 기독교 신자가 되고 열심히 교회 사무를 맡아 하여 5~6개월 만에 일반 교우의 추천으로 권사가 된다. 정처 없던 운영의 마음이 거주할 곳을 지시해 주었다는 점에서 한주는 운영의 구원자인 셈이다. 그사이 운영의 아내 김씨 부인 또한 서울에서「로마인

69 노스럽 프라이, 임철규 옮김,『비평의 해부』, 한길사, 2000, 394~395면.

서」, 「사복음」, 「사도힝젼」 등을 열심히 공부하고 고 목사에게 세례를 받아 신자가 된다. 그리고 두 사람은 개성의 한 교회에서 우연히 재회한다. 운영의 패악과 난봉은 운영과 김씨 부인의 사이를 갈라놓았지만, 그들이 헤어져 각자 선 자리에서 얻은 신앙은 두 사람을 다시 만나게 한 것이다.

②『부벽루』의 시 · 공간

『부벽루』는 운영이 기생 옥매와 눈이 맞아 아내를 색주가에 팔아넘기고, 그가 살던 집은 전소되는 등 집안이 결딴나는 과정을 그린 전반부와 운영이 그간 지은 죄를 뉘우치고 교회의 권사가 되어 아내와 재회하는 과정을 그린 후반부로 나눌 수 있다. 작품 전반부의 도입 부분은 운영의 행동이 이루어진 시간이 구체적으로 서술되어 있다. 섣달 스무이렛날, 운영은 새벽 4시까지 술을 마시고 집에 들어와 잠을 자고 아침 7시에 일어난다. 일어나자마자 세수를 한 그는 마침 찾아온 장한주와 함께 8시에 집을 나가 고 국장 집을 찾는다. 운영은 고 국장을 만나 돈 빌리는 것에 대해 이야기하다가 오후 4시가 다 되어서야 고 국장 집에서 나온다. 즉, 새벽 4시부터 오후 4시까지 운영의 일상이 작품 도입 부분에 포착되어 있다. 운영이 12시간 동안 한 일은 3시간 동안 잠을 자고, 9시간 동안은 같은 한량인 한주와 어울려 고 국장을 만나 이런저런 이야기를 나누다가 주색잡기에 쓸 돈을 빌릴 의사를 전한 것이다.

이와 같이 작중 인물의 행동에 대해 자세하게 시간 매김을 한 것은 『부벽루』의 특징이라고 할 수 있다. 이러한 시간의 적시(摘示)는 그만큼 운영이 시간을 함부로 쓰는 인물이라는 점을 부각하고 있다. 근대 문명의 세계는 합리성과 계산 가능성의 기초 위에 세워졌다. 잠과 휴식으로 보내는 밤시간을 술 마시며 탕진하고, 일해야 하는 낮시간을 잡담으로 허송하는 시간 낭비자, 운영은 문명인 혹은 근대인의 범주 밖에 있는 인물이다.[70] 『부벽루』에서 운영과 대척점에 서 있는 인물은 고 목사이다.

> 호쥬머니에셔 시계를 ᄂᆡ여 보더니
>
> (고 목ᄉᆞ) 지금이 **ᄌᆞ졍 후 ᄉᆞ십칠 분이나 되엿ᄉᆞᆫ즉** ᄃᆡᆨ을 찻기가 곤란ᄒᆞᆫ지라 오날 져녁은 우리 집으로 가 쥬무시고 계시면 제가 명일 ᄇᆞᆰ은 날 곳 귀ᄐᆡᆨ으로 뫼셔다 드리겟스니 그리 아시고 우리 집으로 함게 가시면 엇더ᄒᆞ시오릿가구 엿쥬어보십쇼[71] (강조는 인용자)

인용문은 색주가에서 도망한 김씨 부인이 고 목사를 만나 위기에서 벗어나는 대목으로서 『부벽루』에서 가장 극적인 장면이라고 할 수 있다. 여기에서 고 목사는 호주머니에서 '개인' 시계를 꺼내 시간이 밤 12시 47분이나 되었음을 확인하고 김씨 부인을 자신이 사는 집으로 인도한다. 그는 한국인 기독교 목회자로서 작중 그 누구보다 문명의 빛에 더한층 가까이 가 있는 인물이다. 그런 점에서 고 목사가 시간을 분 단위로 제시하는 것에는 주목이 필요하다. 화자가 제시하는 시간이든 작중 인물이 제시하는 시간이든 고 목사 이외의 경로를 통해 제시된 시간은 모두 시간 단위로 제시되었기 때문이다. 고 목사는 더 세분화된 시간 의식을 소유했다고 볼 수 있는데, 이는 그만큼 그가 시간의 규

---

70 운영은 회심 후 서울로 가기 전, 그의 어머니에게 편지를 보낸다. 그는 편지 말미에 "불초한 운영의 죄를 ᄒᆞᆫ 번 용셔ᄒᆞ옵소셔 ᄅᆡ일 ᄒᆞ오 엿셧 뎜 ᄎᆞ로 상경ᄒᆞ겟기로 져간 셰쇄 ᄒᆞᆫ 일은 낫좌뵈압고 아뢰겟ᄉᆞᆸ나이다"라는 말을 남긴다. 기차 시간을 밝히는 것, 이것은 운영이 회심과 동시에 문명인의 범주 안에 들어왔다는 것을 의미한다. 김용준, 앞의 책, 112면.

71 위의 책, 99면.

율을 더욱 엄격하게 체화하고 있는 문명인임을 보여 준다.[72]

한편, 화자는 작중의 시간을 예민하게 포착하고 있는 만큼 공간에 대한 관심도 그에 못지않다.[73]

> 이럿틋 횡셜수셜로 인ᄉ들을 ᄒᆞ고 셔로 헤여져서 혼ᄌᆞ 건들건들 비틀비틀ᄒᆞ며 **장ᄃᆡ장골**노 도라 아ᄅᆡ **어의궁**으로 ᄲᅡ져 **교동**으로 올나가다가 **군악ᄃᆡ 영문 뒤ㅅ담**을 ᄭᅵ고 **ᄃᆡ사동**을 바라보며 터벅터벅 가는 사ᄅᆞᆷ은 최운영이라 한참을 정신업시 올나가다가 웃뚝 셔더니 / (운영) 아 여긔가 어ᄃᆡ냐 뎡신업시 왓다 **별궁** 문 압일세 ᄲᆞᆯ간 젼긔불만 업셧드면 **안동**으로 넘어 무장졍 갈 쌘힛네 어ㅣ 이런 ᄯᅢ에ᄂᆞᆫ 젼긔불이 우리 할머니보다도 더 고마워[74] (강조는 인용자)

1900년대 혹은 1910년대의 지명이라 운영의 동선을 정확히 확인할 수는 없으나, 옛 지명이 담긴 자료를 통해 대강의 위치를 톺아보면 다음과 같다. "장ᄃᆡ장골노 도라"라고 한 것으로 보아 술집은 장ᄃᆡ장골 근처이며 운영의 집을 가려면 장ᄃᆡ장골을 기점으로 하여 우회해야 한다는 사실을 알 수 있다. 『매일신보』 1914년 2월 25일 자 기사, 「쟝안샤의 긔념연극」을 보면, 경성 중부 장ᄃᆡ장골에 있는 장안사에서 판소

---

72 여기서 '문명인'이라고 한 것은 그만큼 자본주의적 생활 방식을 체현한 인물이라고 볼 수 있다. 서구 사회에서 기독교도는 곧 '시간 관리자'로 통했다. 벤자민 프랭클린의 "시간은 돈이다"라는 말에 공명(共鳴)하고 일하지 않고 빈둥빈둥거리는 것을 죄악시한 것은 기독교도들이었다. 제이 그리피스, 박은주 옮김, 『시계 밖의 시간』, 당대, 2002, 334~337면.

73 여기서 화자의 시간과 공간에 대한 지각이 예민하다고 한 것은 다른 신소설에 비해 상대적으로 그렇다는 것이다. 신문학이나 근대 소설에서는 『부벽루』보다 더 세밀한 시간·공간 감각을 가지고 있는 화자와 인물이 많을 것이다.

74 김용준, 앞의 책, 1~3면.

리 공연이 열렸다는 내용이 실려 있다. 그렇다면 장ᄃᆡ장골은 장안사가 있던 곳인데, 장안사는 구극(舊劇) 공연을 위한 극장으로서 현재 파고다 공원 근처에 위치했다. 그리고 어의궁은 상어의궁이 있고, 하어의궁이 있는데, 여기에서는 교동 부근에 있던 상어의궁을 말하는 것 같다.[75] 교동은 현재 교동초등학교가 있는 자리[76]이며, 군악대는 창설 당시 경희궁 정문 근처에 자리 잡았다가 1902년 8월에 파고다 공원 서변에 새로 기와집을 짓고 옮겨 왔다.[77] 즉, 운영은 지금의 파고다 공원이 있는 장ᄃᆡ장골 근처에서 술을 먹고 장ᄃᆡ장골을 기점으로 돌아 어의궁이 있는 교동 쪽으로 올라온 것이다. 운영은 교동에 못 미쳐서 군악대 영문의 뒷담을 끼고 ᄃᆡ사동, 즉 지금의 인사동 길 쪽으로 방향을 틀었다. 그리고 계속 길을 걷다 지금의 풍문여고에 자리 잡고 있었던 별궁의 전깃불과 맞닥뜨린다.

1900년에 한국과 미국이 합자해서 설립한 한성전기는 한국 최초로 종로에 가로등을 설치했다. 그러했으니 몇 년 후인 안동, 즉 안국동 부근에도 가로등이 설치되었다고 추측할 수 있다. 운영은 그 전깃불을 보고, 안동으로 갈 뻔했다고 하며 방향을 돌린다. 그가 정확히 어떤 방향으로 발길을 돌리는지 화자는 서술하고 있지 않으나, 안동 초입에

---

75 "낙원동과 경운동이 인접한 교동지역에는 어의궁이 있었다. 인조의 사저가 있어 어의동이므로 동명을 인용하여 어의궁이라 하였다. 이곳의 어의궁을 상어의궁, 효제동 22번지는 하어의궁이라고 불렀다. 상어의궁은 교동초등학교 자리인데 인조반정으로 왕위에 등극하기 전까지 선조의 손자인 능양군이 살았다." 서울特別市史編纂委員會, 『洞名沿革攷(I)—鐘路區篇』, 서울특별시, 1992, 460면.

76 교동은 한양골, 향교동으로 지금의 종로 2 · 3가로부터 낙원동 · 돈의동 · 익선동 등에 걸쳤던 매우 넓은 마을이었다. 현재 교동이란 이름은 사라졌고 교동초등학교의 이름으로 남아 있다. 김영상, 「종로구」, 서울문화사학회, 『서울의 잊혀진 마을 이름과 그 유래』, 국학자료원, 1999, 23~24면.

77 「朝鮮洋樂의 夢幻的 來歷(2)」, 『東明』, 1922.12.3.

서 발길을 돌린다면 아마도 지금의 효자동 쪽인 서촌일 것이다. 서촌은 조선 시대에 주로 중인들이 거주하는 공간이었으며 당시 상업 지구로 재편되고 있었다. 고 국장이 운영의 집문서를 받아들일 때 운영의 집을 가게로 쓰고자 했던 것도 이 추측을 지지한다.

이러한 운영의 동선에 대한 구체적이고 자세한 묘사는 결국 만취해 길을 잃은 운영이 문명의 이기(利器)인 전깃불의 도움으로 길을 찾을 수 있었다는 것으로 귀착된다. 이것은 허랑과 방탕으로 길을 잃은 운영이 기독교를 신앙함으로써 제 길을 찾는다는 『부벽루』 전체 서사의 예형(豫型)으로 볼 수 있다. 이때 '전깃불'과 '기독교'는 운영의 길을 인도하는 중요한 매개가 되면서 문명과 기독교 신앙이 의미론적으로 중첩되고 있음을 보여 준다.

즉, 『부벽루』의 화자는 시간과 공간의 정확한 계산 속에서 운영을 묘사하고 있는데, 이러한 묘사는 문명을 강조하는 데 복무하고 있음을 우리는 알 수 있다. 그렇다면 『부벽루』에서 강조된 문명에 대한 작품의 시각은 어떠한가? 이것 역시 작중에 나타난 시간에 대한 의식 가운데 살펴볼 수 있다.

A. ᄃᆡ져 경찰 ᄇᆞᆰ은 오날날 갓흐면 인민의 집의 화ᄌᆡ가 낫스면 의례히 화ᄌᆡ당ᄒᆞᆫ 당ᄉᆞᄌᆞ의 셩명과 그 집 통호를 ᄌᆞ세히 죠ᄉᆞᄒᆞ야 경시청에 보고ᄒᆞᆯ 섄만 아니라 피화ᄌᆞ(被火者)의 ᄯᅥ나가 잇ᄂᆞᆫ 곳가지 자세 죠ᄉᆞᄒᆞ야 조곰도 호의결뎜이 업시ᄒᆞ련만은 이ᄯᆡ는 **졍미년이라 경찰 졍도가 지금보다는 유치ᄒᆞ다 ᄒᆞᆯ 만ᄒᆞ야** 가령 피화ᄌᆞ가 잇슬 것 갓흐면 그 구역 ᄂᆡ에 잇ᄂᆞᆫ 경찰관리니 아모 ᄃᆡ 집이 탓거니 ᄒᆞᆯ 섄이요 피화ᄌᆞ의 ᄯᅥᄂᆞᆫ 곳도 알 ᄶᆞᄃᆞᆰ이 업셔 경시청에 보고 여부가 분명치 못ᄒᆞ던 시ᄃᆡ라고 목ᄉᆞ가 슌검의 알 슈 업다는 말을 듯고 할일업시 도로 자긔 집으로 나가더라[78] (강조는 인용자)

B. 일본말은 이 셰계에 불가불 아니 ᄇᆡ울 슈 업거니와 요셰 놈들은 그 일본글이 무엇시 그리 죠흔지 아죠 일본글이라면 혹ᄒᆞ데그려 또 나는 학교에 다니는 놈 하나 보암 직ᄒᆞᆫ 놈 업슬 쌘외라 또 소위 일본 드러가 졸업ᄶᅥ지 ᄒᆞ고 나왓다는 놈 그 ᄶᅩᆯ은 또 더 블 슈 업지 자네도 짐작ᄒᆞ려니와 ᄂᆡ ᄉᆡᆼ질 놈 보니ᄶᅡ 참 ᄀᆡ화ᄒᆞᆫ 놈은 다 그런지 참 가관이데 그것지 경ᄌᆞ년이든지 져의 부모도 몰으게 도망을 ᄒᆞ여 일본에 드러가 공부인지 무엇인지 ᄒᆞᆫ다고 한 오륙 년 잇다가 쟉년 봄에 나왓는ᄃᆡ 무슨 법률과 졸업을 ᄒᆡᆺ다나 그 ᄶᅩᆯ을 보면 가쇼럽지 법 아는 놈이라고 그ᄶᅡ위 법을 ᄇᆡ왓는지 아죠 안하에 무인이지 져의 아비를 알아보나 일가를 알아보나 걸픗ᄒᆞ면 져의 아비더러도 완고에 말만 ᄒᆞ느니 ᄒᆞ며 져밧게 ᄉᆞᄅᆞᆷ 업는 쥴 아데그려 그러케 날ᄶᅱ길ᄂᆡ 나는 그ᄅᆡ도 무슨 별다른 섀쪽ᄒᆞᆫ 슈나 잇ᄂᆞᆫ 쥴 알엇더니 그ᄒᆡ 륙월에 가셔 고만 쥭어 버리데그려 아마 일본글을 ᄇᆡ우면 환장이 되여 고만 오장이 밧구이나 보데 부모도 몰으로 일가도 모몰으ᄂᆞᆫ 것을 보닛가[79]

인용문 A는 고 목사가 김씨 부인의 집이 밤새 불타 없어진 것을 발견하고 자세한 상황을 순검에게 물으니 순검이 모른다고 답한 사실에 대한 화자의 논평 부분이다. 이 논평에서 우리는 작품의 상황이 벌어지는 시점과 이것을 서술하는 시점이 다름을 확인할 수 있다. 작품의 시간은 정미년으로 1907년이다. 서술 시점은 본문에서 제시되어 있지는 않지만 일단 『부벽루』의 발행년인 1914년경으로 상정할 수 있다. 화자에 따르면 서술 시점인 1914년경은 경찰 제도가 잘 실시되고 있지만, 1907년 무렵만 해도 경찰 제도는 보잘것없었다. 그런데 1907년과

78 김용준, 앞의 책, 102면.
79 위의 책, 35~36면.

1914년 사이는 단순히 문명과 제도가 발전해 나가는 물리적 시간으로 환원될 수 없다. 그 시간적 거리 사이에는 경술국치(庚戌國恥)라는 사회 · 역사적 기점이 놓여 있기 때문이다. 한 국가와 사회의 치안과 질서를 담당하는 경찰 제도의 발달은 그것을 운용하는 지배 계급과의 관계와 분리하여 생각하기 어렵다. 즉 1914년 즈음의 경찰 제도에 근거하여 1907년의 그것을 "유치ᄒᆞ다"고 판단하는 주체의 시각은 친일(親日)적인 것이라고 간주하기에는 무리가 있더라도 적어도 일본의 지배에 대해 무감(無感)한 자의 것이라는 사실은 지적할 수 있다.

인용문 B는 일어학교에 다녔다는 장한주의 말을 듣고 고리대금업자인 고 국장이 자신의 일본어에 대한 견해를 늘어놓는 대목이다. 그런데 그의 말을 유의하여 살펴보면 그가 '일본어'와 '일본글'을 분리하고 있다는 사실을 발견할 수 있다. 그는 지금 세상에서는 '일본어'를 배우지 않을 수 없다고 말했다가 경자년(庚子年), 즉 1900년에 일본에 유학하여 법에 대해서 배우고 1906년 봄에 귀국한 생질(甥姪)이 그해 6월에 그만 죽어 버렸다고 '일본글' 배우는 것이 쓸모없다는 말을 하고 있는 것이다. 아마도 고 국장의 생질은 병사(病死)한 것이 아니라 자신의 사회적인 의식을 펼치려다 좌절되어 죽은 듯하다. 즉, 고 국장은 생질이 일본에 가서 배운 학문 때문에 죽었다고 판단하고 '일본글' 배우는 것이 쓸모없다는 말을 하고 있는 것인데, 이로 볼 때, 그의 말 속에서 '일본어'는 실용적인 회화를 말하고 '일본글'은 개화 학문을 의미한다. 고 국장에게 배움이 어디를 지향하는지 알 수 있는 대목이다. 그러면서 그는 길목 좋은 데 위치한 한주의 집을 저당 잡으면서 "셰력 죠흔 일인"에게 팔아먹을 궁리를 한다.

고 국장의 말을 근거로 하여 이 작품 전체의 시각을 드러낼 수는 없을 것이다. 그는 작중에서 잇속 빠르게 그려진 인물로서 악인형 인물에 해당하기 때문이다. 따라서 그의 말은 당대 일본에 대한 생각의 한면을 엿볼 수 있는 자료로 판단하는 데 만족해야 한다. 즉 그것은 조선인들이 돈을 벌기 위해서는 일본어를 알아 두는 것이 긴요했던 만큼 일본의 조선에 대한 경제적 침투가 활발하게 진행되었다는 사실이다.

A에 나타난 화자의 시각과 B의 고 국장의 시각에서 볼 수 있는 당대 현실상을 종합하여 살펴볼 때 『부벽루』에서는 일본이라는 나라와 그 나라의 한국 지배라는 사실에 대해서 크게 개의(介意)하는 흔적을 찾을 수 없다. 『부벽루』의 일본 언급은 문명개화를 구체적인 사실을 통해 밝히려는 과정에서 당시 지배 주체였던 일본이 자연스레 드러난 것이라고 보아야 할 것이다.

요컨대 『부벽루』는 근대적인 시간과 공간 개념이 표나게 드러난 신소설이다. 시간을 탕진하며 살았던 인물 운영은 회심 후, 자신의 어머니에게 보내는 편지에서 자신이 기차를 타고 도착할 시간을 정확히 적시할 정도로 '시간 관리자'의 면모를 갖춘다. 문명인의 생활 척도, 다시 말해 자본주의 사회 질서의 척도를 제 삶에 기입한 것이다.

『광야』와 『부벽루』의 기독교는 개인의 존재론적인 구원의 종교로서 나타났다. 그러나 두 작품의 기독교 역시 '문명기호'로서의 성격을 지니고 있었다. 『광야』는 일부일처제에 대한 준수와 가족주의가 강조되었고, 『부벽루』는 시간 관리의 중요성이 강조되었는데, 이는 자본주의적 생활양식과 관련이 있는 기독교 윤리라는 점에서 '문명기호'로서 기독교와 결국에는 맞닿아 있다고 할 수 있다. 그런 점에서 『광야』와 『부벽루』는 "문명개화를 위해서는 기독교 신앙을 가져야 한다"는 의식형태가 담겨 있다고 볼 수 있다. 또한 강조할 것은 『고목화』와 『박연폭포』에서 발견할 수 있었던 문명화의 위계적 구도를 『광야』와 『부벽루』에서 찾아볼 수 없다는 사실이다. 그 까닭은 전자의 작품들에서는 국가/민족 담론이 개인적 측면의 담론보다 우위에 있었기 때문이다. 따라서 개인뿐만 아니라 민족 안에 소속된 성원의 회심까지도 요구되었고, 그 과정에서 자기 식민화와 식민주의적 의식이라는 역학 관계도 발생했던 것이다. 그에 비해 『광야』와 『부벽루』는 국가와 민족보다는 상대적으로 개인의 의식에 눈을 돌리기 시작한 사회적 분위기를 반영하여 개인의 회심에서 더 이상 나아가지 않았다.

4. 기독교 담론의 비판적 서사화

4.1. 기독교의 죄 고백

우리가 앞서 2장에서 다룬 바 있는 장응진의 첫 소설인 「다정다한」에는 삼성 김정식(三醒 金貞植)이 어떻게 신앙의 길로 들어섰는가에 관한 내용이 비중 있게 담겨 있다. 대체로 이 내용은 간증과 같은 죄 고백이 담긴 이야기에서 나올 법한 것인데, 아마도 「다정다한」은 장응진이 삼성선생의 간증을 직·간접적으로 접하고 그것에 감동하여 소설 양식의 의장을 갖춘 글로 재구성한 것으로 보인다. 이때 죄 고백은 자신의 내면을 고백하는 형식을 지님으로써 자연스레 근대 소설의 서술 기법인 내면 고백체로 서술되었다. 이 절에서는 이를 염두에 두고 기독교의 죄 고백과 내면 고백체 서술의 관련성에 대해서 살펴보기로 하겠다. 먼저 김정식의 죄 고백을 논의의 처음으로 삼고자 한다.

김정식은 1937년 1월 13일 세상을 달리했다. 향년 75세였다.[1] 김교

1 『青年』, 조선기독교창문사, 1937.2, 24면. 이 잡지에 실린 기록에 따르면 그는 숙환으로 徽慶町 京?(판독 불가)療養醫院에 입원 중에 별세했다. 1937년 1월 15일 오후 2시에 영결

신이 편집을 맡고 있던 『聖書朝鮮』의 100호(1937.5)에는 그해 1월에 세상을 달리한 김정식에 관한 세 편의 글이 실려 있어 실제 김정식이 어떤 인물이며, 그가 어떠한 삶을 살았는지, 그리고 어떻게 신앙생활을 하였는지에 대한 중요한 정보를 제공한다. 그중에는 김정식이 1912년 10월 12일에 썼다는 탈고 기록이 남아 있는 「信仰의 動機」라는 제목의 글이 있는데, 여기에는 그의 죄 고백과 회개가 담긴 간증의 기록이 있다.

> 내가 前日에 酒色에 耽溺하야 先祖에게 不孝함과 妻子에게 薄情함과 親舊에게 驕慢한 罪가 많고 더욱 나의 사랑하는 딸 鶯似의 나히 十歲에 未滿하고 두 눈이 멀어 앞을 보지 못하는 것을 羅馬教堂養育院에 보내엿스니 때々로 父母를 부르짖을 생각을 하면 뼈가 저리고 五臟이 녹는 듯하도다. 許多한 罪狀과 許多한 懷抱를 다 告할 때에 두 눈에 눈물이 비 오듯 벼개를 적시더니 …(중략)… 이 世上에는 나와 같은 惡한 罪人도 없엇고 只今 이같이 깨끗한 맘을 얻은 사람은 나 혼자뿐이로다. 此後로는 엇던 地境에 處할지라도 이 恩惠를 잊지 아니하기로 作定하고 細々히 생각함애 前日에 지은 罪로 오늘 이 같은 矜恤을 받기는 眞實로 뜻밖이라도 萬一 이 몸이 獄中에 들어오지 아니하엿스면 어찌 이런 恩惠를 얻엇스리오[2]

인용한 글은 김정식의 죄 고백에 해당하는 부분이다. 그는 이전에 주색에 빠진 것과 가족·친구들에게 소홀하고 교만했던 것을 죄로 고백하고 있다. 또한 두 눈이 멀어 앞을 보지 못하는 딸을 양육원에 보내었다는 사실도 토로(吐露)하고 있다. 특히 김정식은 이 딸의 존재에 대해 마음 깊이 슬퍼했던 것 같다. 「다정다한」에서 그는 존 번연의 『천

식이 YMCA 대강당에서 엄수되었다. 장례위원은 윤치호, 오천영 등이었다.

2 金貞植, 「信仰의 動機」, 『聖書朝鮮』 100호, 1937.5, 102면.

로역정』을 이야기할 때 그 책이 담은 내용도 내용이거니와 존 번연 역시 앞을 못 보는 딸이 있었다는 것에 대해 깊은 관심을 드러냈다. 그리고 김정식은 번연이 옥중에서도 마음의 중심을 잡고 『천로역정』과 같은 책을 쓸 수 있게 한 기독교 신앙에 대해 감탄했다. 결국 가정사의 슬픔과, 사회 개혁의 좌절을 의미하는 옥중 수감[3]이라는 처지가 김정식을 기독교 신앙으로 이끌었다고 할 수 있는 것이다. 한편 김정식은 자신의 죄 때문에 베개를 적실 만큼 눈물을 흘렸다고도 말하고 있다. 이와 같은 김정식의 고백은 그 당시 사회·문화적 배경과 그가 경무청 경무관(警務官: 지금의 치안국장) 출신임을 고려할 때 기독교 신앙의 테두리 밖에서는 상상도 할 수 없는 고백이었다고 말할 수 있을 것이다.

앞에 인용한 「신앙의 동기」는 제목 그대로 자신의 기독교 신앙이 어떤 경로에 의해 유래했는가를 밝히는 것을 내용으로 하고 있다. 그리고 이것은 기독교에서 일반적으로 이루어지는 간증이라는 고백의 제도에 기반한 것이다. 김정식의 위와 같은 고백은 차마 말하기에는 부끄러운 내용을 담고 있었지만, 그것을 말할 수 있었던 것은 기독교에서는 보편적으로 이루어지고 있는 죄 고백이라는 제도의 밑받침 때문이었다.

이러한 기독교의 고백이라는 제도에 대해 가라타니 고진은 매우 흥미로운 견해를 제출한 바 있다. 그는 그의 논리를 전개하기 위해 무사(武士) 출신 일본의 기독교 지도자인 우찌무라 간조(內村鑑三)의 죄 고백을 참조했다. 그런데 우찌무라 간조는 마침 김정식과 인연이 있는 인

3 김정식은 1902년 3월 22일, 오늘날의 서린동에 있는 한성감옥소에 수감된다. 1902년 2월 하순경 유길준의 동생이자 내무협판을 역임한 유성준이 일본에 있는 유길준 및 박영효와 연락해 정부 전복을 꾀한다는 이유로 체포되었는데, 이와 연루되었다는 혐의를 받은 것이다. 대한예수교장로회 연동교회 역사위원회, 『연동교회 애국지사 16인 열전』, 대한예수교장로회 연동교회, 91면.

물이라는 점이 흥미롭다. 우찌무라 간조 스스로 "朝鮮人에는 金貞植氏가 第一親友"[4]라고 할 정도로 그들 사이에는 국경을 넘는 우정이 있었던 것이다. 아마도 둘 다 각 나라의 대표적인 기독교 지도자라는 점, 그리고 무관(武官) '출신'이라는 점이 둘 사이를 이어 주었을 것이다.

한편, 고진의 견해를 요약해 옮겨 보면 다음과 같다. 그에 따르면 근대 문학은 고백의 형식과 함께 시작되었다. 그런데 메이지(明治) 20년대의 기독교는 마치 쇼와(昭和) 초기의 마르크스주의 같은 영향력을 지니고 있었는데, 고백의 형식은 바로 그 기독교의 영향과 관련이 깊다. 메이지 시대 기독교에 민감하게 반응한 것은 이미 무사일 수 없는 무사, 그러면서도 무사라는 사실 외에는 자존심의 근거를 찾아내지 못한 계층이며, 기독교가 파고 들어간 것은 무력감과 한으로 가득 찬 마음이었다. 또한 기독교가 초래한 것은 주인임을 포기함으로써 주인(주체)으로 남아 있게 하는 정신적 역전이다. 그들은 스스로 주인임을 포기하고 신에게 완전히 복종함으로써 주체(subject)를 획득했다. 항상 고백은 지배자가 아니라 패배자가 한다. 그 이유는 고백이 왜곡된 또 하나의 권력 의지이기 때문이다. 고백은 결코 참회가 아니며, 나약해 보이는 몸짓 속에서 주체로서 존재할 것, 즉 지배할 것을 목표로 하고 있다.[5]

여기서 고진은 고백이 "권력 의지"이며 "(고백의 청자를) 지배할 것을 목표로 하고 있다"고 했는데, 이는 고백이 권력과 지배라는 목표를 달성하기 위한 수단적 의미를 갖는다는 것으로 읽힌다. 즉 행위의 결과를 근거로 그 동기의 원인을 설명한 것으로서 기독교 신앙의 본래적인 관점은 배제한 것이다. 그렇다면 이를 토대로 실제 회당(會堂)에

---

4 金貞植, 「內村鑑三씨를 追憶함」, 『聖書朝鮮』 19호, 1930.8, 167면.
5 가라타니 고진(柄谷行人), 박유하 옮김, 『일본근대문학의 기원』, 민음사, 1997, 114~116면.

서 이루어진 바 있는 죄 고백을 살펴보도록 하자. 다음의 죄 고백은 2.2.에서 다룬 바 있는 『해타론』의 저자 길선주의 죄 고백이다. 그는 '평양 대부흥'이 있었던 해인 1907년 1월 15일, 장대현교회 저녁 집회에서 장로의 직함을 갖고 다음과 같은 죄 고백을 하였다.

> 저는 아간과 같은 사람입니다. 저 때문에 하나님께서 축복을 주실 수가 없었습니다. 약 1년 전에 내 친구 중 하나가 임종을 앞두고 저를 집으로 불러 말했습니다. '길 장로, 나는 이제 곧 죽을 몸이야. 자네가 내 일을 맡아 주게. 내 재산을 관리해 주면 좋겠네. 아내는 무능하니 말일세.' 저는 말했습니다. '걱정 말게. 그렇게 하겠네.' 그 후 저는 그의 부인의 재산을 관리했지만, 부인의 돈 100달러를 빼돌려 내 주머니에 넣었습니다. 제가 하나님을 가로막았습니다. 내일 아침 100달러를 그 부인에게 돌려드리겠습니다.[6]

앞의 죄 고백은 김정식의 죄 고백보다 더 극적이다. 우선, 글이 아니라 회중을 직접 앞에 둔 상황에서 자신의 허물을 말로 표현했다는 형식적인 측면도 그렇거니와 장로의 신분을 가진 자가 어려움에 처한 죽은 친구의 아내의 돈을 빼돌렸다는 충격적인 내용 때문에 더 그렇다. 전언에 의하면 길선주의 죄 고백 이후 회중의 많은 사람들이 저마다 죄를 고백하고 회개했다고 한다. 그리고 새벽 2시까지 집회가 계속되었다고 한다. 가라타니 고진의 술어로 설명하자면, 길선주는 평양 신학교 신학생[7]이며 장로로서 자신이 파렴치한 도둑이라는 사실을 고

6 J. Goforth, *When the Spirit's Fire Swept Korea*, Grand Rapids, MI: Zondervan Publishing House, 1943, 8면; 허호익, 『길선주 목사의 목회와 신학사상』, 대한기독교서회, 2009, 182면에서 재인용.

백하면서 사회적 자아를 포기했다. 그렇게 자기를 포기하자 오히려 길선주는 그 고백을 통해 회중 사이에서 누구보다도 강한 주체로 우뚝 섰다. 회중 중 많은 사람이 길선주의 고백에 이끌려 자신의 죄를 털어놓았기 때문이다. 결국 길선주의 죄 고백이 권력으로 작용하여 회중을 지배했다고 볼 수 있다.

이러한 고백이라는 제도가 일본의 근대 문학과 연관되었다는 고진의 지적 자체는 차분한 고찰이 필요하다. 일본의 메이지 20년대와 조선의 1900·1910년대는 사회·정치적 상황에서 살펴볼 때 비슷한 점이 많은 데다 특히 문학의 경우, 조선 근대 문학의 주축이 일본에서 공부한 유학생들이었기 때문이다.

우정권은 기독교 문화 보급과 성경 번역으로 인해 고백체 서술의 종결어미인 '~다'체가 도입되었다고 보았다. 또한 그는 백악춘사(白岳春史), KY생, 암루생(暗淚生), 현상윤 등을 들면서 이들 1910년대 문인들은 기독교를 자신의 삶을 되돌아보는 계기로 삼거나, 당시 사회가 지닌 모순을 개선하기 위한 질서의 원천으로 삼았다고 한다. 그리고 그들의 작품 속 화자의 발화가 고백적 서술(confessional narrative)로 되어 있는 것은 기독교 문화 속에 있는 회개와 반성을 하는 자기 고백이 문학적 서사의 기법으로 수용된 결과라고 말한다.[8] 하지만 분명히 해 둘 것은 당시 우리나라에 있었던 죄 고백과 내면 고백체 소설이 직접적인 영향 관계에 있다고 볼 수는 없다는 사실이다. 이것은 오랜 시간에 걸쳐 형성되었던 서구 문학이 그 배경에 기독교의 죄 고백 문화를 두

---

7 길선주는 1907년 6월 20일 평양신학교를 졸업했다. 따라서 죄 고백이 이루어진 때는 평양신학교 재학생 시절이었다고 할 수 있다. 그는 졸업 후, 1907년 9월 17일 창립된 예수교 장로회 조선노회(독노회)에서 최초의 목사 안수를 받고 동시에 당시 한국에서 제일 큰 장대현교회의 담임목사가 된다. 허호익, 앞의 책, 70면.

8 우정권, 『한국 근대 고백소설의 형성과 서사양식』, 소명, 2004, 62~66면.

고 있었다고 말할 때만 논리적 근거를 찾을 수 있다. 그럼에도 이 글에서 죄 고백과 죄 고백을 담은 작품을 살펴보는 이유는 이를 통해 고진의 논의를 검토할 수 있다는 판단 때문이었다.

4.2. 죄 고백과 자기비판의 서사

죄 고백은 그 자체에 비밀을 드러내는 이야기 형식을 지니고 있을 뿐 아니라 서술의 특성상 내면 고백체로 되어 있다. 따라서 죄 고백의 형식은 작품 내에서 사건의 원인을 해명하는 중요한 화소 역할을 하기도 하며, 그것이 별도로 독립하여 내면 고백체 소설로 나타나기도 한다. 초기 근대 소설에서 전자는 앞 장에서 다룬 바 있는 신소설 양식에서, 후자는 우정권이 주목한 바 있는 단편 소설에서 나타난다. 다음에서는 이들 다른 양식의 소설에서 죄 고백이 어떻게 기능하고 있는지를 살펴보기로 하겠다. 분석 작품의 배열 기준은 발행 연도 순서로 할 것인데, 이것은 시간상 발전을 했다는 의미가 아님을 명시해 둔다.

1) 『눈물』의 죄 고백

먼저 살펴볼 작품은 『매일신보』에 1913년 7월 16일부터 1914년 1월 21일까지 연재된 이상협의 『눈물』이다. 『눈물』의 작가 이상협은 1893년 6월, 서울 누상동에서 태어났다. 그는 보성고보를 거쳐 관립한성법어학교를 수료한 후, 1909년 일본으로 건너가 게이오 대학에서 2년간 수학했다. 그리고 1912년 매일신보사에 입사, 편집국장으로 있다가 1920년 『동아일보』 창간 때 편집국장으로 취임하여 이후 언론계에서 선구적인 활약을 하였다.[9]

이상협의 첫 작품 『재봉춘』은 그가 학생 시대를 마감했던 1912년에 상재(上梓)되었다. 『재봉춘』은 와타나베 가테이(渡邊霞亭, 1864~1926)가 1903년 『讀賣新聞』에 연재했던 『想夫憐』의 번안 작[10]이다. 이상협은 "朝鮮에서 名記者로 自他가 共認"[11]하는 인물로 유명하지만 그것은 나중의 평가이고, 1912년 무렵에는 기자로서의 능력보다는 『재봉춘』 번안이 인정을 받아 매일신보사에 입사했다. 이상협이 『매일신보』에 입사하여 연재한 소설은 다음과 같다.

『눈물』 1913.7.16~1914.1.21.

『만고기담(萬古奇談)』 1913.9.6~1914.6.7.

『정부원(貞婦怨)』 1914.10.29~1915.5.19.

『해왕성』 1916.2.10~1917.3.31.

『무궁화』 1918.1.25~7.27.

이 중, 『만고기담』은 『아라비안 나이트』의 중역(重譯)이고, 『정부원』과 『해왕성』은 구로이와 루이코(黑岩淚香, 1862~1920)의 번안 작을 재번안한 작품이다.[12] 이상협 소설 중 그가 약관의 나이에 연재한 『눈물』과, 마

---

9 정가람, 「1910년대 『매일신보』 소재 하몽 이상협의 창작소설 연구」, 『현대문학의 연구』 33집, 2007, 336면.

10 위의 글, 336면.

11 柳光烈, 「李相協論」, 『第一線』, 개벽사, 1932.6, 52면.

12 『정부원』은 구로이와 루이코의 『捨小舟』(『万朝報』, 1894.10.25~1895.7.4; 扶桑堂, 1895)를 번안한 작품이다. 『捨小舟』의 원작은 M.E. Braddon의 *Diavola; or, The Woman's Battle*(1866~1867)이다. 『해왕성』 역시 구로이와 루이코의 『暗窟王』(『万朝報』, 1901.3.18~1902.6.14; 扶桑堂, 1905~1906)의 번안작이다. 원작은 A. Dumas의 *Le Comte de Monte-Cristo*(1844~1845)이다. 박진영, 「1910년대 번안소설과 '정탐소설'의 매혹—하몽 이상협의 『貞婦怨』」, 『대동문화연구』 52집, 2005, 312면.

지막으로 쓴 『무궁화』의 원작은 밝혀지지 않았는데, 최근 최태원에 의하여 『눈물』이 『재봉춘』의 원작자이기도 한 와타나베 가테이의 『기치죠지(吉丁字)』를 번안한 작품이라는 사실이 새롭게 알려졌다.[13]

『눈물』은, 남편에게 버림받아 흘리는 여자의 눈물, 첩에게 배신당해 흘리는 사내의 눈물, 아이를 잃고 흘리는 어머니의 눈물, 기른 아이를 떠나보내고 흘리는 양어머니의 눈물, 출가한 딸자식의 시련을 목도하고 흘리는 부모의 눈물, 심지어는 작중 인물의 곤경을 슬퍼하여 흘리는 화자의 눈물 등 온갖 눈물로 점철된 작품이다. 이것은 『눈물』이 당시 유행하던 신파극의 모본이 되는 작품이라는 것을 강하게 시사한다. 한편으로 『눈물』은 '涙字小說'[14] 계보의 한 축을 담당하고 있는 작품이기도 하다. 주지하다시피 현대 문학사에서 첫 자리에 놓이는 신소설 『혈의 누』의 제목에도 '눈물'이 들어간다. 우리말로 하면 '피눈물'이라고 할 것을 일본어의 영향을 받아 '血의 涙'라고 한 것이다. 그 후 '눈물'이 작품 제목으로 들어간 것은 주로 신소설과, 신소설에 비해 계몽 의식이 후퇴한 후기 신소설, 이른바 딱지본 대중소설에서 많았다. 그 작품들은 주로 문학사의 주변에 위치한 작품들로서 그 수는 수십 편을 상회한다.[15] 이렇게 제목에 '눈물'이 등장하는 작품이 많은

---

13 최태원, 『일재 조중환의 번안소설 연구』, 서울대학교 박사학위 논문, 2010, 139~147면 참조. 최태원에 따르면 『吉丁字』는 『東京朝日新聞』에 1905년 5월 18일부터 10월 13일까지 134회에 걸쳐 연재되었으며, 같은 해 11월 春陽堂에서 상(64회) · 하(70회) 두 권으로 발간됐다.

14 '누자소설'이라는 명칭을 처음 사용한 논자는 이재수다. 그는 잡지 『청춘』의 간행 연도 1914년을 기준으로 그 이전에 출판된 신소설을 전기 신소설, 그 이후에 출판된 신소설을 후기 신소설이라고 불렀다. 그는 후기 신소설 중, 제목에 '눈물'이 들어가는 작품이 많음을 지적하고 그 작품들을 '누자소설'이라고 하였다. 이재수, 『한국소설연구』, 선명문화사, 1969, 430면.

15 제목에 '눈물'이 들어가는 신소설 · 딱지본 대중소설(후기 신소설)을 나열하면 다음과 같다.

것은 당대 독자층을 이루는 민중의 심성 구조를 반영한다고 볼 수 있다. 그것은 당대 민중의 삶이 그만큼 고달프고 신산스러웠다는 것과 소설 작품이 독자의 고단한 삶을 위안하는 역할을 했음을 보여 주고 있는 것이다.[16] 그리고 한편으로는 미디어의 상업성에 의해 촉발된 동정(同情)이라는 보편적인 감상의 코드가 당시 사회에 횡행했다는 것을

『표랑의눈물』(영창서관, 1935), 『화연의 눈물』(영창서관, 1935), 『애인의 눈물』(영창서관, 발행 연도 불명), 『청춘의 눈물』(영창서관, 발행 연도 불명), 『금전의 눈물』(중흥서관, 1937), 『눈물의 첫사랑』(출판사 · 발행 연도 불명), 『그 여자의 눈물』(이문당, 1937), 『영자의 눈물』(백합사, 1939), 『옥련의 눈물』(덕흥서림, 1922), 『술은 눈물인가 한숨이란가』(춘양사, 1934), 『열녀의 눈물』(태화서관, 1929), 『무정의 눈물』(영화출판, 1953), 『열정의 눈물』(세창서관, 1935), 『신일선의 눈물』(세창서관, 1935), 『악마의 눈물』(세창서관, 1936), 『이별의 눈물』(세창서관, 1952), 『동정의 눈물』(영창서관, 1939), 『눈물에 지는 꽃』(홍성문화사, 1954), 『허영의 눈물』(성문당, 1934), 『눈물의 전당포』(출판사 · 발행 연도 불명), 『유정의 눈물』(화광서림, 1926), 『백의인의 눈물』(세창서관, 1935), 『고락의 눈물』(태화서관, 1927), 『황금의 눈물』(세창서관, 1935), 『사랑은 눈물인가』(보성서관, 1937), 『장한의 눈물』(삼광서림, 1937), 『인간의 눈물』(홍문서관, 1936), 『진정의 눈물』(영창서관, 1933), 『다정한 눈물』(대성서림, 1924), 『비련의 눈물』(대성서림, 1934), 『회개의 눈물』(대성서림, 1934), 『처녀총각의 눈물』(덕흥서림, 1922), 『미인의 눈물』(박문서관, 1929), 『미남자의 눈물』(세창서관, 1935), 『승방의 눈물』(세창서관, 1935), 『이별의 눈물』(세창서관, 1935), 『효녀의 눈물』(세창서관, 1935), 『독부의 눈물』(세창서관, 1952), 『북간도의 눈물』(세창서관, 1952), 『사랑의 눈물』(신구서림, 1918), 『인정의 눈물』(신명서림, 1923), 『이화련의 눈물』(영창서관, 1925), 『인의 눈물』(영창서관, 1933), 『정숙의 눈물』(영창서관, 1933), 『연애의 눈물』(영창서관, 1935), 『박명의 눈물』(영창서관, 1935), 『최영숙의 눈물』(영창서관, 1935).

16 한편, 이만열은 일제 시기 기독교의 교세 확장을, 부흥집회와 집회를 참여한 사람들의 눈물과 관련하여 고찰한 바 있어 우리의 흥미를 끈다. 그에 따르면 당시 부흥집회에 참여한 사람들이 눈물을 많이 흘렸는데, 이는 부흥운동이 암울한 민족현실을 외면하지 않은 신앙적 표현형태였기 때문이었다고 한다. 또한 그는 "이때 눈물은 민족적 현실의 암울성과 하나님 앞에서 죄인된 자아의 발견을 의미하며 동시에 눈물을 통해 카타르시스(淨化)시킴으로써 민족적인 식민지 현실과 죄악된 자기 한계를 역설적으로 극복하려는 것이었다"고 말한다. 이만열, 「한국교회의 성장과 그 요인」, 『한국 기독교와 민족통일운동』, 한국기독교역사연구소, 2001, 188면.

나타내는 것이기도 하다.[17]

이상협의 『눈물』에서 주목되는 것은 이 작품의 '눈물'이 기독교와 접속되어 있다는 사실이다. 『눈물』은 신파조의 상투적인 서사로 이루어진 작품이면서 동시에 존재론적인 차원에서 인간이 기독교 신앙과 어떻게 만나는지, 그리고 제도적 차원에서 개종자의 회심은 어떻게 이루어지는지에 대해서 구체적으로 잘 보여 준다. 그런 점에서 『눈물』은 앞서 살펴본 신소설에서 나타난 회심을 설명할 구체적인 용어를 마련해 주는 텍스트이다. 그리고 고백체 문학의 등장을 설명할 준거를 보여 주는 텍스트라고 할 수 있다.

윌리엄 제임스는 『종교적 경험의 다양성』에서 각이한 사람들이 종교적으로 회심한 기록을 고찰하면서 회심자들의 공통적인 특성으로서 그들이 삶의 문제에서 거의 자포자기의 심정에 머물렀음을 발견하였다.[18] 기독교 신앙을 고백한 대다수의 사람들이 삶의 막바지 벼랑 끝에 다다라 자신의 무력함을 통렬히 깨달았을 때 신을 경험했다는 것이다. 『눈물』에서 평양집이 구세군 대좌인 마야를 만나 회심할 때 역시, 믿었던 연인 장철수에게 배신을 당하고 급기야 길에서 그에게 폭력을 당해 속절없이 넘어져 있을 때이다.

> 박동 초입 수진궁 뒷담 밑에 매 맞은 미친개같이 기운이 없고 고통이 심하여 능히 일어나 걷지는 못하나, 울울번조(鬱鬱煩燥)한 심회는 때때로 슬피 부르짖는 "죽여라" 호리로 평양집의 간장에서 솟아난다. 이와 같

17 최태원, 「번안소설 · 미디어 · 대중성—1910년대 소설 독자의 문제를 중심으로」, 사에구사 도시카쓰 외, 『한국 근대문학과 일본』, 소명, 2003, 36~37면.

18 윌리엄 제임스, 김재영 옮김, 『종교적 경험의 다양성』, 한길사, 2009, 284~285면. 영어 제목은 *The Varieties of Religious Experience*이다. 종교 심리학자인 윌리엄 제임스가 옥스퍼드 대학에서 1908년부터 1909년까지 강연한 내용을 출판한 책이다.

> 은 때에 평양집의 이전 죄악을 능히 일시에 회개케 할 천사(天使)가 없을는지! / 그때 마침 박동 길로 지나가는 서양 사람의 나이 칠십이 넘었는지 누른 털에는 백설이 가리운 노인이, "죽여라, 죽여라" 부르짖는 평양집의 앞에 가만히 서서,[19]

『눈물』의 화자는 작중 인물의 참경(慘景)에 동정을 표하고 눈물을 흘릴 정도로 격정적이며 수다스럽다. 화자는 기독교에 대해서도 대단히 우호적이다. 그에 따르면 기독교는 "이 세상의 인생으로 하여금 모두 하늘을 우러러 믿으며, 하늘에 기도케 하여서 착한 일을 행하고 못된 일을 행치 않도록 그 마음을 감화시킨다는 종교"이다. 평양집이 낙담하는 장면에서 그녀의 회개 업무를 담당할 '천사(天使)'인 구세군 마야 대좌가 등장한다. 평양집은 마야 대좌를 통해 눈물의 회개를 하는데, 여기에서 유념하여 보아야 할 것은 평양집이 회개하는 과정이다. 앞의 인용문에서 평양집과 마야 대좌는 그 감정의 상태에 있어서도 대조적이다. 신소설에 등장하는 악인이 대부분 그렇듯 평양집도 성정(性情)의 굴곡이 심하며 신변이 위태로울 시에는 병적인 흥분 상태에 처하는 인물이다. 그것은 평양집을 포함하여 신소설의 악인들이 자신의 존재를 든든히 받쳐 줄 지지대를 전통, 현대 그 어디에서도 찾지 못해 불안한 상태에 있는 인물들이라는 것을 보여 준다. 장철수에게 버림받은 평양집이 길 복판에서 "'죽여라, 죽여라' 부르짖"을 때 마야 대좌는 "가만히 서" 있는 상태로 등장한다. 흥분(혹은 발악)과 침착, 부산스러움과 고요함이 마주하는 가운데 침착과 고요함은 흥분과 부산스러움을 이끈다. 그때 마야 대좌는 평양집에게 죄 고백을 요구한다. 죄악에서 벗어나기 위해서는 자신의 죄를 완전히 토설(吐說)해야 한다는

---

19 『한국신소설전집 10권』, 을유문화사, 1968, 231면.

것이다. 평양집은 몇 차례 자신의 죄의 대강을 이야기하나, 마야 대좌는 "장가라 하는 사람과 부동한 내력과 조가라는 사람에게 죄지은 자초지종을 자세히 말하시오"라고 하며 서사를 갖춘 구체적인 고백을 요구한다.[20]

> 내 고향은 본대 평양이올시다. 평양 갓방골서 열다섯 살부터 내 부모가 기생안에 등록하고 이름을 설화(雪花)라 하였습니다. 지금 무엇이든지 바로 자복하는 마당이니 말씀입니다마는, 백 명이나 넘는 평양 기생 중에서 가무(歌舞) · 인물이 동무에게 빠지지 아니한다고 남들이 그리하여서 참 집에서 편히 쉴 날이 없이 사면 불려 다녔습니다. …(중략)… 죽

---

20 여기서, 우리는 흥미로운 사실을 발견할 수 있다. 최태원에 따르면 『눈물』의 원작이라고 할 수 있는 『吉丁字』에서는 죄를 고백하게 하는 사람이 불교 승려이다. 승려가 죄를 지은 이에게 죄 고백을 하면 부처님이 모든 죄를 용서시켜 준다고 말하고, 그에 따라 '죄인'은 죄를 고백하는 것이다. 그런데 최태원도 지적했다시피 승려가 죄 고백을 요구하는 것은 자연스럽지 못하다. 이것은 『吉丁字』가 서양 작품에 원작을 두고 있는 작품일 수 있다는 근거가 될 수 있다. 와타나베 가테이가 번안 과정에서 기독교 선교사의 죄 고백 요구를 불교 승려의 죄 고백 요구로 바꾸었다고 볼 수 있기 때문이다. 만약 그렇다면 왜 와타나베 가테이는 기독교 선교사를 불교 승려로 바꾸었을까라는 의문과 또한 왜 이상협은 와타나베가 불교 승려로 해 놓은 것을 기독교 선교사로 다시 바꾸었을까라는 의문이 남는다. 이것을 두고 잠정적으로 일본의 1900년대 무렵의 기독교에 대한 반감과 조선의 1910년대 무렵의 기독교에 대한 친근감을 반영한다고 이해할 수도 있을 것이다. 아니면 이상협이 와타나베 가테이의 『吉丁字』를 번안한 것이 아니라 서양 원작을 보고 번안하였기에 그대로 기독교 선교사로 그렸을 것이라고 가정할 수 있다. 한편, 와타나베 가테이의 『吉丁字』에는 죄 고백을 요구하는 장면이 다음과 같이 표현되어 있다. "부처 앞에서 참회하는 것과 재판관 앞에서 죄를 토설하는 것은 다르다. 참회하라. 진심으로 참회하라. 화상(和尙)의 설교는 재판관의 심문보다도 엄하다. 다츠코는 땀이 삐질삐질 흐르는 가운데 '제가 잘못했습니다. 제발 용서해주세요' 하면서 눈물로 말끝을 우물거린다. '그런 게 참회다. 하지만 아직 모자란다. 네가 사악한 길에 빠질 때의 일부터 자세하게, 명백하게, 내 앞에서 참회를 해야 한다. 나는 너를 위해 부처님에게 사죄를 올리마.'" 渡邊霞亭, 『吉丁字』, 春陽堂, 1905, 16회; 최태원, 『일재 조중환의 번안소설 연구』, 서울대학교 박사학위 논문, 2010, 135~136면에서 재인용.

겠네 살겠네, 펄펄 뛰면서 시퍼런 칼로 이 왼편 무명지 한 마디를 찍었습니다. 그것을 보더니 조필환이는 더 어찌할 줄을 몰라 그날로 곧 집을 하나 얻어 우선 급히 살림할 제구를 부랴사랴 준비하여, …(중략)… 나는 이 세상에 용납지 못할 죄인이올시다. 사람이라 이르기 어려운 악물이올시다. 그렇지만 장철수는 나보다도 몇백 배 큰 죄인이올시다. 나의 여쭐 말씀은 이뿐이올시다.[21]

평양집은 자신의 기생 시절부터 시작하여 그동안에 있었던 일을 소상하게 밝힌다. 평양집의 일대기가 200자 원고지 약 17장 분량으로 자세하게 작중에 서술되고 있는 것이다. 평양집의 죄 고백 내용은 세 부분으로 나눌 수 있다. 첫 번째는 삶의 내력이다. 두 번째는 평양집이 과거에 저지른 죄다. 그녀가 고백하는 죄는 두 가지다. 하나는 마음에 없으면서도 사랑한다고 하여 조필환을 유혹한 것, 다른 하나는 조필환의 아내를 내쫓은 것이다. 이러한 평양집의 죄 고백은 『눈물』 내의 속 이야기로서 작품 내에서 독자들이 궁금하게 여겼던 평양에서의 조필환과 평양집의 관계를 알게 하는 기능을 한다. 특히 앞의 죄 고백 내용 중에서 평양집은 조필환을 유혹하기 위해서 무명지 한 마디를 잘랐다는 말이 있는데, 이는 작중에서 평양집이 처음 등장했을 때 화자가 다음과 같이 잠깐 언급했던 것이었다.

…(전략) 다만 한 가지 이상한 일은 왼편 손 무명지 한 마디가 없어 아름다운 몸에 그것이 한 가지 병신이라. 그 손가락은 부모를 위하여 단지를 함인지, 남편을 위하여 단지를 함인지, 혹 칼날에 다쳤는지 여러 사람이 물어도 입을 다물고 대답을 아니 하는데, 조필환과 투기 싸움이 날 때

---

21 『한국신소설전집 10권』, 을유문화사, 1968, 240~241면.

에는 그 손가락 논란이 혹시 구두에 오르내리는 일이 있으나 오히려 그 자세한 내평은 알 수 없다.[22]

즉, 죄 고백이 서사 전개상 감추어 두었던 비밀을 밝히는 기능을 하고 있는 것이다. 이것은 죄 고백의 서사적 성격을 이미 파악한 작가가 죄 고백 서사에 복선의 역할을 부여한 것이라고 볼 수 있다. 마지막은 죄 고백 내용의 세 번째 부분이다. 평양집은 자신을 죄인으로 규정하며 자신의 죄를 뉘우친다. 아마도 이러한 평양집의 죄 고백은 당시 많은 기독교인들이 부흥회나 교회 예배에서 행했던 간증의 형식과 그리 다르지 않을 것이다.[23] 마야 대좌는 평양집의 고백을 듣고, 평양집은 다시 사람이 되었고 그 자복으로 인해 이전 지은 죄악은 모두 사라졌다고 선언한다.[24]

정리하자면, 『눈물』에 나타난 기독교는 앞 장에서 다루었던 작품들

22 위의 책, 140면.

23 다음은 1907년 1월 16일, 앞서 인용한 길선주의 죄 고백이 있었던 다음 날, 장대현교회 수요 저녁 기도회에서 있었던 예찬성이라는 이의 죄 고백이다. "모든 죄인 가운데 제가 가장 큰 죄인입니다. 여기 앉아 있는 여러 날 동안 저는 말할 수 없는 고통 가운데 처해 있었습니다. 왜냐하면 저의 죄가 가장 컸기 때문입니다. 이제는 비록 제가 죽을지라도 진실을 고백해야 할 것 같습니다. 저는 하나님을 속였고 여러분 모두를 속였습니다. 저의 이름은 예찬성이 아닙니다. 김찬성입니다. 10년 전 저는 태평동에 살았습니다. 저의 아버님은 아직도 그곳에 사십니다. 하나님께서는 저에게 아름다운 아내를 주셨습니다. 그러나 어느 날 우리는 싸웠습니다. 저는 악한 분노 가운데 아내를 때려 죽이고 도망쳤습니다. 오 하나님, 저의 죄를 토로합니다. 저를 용서해 주소서! 용서해 주소서!" 박용규, 『평양 대부흥운동』, 생명의 말씀사, 2007, 266~277면. 이 죄 고백은 1907년 평양 대부흥을 일으킨 일련의 죄 고백 중 하나로서 평양집의 죄 고백과 유사한 구조로 되어 있다. 우선, 자신이 본래 누구임을 밝히는 것이다. 그동안 저지른 죄로 인해 자신의 본색을 숨기고 살았음을 고백하는 것이다. 그리고 자신을 떳떳하게 드러내지 못하게 했던 과거의 죄를 밝힌다.

24 『한국신소설전집 10권』, 을유문화사, 242면.

과는 달리 민족 구원이나 문명개화와 같은 의식형태와는 관련이 없어 보인다. 대신 『눈물』의 기독교는 순전하게 개인의 구원을 위한 종교로 의미화되어 있으면서 한편으로는 감정을 촉발하는 매개이자 신파극을 이루는 요소로서 기능하고 있다. 이는 『눈물』이 당시의 사회, 문화적 현상을 반영하는 창작이 아니라 번안 작이기 때문이라고 그 의미를 풀이할 수 있을 것이다. 즉 우리보다 앞선 문명의 시간을 살고 있는 일본으로부터 "미리 도착한" 작품이라는 것이다. 그러나 점점 변해가던 당시의 시대상도 간과할 수는 없을 것이다. 이재수는 1914년 이후 창작된 후기 신소설에 애정 문제와 기독교 사상을 다룬 작품이 많다고 하는데,[25] 이는 기독교가 문명기호로서의 개념을 완전히 탈각하고 감정적 기능을 표출하는 매개로서 통속화했음을 보여 준다.

요컨대, 『눈물』에 나타난 평양집의 죄 고백은 그 자체로 작품 내 속 이야기 역할을 했을 뿐만 아니라 작품 앞부분에 던져진 수수께끼의 해답을 제시하는 역할을 하고 있다. 이러한 죄 고백의 서사적 특성에 대해서는 『섁린씨』를 살펴보면서 논의를 좀 더 진전시켜 보기로 하자.

2) 『섁린씨』의 죄 고백

『섁린씨』는 『긔독신보』에 1915년 12월 15일부터 1916년 5월 10일까지 15회 연재된 미완의 작품이다. 제목 앞에 "종교쇼셜"이라고 표기되어 있으며 작자는 "학인"이라고 되어 있다.[26] 『섁린씨』는 비록 완결된

---

25 이재수, 앞의 책, 433~434면.

26 작자 '학인'이 구체적으로 어떤 인물인지 확인하지 못했다. 『긔독신보』에는 『섁린씨』가 연재 중단된 데에 이어, '단편동화'라고 소개된 「황금왕」(1916.9.27~11.8(미완); 마이다스 왕에 대한 이야기)이 연재되었다. 그런데 이 작품에는 "인천 김학인 작"이라고 작자 표기가 되어 있다. '학인'이 이름인지 아니면 당시 으레 필명으로 쓰던 '學人'의 우리말

작품은 아니지만 당시 기독교를 다룬 작품과 비교할 때, 문제의식 측면에서 죄와 회개 문제를 본격적으로 탐구한 작품이라고 할 수 있다.

이 작품은 인천의 한 교회에 담임 목사로 온 서재민(徐在民) 목사를 이웃 교회의 박용희 목사가 회중(會衆)에게 소개하는 것으로 시작한다. 박 목사의 소개에 따르면 서 목사는 십여 년 전 미국으로 건너가 예일대학에서 신학사 학위를 받고 신학부 교수인 웰너 교수의 딸과 결혼하여 부부 동반으로 선교할 목적으로 한국에 돌아왔다. 서 목사가 미국의 명문 대학을 졸업했다는 박 목사의 소개는 1910년대라는 시대적 배경에서 볼 때 그가 목사로서 상당히 좋은 신분을 갖고 있음을 보여 준다. 그런데 이러한 소개를 받고 강단에 등장한 서 목사는 자신이 과거에 저지른 죄에 대한 고백으로써 회중과의 첫인사를 대신한다.

> 지금으로브터 대략 십 년 젼에 당ᄒᆞᆫ 일이올시다 지금은 그것을 들어 말솜ᄒᆞ기도 부그럽ᄉᆞ오나 그ᄯᅢᄂᆞᆫ 하ᄂᆞ님을 아지 못ᄒᆞ엿솝고 ᄯᅩᄂᆞᆫ 죄로도 ᄉᆡᆼ각지 아니ᄒᆞ엿든 것이올시다 그러나 녜젼에 잘못ᄒᆞᆫ 비밀ᄒᆞᆫ ᄒᆡᆼ동을 나 혼자만 가솜에 품어 두고 이ᄀᆞᆺ치 신셩(神聖)ᄒᆞᆫ 직무에 죵ᄉᆞᄒᆞᄂᆞᆫ 것은 량심이 허락지 아니할 ᄲᅮᆫ 아니라 이ᄂᆞᆫ 곳 죄를 거듭 짓ᄂᆞᆫ 것이온즉 지금 여러분 앒헤셔 감히 ᄌᆞ긔의 지ᄂᆞᆫ 죄를 ᄌᆞᄇᆡᆨ(自白)코져 ᄒᆞᄂᆞᆫ 것이올시다[27]

인용문과 같은 말을 시작으로 서 목사는 자신이 지난날 저지른 죄를 회중 앞에서 고백한다. 이것은 『섀린씨』의 서사를 이끌어 가는 중핵 역할을 한다. 흥미롭게도 서 목사가 저지른 죄는 모두 성(性)과 관

표기인지는 분명치 않으나, 비슷한 시기에 『긔독신보』에 실린 작품인 『섀린씨』와 「황금왕」의 작자 표기에 모두 '학인'이 있다는 점에서 두 작품의 작자는 동일 인물인 것으로 추정된다.

27 학인, 『섀린씨』, 『긔독신보』, 1915.12.29.

련되어 있다. 첫 번째 죄는 서 목사 자신 때문에 누이가 몸을 팔았다는 것이다. 그에 따르면 자신은 허영심을 채울 목적으로 공부를 하기 원했는데, 결국 그것 때문에 누이가 학비를 벌기 위해 자신의 몸을 팔아야 하는 성적인 죄를 지게 했다고 그는 말한다. 두 번째 죄는 학교에서 공부를 할 수 있게 자신에게 은혜를 베풀어 준 학교 교장 선생님의 딸을 범했다는 것이다. 서 목사는 이 두 번째 죄를 짓고 고향에서 살기가 여의치 않자 배를 타고 미국으로 건너갔다.

앞에서도 살펴보았듯이, 당시 교회 지도자가 강단에서 죄를 고백하는 것은 전혀 생소한 일은 아니었다. 1900년대 한국 교회에서 교회 지도자의 죄 고백은 회중들에게 깊은 감동을 불러일으켰고, 나아가 회중들도 죄를 고백하는 계기가 되기도 하였다. 죄 고백을 통해서 그들은 신앙 공동체의 결속을 확인하였고 동시에 죄가 용서받았다고 생각했다. 이 때문에 소설 속에 삽입된 죄 고백은 일반적으로 문제 해결의 의미를 지니며 화해적 결말을 예고하는 화소 역할을 하였다. 신소설 작품에서도 그렇거니와 『눈물』에서도 마야 대좌의 인도(혹은 집례) 아래 이루어진 평양집의 죄 고백은 『눈물』이라는 서사가 안고 있는 갈등을 해소하는 역할을 하였다. 그런데 『섀린씨』에서 죄 고백은 작품의 첫 장면에 등장하며, 이것 자체가 갈등의 진원지가 됨으로써 죄 고백 자체의 의미를 심층적으로 조망하고 있다.

서 목사가 고백한 죄의 결과는 그의 누이에 의해서 밝혀진다. 서 목사의 누이는 청루(青樓)에서 이름을 날리는 기생 민향(梅香)으로서 부자 쟝만슈(張萬壽)의 첩이 되어 있었다. 누이는 십 년 만에 만난 동생을 굉장히 반가워하지만, 그가 목사가 되었을 뿐만 아니라 미국 여자를 아내로 맞아들였다는 이야기를 듣고 기함을 한다. 그리고 그녀는 자신은 사람의 영혼을 구하는 직업을 가졌다는 서 목사의 말에 냉소하며 그가 이전에 성적으로 범했던 교장 선생님의 딸의 근황을 전한다. 그녀는 아이를 가진 사실을 감추고 결혼했다가 남편을 죽이고 감옥에 수감된 상태에서 서 목사의 아이를 낳았다는 것이다. 과거의 죄를 모두 씻고 모국 한국에서 성실하게 목회를 하고자 하는 서 목사의 죄의 결과는 이처럼 놀라운 것이었다.

> 이 모든 것이 ᄉᆡᆸ리로브터 뒤집혀셔 ᄌᆞ긔가 십 년 전에 범ᄒᆞᆫ 죄악의 죵ᄌᆞ가 싹이 나고 가지를 처셔 남편을 죽인 대죄인을 ᄆᆞᆫ들고 ᄉᆞᄉᆡᆼ아를 낫케 ᄒᆞ야 비참ᄒᆞᆫ 결과를 ᄆᆡ젓스니 의구ᄒᆞᆫ 그ᄯᅢ의 죄인 텬벌을 면치 못ᄒᆞᆯ 죄인이 아닌가? 나ᄂᆞᆫ 아직ᄭᆞ지도 하ᄂᆞ님의 ᄉᆞᄒᆞ시ᄂᆞᆫ 허락을 엇지 못ᄒᆞ엿나? 나ᄂᆞᆫ 과연 내의 죄 젼부를 다 회ᄀᆡᄒᆞ고 비밀히 감초인 것이 잇지 아니ᄒᆞᆫ가? 내의 ᄆᆞᄋᆞᆷ은 과연 하ᄂᆞ님을 뵈올 슈 잇슬 만콤 가난ᄒᆞᆫ가? 아니다 아니다 **나ᄂᆞᆫ 쳐녀의 신셩(神聖)을 더렵힌 죄ᄂᆞᆫ 회ᄀᆡ하엿스나 남편을 죽인 죄인을 ᄆᆞᆫ들고 ᄉᆞᄉᆡᆼ아(私生兒)의 아비가 된 것에 ᄃᆡ하야ᄂᆞᆫ 아직 회ᄀᆡᄒᆞ엿다 ᄒᆞᆯ 슈 업지 아닌가?**[28] (강조는 인용자)

이 작품이 '종교소설'이라는 표제를 지닌 만큼 서 목사의 고민은 좀 더 종교적으로 나아간다. 죄 고백 이후 죄로 인해 남은 문제들을 어떻게 감당할 것인가가 문제가 된 것이다. 비록 서 목사는 죄를 고백하고 그것에 대해 회개하였지만 그가 저지른 죄는 고왔던 누이의 심성을 닳게 했고, 교장 선생님의 딸에게는 사람을 죽이고 사생아를 낳는 고통을 안겨 주었다. 누이와 교장 선생의 딸의 삶이 회복되지 않는다면 서 목사는 죄의식을 완전히 극복하지 못하게 되는 것이다.

신앙의 위기에 봉착한 서 목사는 박 목사를 찾아가 조언을 구한다. 그러나 박 목사는 서 목사에게 해답을 제시해 주지 못하고 오히려 교

28 학인, 『ᄉᆡᆸ린씨』, 『긔독신보』, 1916.3.29.

회 신자와 관련된 문제를 늘어놓는다. 이러한 상황에서 『쌕린씨』의 연재는 중단된다. 작가의 개인적 사정 때문인지 아니면 교회에 대한 비판이 문제가 된 것인지 모르지만, 그 죄와 회개에 대한 문제 제기만큼은 기독교를 다룬 작품 중에서 한 이정표로 기억될 만하다. 이 작품이 계속 연재되었더라면 서 목사의 내면 갈등은 자신의 미국인 부인과 자신의 아이를 가진 여자 사이의 갈등으로 표면화되어 그려졌을 것이다.[29]

요컨대, 『쌕린씨』에서 죄 고백은 작품 전반에 걸쳐 작중 인물의 내면세계를 더욱 깊고 넓게 조망하는 역할을 하고 있다. 이는 죄 고백 자체가 주체의 자기반성적 인식을 담고 있는 서사이기 때문이다. 죄 고백은 죄를 '하나님 앞'에서 고백하는 제의적 행위이면서 피해 당사자 혹은 '공동체'에게 고백하는 사회적 행위이기도 하다.[30] 이때, 사회적 행위로서 죄 고백은 피해 당사자나 공동체에게 용서를 구하고 받아야 하는 상호 행위이다. 『눈물』에서 사회적 행위로서 죄 고백은 거의 조명되지 않았는 데 비해 『쌕린씨』에서는 사회적 행위로서 죄 고백이 중요하게 부각되면서 죄의 결과와 마주하고 있는 서 목사의 내면 갈등을 중심으로 이야기가 전개되고 있다.

이러한 죄 고백의 서사적 특성을 고려할 때, 우리는 현상윤의 「핍박」을 죄 고백의 양식이 반영된 작품이라는 시각 아래에서 살펴볼 수 있을 것이다.

---

29 이러한 갈등 구도는 '미래/과거,현재'의 갈등 구도이기도 하다. 이는 『쌕린씨』 연재 중단 이후 약 7개월 즈음에 『매일신보』에 연재된 이광수의 『무정』의 갈등 관계와 유사하다. 형식 역시, 마냥 모른 체할 수 없는 과거의 인연인 영채와, 함께 미국으로 떠나게 될 선형 사이에서 갈등을 하기 때문이다.

30 박정수, 「성경적 죄고백의 역사와 신학」, 『한국기독교신학논총』 55집, 한국기독교학회, 2008, 116~117면.

3) 「핍박」의 자기반성

현상윤의 「핍박(逼迫)」은 『靑春』지 8호(1917.6)에 발표된 작품이다. 현상윤은 1893년 6월 14일, 평안북도 정주군에서 태어났다. 그는 1909년, 그의 나이 17세 때 윤치호가 교장이었고 안창호가 대변교장(代辯校長)으로 있었던 대성학교(大成學校)에 입학했다. 그리고 '105인 사건'으로 대성학교가 폐교되자 1912년 서울의 보성중학교(普成中學校)로 전학하였다. 1913년에 보성중학교를 졸업하고 고향인 정주로 잠시 귀향해 있다가, 1914년 일본으로 건너가 와세다 대학 사학급사회학과(史學及社會學科)에 입학했다. 유학 시절 동안 『학지광(學之光)』의 편집 주간을 맡았고, 1918년에 와세다 대학을 졸업했다. 졸업논문은 「東西文明의 比較硏究」였는데 내용이 탁월하여 당시 동경 학계에 화제가 되었다고 한다. 그해, 김성수가 교주(敎主), 송진우가 교장(校長)으로 있던 중앙중학교 교장으로 부임했다. 3·1운동 거사를 도모하는 데 실무 역할을 했던 현상윤은 20개월 동안 투옥되어 1920년 12월에 출옥하였다. 이후 교육계와 학계에서 두루 활동하다가 1946년 고려대학교 초대 총장으로 취임했다. 1950년 한국전쟁 때 납북되었다.[31]

현상윤은 『청춘』에 다섯 편, 『학지광』에 한 편, 모두 여섯 편의 단편소설을 발표했다.[32] 그가 소설을 쓴 시기는 보성중학교를 졸업하고 대학 졸업논문을 쓰기 전까지로 한정된다.[33] 김인환은 춘원의 소설에는

---

31 幾堂 玄相允 全集 편집위원회, 『幾堂 玄相允 全集 5권』, 나남, 2008, 17~20면.

32 『청춘』에 발표한 작품은 「恨의 一生」(2호, 1914.11), 「薄命」(3호, 1914.12), 「再逢春」(4호, 1915.1), 「曠野」(7호, 1917.5), 「逼迫」(1917.6), 『학지광』에 발표한 작품은 「淸流壁」(1916.9) 등이다.

33 현상윤은 『동아일보』에 1931년 7월 12일부터 8월 20일까지 모두 24회로 『洪景來傳』을 연재한 바 있다. 그럼에도 본문에 현상윤이 소설을 쓴 시기는 젊은 시절로 한정된다고

나라 잃은 시대의 현실에 대하여 순응하고 동조하는 면이 강했다고 하면서, 현상윤의 소설에는 자기를 반성하는 면과 현실을 비판하는 면이 공존한다는 것에 주목한다. 그리고 이 점 때문에 그의 소설이 나라 잃은 시대의 초기 소설들 가운데 가장 중요한 문학사적 위상을 점유한다고 평가한다.[34] 현상윤의 자기반성과 현실 비판의 토대는 식민지 지식인으로서 거짓 없는 자기 인식과 그것의 숨김없는 토로에 있었다고 볼 수 있는데, 그것을 명확히 보여 주는 작품이 「핍박」이다.

1910년대 문학은 급속한 변화의 시기를 겪었다. 따라서 그 당시 작품을 연구하는데 발행 연도를 정확히 살피는 것은 중요한 작업이다. 「핍박」의 경우, 두 개의 발행 연도가 상존한다. 이 작품은 『청춘』지에 1917년 6월에 발표되었다. 그런데 작품 말미에는 "—癸丑 五月二十七日夜"에 탈고했다고 되어 있다.[35] 계축년, 즉 1913년에 탈고했다는 점에서 「핍박」은 현상윤의 첫 작품이고, 1917년에 발표되었다는 점에서 현상윤의 마지막 작품이다. 그렇다면 「핍박」의 발행 연도는 언제라고 확정하는 것이 좋은가? 결론적으로 말해 최초로 활자화된 1917년을 발표 연도로 보는 것이 온당할 것이다. 작품 내용과 작가의 이력을 관련지어 볼 때 설사 1913년에 탈고했다 하더라도 1917년의 작가의 생각

한 것은 그 시기의 단편과 역사소설 『홍경래전』은 그 창작 정신에 있어서 분명한 구분이 필요하다고 판단하기 때문이다. 참고로 이명선은 농민과 근로자들에게 읽을거리로 보급하기 위해 만든 협동문고 본으로 출판한 『홍경래전』(조선금융조합연합회, 1947) 서문에서 다음과 같은 말을 남기고 있다. "(현상윤의 『홍경래전』은) 귀중한 자료며, 내용도 혁명정신이 줄기차게 흘러 있어 매우 진보적"이다. 그만큼 역사와 사회 의식을 담고 있는 작품이라는 상찬이다.

34 김인환, 「문학가로서의 幾堂 玄相允」, 『공자학』 15호, 한국공자학회, 2008, 53~54면.

35 현상윤의 소설 중, 「핍박」처럼 탈고 날짜가 밝혀진 작품은 「재봉춘」으로서 그 작품 말미에 "一九一四, 十一, 十五夜"라고 표기되어 있다. 이 작품은 두 달 후인 1915년 1월에 발표되었으므로 그 차이가 미미하다.

과 당시의 문학적 상황에 맞게 고쳐서 발표했을 가능성이 크기 때문이다. 다만 1913년에 탈고했다는 사실은 이 작품을 이해하는 데 소중한 준거로 활용할 수 있다. 1913년, 그의 나이 21세 때 현상윤은 서울 보성중학교를 졸업하고 일본 와세다 대학으로 유학하기 전, 고향인 평북 정주에서 머무르고 있었다. 삶의 공백이라고 할 수 있는 이 시간은 현상윤의 자의식이 활발하게 활동하는 터전을 마련해 준 듯하다. 「핍박」의 주인공은 그 무렵의 자의식이라고 할 수 있기 때문이다.

현상윤은 생애의 첫 소설 「핍박」을 마지막 작품으로 삼았다. 이 작품은 현상윤의 전체 소설 작품을 놓고 볼 때 특이한 위치를 점유한다. 그의 다른 작품은 거의 작가 주석 서술로 된 신소설 축약형의 작품인데 비해 「핍박」은 일인칭 '나'의 서술로 이루어진 작품으로서 근대 소설에 바짝 다가가는 작품이기 때문이다. 이러한 서술의 특징은 내면 고백 서술이라고 부를 만한데,[36] 이것은 기독교의 죄 고백의 양식 차원에서 이해할 수 있을 것이다.

「핍박」의 화자는 비루하고 나약하게 보이는 자신의 자의식을 있는 그대로 드러낸다. 이것은 경무관 출신 김정식이 자신의 연약함을 드러내는 것이나 『쌕린씨』의 주인공인 예일 대학 신학부 출신 서 목사가 자신의 치부를 고백하는 것을 연상시킨다. 여기서 염두에 두어야 할 것은 자의식의 내용이 아니라 감추고 싶은 것을 드러내는 것 자체가 문학으로 기능할 수 있다는 판단이 개입되었다는 사실이다.

「핍박」에서는 마치 고백자가 회중 앞, 강단에 선 듯이 사람들에 대

36 문한별은 전대 소설이나 신소설과 비교할 때 「핍박」의 서술자의 역할과 서술 방식이 변화했다는 점에 주목하였다. 그에 따르면 「핍박」의 "독특한 서술 방식과 '나'라는 고뇌하는 지식인 인물의 형상화는 더 이상 '이데올로기'의 전달 방법으로서 '소설'을 창작하지 않는 신지식층 단편 소설 작가들의 변화한 세계관과 예술관을 보여준다." 문한별, 『한국 근대 소설 양식의 형성과정 연구』, 고려대학교 박사학위 논문, 2007, 127~128면.

한 묘사가 많이 나온다. '나'는 사람들을 강박적으로 인식하는 주체이다. '나'가 작중에서 의식하는 사람들을 나열하면 다음과 같다.

> 머리를 직크로 박삭 갈나붓친 이웃집 紳士 / 銀실 갓흔 鬚髥을 흔드는 겻집 老人 / 때 무든 手巾을 휘휘 둘너 감고 지게짐을 지고 가든 압집 朴先達 / 粉 바른 뒷집 林書房 댁내 / 목말 타고 가든 아해들 / 긴 담배대 문尊位님 / 우숨소리 잘하는 외돌이 아바지 / 코長短 잘하는 슈길이 兄

노동자에서 신사에 이르기까지, 아해들부터 노인까지, 동네 형부터 존위까지, 아낙네부터 남정네까지 '나'가 거론하는 사람들은 계층, 나이, 성별을 망라한다. '나'는 이들이 자신을 (이유 없이) 쳐다보거나 웃는다는 생각을 하고 있다. 그러나 실제로 길거리의 사람들이나 마을 사람들이 '나'를 보거나 웃는 것은 아니다. 자의식이 강한 '나'가 그들이 보거나 웃는다고 생각하는 것이다. 문제는 '나'의 생각한다는 그 주체적 행위가 심각한 불안을 수반하고 있다는 데에 있다. '나'가 사람들이 자신을 보고 웃는다고 생각하는 이유는 스스로 그들과 거리감을 갖고 있는 동시에 그들에게 부채(負債) 의식을 갖고 있기 때문이다.

'나'가 그들과 거리감을 갖는 이유는 자신은 그들처럼 일을 하지 않으면서 돈을 벌 수 있는 지식인이기 때문이다. 이러한 상황에서 "코長短 잘하는 슈길이 兄"의 다음과 같은 말은 매우 흥미롭다.

> 여보소 그런 소리 그만두게……저 사람 德에 우리가 다 살 터인데…… **아 우리야 野蠻이 안이기에 그럼마 홍—**[37] (강조는 인용자)

---

37 小星, 「逼迫」, 『靑春』 8호, 1917.6, 89면.

수길이 형은 '나'와 달리 일을 해야 돈을 벌 수 있는 자신들을 '야만(野蠻)'이라고 지칭한다. 주지하다시피 '야만'이라는 단어는 사회진화론 담론이 거느리고 있는 주요한 단어 중 하나이다. 문명개화를 받아들이면서 자동적으로 편입되는 위계 구도에서 마지막을 차지하는 자리가 야만인 것이다. 그리고 수길이 형은 '나' 덕분에 '야만'에 속하는 자신들이 다 살 것이라고 이야기하는데, 그것은 즉, '나'가 '반개(半開)'의 위치에서 '문명(文明)'과 '야만'을 중개할 것이라는 지적과 다름없다.

이와 같은 맥락은 마을의 어른인 존위(尊位)가 '나'에게 판임관(判任官)이 되라고 권유하는 상황을 통해 구체화된다. 판임관은 지방 관청의 서기직으로서 미관(微官)에 해당하는 직위다. 조선총독부는 1910년 10월 1일부터 총독부 관제와 지방 관제, 각종 관서의 직제 및 직무규정, 특별임용령을 공포, 시행하였다. 이에 대부분의 고등관이나 판임관 이상직은 일본인이 독점해 버리고 한국인은 대부분 한직 말단에 등용되었다. 일본인이 지방까지 직접 통치한다는 것은 어려운 일이어서 판임관 이하의 직급에는 한국인을 배치한 것이다.[38] 특히 판임관은 1911년부터 시험을 통해 선출하였는데, 자격을 일본의 역사와 지리에 밝고 일본어 회화에 능숙하며 일본에 반대 감정을 가지지 않은 이로 하였다. 판임관 시험에 합격한 조선인은 대부분 지방 서기로 근무했다.[39] 즉, 판임관은 식민지하에서 한국인이 진출할 수 있는 공직의 첫 자리였으며, 친일적인 성향을 가지며 지배자인 일본인과 피지배자인 한국인의 중개 역할을 맡은 관리였던 것이다.

아마도 존위 어른은 사사로운 마음으로, 농사일에 비해 힘 안 들이

---

38 안용식, 「일제하 한국인 판임문관에 관한 연구」, 『사회과학논총』 30집, 연세대학교 사회과학연구소, 1999, 37면.

39 위의 글, 48면.

고 살 수 있는 판임관을 마을의 지식인인 '나'에게 권했을 것이다. 그러나 '나'는 그러한 권유에 낯이 뜨겁다. 그 자리의 성격에 대해 '나'는 부끄러운 생각을 갖고 있기 때문이다. 여기에서 '나'가 갖고 있는 병의 정체가 드러난다.

> '야 이놈아 우리는 우리 니마에 흐르는 땀을 먹는다소니 조곰이나 未安이나 苦痛이 잇슬소냐……어리고 철업는 놈아 무엇이 엇재—權利니 義務니 倫理니 道德이니 平等이니 自由이니 무엇이 엇재 나는 다 모른다—' …(중략)… '이놈아 弱하고 계른 놈아'[40]

'나'는 사람들이 자신을 "용렬한 놈", "미욱한 놈", "弱하고 계른 놈"이라고 여긴다고 생각할 뿐만 아니라 또한 그 내용을 자신에게 말한다고 생각한다. 정리하자면, 위와 같이 '나'를 규정하는 목소리의 주인공은 마을 사람들이다. 그런데 사실은 이렇게 규정할 것이라고 생각하는 것은 '나'이다. 그렇다면 이 생각은 어디에서 비롯된 것일까? 이 생각은 민족이라고 상정하는 주체에게서 비롯되었다고 보아야 할 것이다. 「핍박」의 '나'는 반성 속에서 주체가 된 '나'이며, 그 반성은 민족의 현실 속에서 이루어진 반성이기 때문이다. 즉 '나'란 주체는 민족이란 주체와 공속(共屬)된 주체라고 할 수 있다.

이 민족적 주체는 '나'가 '약하다'는 말을 자주 언급하는데, 이는 현상윤이 「强力主義와 朝鮮靑年」(『학지광』 6호, 1915.7)에서 조선 청년에게 '강한 자'가 되라고 주문한 것과 관련지어 생각해 볼 만한 대목이다. 현상윤은 이 글에서 백이의(白耳義; 벨기에) 사람이 아무리 국제공법을 명확하게 해설한다고 하더라도 독일의 대포 앞에서는 무력하다고 말

40 小星, 앞의 글, 90면.

한다. 이것은 말할 것도 없이 조선과 일본의 현실을 에둘러 표현한 것이며, 그만큼 국제 관계에서 힘이 중요하다는 의미이다. 그러면서 조선이 강하게 되는 법 세 가지, 즉 무용적 정신(武勇的 精神), 과학 보급(科學普及), 산업혁명(產業革命)을 제시한다. 그리고 이 세 가지를 달성하기 위해서는 조선 청년이 나서야 한다면서 다음과 같은 당부로 글을 마무리한다.

> 그런데 **而今 朝鮮 青年은 무엇을 하고 잇나뇨, 볼지어다 一邊에서는 쓸데업는 虛榮에 幾多의 青年이 남의 일(官吏)**만을 하여 주지 안으며 一邊에서는 卑劣한 功利心에 不少의 志士가 可笑한 兒戲를 甘作할 샏 안인가. 아々 青年이여 우리의 對手 되는 사람들이 미서운 生殖力을 보지 못하며, 우리를 攫取한 두려운 손목이 나날이 緊括하는 것을 感치 못하는가? 이에 나는 다시금 强力의 必要를 말하고 다시금 强力主義의 宣傳을 布告하는 바로니, 諸君이여 諸君은 如何타 생각하나뇨?[41] (강조는 인용자)

흥미로운 점은 관리(官吏)를 "남의 일"이라고 표현하며 "쓸데없는 虛榮"에 경사된 직분이라고 표현한 것이다. 우리는 여기에서 현상윤이 조선 청년이 관리 직분을 갖는 데에 대해서 반감을 가지고 있음을 알 수 있다. 그러면서 그는 그러한 관리직에 대한 욕심과 작은 공리심을 버리고 "강력주의"를 가져야 한다고 역설하고 있다. 그는 이처럼 논설에서는 청년들이 강해질 것을 요구했지만, 소설에서는 자신을 '약한 자'로 여기고 자신의 약함을 고백하는 자를 주인공으로 등장시켰다.[42]

---

41 현상윤, 「强力主義와 朝鮮青年」, 『학지광』 6호, 1915.7, 48~49면.

42 한진일은 「강력주의와 조선청년」이 사회진화론의 논리를 담고 있고, 소설에는 '약한 자'를 주인공으로 삼고 있는 것에 주목했다. 그러면서 이를 당시 지식인들이 안고 있었던 "'이상'과 '현실' 사이의 괴리"라고 평가한다. 그리고 그들이 "제국주의의 침략 이데

이것은 소설이라는 서사 양식이 자신의 약함을 고백하고 비판하는 데 적합한 양식임을 보여 준다.

요컨대 「핍박」은 식민지 사회에서의 자신의 위치를 반성적으로 성찰하는 지식인의 고백으로 이루어진 작품이다. 이 글에서 계속 논의했던 바와 같이 식민지 사회의 지식인은 '문명-반개-야만'의 구도에서 '반개'의 자리에 위치한다. 「핍박」의 주인공은 주인도 될 수 없고 노예도 될 수 없는 자신의 무기력함을 인식하는 주체이다. 결국 작가는 주인공을 통해서 식민지 지식인의 존재론적인 조건을 폭로하고 있는 것이다. 「핍박」은 우리 소설사에서 내면 고백체 소설로서 첫 자리에 놓인 작품이다. 여기에서 식민지 지식인의 자기 인식이 고백되고 있다는 것은 주목해야 할 부분이다. 당대 지식인이 가상의 회중 앞에 섰을 때 고백이란 제도는 그 지식인이 갖고 있는 식민적 주체의 실상을 고백할 것을 요구했던 것이다.

4.3. 기독교에 대한 비판적 접근

1) 서양 문명의 추수와 기독교 비판

이광수는 그의 나이 만 16세가 되던 1907년 9월 10일에 명치 학원 보

올로기인 사회진화론에 침윤된 논리로 현실을 바라보았기 때문에 비극적 상황에 맞닥뜨려 있는 개인의 삶을 '운명론'의 테두리 안에서 그려내는 한계를 드러낼 수밖에 없"었다고 한다. 한진일, 『근대 단편소설의 형성과정 연구』, 성균관대학교 박사학위 논문, 2002, 107~108면. 그런데 현상윤이 대개의 지식인들처럼 사회진화론에 완전히 경도된 것 같지는 않다. 본문의 인용문에서도 볼 수 있는 것처럼 그는 일본의 지배가 당연하다고 생각하지 않았다.

통부 3년에 편입하였다. 명치 학원은 장로계 미션 스쿨이다.[43] 나이는 비록 어리지만 세상에 대한 왕성한 호기심을 가지고 있었던 이광수는 자연스레 교정 안을 휘감고 있던 기독교에 심취하였다. 당시 이광수의 마음속을 파고든 성경 구절은 「마태복음」 3장에 나오는 세례 요한의 유대 민족을 향한 외침, "회개하라, 천국이 가까웠나니라"였다. 그는 로마의 지배 아래 있던 유대 민족과, 조선 민족의 처지를 비슷하다고 생각했다. 그리고 온갖 고통을 감수하며 유대 민족을 위해 일하는 세례 요한을 선망했으며, 그와 같은 삶을 살고자 하는 의기(義氣)를 가슴에 품었다. 이광수는 세례 요한처럼 "회개하라, 너희 조선 사람들아!"라고 외치기를 바랐다.[44]

이처럼 이광수가 받아들인 기독교는 무엇보다 당시의 민족 현실과 밀접한 관련이 있었다. 그리고 그 자신은 세례 요한처럼 조선 민족을 깨우치는 지도자가 되어야 한다는 신념을 견지하였다. 이러한 신념은 앞에서 살펴 왔던 것처럼 비단 이광수의 것만은 아니었다. 그 당시 조선의 지식인 중 기독교를 받아들인 이들 대부분은 대개 이와 같은 의식을 가지고 있었다. 그러나 이광수만큼 기독교 신앙의 이상과 조선의 현실이 갈등하는 궤적을 예민하게 포착하여 글로 남겨 둔 이는 드물다.

(隆熙 三年) 十一月 十五日(月曜) 陰, 寒.

---

43 이 학교 출신의 문인으로는 주요한, 김동인 등이 있다.

44 김윤식, 『이광수와 그의 시대』, 한길사, 1986, 182면. 한편, 르네 지라르의 삼각형의 욕망 이론을 빌리면, 이광수는 세례 요한이라는 중개자를 통해 자신의 욕망의 대상을 발견했다. 다시 말해, 이광수의 조선 민족을 향한 바람은 세례 요한의 이스라엘 민족을 향한 욕망을 모방한 것이다. 르네 지라르, 김치수 · 송의경 옮김, 『낭만적 거짓과 소설적 진실』, 한길사, 2002, 40~41면.

禮拜時間은 참으로 싫다.(註曰 教會學校인 까닭에 每日 祈禱會가 있다.) 그 祈禱는 모두 하느님을 부끄러우시게 하는 것뿐이다. "大日本 帝國을 愛護하시옵소서. 伊藤公 같은 人物을 보내어 주시옵소서." 滑稽! 滑稽. 그리고도 그들은 基督信者라고 한다. 혓바닥은 아무렇게나 도는 것이다.[45]

이광수는 앞에 인용한 일기를 그의 나이 18세인 융희 3년, 즉 1909년 11월 15일에 썼다. 안중근 의사가 하얼빈역에서 이토 히로부미를 암살한 때가 1909년 10월 26일이니 그로부터 20일 남짓 지난 후에 쓴 일기인 것이다. 아마도 예배 시간을 인도하던 일본인 선생님이 이토 히로부미의 죽음을 안타까워하는 기도를 올린 모양이다. 이광수는 이를 납득하지 못했다. 그가 이해한 기독교는 전적으로 사랑에 바탕한 종교이면서 유대 민족과 같은 처지인 조선을 구원할 종교이기도 하였기 때문이다. 그런데 이토 히로부미는 조선의 처지를 위태롭게 하는 과정에서 주도적인 역할을 한 인물이었다. 하나님에게 조선을 침략한 장본인 같은 인물을 보내 달라고 기도하는 일본인 선생님의 신앙을 이광수는 용인할 수 없었다. 그리하여 그는 그 일본인 선생님의 기독교 신앙을 "滑稽"라고 냉소한다. 이처럼 이광수는 나름대로 자기만의 기독교에 대한 이해를 가지고 있었다. 그에게 기독교는 민족 구원을 위한 신앙이었다. 그리고 그의 기독 신앙은 사랑 · 비폭력 · 무저항을 원리로 하는 톨스토이주의로 이어졌다.[46]

이광수의 기독교에 대한 생각은 『청춘』 9호(1917.7)와 『청춘』 11호(1917.12)에 잇달아 실린 「耶蘇教의 朝鮮에 준 恩惠」와 「今日 朝鮮 耶蘇教會의 欠點」에 구체적으로 잘 드러나 있다.[47]

---

45 『이광수 전집 19』, 삼중당, 1963, 11면.
46 김윤식, 앞의 책, 198면.

이광수는 기독교가 조선에 미친 영향을 말하기에 앞서 '조선야소교 교회사'와 '최근대조선문명사'와 같은 참고 자료가 없음을 아쉬워하는 것으로 「야소교의 조선에 준 은혜」를 시작한다. 조선의 교회사를 문명사와 관련하여 파악한 것이다. 그는 개략적으로 조선의 교회사가 어떻게 문명사와 연결되는지를 모두 여덟 가지 사항을 통해 제시한다.[48] 첫째, 서양 사정을 알려 조선에 신문명의 서광을 준 점, 둘째, 생활의 이상과 도덕의 권위를 준 것, 셋째, 교육을 보급하여 조선 신교육의 기초를 세운 점, 넷째, 여자의 지위를 높인 것,[49] 다섯째, 조혼의 폐를 교정한 것, 여섯째, 언문을 보급한 것, 일곱째, 사상을 자극한 것, 여덟째, 개성의 자각이다. 이광수는 종교가의 안목으로 보면 기독교가 준 은혜를 다른 차원에서 살필 것[50]이라고 하며 자신의 문명사적 시각

---

47 이광수는 두 글을 모두 '孤舟'라는 필명으로 썼다. 원문에는 "야소교"라고 표기되어 있으나, 본문에서 설명할 때는 현재 통용하는 용어인 '기독교'를 사용하도록 하겠다. 흥미롭게도 이광수의 '야소교'에 대한 글이 발표된 무렵에 주보(週報)로 발행된 『긔독신보』에도 이 같은 주제의 글이 실렸다. 『긔독신보』 1917년 8월 8일 자에 「교회의 발뎐」이란 제목의 글이 실리고, 그 뒤를 이어 1917년 8월 15일부터 9월 19일까지 '죠션교회의 칠난(七難)'이란 연재 제목으로 '전도', '생활난', '인물션틱난', '교육난', '집회난', '교우난', '혼인난'을 다룬 글이 실렸다. 그리고 1917년 11월 21일부터 12월 5일까지는 '朝鮮教會의 最急問題'라는 제목으로 모두 3회의 글이 연재되었다. 글의 화제는 이광수의 '교회 비판'에서 다룬 것과 비슷하나, 이광수의 그것처럼 『긔독신보』의 연재물들은 비판적인 안목을 드러내지는 못했다. 교회 연합체에서 발행하는 신문이라는 한계 때문인 듯하다. 한편 이광수와 『긔독신보』의 '교회 비판' 글이 비슷한 무렵에 발표된 것은 당시가 기독교 선교 30년 즈음을 맞이한 것도 있지만 당시 점증한 교회에 대한 비판 여론을 반영한 것이라고 볼 수 있다.

48 孤舟, 「耶蘇教의 朝鮮에 준 恩惠」, 『青春』 9호, 1917.7, 13~18면.

49 여자의 지위를 높인 것은 네 번째 영향인데, 원문에는 "第三"으로 잘못 표기되어 있다.

50 이광수는 다음과 같이 첨언하고 있다. "以上 列擧한 七項은 實로 耶蘇教가 朝鮮에게 준 큰 善物이라 합니다. 耶蘇教는 朝鮮文明史에 큰 恩人이라 합니다. 毋論 宗教家의 眼孔으로 보면 이것은 枝葉에 不過할 것이오 數十萬人의 靈魂을 天國으로 引導한 것이 主要한 功勞라 할지나 以上 말한 것은 文明史的으로 觀察함이외다." 孤舟, 앞의 글, 9면.

이 부분적인 것임을 밝히고 있다. 이 중에서 여섯째와 여덟째는 문학과 관련된 내용이므로 좀 더 자세히 고찰할 필요가 있다.

이광수는 언문의 보급을 이야기하면서 조선글과 말이 진정한 의미로 고상한 사상의 그릇이 됨을 보여 준 것은 성경 번역이 그 시초라고 말한다. 그리고 "朝鮮文學이 建設된다 하면 그 文學史의 第一項에는 新舊約의 飜譯이 記錄될 것이외다"라고 자리매김한다. 또한 그는 기독교에서 "各人은 各各 個性을 具備한 靈魂을 가진다"고 하면서 여기에서 만인이 평등하다는 사상이 나왔고 현대의 윤리도 나왔다고 평가한다. 이광수의 이러한 언급은 더욱 깊은 논의의 진척으로 이어지지는 않았지만 근대 문학의 형성과 기독교가 깊은 관련이 있음을 적시한 것으로 의미를 지닌다.

기독교가 조선에 준 은혜에 대해 한껏 상찬을 베푼 이광수는 그로부터 다섯 달 후 「금일 조선 야소교회의 흠점」을 발표한다. 이 글의 서두를 그는 이렇게 시작한다.

> 題目에는 耶蘇教會의 欠點이라 하얏스나 大部分은 耶蘇教人의 欠點이라 함이 適當할 듯하오.

이광수는 기독교와 그 종교를 신앙하는 기독교인을 분명히 나누어 논의를 하고 있다. 이것은 기독교라는 종교 자체에는 그릇된 것이 없는데 그것을 신앙하는 사람이 잘못 받아들여 문제가 생긴다는 것을 전제로 하고 있다. 이런 식의 논리 전개는 기독교인의 비행(非行)을 버르집어 기독교 자체를 비판하는 논리적 파행(跛行)은 피할 수 있으나, 기독교 자체가 지니고 있는 사회적 · 정치적 속성에 대한 정당한 비판마저 시도할 수 없게 한다는 단점이 있다.

이러한 전제 가운데 이광수는 금일 기독교 교회의 흠점을 다음과 같이 말한다.[51] 첫째, 교역자와 평신도 사이가 계급적으로 구별되어 있다는 점이다. 둘째, 교회지상주의다. 이광수는 조선의 기독교는 성속 이원론에 빠져 세상 사정은 무시하고 오로지 교회만 맹신하는 경우가 많다고 지적한다. 셋째, 교역자 양성 제도의 미비로 인한 교역자들의 무식함이다. 넷째, 미신적인 성격이다. 이는 신자(信者)들이 무식하여 과학과 합리와 결합한 신학(神學)을 이해하지 못한다는 지적이다. 기독교에 대한 이광수의 두 번째 글은 첫 번째 글보다 전문적이고 그 시각이 더 날카롭다. 아마도 이광수는 기독교의 '흠점'을 말하기 위해 먼저 '은혜'를 서론 격으로 내놓은 듯하다. 그는 지식인의 입장에서 조선의 기독교가 지나치게 단순화되고 우중(愚衆)의 종교로 전락했음을 꼬집는다. 그중에서도 흥미로운 것은 미국에서 선교를 할 때, 문명 민족에게 하는 방식과 그렇지 못한 민족에게 하는 방식이 다르다는 것이다. 이광수는 일본은 전자의 방식으로 하는 데 비해 조선은 아프리카와 같이 후자의 방식으로 한다고 지적하며 조선의 기독교 특징을 다음과 같이 설명하고 있다.

> 그러나 文明이 업는 野昧한 民族에게는 高遠深奧한 理論을 가르처도 理解치 못함으로 古來의 迷信을 利用하야 天堂地獄說과 死後復活과 祈禱萬能說 가튼 것으로 矇昧한 民衆을 罪惡에서 救濟하려 하오. …(중략)… 矇昧한 民族은 하나님을 城隍神이나 大監 가튼 鬼神의 大將으로 녀깁니다. 祈禱만 올리면 風浪에 破船도 아니 하고 生存競爭에 劣敗도 아니 하는 줄로 압니다. 이것이 野昧한 民族에게 傳布하는 耶蘇敎요. 朝鮮의 耶蘇敎는 불상히 이에 屬하지오.[52]

51 孤舟, 「今日 朝鮮 耶蘇敎會의 欠點」, 『靑春』 11호, 1917.12, 76~83면.
52 위의 글, 81면.

이광수는 조선의 기독교에 대해 다분히 자조적(自嘲的)인 태도를 취하고 있다. 그는 조선 민족을 수식하는 수식어로서 '몽매(朦昧)'와 '야매(野昧)'를 택하고 있는데, 그 까닭은 다음의 두 가지 이유 때문이다. 첫째, 조선 민족은 기독교의 하나님을 무속의 성황당 신이나 대감 신으로 여긴다는 것이다. 즉, 조선의 기독교는 기복주의 신앙에 젖어 있다는 지적이다. 둘째, 기독교 신앙을 가지면 생존경쟁에 뒤처지지 않는다고 믿는다는 것이다. '생존경쟁(生存競爭)'이나 '우승열패(優勝劣敗)'와 같은 용어는 사회진화론 담론과 관련하여 구한말 이래 조선 민족에게 공포감과 열패감을 심어 준 용어였던 동시에 희망과 독려의 용어이기도 하였다. 우리도 강해질 수 있고, 강해지면 서구나 일본 같은 국가의 지위에 오를 수 있다는 믿음을 주기도 하였기 때문이다. 그러나 생존경쟁의 수동적인 객체에서 능동적인 주체로의 전도(顚倒)는 거짓된 욕망의 환상도 안에서 가능한 것이었다.

이광수가 기독교를 '잘못' 신앙하고 있는 조선 민족에 대해 하는 비판은 상당 부분 온당하며 날카롭다.[53] 이것은 그만큼 이광수가 기독교에 대하여 깊은 관심을 기울였다는 증거다. 김윤식에 따르면 이광수는 교사로 재직하고 있었던 오산학교를 1913년 11월 초순에 떠났는데, 그 이유는 마을 교회의 목사로 부임해 와 있는 한 목사와의 갈등과 오

53 김현주는 이 시기 기독교에 대한 이광수의 비판은, "그것이 조선 사람들을 개인과 사회/민족으로 재구성하는 데 적절한 역할을 하지 못하고 있다는 점에 집중되어 있다"고 보았다. 그리고 1920년대에도 계속되었던 기독교에 대한 비판은 이 시기 이광수의 비판의 맥락에서 크게 벗어나지 않았다고 말한다. 김현주, 『이광수와 문화의 기획』, 태학사, 2005, 157면. 한편, 가와무라 사부로(河村三郎)는 이광수가 일련의 기독교의 '은혜'와 '흠점'이란 글을 통해 예수라는 역사적 인물에 대해서는 큰 매력을 느끼고 그 교훈을 실천하려고 노력했지만 예수와 하나님에 대한 기독교적인 신앙은 갖지 않았다는 것을 지적하였다. 가와무라 사부로(河村三郎), 「이광수의 소설에 반영된 기독교의 이해—『재생』·『흙』·『사랑』을 중심으로」, 고려대학교 석사학위 논문, 2004, 8~9면.

산학교가 점점 교회 학교화 되어 가는 데 대한 불만 때문이었다고 한다.[54] 아마도 이 과정에서 이광수는 조선의 기독교가 안고 있는 '흠점'을 발견할 수 있었던 것 같다.

이광수의 기독교 비판은 그가 기독교의 본질을 알고 있다는 전제 아래에서 이루어지고 있다. 그의 눈으로 볼 때 조선의 기독교 모습은 그 본질과 멀어져 있고 그것의 책임은 무엇보다도 교역자에게 있었다. 그러면서 그는 미국 선교계가 조선을 일본과 같이 대접하지 않고 아프리카와 같이 대접한다는 데 크게 탄식하고 있다. 이 같은 탄식은 이광수가 기독교를 문명개화론의 시각에서 바라보고 있다는 사실을 보여 준다. 한편, 그가 기독교의 본질을 안다고 자신하는 것은 서구 문명의 핵심을 파악했다고 자신하는 것과 크게 다르지 않다. 이러한 이광수의 기독교에 대한 의식은 『무정』에서 고스란히 재현되고 있다.

> 과연 형식은 아모 힘도 업다. 황금 시대에 황금의 힘도 업고 지식 시대에 남이 우러러볼 만ᄒᆞᆫ 지식의 힘도 업고 예수 밋ᄂᆞᆫ 지ᄂᆞᆫ 오래나 원악 교회에 ᄯᅳᆺ이 업스매 교회 내의 신용조차 그리 크지 못ᄒᆞ다. 아모 지식도 업고 아모 덕힝도 업ᄂᆞᆫ 아ᄒᆡ들이 목ᄉᆞ나 쟝로의 집에 자조 다니며 알는알는ᄒᆞᄂᆞᆫ 덕에 집ᄉᆞ도 되고 사찰도 되어 교회 ᄂᆡ에서 젠체ᄒᆞᄂᆞᆫ ᄭᅩᆯ을 볼 ᄯᆡ마다 형식은 구역이 나게 ᄉᆡᆼ각ᄒᆞ엿다.[55]

인용문은 신우선이 장난조로 형식에게 선형과의 약혼이 힘들겠다

54 김윤식, 앞의 책, 348면. 특히, 이광수가 한 목사와 갈등 관계에 있었다는 사실은 주목할 만하다. 이광수가 지적하고 있는 조선 기독교의 흠점 네 가지 가운데 두 가지는 교역자와 직접적인 관계에 있고 나머지 두 가지는 교역자와 간접적인 관계에 있기 때문이다.

55 이광수, 『無情』, 新文館 · 東洋書院, 1918, 7면.

는 의미로 "그러나 자네 힘에 웬걸 되겠는가"라고 한 말에 대한 형식의 생각이다. 형식은 우선의 말을 부인하지 않는다. 이때 '힘'에 대한 형식의 구체적인 풀이가 흥미롭다. 당대를 '황금 시대'와 '지식 시대'로 파악하고, 그 시대에 중요한 가치를 지니는 '황금'과 '지식'을 '힘'이라고 생각하고 있다. 당시는 자본주의 경제 논리가 일본의 식민지 근대화에 입각한 정책 추진과 함께 한국 사회에 서서히 침투하기 시작하고 있을 무렵이었다. 또한 일본을 통해 서구의 문화와 학문이 광범위하게 유통되었으며, 많은 청년들이 일본과 미국으로 신지식을 배우기 위하여 유학을 떠나던 시기이기도 했다. 고아인 형식이 자신의 형편을 자조적으로 말하면서 자신에게는 '황금'과 '지식'과 같은 '힘'이 없다고 말한 것은 이러한 시대와 사회적 배경을 염두에 둔 것이었다.

그런데 여기에 덧붙여 형식은 '교회 내 신용'조차 그리 크지 못하다고 말하고 있다. '황금'과 '지식'만큼 '교회 내 신용'도 당시 사회를 살아가는 데 필요한 '힘'이며 자산의 반열에 있다는 의미이다. "二十世紀 朝鮮은 基督教 時代"[56]라는 선언은 단지 종교가의 과시 섞인 언사(言辭)로만은 볼 수 없을 만큼 기독교는 도시/지방, 상층계급/하층계급을 막론하고 광범위하게 파급되어 있었다. 따라서 '교회 내 신용' 역시 사회적 자본으로서 신분을 반영하는 표지(標識) 역할을 할 수 있었던 것이다. 그런데 주목할 점은 형식의 인물 시각 속에 교회 내에서 얻는 '신용'에 대한 비판이 담겨 있다는 것이다. '황금'과 '지식'에 대해서는 심상하게 넘어가다 '교회 내 신용'에 대해서는 토를 달고 있다는 것은 그만큼 작

56 金昶濟, 「今後 朝鮮의 宗教에 對하야 吾儕는 이러케 觀察함—아울너 基督教徒의 猛省을 促함」, 『青春』 4호, 1915.1, 98면. 김창제는 이 글에서 기독교가 조선에 전래된 지 겨우 30년이 되었지만 수십만의 신도가 있고 기독교 계통의 각종 학교와 병원들의 위상을 보면 "二十世紀 朝鮮은 基督教 時代"라고 할 만하다고 선언하고 있다.

가가 기독교와 교회에 대해 비판적 시각을 견지하고 있다는 의미다. 여기서 형식은 '교회 내 신용'이 신자로서 경건한 신앙생활 가운데 얻어지는 것이 아니라 목사나 장로와 같은 권력자에게 잘 보이는 것을 통해 얻어진다고 말하고 있다. 즉, 교회에서 '신용'은 '황금'이나 '지식'처럼 중요한 것이지만 그것을 얻는 데는 정직한 수단보다 비열한 수단이 더욱 득세를 한다는 것이다. 자신에게는 '힘'이 없다는 자조적인 정념(情念)에서 기독교회에 대한 비판적 인식으로의 전환이 일어난 것인데, 이때 전환은 '힘'에 대한 자기 축소에서 자기 강화로의, 다시 말해 상반된 의식으로의 전도(顚倒)라는 점에서 주목을 요한다.

쟝로가 "이ᄋᆡ가 슌인데 내 ᄯᆞᆯ의 친구요, 부모도 업고 집도 업ᄂᆞᆫ 불샹ᄒᆞᆫ ᄋᆞᄒᆡ요" ᄒᆞᄂᆞᆫ 말을 듯고 형식은 ᄌᆞ긔와 ᄌᆞ긔의 누이의 신세를 ᄉᆡᆼ각ᄒᆞ고 다시금 슌ᄋᆡ의 얼굴을 보앗다. 의복과 머리를 션형과 ᄭᆡᆨ긋히 ᄒᆞ엿스니 두 사ᄅᆞᆷ의 졍의를 가히 알려니와 다ᄆᆞᆫ 속이지 못ᄒᆞᆫ 것은 어려서부터 셰샹풍파에 부댓긴 빗히 얼굴에 박혓슴이라. **그 빗흔 형식이가 거울에 ᄌᆞ긔 얼굴을 볼 ᄯᅢ에 잇ᄂᆞᆫ 것이오 불샹ᄒᆞᆫ ᄌᆞ긔 누이를 볼 ᄯᅢ에 잇ᄂᆞᆫ 것이라.** 형식은 슌이를 보ᄆᆡ 지금ᄭᅥᆺ 가슴에 울넝거리던 것이 다 슬어지고 새롭게 무거운 듯ᄒᆞᆫ 감졍이 ᄉᆡᆼ겨 부지불각에 동졍의 한숨이 나오며 ᄯᅩ 한번 슌ᄋᆡ를 보앗다.[57] (강조는 인용자)

김 장로와 선형을 선망의 빛으로 대하던 형식은 선형과 함께 가르치게 될 선형의 친구 순애를 대할 때, 그녀에게서 자기 자신의 모습을 발견한다. 순애를 통해 자기 자신으로 되돌아가고 있는 것이다. 그가 순애에게 발견한 것은 "셰샹풍파에 부댓긴 빗"으로서 그것은 자신이

---

57 이광수, 앞의 책, 14~15면.

거울을 볼 때 발견하는 빛이기도 하다. 거울은 자기반성의 은유이다.[58] 형식은 순애를 통해 자기 자신에게로 돌아오는데, 이때 자기의식은 부끄러움과 슬픔의 자기의식이다. 형식과 순애의 공통점은 일찍 부모를 여의고 혼자의 힘으로 험악한 세파를 건너왔다는 데 있다. 그 고난 속에서 형식은 세상 앞에 자기 자신이 보잘것없음을 뼈저리게 인식하였다. 그가 순애를 보며 느꼈다는 "무거운 듯ᄒᆞᆫ 감정"은 자기 상실 혹은 자기 부정의 감정이다.

형식은 이러한 자기 상실의 감정의 토대 위에서 자신의 나됨, 즉 주체를 구성하고 있다. 이때 그의 주체는 민족의 현실과 맞닿아 있는 것이기도 하지만, 민족적 주체로서의 자기반성으로 나아가지는 않는다. 그러기에는 그에게 서양이 주는 매혹은 강렬했고, 민족의 현실은 한심스러운 것이었기 때문이다. 이러한 이유로 그의 주체는 민족을 심급으로 구성되는 것이 아니라 끝없이 서양을 참조해 나아간다. 이것이 바로 그의 의식이 자기 축소에서 근거 없는 자기 확장으로 초월하는 이유다.

> 김 쟝로ᄂᆞᆫ 방을 셔양식으로 ᄭᅮ밀ᄲᅮᆫ더러 옷도 양복을 만히 닙고 잘 ᄯᅢ에도 셔양식 침상에서 잔다. 그는 서양, 그즁에도 미국을 존경ᄒᆞᆫ다. 그래서 모든 것에 셔양을 본바드려 ᄒᆞᆫ다. 그ᄂᆞᆫ 과연 이십여 년 셔양을 본바닷다. 그가 예수를 밋ᄂᆞᆫ 것도 처음에ᄂᆞᆫ 아마 셔양을 본밧기 위ᄒᆞᆷ인지 모른다. 그리ᄒᆞ고 그ᄂᆞᆫ ᄌᆞ긔ᄂᆞᆫ 셔양을 잘 알고 잘 본바든 줄로 ᄉᆡᆼ각ᄒᆞᆫ다. …(중략)… 그ᄂᆞᆫ 죠션에 잇서서ᄂᆞᆫ 가장 진보ᄒᆞᆫ 문명인ᄉᆞ로 ᄌᆞ임한다. 교회 안에서와 셰샹에서도 그려케 인뎡ᄒᆞᆫ다. **그러나 다만 그러케 인뎡ᄒᆞ지 아니ᄒᆞᄂᆞᆫ 한 방면이 잇다. 그것은 셔양 션교ᄉᆞ들이다.** …(중략)… 그가

58 김상봉, 『서로주체성의 이념』, 길, 2007, 195면.

종교를 아노라 ᄒᆞ건마는 그ᄂᆞᆫ 죠션식 예수교의 신앙을 알 ᄯᆞ름이오 예수교의 진슈(眞髓)가 무엇이며, 예수교와 인류와의 관계, ᄯᅩᄂᆞᆫ 예수교와 죠션 사ᄅᆞᆷ과의 관계ᄂᆞᆫ 무론 ᄉᆡᆼ각도 ᄒᆞ여 본 적이 업다.[59] (강조는 인용자)

인용문은 목사의 입회하에 형식과 선형이 약혼을 하기 전, 김 장로의 서재에 들른 형식의 상념(想念)이다. 형식이 결혼 상대자로서 선형을 선택한 이유는 선형 개인의 미모와 재주뿐만 아니라 미국 유학의 기회를 획득할 수 있기 때문이었다.[60] 선형의 아버지 김 장로는 다년간 미국 공사(公使)로서 미국에 머물렀던 경험이 있고 재산이 상당하여 딸과 함께 사위를 미국에 유학 보내 줄 능력이 있었던 것이다. 하지만 형식은 김 장로의 개화가 속개화가 아니라 겉개화임을 비판한다. 형식에 따르면, 김 장로는 매사에 서양을 본받으려 하는 인물이며 서양 중에서도 미국을 제일 우선시하는 인물이다. 그리고 처음에 예수를 믿는 것도 서양을 본받기 위한 일환이었다. 그러면서 형식은 김 장로가 교회에서 장로라는 중요한 직분을 맡고 있을 만큼 독실한 신자이며, 스스로 "죠션에 잇서서ᄂᆞᆫ 가장 진보ᄒᆞᆫ 문명인ᄉᆞ로 ᄌᆞ임"하지만 실상은 그렇지 않다고 생각한다. 특히 김 장로가 기독교의 진수를 알지 못한다고 말하고, 그가 신앙하는 것은 결국 "죠션식 예수교의 신앙"이라고 한다.

교회 내에 신용이 별로 없는 형식이, 미국에도 다녀오고 교회에서 장로의 직분을 맡고 있는 김 장로가 기독교의 진수를 알지 못한다고 말할 수 있는 근거는 어디에 있는가? 이에 대한 근거를 형식은 서양 선교사들에게서 찾고 있다. 그는 김 장로를 비판하는 근거로서 서양

59 이광수, 앞의 책, 394~395면.
60 송하춘, 『1920년대 한국소설연구』, 고려대학교 민족문화연구원, 1985, 19면.

선교사들의 김 장로에 대한 비판적인 시각을 참조하고 있는 것이다. 또한 형식은 서양 선교사의 의견만 참조하는 것이 아니라 자신도 그들과 비슷한 식견을 갖추고 있다는 자신을 가지고 있다. 즉 형식은 서양의 시선으로 김 장로를 비판하고 있고, 그 과정에서 선형과의 결혼 과정에서 놓인 심리적 열세에서 벗어나고 있다. 이는 그가 예의 식민주의 회로에서 중간자의 위치를 점유하고 있음을 보여 주는 대목이다.

이광수는 기독교 신앙을 하나의 척도(尺度)로 구성하여 문명개화의 순도(純度)를 측정하였다. 그는 새로운 문명에서나 기독교 신앙에서 조선의 대다수 사람보다 그 본질에 더 가까이 다가갔다고 자신했다. 그가 유독 기독교 신앙을 척도로 삼은 까닭은 그만큼 당시 기독교가 문명과 등가(等價)의 관계에 있었고, 지식인뿐만 아니라 일반 민중(民衆)에게 광범위하게 파급되어 있었기 때문이다. 정작 이광수는 기독교 신앙을 가지고 있지는 않았지만,[61] 그것이 일반 민중과 일부 지식인들과 자신을 '구별짓기'해 줄 지표(指標)라는 사실을 그는 알고 있었다.

2) 서양 문명의 지양(止揚)과 기독교 비판

앞서 거론한 바 있는 『성서조선』 100호에 실린 김정식에 관한 세 편의 글 중에는 김정식의 삶을 추모하는 류영모의 「故三醒金貞植先生」이란 글이 있다. 이 글의 머리에는 "基督敎徒의 生涯란 十字架에 기대여서 덕을 보는 것이냐? 그 一小部分이나마 짊어지는 것이냐?—金先生의 生涯는 그 짊어지는 便—"[62]이라는 구절이 적혀 있다.[63] 이에 따르

61 이에 대한 논의는, 가와무라 사부로(河村三郎), 「이광수의 소설에 반영된 기독교의 이해—『재생』·『흙』·『사랑』을 중심으로」, 고려대학교 석사학위 논문, 2004, 6~15면을 참조할 것.

면, 류영모는 기독교도의 삶의 모습을 신앙을 통해서 덕을 보려는 것과 예수의 십자가 고난의 삶을 따르는 것 등 두 가지로 나누었다. 그리고 그는 진정한 기독교도의 삶은 전자보다는 후자에 있다고 보았다. 이러한 관점은 기독교가 문명개화 담론과 밀접하게 관련이 있었던 당시 신앙 풍토에서는 드문 것이라고 할 수 있다. 특히 기독교도의 삶을 예수의 십자가 고난을 따르는 차원에서 형상화한 소설 작품은 거의 없다.

이러한 작품 풍토 가운데 우리는 기독교도의 삶을 십자가 고난의 차원에서 다룬 작품을 『매일신보』 현상 단편소설란에서 발견할 수 있다. 그것은 1917년 1월 23일 자에 실린 「貴男과 壽男」이다.[64] 이 작품의 필자는 "京城 需昌洞 四番地 柳永模"라고 표기되어 있다.[65] 이때 '柳永模'는 김정식의 삶을 돌아보는 글을 『聖書朝鮮』에 기재했던 류영모와 동일 인물인 것처럼 보인다. 우선 류영모의 연고지는 종로였는데 '需

62 柳永模, 「故三醒金貞植先生」, 『聖書朝鮮』 100호, 1937.5, 99면.

63 류영모가 교회에 나간 것은 김정식의 권유 때문이었다. 류영모는 김정식의 인도로 1905년 봄부터 연동교회에 나갔다. 그는 김정식을 평생 스승이자 아버지로 모셨다. 박영호, 『진리의 사람 多夕 柳永模(상)』, 두레, 2001, 25~126면.

64 이희정이 작성한 「『매일신보』 소재 단편소설 총 목록」에 이 작품이 소개되어 있다. 그는 이 작품의 주제를 "미신에 대한 경계"로 설명하고 있다. 이희정, 『한국 근대소설의 형성과 『매일신보』』, 소명출판, 2008, 354면. 한편, 「귀남과 수남」이 실린 1917년 1월 23일 자 『매일신보』 1면에는 이광수의 『無情』의 16회가 연재되어 있다. 이 회에는 형식이 자신의 하숙방을 찾아온 영채를 보내고, 기생이 된 영채에 대해 이런저런 생각을 하는 내용이 전개되고 있다.

65 또한, 필자 이름 다음에 "二篇을 選ᄒᆞ고 此選은 賞金 二圓은 進呈ᄒᆞ기로 하얏슴 選者"라고 기재되어 있다. 즉, 「귀남과 수남」 이외에 또 다른 선정작이 있다는 것이다. 이 말처럼 다음 날, 즉 1월 24일 자 신문에 「神聖ᄒᆞᆫ 犧牲」이란 작품이 "懸賞短篇小說"란에 게재되어 있다. 그 내용은 다음과 같다. 김영식이라는 경성에 사는 천주교 전도사가 요양차 부산에 왔다가 에경이라는 여인과 사랑에 빠진다. 그리고 그는 에경과의 관계 때문에 홀어머니의 건강과 신앙을 돌아보지 않았다는 죄책감에 빠져 자살한다. 작품의 작자는 "開城 松都面 京町 三一一 金泳偶"이다.

昌洞'은 종로 사직동 일대의 옛 지명이다. 또한 작품 내용을 통해서도 우리는 「귀남과 수남」의 작자가 김정식의 추도문을 『성서조선』에 실었던 류영모와 같은 인물이라는 근거를 찾아볼 수 있다.[66] 첫째, 작품의 주제가 기독교의 근본 진리를 탐구하는 데 있다는 점, 둘째, 작중 인물이 연동교회를 상기시키는 '연못골' 근처에 있는 교회에서 일을 한다는 점이다. 셋째, 작중에서 주의 깊게 다루어지고 있는 기독교 신앙과 죽음의 문제는 류영모의 개인사적인 경험과 맞닿아 있다는 점이다. 류영모의 나이 스물한 살 때, 즉 1911년에 아우 영묵이 죽었는데, 그는 아우의 죽음을 통해 자신의 신앙에 대해 회의했으며 나중에 "종교의 핵심은 죽음"이라는 말을 남길 정도로 종교와 죽음에 대해 깊이 사색했다고 한다.[67] 「귀남과 수남」이 두 아들의 죽음을 통해 참된 믿음의 길로 들어가는 부모의 이야기를 다룬 작품임을 고려할 때 그 연관성을 간과할 수 없을 것이다. 또한 류영모는 그 당시 잡지의 필자이기도 했다. 그는 육당 최남선과 교류하면서 잡지 『청춘』에 여러 편의 글을 실었다.[68] 소설을 게재했던 때와 비슷한 시기인 1917년에는 『청

66 다석학회의 회장이자(2010년 현재), 『나는 다석을 이렇게 본다』(두레, 2009)의 저자, 정양모 신부가 「귀남과 수남」이 류영모의 작품임을 확인해 주었다.

67 박영호, 앞의 책, 200~201면.

68 『靑春』에 실린 류영모의 글은 다음과 같다.

饋广, 「나의 一, 二, 三, 四」, 『靑春』 2호, 1914.11, 101~102면.

饋广, 「活潑」, 『靑春』 6호, 1915.3, 11~14면.

饋广, 「農牛」, 『靑春』 7호, 1917.5, 64~67면.

柳永模, 「오늘」, 『靑春』 14호, 1918.6, 34~38면. 이 중, 「오늘」이라는 글은 지금 이 순간을 충실하게 살자는 내용을 담고 있으며, 다음의 문장으로 끝을 맺는다. "오즉 오늘 神聖한 오늘! 나의 眞如한 生命力을 至誠發揮하야 써 한갓 나를 對하게 된 그들의 生命力과 投合一致하기를 바라노라." 그리고 류영모는 '오늘'을 강조한 여러 종교의 격언을 첨부해 놓았는데, 그 글귀를 인용하면 다음과 같다. "아츰에 道를 드르면 저녁에 죽어도 조타.(論語) / 사람의 生命이 呼吸間에 잇나니라.(四十二章經) / 來日 일은 來日 念慮할

춘』 7호에 '戇广'이라는 필명[69]으로 「農牛」를 발표한 바 있다. 이 같은 사실에 따르면 『성서조선』의 필자와 『매일신보』의 필자를 동일인으로 보아도 큰 무리는 없을 것이다.

그렇다면 「귀남과 수남」의 필자가 다석 류영모임을 전제하고 지금부터 이 작품의 내용에 대해 살펴보기로 하겠다.

1. 성북동의 겨울날, 산기슭에 있는 쇠락한 집에 사는 가난한 부부의 아들 귀남이 죽는다.
2. 남편과 아내는 아들 귀남이 앓자, 무당 말을 듣고 집 안에 있는 성경을 버리고 무당에게 돈을 주어 병을 가져온 귀신을 쫓으려 했지만 허사였다.
3. 그들은 아랫집 병이 할머니의 말에 따라 무당을 좇는 대신 예수를 믿기로 작정한다.
4. 남편과 아내는 문안 연못골로 들어와 서양 사람 집에서 일을 해 주며 산다.
5. 귀남이 죽던 다음 달에 낳은 수남이 일곱 살이 되던 해 겨울의 어느 날, 수남은 아침을 먹고 갑자기 시름시름 앓기 시작한다.
6. 제중원에 데려가 의사에게 치료를 받고, 교회 직분자들이 와서 수남의 병을 낫게 해 달라고 기도를 한다.

것이오, 한날 괴로움은 그날에 足하니라.(마태福音)" 유교, 불교, 기독교의 경전에서 '오늘'의 의미를 다룬 구절을 뽑아 놓은 것인데, 이것은 류영모가 모든 경전의 가르침을 보편적 원리로 보고 그에 입각하여 삶을 풀이해 보려고 했음을 보여 주는 예라고 할 수 있다.

69 '戇广'은 류영모의 젊었을 때 필명이다. 다석학회 회장인 정양모 신부는 '戇广'이 "어리석은 자의 바위틈새 집"이라는 의미를 담고 있다고 풀이해 주었다. 익히 알려진 호, '多夕'은 1941년부터 사용하였다.

7. 이러한 노력에도 불구하고 수남은 눈을 감는다. 남편은 화를 참지 못해 집을 나간다.
8. 남편은 술을 마시고 들어와 서양 선교사, 목사, 장로들의 겉과 속이 다른 신앙을 욕하며 기독교 신앙을 미신과 다름없다고 말한다.
9. 아내는 병 고쳐 달라는 기도나 세상일에 관한 기도는 다 욕심을 구하는 기도라 미신이며, 주기도문에 나와 있는 것처럼 신령한 나라를 구하는 기도가 참 믿음이라고 말한다.
10. 아침이 오고 천주교당에서 아침 여섯 시 종소리가 울린다.

이 작품의 내용은 두 부분으로 나뉘어 있다. 전반부는 첫째 아들 귀남이 죽자 그동안 미신을 가까이했던 귀남의 부모가 하나님을 믿는다는 내용이다. 후반부는 둘째 아들 수남도 죽자 귀남과 수남의 부모가 기독교 신앙은 자기가 바라는 바를 구하는 것이 아니라 하나님의 나라를 구하는 데 있다는 사실을 깨닫는다는 내용이다. 그동안 살펴보았던 기독교를 다룬 소설 대부분은 이 작품의 전반부에서 막을 내린다. 등장인물이 어떻게 하여 기독교 신앙을 갖게 되었느냐에 이야기의 초점이 맞추어져 있기 때문이다. 그에 비해 「귀남과 수남」은 후반부의 서사를 통해 참된 기독교 신앙은 무엇인가에까지 논의를 이어나간다. '참됨'을 묻기 위해서는 '그릇됨'이 지적되어야 한다. 이 작품에는 기독교 신앙이 무속의 기복 신앙과 닮아 있다는 비판 의식이 담겨 있다. 그리고 서양 선교사들 그리고 목사와 장로 등 교회의 직분자들이 교단에서 말하는 것과 실제 삶이 일치하지 않는다는 비판 의식이 담겨 있다. 이러한 비판의 지점은 이광수가 「금일 조선 야소교회의 흠점」에서 지적한 바다.

이광수와 류영모는 오산학교 학생 예배를 주마다 번갈아 가면서 인도하고 학생들에게 성경을 가르쳤다.[70] 1892년생인 이광수는 오산학교에 1910년 4월 중순에 부임하였고, 1890년생인 류영모는 1910년 10월에 부임했다. 그리고 이광수는 오산학교를 1913년 11월에 떠났고, 류영모는 그보다 한 해 일찍 오산학교를 떠났다. 류영모가 오산학교를 떠난 이유와 이광수가 오산학교를 떠난 이유는 크게 다르지 않은 것으로 보인다. 남강 이승훈이 105인 사건으로 수감되고 선교사 로버트가 교장이 된 후 오산학교가 기독교 학교화 된 배경에 대해 이광수, 류영모 모두 반감을 가졌던 것이다.[71]

류영모와 이광수의 기독교에 대한 비판 지점이 비슷한 것은 이러한 배경 때문이라고 짐작된다. 하지만 그 비판의 귀결은 다르다. 앞에서 지적했듯이, 이광수의 비판의 근거는 서양 선교사의 시각으로서, 그가 누구보다도 서양의 문명을 먼저, 정확히 체득했다는 식민지 지식인의 자기 주체의 강화로 이어지는 데 반해 류영모의 비판의 근거는 민중(民衆)의 시각에서 시작하기 때문이다.

> 셩경ㅣ 우리 ᄀᆞᆺ흔 놈이 셩경을 볼 ᄉᆡ나 잇나 셔양 집에셔 엇어먹ᄂᆞᆫ 것들ㅣ 샏이, 곡샹, 아마ㅣ 그것들 다 밋ᄂᆞᆫ다고만 ᄒᆞ지 ᄉᆡᆼ젼 셩경을 보아? 례ᄇᆡᄅᆞᆯ 제법 시간 ᄎᆡ워 모아 보게? 쥬일날은 더 밥부지 안쿠? ᄯᅩ 엇던 목ᄉᆞᄂᆞᆫ 그 부리ᄂᆞᆫ 사ᄅᆞᆷ들이 심부름ᄒᆞᄂᆞᆫ데 돈 ᄯᅦ먹ᄂᆞᆫ다고 '죠션 하인 놈들은 ᄆᆡᆫ 도적놈들이라'고 하더ᄅᆡ데 당신네가 도적놈을 ᄆᆡᆫ들면셔 오즉ᄒᆡ야 져의 죵노릇을 헐나고 그 사ᄅᆞᆷ들도 먹어야 살지 옷은 ᄭᆡᆨ긋이 입으라면셔 셩경 보고 례ᄇᆡ 볼 틈도 못 나게 일을 식히면셔럼 다셧여셧 식구 ᄆᆡ달닌 사ᄅᆞᆷ들에게 칠팔 원을 가지고 살님을 ᄒᆞ라니 그들이 돈을 안 ᄯᅦ먹고 무얼 ᄒᆡ! 다 그만두오 예수 밋ᄂᆞᆫ 것도 다 제 돈 잇고셔 허ᄂᆞᆫ 말야……[72]

---

70 박영호, 앞의 책, 187면.

71 위의 책, 196~198면.

「귀남과 수남」에서 죽은 아이들의 아버지는 기독교를 비판하는 역할을, 아이들의 어머니이자 그의 아내는 남편을 다독이며 남편의 생각을 교정(矯正)하는 역할을 맡고 있다. 인용문은 귀남에 이어 수남을 잃은 남편이 술을 마시고 와서 아내에게 넋두리처럼 하는 말이다. 그의 넋두리에는 교회와 서양 사람, 목사에 대한 비판이 구체적이면서 사실적으로 드러나 있다. 우선 그는 서양 사람들 집에서 일하는 동료 일꾼들을 비판한다. 서양 사람들에게 일을 얻기 위해 거짓으로 하나님을 믿는 체한다는 것이다. 그러면서 서양 사람들 집에서 일을 하는 사람들은 성경을 읽고 예배 볼 만큼 시간이 많지 않기 때문이라고 토를 달아 둔다. 그리고 어떤 서양 목사는 조선 하인들은 심부름시키면 돈 떼어먹는다고 도둑이라고 비난하는데 그것은 워낙 임금을 적게 주기 때문에 어쩔 수 없는 노릇이라고 한다.

즉, 작중의 남편은 서양 사람의 하인으로 일한 경험을 바탕으로 서양 사람의 조선 사람에 대한 박대를 비판하고 있다. 그리고 그 서양 사람이 교역자(敎役者)라는 점에 근거하여 기독교에 대한 비판도 시도한다. 이것은 『무정』에서 형식이 김 장로의 신앙을 비판하면서 그 근거를 서양 선교사의 관점에서 찾은 것과 대조적이다. 남편이 이렇게 서양 선교사와 교회를 비판하는 직접적인 이유는 아들 수남의 병이 서양식 병원인 제중원 의사들의 진료와 교회 신자들의 기도에도 불구하고 낫지 못하였기 때문이었다. 문명에 대한 신뢰와 병 고침의 기적에 대한 기대가 무너지자 기독교 신앙에 대해 강한 반감을 나타내고 있는 것이다.

그런데 이 작품이 민중의 시각으로써 서양을 비판한다고 하여 폐쇄적인 민족주의로 흐르는 것은 아니다. 남편의 비판에 대한 아내의 답

---

72 柳永模, 「貴男과 壽男」, 『每日申報』, 1917.1.23, 4면.

변은 서구/민족에 대한 구분을 넘어 참된 기독교 신앙에 대한 모색으로 나아가기 때문이다.

> 여보 그런 ᄉᆞ졍이야 닌들 모루? 그렇치만은 목ᄉᆞ 장로 그들도 다 사ᄅᆞᆷ인가 잘못ᄒᆞ지오 우리가 그 잘못ᄒᆞ게야 볼 것 무엇 잇소 그들도칙 '사ᄅᆞᆷ이란 반드시 죽ᄂᆞᆫ다'ᄂᆞᆫ 것을 몰나셔 그런걸요 나ᄂᆞᆫ 인졔ᄂᆞᆫ 셰상에 아모 무셔운 것도 누구 부러울 것도 누구 미울 것도 다 업고 모든 것이 다 불샹ᄒᆞ기만 ᄒᆞ오[73]

아내는 남편을 설득할 때, 서양인이나 목사도 다 같은 사람으로서 "반드시 죽ᄂᆞᆫ" 그리고 "불샹ᄒᆞ기만" 한 존재라고 말한다. 즉, 아내는 남편이 원한을 갖고 말하는 서양인과 목사 등 교회 직분자들이 대단한 존재가 아니라 자신들과 마찬가지로 인간이라는 결함 있는 존재임을 부각하고 있는 것이다. 이러한 인식은 '서양/동양' 그리고 '교회 직분자/평신도'라는 구분보다 더욱 본질적인 것으로서, 신이라는 무한자(無限者)와의 관계를 통해 인간을 유한자(有限者)로 파악하는 기독교의 인간에 대한 존재론적인 인식이다. 아내는 이렇게 인간으로서 한계를 주지시키면서 진정한 기독교 신앙의 세계는 성경 말씀 안에서 찾아야 한다고 말한다. 그래서 남편은 아내의 말에 따라 「마태복음」에 나와 있는 '주기도문'에 관한 글을 읽는다. 아내는 기도가 제 욕심을 들어 달라고 기도하는 것이 아니라 '주기도문'에 나온 것처럼 "신령ᄒᆞᆫ 나라를 구ᄒᆞᄂᆞᆫ 것"이라고 말하고 남편은 "이 셰상 것이란 걱졍ᄒᆞᆫᄃᆡ야 쓸데 업고 욕심만 부려도 안 되ᄂᆞᆫ 것이야"라고 생각한다. 그리고 아내는 이러한 믿음이 '참밋음'이라고 생각한다. 아내의 생각이 옳은지 그른지

73 위의 글, 4면.

이 글에서 판명(判明)하는 것은 부적절하다. 분명한 것은 이들 부부의 기독 신앙은 기독교를 통해 덕을 보려는 도구주의적인 신앙으로부터는 멀고 십자가를 짊어지는 고난의 신앙과 가깝다는 사실이다.

이와 같이 류영모의 「귀남과 수남」에서 기독교 신앙은 전도 부인의 역할을 하는 병이 어머니나 목사, 혹은 서양 선교사에 의해 전달되지 않는다. 이러한 일반적인 전달 경로와는 달리 이 작품에서는, 성경 읽기를 통해서 스스로 진리를 깨달은 아내가 그것을 남편에게 일깨우는 형식으로 전달된다. 작가는 남편을 단순하고 소박하며 직심스런 성격의 인물로 그렸다. 그는 아내의 말을 여자의 말이라 하여 내치지 않고 귀담아들을 줄 아는 마음가짐을 가지고 있는 사내다. 그렇기 때문에 작중에서 그의 기독교 비판은 온당하며, 한편으로 아내의 설득에 대한 그의 수긍은 애잔하게 느껴진다. 이 작품은 결국 "텬쥬고댱 아참 여섯 시 죵소리"가 울리고 "동텬이 환ᄒᆞ여"지는 것으로 맺는다. 밤 동안의 혼란과 번민이 끝나고 환한 아침 햇빛과 함께 부부 내외가 참믿음에 이르렀음을 보여 주는 결구이다. 그리고 화자는 마지막으로 작중 인물의 행방을 다음과 같은 문장으로 전한다.

> 남편은 밧그로 ᄂᆞ가고 안히ᄂᆞᆫ 헌옷가지를 ᄌᆞ져ᄂᆡ고 **슈남이ᄂᆞᆫ 밤낫업시 아죠 쟈더라**[74] (강조는 인용자)

남편이 밖으로 나간다는 것은 그가 아침을 맞아 일을 하러 나간다는 것, 아내가 헌옷가지를 정리하고 있다는 것[75]은 수남의 죽음을 정리한다는 의미일 것이다. 흥미로운 점은 수남에 대한 묘사다. 화자는 수

74 위의 글.

75 'ᄌᆞ져ᄂᆡ고'를 '정리하다'라는 뜻으로 풀이했다.

남이 “밤낫업시 아죠 쟈더라”고 묘사하고 있다. ‘잔다’고 한 것은 죽음을 완곡하게 표현한 것이며, ‘밤낫업시 아죠’는 ‘매우 깊이’ 정도의 의미를 갖고 있을 것이다. 죽은 수남을 “매우 깊이 잔다”고 한 것은 매우 흔한 수사적 표현이다. 중요한 것은 그러한 수남에 대한 묘사가 일상으로 복귀한 남편과 아내에 대한 묘사와 병렬적으로 연결되어 결과적으로 죽음 역시 일상화되어 표현되고 있다는 점과 그것이 작품 맨 마지막에 마련되어 이 작품의 중요한 화제인 죽음에 대한 여운을 남겨두고 있다는 점이다.

덧붙여 「귀남과 수남」은 기독교 신앙을 다루고 있으나 문명개화론이나 사회진화론과는 거리를 두고 있다는 점이 강조되어야 한다. 이를 위해 「귀남과 수남」이 발표된 후, 4개월 뒤에 『青春』 7호(1917.5)에 실린 류영모의 「農牛」를 살펴보도록 하자.

> 다시 저 소의 生涯를 보아라 저는 穩全히 服從的이오 競爭的이 아니라 生存競爭의 學說을 主張하는 者의 眼目으로 저를 보면 저는 一日이라도 이 世上에 存在하지 못할 것 갓흐리라 그러나 實際에는 그 反對로 저는 動物界에 오늘날까지 劣敗한 族屬이 아니며 이 압헤도 쏘한 長久할 所望이 만흔 族屬이니라[76]

인용문은 류영모가 쓴 「農牛」의 일부분이다. 여기에서 류영모는 소를 빗대어서 구한말부터 사회를 풍미했던 사회진화론과는 전혀 상반된 논의를 펼치고 있다. 사회진화론자의 눈으로 보면 소는 복종적이며 경쟁적이 아니기 때문에 우승열패의 법칙에 따라 곧 멸종해야겠지만 류영모는 그렇지 않다고 말한다. 그에 따르면 소는 “劣敗한 族屬이

---

76 𧮪广, 「農牛」, 『青春』 7호, 1917.5, 65면.

아니며 이 압헤도 쏘한 長久할 所望이 만흔 族屬"이다. 그럴 수 있는 것은 류영모가 "穩全히 服從的"인 것에 대해 일반 통념과는 다른 의미를 부여하고 있기 때문이다. 그는 조물주(造物主)의 대법칙과 대자연(大自然)에 순종하는 것이 피조물자(被造物者)의 사업이라고 말한다. 그리고 "自然을 거슬고 나아가려 하는 것은 慾心"이라고 하며 그 욕심의 결과는 "不平 不自由"를 불러온다고 한다. 류영모는 생존경쟁을 통한 문명개화에 대한 열망이 자연을 거스르는 것이며 욕심에 따르는 것이라고 보았다. 이와 같은 견지에서 보면, 「귀남과 수남」에서 아내가 구분했던 "욕심에 붓흔 긔도"와 "주긔도문"은 둘 다 조물주에게 드리는 기도이지만, 실상 전자는 조물주를 거스르는 기도이며 후자는 조물주의 뜻을 따르는 기도라고 할 수 있을 것이다. 그리고 조물주의 뜻을 따른다는 것은 고난이 닥쳐도 그것을 섭리 가운데 받아들인다는 의미를 갖고 있다. 「귀남과 수남」의 가난한 부부도 결국 그들이 당한 고난에 복종하고 그 가운데 하나님의 뜻을 찾는다. 그것이 "주긔도문"의 가르침이기도 했다. 고난은 류영모가 기독교 신앙에서 강조하는 주요 개념 중 하나인데, 「농우」에서 고난은 다음처럼 풀이된다.

> 저는 自己의 食物을 爲하야 일하지 아니하나 저의 먹을 것이 恒常 豊盛하니라 주린 獅子와 목마른 범은 잇슬지라도 저는 恒常 배부르고 목마르지 안토다 저는 自己自身에 無關係한 것 갓흔 勞動에 服從하야 늘 苦楚를 밧는 것 갓흐나 저 苦勞옴은 限界가 잇고 저의 安息은 째를 짜라 자조 오나니라[77]

류영모는 소가 살아가는 방식이 "勞動에 服從하야 늘 苦楚를 밧는

77 위의 글, 65면.

것"처럼 보이지만 그 고초는 한계가 있고 때에 따라 안식도 있다고 한다. 그에 비해 먹이사슬의 가장 윗자리를 차지하고 있는 사자와 범은 생존경쟁의 능력이 탁월하여 고초와는 어울릴 것 같지 않지만 실상 배가 주리고 목이 마를 때가 있다고 말한다. 류영모는 살아가는 방식이 전혀 다른 동물을 대비하여 그 방식의 가치를 역설적으로 재구성하고 있는 것이다.

논의를 좀 더 진전시킨다면 '소'를 한민족의 은유라고 볼 수 있을 것이다. 한민족의 역사를 고난으로 풀이하여 그것에 의미를 부여하는 작업은 류영모의 오산학교 제자, 함석헌에게 이어졌다. 그는 우리 민족이 받은 고난이 결과적으로 구원에 이르는 길이라는 인식을 그의 저서 『성서로 본 한국 역사 / 뜻으로 본 한국 역사』에 담았다. 한편 김현은 문학사 기술에서 함석헌의 고난 사관에 관심을 갖고 이 관점을 적용하여 한국시에서 '고난의 시학'이라는 계보를 설정한 바 있다.[78]

요컨대, 류영모는 당시 신지식인들은 물론 기독교인들도 신봉했던 사회진화론 담론에 비판적인 시각을 갖추고 있었다. 아니 그와는 전혀 다른 관점으로 세상을 바라보았다. 류영모는 기독교를 문명 혹은 서양과 연관시켜 이해하는 것을 반대하고 순전히 종교적인 의미 자체만을 탐구하는 작품을 썼다. 비록 작품의 서사적 완성도는 높다고 할 수는 없지만, 그것이 담은 주제로 볼 때 「귀남과 수남」은 당시까지 기독교를 다룬 소설 가운데 대단히 이례적인 자리에 위치한다.

78 전용호, 「함석헌 사상의 문학사적 의미」, 『우리어문연구』 36집, 2010.1, 544~545면.

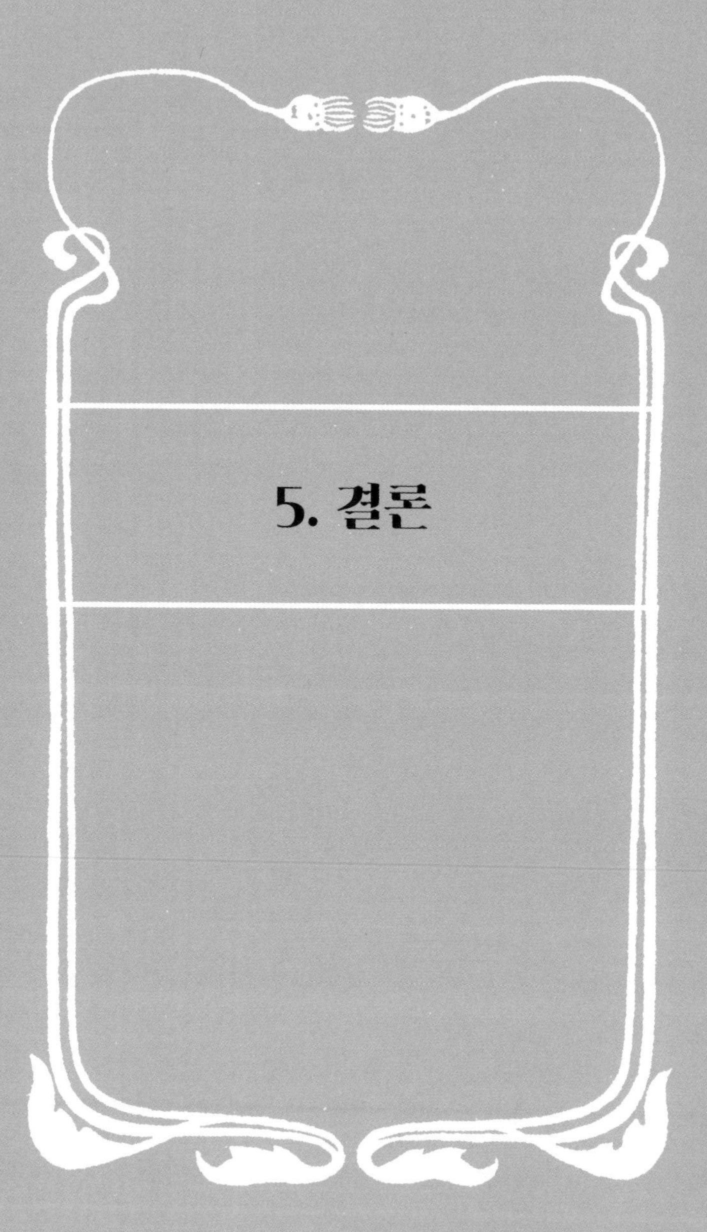

5. 결론

이 글은 기독교 담론이 1900년부터 1917년까지 근대 전환기 서사의 형성 과정에 미친 영향에 대해 연구한 논문이다. 당시 기독교는 종교적 차원보다는 문명기호 차원에서 받아들여졌다. 국운이 쇠퇴하는 가운데 민족의 존립을 위해 기독교를 수용해야 한다는 의식형태가 사회 깊숙이 자리 잡았고, 그것은 다양하게 문학 작품으로 형상화되었다.

기독교에 관한 의식형태는 근대 전환기의 위난(危難)을 극복하는 데 긴요한 관념 유형이었지만, 그것을 사고(思考)한다는 것은 자연스레 식민지적 무의식과 식민주의적 의식의 회로의 심연(深淵)으로 진입한다는 것을 의미했다. 식민지적 무의식은 서구를 배우고 모방하려는 과정에서 자기도 모르게 자기 식민화가 이루어진다는 개념이며, 식민주의적 의식은 자기 식민화를 은폐하기 위해 자기보다 열등한 문명을 식민화하는 것을 의미한다. 이 글에서는 식민지적 무의식과 식민주의적 의식을 주요 척도로 삼아 작품들을 분석하고자 했다.

2장에서는 광무 · 융희 연간에 발표된 작품을 중심으로 구한말 기독교 담론의 성격을 살폈다. 우선 1907년 『황성신문』에 연재된 「몽조」와, 1908년 『대한매일신보』에 연재된 「서호문답」을 중심으로 죄의식과 구원의 논리를 검토했다. 구한말 무렵 죄의식은 우리가 문명개화에 있어 스스로 패배를 인정하고 그것을 '죄'로 의식하는 정신의 식민화 과정 속에 구성되었다. 구원과 은총은 죄의식을 가진 주체가 갖는 소망이다. 죄의식 없이는 구원과 은총도 없다. 이러한 죄의식은 작중에서 구원을 소망하는 논리적 근거가 되었다.

1900년대 후반 무렵에 발표된 최병헌의 『성산명경』, 안국선의 『금수회의록』, 김필수의 『경세종』은 모두 민족의 존립을 위해서 기독교를 받아들여야 한다는 의식형태에 기반한 작품이다. 또한 이들 작품은 작품의 주제를 효과적으로 전달하기 위해 우의적 양식을 채용하고 있는데, 이것이 1895년에 번역 발표된 『텬로력뎡』과 관련 있음을 밝혔다. 이들 세 작품은 동일한 의식형태를 담고 있으나 각각 작품이 내포하는 의미는 다르다. 『성산명경』은 유교, 불교, 도교의 교리와 비교하여 기독교의 종교적 정당성을 주장한 기독교 변증(辨證)을 내용으로 하는 작품이다. 이 작품에는 당시 한국 사회에서 기독교가 문명기호 차원에서 받아들여지는 것에 대한 난처함이 드러나 있다. 이에 비해 『금수회의록』은 기독교의 현실적인 측면을 다루고 있다. 『금수회의록』에는 유교의 비판적 이성에 입각해, 기독교를 통한 문명개화가 자기 식민지화로 연결될 수 있음을 경계하는 사고가 개입되어 있다. 『경세종』은 기독교가 갖는 사회적 의미를 축소하고 종교적인 의미를 부각한 작품이다. 한편, 『텬로력뎡』은 당시 사람들이 기독교를 이해하고 기독교로 회심하는 데 큰 역할을 했다. 근대 초기, 기독교계 지도자 길선주는 『텬로력뎡』을 한국의 상황과 맞게 각색, 번안한 『해타론』(1904)을 저술하였다.

『태극학보』 편집인 장응진은 1907년에 「다정다한」, 「춘몽」, 「월하의 자백」, 「마굴」 등 네 편의 소설을 썼다. 이들 작품은 자기 서술/타자 서술 혹은 일인칭 서술/작가 주석 서술 등 다양한 서술 방법으로 표현되었다. 이 가운데 「다정다한」과 「월하의 자백」은 기독교와 밀접한 관련을 맺고 있는 작품이다. 「다정다한」은 한 기독교인의 회심 과정을 주목한 작품이고, 「월하의 자백」은 기독교의 죄의식과 민족의 운명을 관련지어 살핀 작품이다. 즉, 「다정다한」은 개인의 존재론적 구원, 「월하의 자백」은 민족 구원에 대한 내용이 담겼는데, 이 같은 주제는 1910년대 작품들에서 더욱 본격적으로 다루어진다.

3장에서는 기독교로의 회심을 다룬 신소설 작품을 분석하였다. 먼저 『고목화』와 『박연폭포』는 회심의 위계적 구도를 통해 민족 구원의 염원을 표현하였다. 『고목화』에서는 조 박사와 권 진사가, 『박연폭포』에서는 최성일, 이시웅, 애경 등이 계몽적 주체로서 각각 문명의 빛을 받지 않은 인물들을 전도(傳道)하였다. 여기서 전도는 표면적으로 기독교 신앙의 전도와 더불어 민족 구원 혹은 문명개화에 대한 소망을 나타낸다. 그러나 그 이면에는 '자기 식민화'와 식민주의 의식의 권력이 작용하고 있음을 밝혔다. 한편, 『고목화』에서는 민족 구원에 대한 소망이, 『박연폭포』에서는 문명개화에 대한 소망이 더 강하게 드러났다. 이와 같은 차이는 각 작품이 처한 사회 상황의 반영일 가능성이 크다. 『박연폭포』는 1913년에 발행되었는데 이때는 일본의 검열을 염두에 두고 창작을 해야 했던 시기였기 때문이다.

또한 『광야』와 『부벽루』의 기독교는 개인의 존재론적인 구원의 종교로서 나타났다. 그렇지만 『광야』의 기독교 역시 '문명기호'의 성격은 지니고 있었다. 『광야』에서는 일부일처제에 대한 준수와 가족주의가 강조되었고, 『부벽루』에서는 시간 관리의 중요성이 강조되었다. 이는 자본주의 생활양식과 관련이 있는 기독교 윤리라는 점에서 '문명기호'로서의 기독교와 결국 맞닿아 있다고 할 수 있다. 또한 강조해야 할 것은 『고목화』와 『박연폭포』에서 발견할 수 있었던 문명화의 위계적 구도를 『광야』와 『부벽루』에서는 찾아볼 수 없다는 사실이다. 그 까닭은 전자의 작품들에서는 국가/민족 담론이 개인적 측면의 담론보다 우위에 있었기 때문이다. 따라서 개인뿐만 아니라 민족 안에 소속된 성원의 회심까지 요구되었고, 그 과정에서 자기 식민화와 식민주의적 의식이라는 역학 관계도 발생했던 것이다. 그에 비해 『광야』와 『부벽루』는 국가와 민족보다는 상대적으로 개인의 의식에 눈을 돌리기 시작한 사회적 분위기를 반영하여 개인의 회심 이상으로 나아가지 않았다.

4장에서는 자기비판적인 성격의 죄 고백을 다룬 작품과, 기독교와 기독교 신앙을 비판적으로 접근한 작품에 대해 논의하였다. 먼저, 죄 고백에 주목한 것은 기독교의 죄 고백이라는 제도와 근대 소설의 내면 고백체 형식이 서로 관련 있다는 가정에서였다. 이 같은 가정은 이미 가라타니 고진이 근대 일본 문학을 검토하면서 제기한 바 있다. 이 글에서 다룬 작품은 이상협의 『눈물』, 학인의 『쌔린씨』, 현상윤의 「핍박」이다. 『눈물』에서 죄 고백은 전체 이야기의 속 이야기로서 기능했다. 감추고 싶은 것을 드러낸다는 죄 고백의 형식을 이용하여 전체 이야기의 복선 역할을 죄 고백 화소에 부여한 것이다. 학인의 『쌔린씨』에서 죄 고백은 작중 인물의 내면 갈등을 더욱 핍진하게 구성하는 기능을 하였다. 이처럼 『눈물』과 『쌔린씨』에서 죄 고백은 전체 서사 중 일부로서 기능하였는 데 비해 현상윤의 「핍박」은 죄 고백의 형식이 한 편의 작품으로 이루어졌다고 볼 수 있다. 이 작품은 식민지 지식인으로서 자신의 사회적 위치에 대해 반성적으로 접근하는 인물의 고백으로 이루어져 있다. 식민지 사회에서 지식인이 자신의 식민성을 자각한다는 것은 인식론적인 성취라고 할 수 있다. 그리고 그것을 솔직하게 토로한다는 것은 쉬운 것이 아닌데 그럼에도 불구하고 그러한 인식이 고백되는 것은 문학이라는 장르에 고백이라는 제도가 기입된 까닭이라고 보았다.

또한 이광수와 류영모는 각기 다른 입각점에서 기독교를 비판했다. 이광수는 조선의 기독교가 문명국의 기독교가 아니라 야만의 기독교임을 비판했다. 그는 사회진화론적 관점에서 기독교를 문명의 기호로서 사유했다. 그에 비해 류영모는 사회진화론적 관점을 폐기하고 기독교를 신과 인간의 존재론적인 측면에서 바라보았다. 이광수의 사고는 식민주의의 회로 안에 갇혀 있었으나, 류영모의 사고는 그것에서 벗어났다.

이 논문은 문학의 사회사적 관점에서 근대 초기 기독교 수용이라는 의식형태를 담은 작품을 연구하기 위해 기획되었다. 연구 대상을 1900년부터 1917년까지 발행된 작품으로 삼은 이유는 이 시기 작품에 나타난 기독교가 대체로 작품 안에서 문명기호의 의미로 다루어지고 있다는 판단에서였다. 이에 따라 근대 초기 문학사에서 기독교를 다룬 작품의 가치와 그 의미를 구명하고 아울러 기독교의 죄 고백이라는 제도와 내면 고백체 소설의 관련성을 검토하였다.

1917년에 발표된 『무정』 이후의 문학 작품은 기독교와 관련된 의식형태의 핵심 개념인 '문명'이 '문화'로 전이되는 조짐을 보이기 시작한다. 즉, 기독교는 문화형이나 문화 표상으로서 문학 작품에 나타난다. 따라서 1917년 이후의 기독교를 다룬 작품을 분석하기 위해서는 좀 더 세밀하고 정치한 방법론이 요청된다. 특히 작품에 나타난 죄 고백, 죄의식, 회개 등에 대해서는 보다 심층적인 논의가 필요할 뿐만 아니라 그것들이 사회적 맥락에서 갖는 의미의 검토가 필요하다. 또한 기독교는 근대 전환기에 다양한 언론 · 출판 사업을 펼쳤다. 그 가운데에는 번역 작품과 창작 등 상당히 많은 문학 작품이 실려 있다. 아직 이들 작품의 내용은 물론 목록도 채 정리가 되지 않은 상태다. 따라서 근대 전환기, 기독교를 다룬 문학 작품을 총체적으로 파악하기 위해서는 기독교와 그와 관련된 학문에 대한 깊은 이해와 산재된 작품들의 정리가 필요하다. 이것은 다음 과제로 남긴다.

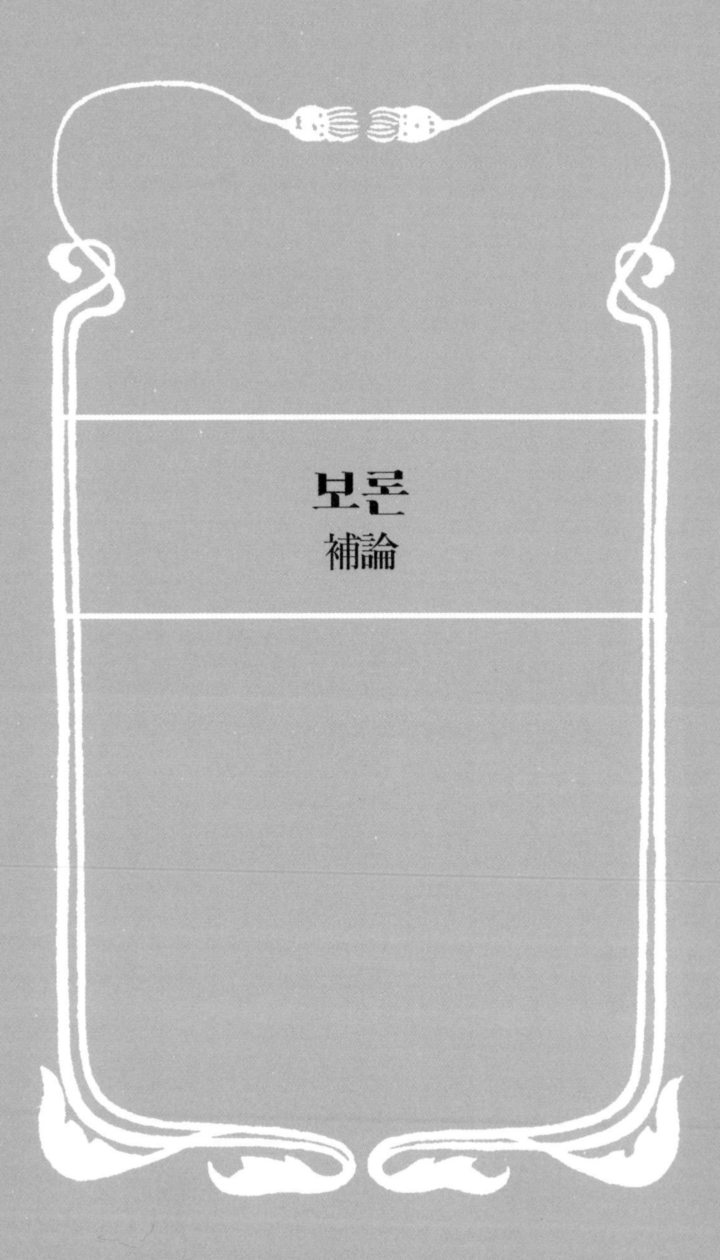

보론
補論

근대 소설사에서 한글 전도문서의 위상

1. 근대 국문 출판의 요람, 삼문출판사

한글이 반포된 이듬해인 1447년, 석가모니의 일대기인 『석보상절』과 석가모니의 공덕을 칭송하는 노래인 『월인천강지곡』이 한글로 편찬되었다. 당시 조선은 유교를 통치 이념으로 내세운 국가였지만 정작 백성들의 생활과 내면에 깊이 스며들어 있던 것은 불교 신앙이었기에 불교 관련 책을 한글로 펴냄으로써 한글을 널리 알리고자 한 것이다.[1] 한글의 민중 전파에 불교를 도구로 삼은 셈인데, 이러한 상황은 구한말에 이르러 전도된 방식으로 나타난다. 기독교 선교사들이 기독교 신앙을 민중에게 알리기 위한 전도 언어로서 한자보다 쉽게 읽을 수

1 『월인석보』는 한글의 보급과 관련해 중요한 의미를 지닌다. 『월인석보』 앞부분에는 『훈민정음언해』가 첨부되어 있는데, 이 사실은 『월인석보』를 계기로 한글 보급이 본격적으로 시작되었음을 의미한다. 한글의 창제 목적은 왕조의 정당성 홍보와 유교 이념의 대중화에 있었음에도 불구하고 창제 후 처음으로 불교 관련 서적을 한글로 간행한 것은 불교의 현실적 영향력 때문이었다. 최경봉 · 시정곤 · 박영준, 『한글에 대해 알아야 할 모든 것』, 책과함께, 2008, 106~110면.

있는 한글을 선택했기 때문이다. 그들의 전략은 주효했다. 기독교 교리를 담은 한글 전도문서와 번역 성서가 당시 민중들이 기독교를 접하는 데 큰 역할을 한 것이다.

한글 전도문서와 번역 성서의 활발한 보급은 근대적 출판 시스템의 뒷받침이 있어 가능했다. 아펜젤러(Appenzeller, 1858~1902) 선교사는 중국 상해에서 문서 선교 사업을 활발히 펼치고 있는 올링거(Ohlinger, 1845~1919) 선교사를 초빙하여 한국 내에서의 출판 사업을 도모했다. 1889년 1월에 조선에 들어온 올링거 선교사는 상해에서 32면을 찍을 수 있는 인쇄기를 구입하였고, 일본으로부터 한글과 영문 활자 주조기를 도입하여 배재학당 안에 삼문출판사(三文出版社; The Trilingual Press)를 설립하였다.[2] 삼문출판사의 '삼문(三文)'에는 출판 언어를 한글, 한자, 영어로 한다는 의미가 담겼다. 조선에서 선교를 하기 위해서는 한글, 한자, 영어 등 3개 언어가 필요하다는 판단인데, 이때 한글이 한문, 영어와 대등하게 '문자'로서 파악되었다는 것은 주목할 만하다. 암클, 언문 등으로 천시되어 불리던 한글이 조선이라는 한 나라의 문자로 자리매김되는 표지가 '삼문(三文)'이란 출판사 이름에 새겨져 있는 것이다.[3]

2 한철호, 「배재학당 삼문출판사와 개화기 문화」, 『뎐로력뎡』, 배재학당 역사박물관, 2010, 10면.

3 "삼문출판사는 1889년 설립된 이래 폐회될 때까지 엄청난 양의 출간물을 발행하였다. 삼문출판사의 인쇄 · 출판 상황을 살펴보면, 1892년에는 한글 서적 10,300부(362,500쪽), 전도지 14,000장, 국한문 서적 3,000부(654,000쪽), 영문도서 150종(38,000쪽), 정기 간행물 7종(94,560쪽), 기타 2,000종(2,000쪽) 등이었고, 1893년에는 총 52,185부에 1,801,440쪽의 실적을 올렸다. 또 1900년도에는 1892년에 비해 10배에 달하는 분량의 서적을 출판하였는데, 1899년 5월부터 1900년 4월까지 1년간 총 11,000,000쪽을 인쇄했으며 감리교 서적을 통해 3,024권의 서적을 판매했다고 한다. 이처럼 엄청난 양의 출판물은 선교를 목적으로 한 신문과 잡지 등 정기 간행물과 성경, 찬송가 등 기독교 관련 출판물, 일반 서적과 교과서, 그리고 한국의 근대화에 지대한 영향을 미친 『독립신문』의 간행 등으로 나누어 볼 수 있다." 위의 글, 12면.

이러한 삼문출판사의 출판은 우리나라 개화기의 문화에 영향을 미쳤다. 『독립신문』, 『협성회회보』, 『매일신문』, 『조선크리스도인회보』와 같은 신문부터 시작하여 일반 서적과 교과서를 간행했기 때문이다. 특히 『독립신문』 발행에 삼문출판사가 중요한 역할을 했다. 1895년 12월 말 귀국한 서재필이 정부의 지원을 받아 불과 4개월여 만에 한글과 영문으로 된 『독립신문』을 창간할 수 있었던 것은 그가 삼문출판사의 경험과 시설을 활용할 수 있었기 때문이다.[4] 또한 1889년에는 헐버트의 세계 지리서 『사민필지』를 간행했고, 1894년에는 스크랜턴의 『지구략론』을 발행했으며, 1895년에는 부녀자들의 문맹을 퇴치하는 데 중요한 역할을 했던 존스의 『초학문답』을 출간했다. 그리고 이 외에도 산수 교과서인 『산학신편』을 비롯해서 『지리약해』, 『생리학』, 『세계역사』, 『천문학』, 『논리학』, 『철학』, 『미생물학』 등 각종 학교의 교과서를 인쇄하였다.[5]

한편, 올링거 선교사는 아펜젤러, 언더우드, 마펫 등과 함께 현 대한기독교서회의 전신인 조선성교서회를 발족시켜 본격적으로 기독교 전도문서들을 발행했다. 조선성교서회는 삼문출판사에서 1890년, 언더우드 번역의 『성교촬리(聖教撮理)』를 간행하고 뒤이어 『장원량우상론』, 『ᄉᆞ복음합셔(*The Harmony of the Gospel*)』, 『훈ᄋᆞ진언(*The Peep of Day*)』, 『진도입문문답(*Entrance to Truth Doctrine*)』, 『구약공부』, 『미이미교회문답』, 『미이미교회강례』, 『묘축문답』, 『오륜힝실』 등 다수의 전도문서를 간행했다.[6] 이들 전도문서는 대부분 서양인 중국 선교사가 중국어

---

4 위의 글, 16면.

5 위의 글, 15면.

6 이만열은 1893년 8월 31일에서 9월 8일까지 서울에서 열린 북감리회 9차 연회의 연회록에 이들 책명이 보이는 것으로 미루어 이 책들이 삼문출판소에서 인쇄했을 가능성이 있다고 보고 있다. 이만열, 『한국기독교문화운동』, 대한기독교출판사, 1987, 313면.

로 출판하여 중국에서 널리 보급한 바 있는 글들을 번역한 것이다. 이 글들의 특징 중 하나는 문답체 양식으로 된 글들이 많다는 것이다. 중국의 전통 문화에는 종교적 진리를 깨닫는 데 있어 두 사람 혹은 소수가 둘러앉아 대화를 주고받는 문답식 방법이 자리 잡고 있음을 착안하고 선교 초기부터 천주교와 개신교 선교사들은 전도문서와 교리서를 문답체로 발간한 것이다.[7] 기독교에서는 일찍부터 캐티키즘(catechism; 교리문답)의 전통이 있었기 때문에 서양인 선교사의 문답체 양식을 수용한 글쓰기는 그다지 어려운 일은 아니었을 것이다.

주목할 점은 문답체 양식은 개화기 무렵 글쓰기의 주류를 이뤘던 양식이라는 것이다. 예컨대 『독립신문』에 실린 총 30편의 서사적 논설 가운데 17편이 문답식 양식의 서사다.[8] 이러한 문답체 양식의 서사는 점차 『대한ᄆᆡ일신보』, 『뎨국신문』 등에도 활발히 게재되어 근대 소설사 연구의 맥락에서 주목을 받아 왔다. 김영민은 문답체 양식을 한국 근대 소설의 초석을 이루는 문학 양식으로서 주목하였다. 그는 두 사람 이상의 인물이 등장하여 일방적으로 묻고 답하는 것은 문답체, 대등한 관계에서 논의를 하는 것을 토론체라고 하여 문답체와 토론체를 나누어 고찰했다.[9] 정선태는 문답 및 토론식 구성의 서사는 새로운 질문들이 쏟아지던 당시 시대상을 반영한 글쓰기 방법이라고 하면서 개화기 신문의 논설진들이 전통적인 기술 방법인 문대체(問對體)를 새로운 사상을 담는 그릇으로 활용한 것이라고 말했다. 그리고 서술자의 역할을 주목하여 문답식 구성의 서사를 유형을 나누어 살폈다.[10]

---

7 옥성득, 「초기 한국 북감리교회 선교 신학과 정책」, 『한국 기독교와 역사 II』, 한국기독교역사연구소, 1999, 24~25면.
8 정선태, 『개화기 신문 논설의 서사 수용 양상』, 소명출판, 1999, 71면.
9 김영민, 『한국근대소설사』, 솔, 1997, 59면.
10 정선태, 앞의 책, 47~48면.

문한별은 단형 서사를 근대 문학의 연계 가능성과 관련하여 살펴보기 이전에 단형 서사의 본질적 양식 기반을 밝히는 것이 중요하다고 하면서 문답체 양식의 서사적 특성을 '설(說)' 문학의 연계성을 통해 고찰했다.[11] 이상의 연구는 문답체 양식이 근대 전환기 서사 양식으로서 주요한 위치를 점유하고 있다는 문제의식 아래 문답체의 서사 원리를 규명하는 데 초점을 맞추었다. 한편 권보드래는 이와는 다른 차원에서 논의를 전개했다. 즉 문답체와 대화체를 구분하고 대화체에서 근대 소설 형성 과정의 일면을 포착할 수 있다고 주장한 것이다. 그는 문답체를 "'진리'를 발견하기 위한 방법으로 문답을 활용"하는 양식으로 보았고, 대화체는 "실상을 그대로 보여주고 겸하여 풍자의 효과를 거두는 것을 목표"로 한다고 했다.[12] 즉, 문답체와 대화체는 그 기반이 다른

---

11 문한별, 「『독립신문』 수록 단형 서사와 '설(說)'문학의 연계성 고찰—'문답체' 서사를 통해 드러나는 서술 특징을 중심으로」, 『한국 근대소설 양식론』, 태학사, 2010, 318면. 그에 따르면 두 양식이 "'문답'을 통하여 '사유'의 과정을 모두 보여줌으로써 전달하려는 주제 의식을 드러내는" 데 공통점이 있는 한편 근대 전환기의 단형 서사는 '설' 양식보다는 강한 비판의 목소리를 통하여 상대편을 설득하거나 반박하는 형식을 취하여 그 차이점을 드러낸다고 하였다. 또한 그는 두 양식이 차이를 지니는 까닭은 각 양식이 추구하는 이데올로기가 시대별로 차이를 지니기 때문이라고 말한다. 전근대 양식인 '설'이 이데올로기 혹은 절대 가치의 깊은 깨달음을 위한 것에 초점이 맞추어져 있는 것에 비하여, 단형 서사가 추구하는 근대적 가치는 상호 보완적 가치가 아니며 반드시 관철시켜야 하는 당위적 명분임을 보여 주고 있다는 것이다.
이 외에 단형 서사의 연구는 매체별 연구 중심으로 진행되어 왔다. 이 글에서 살펴본 연구는 다음과 같다. 황정현, 「『믹일신문』에 수록된 단형서사문학 연구」, 『현대소설연구』 24집, 한국현대소설학회, 2004; 함태영, 「『조선(대한)크리스토인 회보』 단형서사 연구」, 『현대문학이론연구』 22집, 현대문학이론학회, 2004; 문한별, 「『독립신문』 수록 단형 서사 문학 연구—문답체 서사를 중심으로」, 『현대문학이론연구』 22집, 현대문학이론학회, 2004.

12 권보드래, 『근대소설의 기원』, 소명, 2000, 175면. 김영민과 권보드래는 '대화체'에 대한 규정을 달리한다. 김영민은 '대화체'를 '문답체'와 '토론체'의 상위 개념으로 규정한 데 비해, 권보드래는 '대화체'는 어디까지나 실상을 그대로 보여 주고 겸하여 풍자의 효과

양식으로서 국문 소설의 발전과 관련이 있는 양식은 대화체라고 주장한 것이다.

권보드래의 지적대로 문답체 양식의 글쓰기와 근대 소설 사이에서 직접적인 영향 관계를 찾는 것은 쉽지 않다. 그러나 문답체와 대화체를 서로 다른 양식으로 규정하는 데는 의문이 따른다. 문답체는 기본적으로 진리를 발견하기 위해 문답을 활용하는 양식이지만 그 활용 과정에서 다양하고 풍부한 문체적 변모를 보여 주고 있기 때문이다. 그러한 점에서 문답체 양식을 근대 소설사의 전개 과정에서 살펴보는 것은 온당하다. 더구나 삼문출판사에서 간행된 문답체 양식의 한글 전도문서는 1890년대 초반에 간행되었다. 이러한 한글 전도문서 출판은 한글이 백성들에게 새로운 지식을 보급하는 데 유용한 문자라는 사실을 발견하는 계기가 되었다. 그것은 조선의 기층 민중들이 새롭게 창출된 한글 담론의 세계로 본격적으로 진입한다는 의미이며, 조선이 중국과 중국의 문자인 한자의 세계로부터 벗어난다는 것을 지시한다. 또한 그것은 한글을 읽고 쓰는 사람이 세상의 주체가 될 수 있다는 새로운 시대정신을 반영한다. 근대 소설의 의의를 자국어 글쓰기를 통한 '국민'이라는 새로운 추상에 대한 호소[13]에서 찾을 때 근대 소설의 형성에서 이 전도문서의 역할은 결코 작다고 할 수 없다.

2. 삼문출판사에서 간행한 한글 전도문서들

그렇다면 앞서 거론하였던 문답체 양식을 활용한 전도문서들에 대

를 거두는 것을 목표로 한다고 하며 '문답체'와 구분했다.

13 위의 책, 118면.

한 논의로 돌아가 보자. 기존 문답체 양식의 연구에서 대상으로 하고 있는 텍스트는 주로 1890년대 후반부터 1900년대까지 신문이나 학회지에 실린 논설들이다. 따라서 이들 전도문서에 대한 논의는 기존 문답체 양식에 대한 연구를 시기적으로 확장하는 동시에 근대 전환기에 문답체 양식이 활발하게 글쓰기에 차용·변용될 수 있었던 까닭을 더 심화하여 이해하는 데 도움이 되리라고 생각한다. 또한 이들 전도문서는 우리나라뿐 아니라 중국과 일본에서도 유통되었다는 점에서 근대 전환기 동아시아의 소설사 맥락을 살피는 데에도 유용한 착안을 제공할 것이다. 이와 같은 이유에서 이 글에서는 삼문출판사에서 간행한 『장원량우샹론』(1894), 『인가귀도』(1894), 『묘축문답』(1895)을 살펴보고자 한다. 이들 전도문서는 중국에 온 기독교 선교사가 기독교의 교리를 전달하기 위해 문답체 양식으로 쓴 작품들의 번역이다.

2.1. 동아시아의 문학 유산으로서의 전도문서

『長遠兩友相論(장원량우샹론)』은 스코틀랜드 출신 윌리엄 밀른(William Milne; 중국명 米憐, 1782~1822) 선교사가 중국 최초의 근대적 중문 월간지 『찰세속매월통기전(察世俗每月統紀傳; *The Chinese Monthly Magazine*)』에 연재하고 1819년에 간행한 작품이다. 이 작품은 중국에서 초판 이래 20세기 초까지 17종의 재판과 개정판 등이 계속 간행되어 적어도 2백만 권 이상이 배포될 정도로 인기를 모았으며, 한국과 일본에도 그 번역본이 간행되었다. 한국에서는 미국 북장로교 선교사 사무엘 모펫(Samuel A. Moffet; 한국명 馬布三悅, 1864~1939)이 1894년에 번역하여 출간하였다.[14]

14 『장원양우상론』의 출판 과정과 판본에 대한 사항은 다음 저서를 참고할 것. 조훈, 『윌리엄 밀른』, 그리심, 2008.

이 작품은 기독교인 '장'과 기독교에 관심을 갖고 그것을 배우려는 '원'의 대화로 이루어졌으며, 결국 원이 기독교 신앙을 받아들인다는 내용을 담고 있다.

『장원양우상론』은 근대 중국 소설사 연구에서 거론된 바 있다. 패트릭 하난(Patrick Hanan)이 『장원양우상론』을 예로 들며 중국에서 19세기에 간행된 전도문서는 근대 중국 소설사의 맥락에서 평가받아야 한다고 주장한 것이다. 그 이유는 다음의 두 가지 때문이다. 첫째, 전도문서들이 중국 전통 소설의 장회체 형식을 따르고 있고 관화(官話)나 중국 지역 방언으로 쓰였다는 점이다. 그리고 『장원양우상론』은 중국의 근대 소설 목록집인 『中國通俗小說總目提要』[15]에 포함되어 있는데, 이는 어느 정도 전도문서가 중국의 근대 소설로 인정되고 있다는 방증이라는 것이다. 둘째, 비록 기독교로의 개종자는 그리 많지 않았지만 전도문서는 중국에서 광범위하게 읽혔다는 것이다. 그는 『장원양우상론』의 경우 19세기 중국에서 그 어느 소설보다 많이 간행되고 판매되었다는 점에서 중국의 소설 독자들의 관심을 충분히 끌었다고 말한다.[16] 즉 문학 양식과 대중성의 측면에서 전도문서는 중국 소설사의

---

15 한국에서는 '中國古典小說總目提要'라는 제목으로 출판되었다. 江蘇省社會科學院 編, 吳淳邦 外譯, 『中國古典小說總目提要』, 蔚山大學校出版部, 1993~1999.

16 Patrick Hanan, "The Missionary Novels of Nineteenth-Century China," *Harvard Journal of Asiatic Studies*, Vol.60, No.2, Dec.2000, 416~417면. 이러한 패트릭 하난의 주장은 『장원양우상론』을 위시한 한글 전도문서 역시 한국 근대 소설사의 맥락에서 검토할 수 있다는 가능성을 제시한다. 한편, 중국에서 『長遠兩友相論』이 큰 인기를 모은 이유는 밀른의 저술 전략이 대중의 호응을 얻었기 때문이다. 밀른은 애초 『長遠兩友相論』을 연재했던 『察世俗每月統紀傳』의 문장 서술 원칙을 다음과 같이 세우고 있었다. 첫째, 학식이 짧은 노동자들이 읽을 수 있게 글을 짧게 쓸 것, 만약 길어진다면 중국의 전통적인 장회소설(章回小說)의 기법을 적용하여 분기로 연재할 것, 둘째, 문장은 통속적으로 이해하기 쉽게 쓸 것, 셋째, 문장은 막힘없이 생동감 있게 쓸 것이었다. 이러한 기본적인 서술 원칙의 기반 위에 『長遠兩友相論』은 기독교의 교의를 설명하는 데 있어 중국인의

영역으로 편입될 수 있다는 것이 그의 주장이다.

또 다른 전도문서로서 『人家歸道(인가귀도)』는 중국 선교사 그리휘트 존(Griffith John; 중국명 楊格非)이 쓴 것을 1894년, 선교사 올링거가 한글로 번역하여 출간한 작품이다.[17] 제목 '인가귀도(人家歸道)'는 한 가족을 기독교 신앙으로 인도한다는 의미를 담고 있다. 삶을 방탕하게 살았던 리 선생이 기독교를 받아들이고 자신의 변한 삶을 바탕으로 하여 가족과 친척을 기독교 신앙으로 이끈다는 내용이 담겨 있다.

마지막으로 『廟祝問答(묘축문답)』은 중국 선교사 기네어(F. Genähr; 중국명 葉納淸)가 태평천국 운동이 활발히 일어나던 1856년에 썼다.[18] 한국에서는 아펜젤러가 1895년에 번역하여 간행했다. 신당(神堂)지기가 기독교 전도인과 종교에 대해 토론하고 결국 전도인의 논리를 받아들여 기독교 신앙에 관심을 가진다는 내용이 담긴 작품이다. 중국의 고

기본적인 전통 관습을 존중하는 차원에서 창작되었다. 조훈, 앞의 책, 120면. 덧붙여 Daniel H. Bays는 『장원양우상론』의 인기 이유로서 조상 숭배 금지 같은 문화 충격을 줄 만한 내용을 줄이고 핵심적인 교리에 집중한 점, 신앙을 집단을 이루는 교회 중심이 아니라 개인 중심으로 전달한 점을 꼽았다. Daniel H. Bays, "Christian Tracts: The Two Friends," Edited by Suzanne Wilson Barnett and John King Fairbank, *Christianity in China: Early Protestant Missionary Writings*, Cambridge, MA: Harvard University Press, 1985, 23~34면.

17 그리휘트 존 목사가 漢口聖敎書局에서 출간한 책은 간결한 문언체로 기술한 장회체 소설이다. 그리휘트 존이 구술하고 중국인 조수 沈子星이 필사했다. 이를 다시 周明卿이 北京 官話體로 바꾸어 서술한 작품이 『人家歸道』이다. 올링거가 번역 저본으로 삼은 것은 이 『人家歸道』이다. 『인가귀도』의 출간과 판본에 대한 상세한 기록은 다음 논문을 참조할 것. 오순방, 「플랭클린 올링거의 韓譯本 『인가귀도』와 『의경문답』 연구」, 『中語中文學』 47집, 韓國中語中文學會, 2010.

18 요시다 토라(吉田寅)에 따르면 「묘축문답」은 태평천국 운동이 활발히 펼쳐지던 1856년에 발행되었다. 吉田寅, 「「張遠兩友相論」考—中国新教伝道の一側面」, 『基督教史学』, 12면. 『묘축문답』의 영어판은 *Conversation with a Temple Keeper*이다. 아펜젤러가 1895년에 한글로 번역, 간행했다.

사를 예로 들어 신앙 문답이 진행된다는 것이 특징이다. 요시다 토라(吉田寅)에 따르면 일본에서는 『장원양우상론』보다 『천도소원(天道遡原)』이나 『묘축문답』이 더 많이 읽혔는데, 그 이유로서 당시 중국에 비해 일본에서는 구 사족(旧士族)과 같은 지식계급이 기독교에 관심이 있었기 때문임을 들고 있다. 그만큼 『묘축문답』이 『장원양우상론』에 비해 교의(教義)를 이론적으로 담고 있다는 지적이다.[19]

정리하자면 『장원양우상론』, 『인가귀도』, 『묘축문답』은 기독교 신앙의 내용을 담은 문답체 양식의 서사로서 벽안의 중국 선교사가 한문으로 저술한 것을 벽안의 한국 선교사가 한국인 조사(助事)의 도움으로 우리말로 번역하여 1892년과 1895년 사이에 배재학당 내 삼문출판사에서 간행하였다. 또한 『장원양우상론』과 『묘축문답』은 일본어로도 번역 · 출간되었으므로 이들 작품은 한국, 중국, 일본 등 동아시아 소설사의 유산이라고도 할 수 있다. 그렇다면 이들 각 작품의 문답체 양식의 특성을 구체적인 본문 분석을 통해 비교하며 고찰해 보기로 하자.

2.2. 한글 전도문서의 문답체

A. **『그리스도문답』**(1893)

문: 텬디 만물이 어딕로 조차오뇨

답: 여호와씌셔 지어 내시니라

---

19 한편, 요시다 토라는 중국에서 수차례 간행되고 많은 부수가 배포된 것을 근거로 『장원양우상론』이 중국의 개신교 전도사(傳道史)에 큰 위치를 점유한다고 평가한다. 『장원양우상론』이 일본에 유입된 것은 메이지 초기다. 그 후, 메이지 15년에 安川亨이 번역하여 출간하였다. 吉田寅, 앞의 글, 12면.

문: 여호와ᄂᆞᆫ 뉘시뇨

답: 여호와ᄂᆞᆫ 텬디에 쥬ᄌᆡ시니 ᄀᆞ장 놉흐시고 ᄀᆞ장 춍명ᄒᆞ시고 ᄀᆞ장 능ᄒᆞ신 쟈ㅣ 시니라[20]

인용문 A는 1893년에 출판된 교리문답서, 『그리스도문답』의 첫 부분이다. 이 책을 먼저 밝혀 인용한 이유는, 이러한 유형의 교리문답서가 이 글에서 다루는 문답체 양식 서사의 원형을 이룬다는 것을 보여주기 위해서이다. 기독교계에서는 성경의 핵심 내용을 질문과 대답의 형식으로 전하기 위해 하이델베르크 교리문답(1563)이나 웨스트민스터 대 · 소교리문답(1647)을 활용하고 있었는데, 『그리스도문답』은 이와 같은 문답서의 번역이라고 할 수 있다.

이러한 문답서의 형식과 중국의 고전인 『논어』나 『맹자』 혹은 동아시아 전통 문학의 문답체 양식이 비슷함을 착안하여 물음과 답의 주체를 각각 인격화하고 그 가운데 서사적 상황을 부여하여 독자들이 더욱 흥미롭게 읽을 수 있게 한 작품이 이 글에서 살펴보고자 하는 전도문서들인 것이다. 한편 이들 전도문서의 서사적 의장(意匠)은 중국 선교사의 서사적 상상력에서 비롯한 것이지만, 한글 번역 문체에는 이름이 알려지지 않은 한국인 조사(助事)들의 한글 글쓰기가 배어 있다는 사실이 지적되어야 한다. 한글 전도문서의 판권지에 번역자는 대부분 외국인 선교사의 이름이 기록되어 있지만, 실제 번역은 선교사와 조사의 공동 작업으로 이루어졌기 때문이다. 번역 조사들은 초고를 문자적으로 번역하기보다는 자유로운 한국어 풍으로 번역했다.

20 『그리스도문답』, 1893, 1면. 이 책은 모두 95개의 물음과 답으로 이루어진 교리서이다. 천지 만물이 어디에서부터 시작하는가라는 물음부터 시작하여 십계명을 문답으로 설명하고 사도신경, 인죄문, 천백문, 주기도문 등으로 마무리된다.

그런 의미에서 전도문서에는 한국인 조사들의 문체와 사고가 반영되었다.[21]

B.『장원양우상론』

①화셜 녯적에 ᄒᆞᆫ 사ᄅᆞᆷ이 잇ᄉᆞ니 셩은 쟝이라 그 벗 원ᄉᆡᆼ이라 ᄒᆞᄂᆞᆫ 사ᄅᆞᆷ이 잇서 서로 맛나 말ᄒᆞ다가 **원이 쟝ᄃᆞ려 무러 ᄀᆞᆯᄋᆞᄃᆡ** 내 일즉 사ᄅᆞᆷ의 말을 드른즉 션ᄉᆡᆼ이 예수의 도ᄅᆞᆯ ᄇᆡ화 밋어 ᄒᆡᆼᄒᆞᆫ다 ᄒᆞ오니 대뎌 셰샹 사ᄅᆞᆷ이 그 도ᄅᆞᆯ 의론ᄒᆞᄂᆞᆫ 쟈ㅣ 만ᄒᆞ되 서로 ᄀᆞᆺ지 아니ᄒᆞᆫ지라 내 이제 ᄌᆞ셰히 아지 못ᄒᆞᆯ 거시 두 가지오니 쳥컨대 션ᄉᆡᆼ은 ᄌᆞ셰히 말ᄉᆞᆷᄒᆞᄋᆸ쇼셔 **쟝이 ᄀᆞᆯᄋᆞᄃᆡ** 이제 샹공의 ᄌᆡ죠와 지식이 놉흐시거ᄂᆞᆯ 무ᄉᆞᆷ 모ᄅᆞᆯ 것시 잇ᄉᆞ와 하문ᄒᆞ시ᄂᆞ뇨 닐ᄋᆞ신 바 두 가지라 ᄒᆞ심은 무ᄉᆞᆷ 일이뇨 **원이 ᄀᆞᆯᄋᆞᄃᆡ** ᄒᆞᆫ 가지ᄂᆞᆫ 예수쓰ᄅᆞᆯ 밋ᄂᆞᆫ다 ᄒᆞᄂᆞᆫ 사ᄅᆞᆷ은 이 엇더ᄒᆞᆫ 사ᄅᆞᆷ이며 둘ᄌᆡᄂᆞᆫ 예수쓰ᄅᆞᆯ 밋ᄂᆞᆫ 사ᄅᆞᆷ이 날마다 ᄒᆡᆼᄒᆞᄂᆞᆫ 일이 엇더ᄒᆞᆫ 모양이온지 이제 션ᄉᆡᆼ의게 무러 알고져 ᄒᆞᄂᆞ이다[22] (강조, 밑줄은 인용자)

인용문 B는『장원양우상론』의 첫 장면이다. 이 작품은 모두 11회로 이루어진 장회체 서사이다. 등장인물이 헤어지고 만남에 따라 회가 나누어진다. B-①은 서술자가 문답을 주고받게 될 '장'과 '원'의 관계가 친구 사이라는 서사적 상황을 밝히는 구절이다. 그리고 곧바로 '장'과 '원'의 물음과 답이 시작되는데, 둘의 물음과 답의 구분은 "ᄀᆞᆯᄋᆞᄃᆡ"라

21 옥성득, 앞의 글, 24~25면. 한편, 김양선은 당시 전도문서들이 대부분 선교사와 한국인 역자의 공역으로 간행되었음에도 불구하고 실제 출판물에는 선교사 이름만 명기되어 있음을 지적했다. 그에 따르면 공역자가 표기된 책은『구세론』이다. 그 판권지에는 저자 "S.A. Moffet" 옆에 "崔明悟 共譯"이라고 공역자가 표기되어 있다고 한다. 김양선,「한국 기독교 초기 간행물에 관하여」,『史叢』12·13합집, 고려대학교 사학회, 1968, 583면.
22『장원량우샹론』, 경셩정동예수교회당, 1894, 1면.

는 어사(語詞)로 되어 있다. 또한 서술자는 주로 한 회의 처음에 '장'과 '원'이 대화하는 상황을 소개하는 한편, 기독교 신앙에 대한 '원'의 심경의 변화를 자세히 서술한다. 이 작품의 특징은 묻는 자인 원이 주도면밀하게 화제를 이끌어 나간다는 것이다. 원은 '하나님은 누구인가' 하는 신론(神論)부터 시작하여, 삼위일체론(三位一體論), 죄론(罪論) 등 기본적인 교리에 대한 사항을 묻는데, 이에 대해 '장'이 답하는 과정을 통해 기독교의 교리가 체계적으로 드러난다. 이렇듯 교리 전달의 체계성 때문에 『장원양우상론』은 국내에서 활발히 간행[23]되고 읽혔다. 예를 들어, 그 당시 『장원량우샹론』은 『텬로력뎡』과 함께 교회 내 직분인 권사가 읽어야 할 책 목록에 올랐다. 또한 배재학당의 언문 교재에 포함되어 있었으며,[24] 한성감옥에 마련된 도서관에도 소장되어 수인들에게 읽혔다.[25]

C. 『**인가귀도**』

① 뎨일쟝 셰샹 졍욕을 조차매 니러나고 ᄯᅥ러짐이 무샹ᄒᆞ도다

② ᄒᆞᆫ 마을에 리 아모가 잇ᄉᆞ니 비록 박학ᄒᆞᆫ 션ᄇᆡ와 문쟝은 되지 못ᄒᆞ나 ᄯᅩᄒᆞᆫ 글ᄉᆞᄌᆞ를 알고 리치에 ᄇᆞᆰ으니 사ᄅᆞᆷ마다 리 션ᄉᆡᆼ이라 닐ᄏᆞᆺ더니 …(중략)… **리 션ᄉᆡᆼ이 ᄀᆞᆯᄋᆞᄃᆡ** 아ᄭᅡ 교ᄉᆞ의 연셜ᄒᆞᄂᆞᆫ 말ᄉᆞᆷ을 듯ᄌᆞ오니 예수ᄶᅥ셔 능히 사ᄅᆞᆷ을 구원ᄒᆞ샤 죄악에 버셔나게 ᄒᆞ신다 ᄒᆞ시더니 과연 그러ᄒᆞ오닛가 **교ᄉᆞㅣ ᄀᆞᆯᄋᆞᄃᆡ** 진실노 올흔 말이니다 **리 션ᄉᆡᆼ이 ᄀᆞᆯᄋᆞᄃᆡ** 그러ᄒᆞ

23 현재 국내에서 확인할 수 있는 판본은 모두 다섯이다. 그 판본들은 1894년부터 1905년까지 약 10여 년간 간행된 것들이다.

24 류방란, 「개화기 기독교계 학교의 발달—소학교를 중심으로」, 서울대학교 한국문화연구소 편, 『한국 근대사회와 문화 I—19세기 말에서 20세기 초를 중심으로』, 서울대학교 출판부, 2003, 436~437면.

25 이광린, 「구한말 옥중에서의 기독교 신앙」, 『한국 개화사의 제문제』, 일지사, 1986, 232면.

면 예수쓰께셔 능히 나 ᄀᆞᆺᄒᆞᆫ 이도 구원ᄒᆞ시릿가 **교ᄉᆞㅣ ᄀᆞᆯᄋᆞᄃᆡ** 션ᄉᆡᆼ이 무슴 죄가 잇기에 구원ᄒᆞ기를 ᄇᆞ라시나닛고 **리 션ᄉᆡᆼ이 ᄀᆞᆯᄋᆞᄃᆡ** 세상의 잇ᄂᆞᆫ 죄ᄂᆞᆫ 내가 다 지엇ᄂᆞ니 이런 큰 죄 잇ᄂᆞᆫ 사ᄅᆞᆷ도 아지 못거이다 예수쓰께셔 ᄯᅩᄒᆞᆫ 능히 구원ᄒᆞ시릿가 **교사ㅣ ᄀᆞᆯᄋᆞᄃᆡ** 예수쓰ᄂᆞᆫ 구쥬시니 능히 못ᄒᆞ시ᄂᆞᆫ 바ㅣ 업ᄂᆞᆫ지라 션ᄉᆡᆼ이 ᄎᆞᆷ 밋으시면 반ᄃᆞ시 구원ᄒᆞᆷ을 엇으리다 ᄒᆞ고 ③ ᄯᅩ 예수쓰 밋ᄂᆞᆫ 여러 가지 오묘ᄒᆞᆫ 말노 푸러 니ᄅᆞ고 **ᄀᆞᆯᄋᆞᄃᆡ** 션ᄉᆡᆼ이 쥬 예수쓰를 밋ᄂᆞ닛가 **ᄃᆡ답ᄒᆞᄃᆡ** 밋ᄂᆞ니 ᄇᆞ라건ᄃᆡ 쥬ᄂᆞᆫ 나를 구원ᄒᆞ쇼서[26]
(강조, 밑줄은 인용자)

인용문 C는 『인가귀도』의 첫 부분이다. 이 작품 역시 장회체 서사이며 모두 16개의 장으로 이루어졌다. 도입에 해당하는 1장에서는 서술자가 주인공인 리 선생을 소개하고 있다. 소개에 따르면 리 선생은 좋은 아내를 얻어 아들, 딸을 낳고 잘살고 있었는데 그릇된 벗을 사귀어 미혹한 길로 들어선다. 술을 마시고 집안일을 돌보지 않는 삶이 계속되자 생활이 어려워져 리 선생은 결국 딸과 작은아들을 남에게 팔게 되는 처지에 이른다. 절망의 나락으로 빠진 리 선생은 우연히 교회당 같은 큰 집에 들어가는데, 그곳에서 한 교사의 강론하는 말을 듣고 마음에 동하는 바가 있어 그 교사에게 궁금한 사항을 묻는다.

이렇듯 『인가귀도』는 문답이 시작되기 전에 등장인물에 대한 소개가 자세하게 다루어져 있다. 리 선생은 교사와의 문답을 통해 예수를 죄 속에 빠진 자신을 구원할 수 있는 자로 인식하고 기독교를 받아들이는데, 이 과정은 『장원양우상론』과 『묘축문답』에 비해 단출하다. 대신 기독교를 받아들인 리 선생이 아내와 마을 사람, 어느 노인, 형을 비롯한 가족을 만나며 그들에게 기독교를 소개하는 장면이 후반부에

26 『인가귀도』, 정동예수교회당, 1894.

펼쳐진다. 리 선생이 '묻는 자'에서 '답하는 자'가 되는 것이다. 이 작품은 두 사람의 문답으로 이루어진 『장원양우상론』과 『묘축문답』과 비교하여 많은 사람들이 등장하기 때문에 상대적으로 다양한 서사적 상황이 펼쳐지며, 그만큼 서술자의 개입이 빈번하게 일어난다. 교리의 체계적인 전달보다는 리 선생의 회심으로 인해 그의 가족과 주변 친척들이 신앙의 길로 들어서게 되었다는 서사가 상대적으로 강조되었다.

D. **『묘축문답』**

① 묘축은 우리나라 말노 닐ᄋᆞ면 동남묘슈복이와 신당직이와 셩황당직이 ᄀᆞᆺᄒᆞᆫ 거시니 예수교 젼도ᄒᆞᄂᆞᆫ 사ᄅᆞᆷ과 문답ᄒᆞᆫ 말이라

② 예수교 젼도ᄒᆞᄂᆞᆫ 사ᄅᆞᆷ이 ᄒᆞᆫ 신당 압흐로 지나더니 ᄒᆞᆫ 로인이 왼손에 지팡이ᄅᆞᆯ 쥐고 올흔손으로 슈염을 ᄆᆞᆫ지며 홀노 신당 압희 안져거ᄂᆞᆯ 젼도인이 갓가이 가셔 인ᄉᆞᄒᆞ고 **ᄀᆞᆯᄋᆞᄃᆡ** 아자씨 복을 밧아셔 편안ᄒᆞ시오닛가 **그 로인이 ᄀᆞᆯᄋᆞᄃᆡ** 나ᄂᆞᆫ 홀아비로 ᄌᆞ식도 업시 고ᄉᆡᆼᄒᆞᄂᆞᆫ 사ᄅᆞᆷ이 무ᄉᆞᆷ 복을 밧ᄂᆞᆫ다 ᄒᆞᄂᆞ뇨[27] (강조, 밑줄은 인용자)

인용문 D는 『묘축문답』의 처음이다. 이 작품은 첫째 날의 대화를 담은 상권과 둘째 날의 대화를 담은 하권으로 나뉘었다. 서두에 D-①에서 보는 것처럼 서술자가 '묘축'이란 직책이 신당지기를 의미한다고 설명하고, 묘축과 기독교 전도인이 대화한다는 서술 상황을 제시한 후에 문답이 시작된다. 『묘축문답』의 문답체 양식은 『장원양우상론』과 『인가귀도』와는 조금은 다른 방식으로 운용된다. 『장원양우상론』과 『인가귀도』의 문답이 가르치고 배우는 식의 일방향으로 진행되는 것과는 달리, 『묘축문답』의 문답은 기독교 전도인의, 신당이 우상 숭배

27 『묘축문답』, 경셩졍동ᄇᆡᄌᆡ학당, 1895.

라는 공격과 그렇지 않다는 신당지기의 방어로 구성되기 때문이다.

이러한 문답체 특징의 일단은 앞의 인용문에서도 확인할 수 있다. 둘의 문답은 기독교 전도인의 물음으로 시작된다. 그는 단도직입적으로 신당지기에게 복을 받아서 편안하냐고 묻는다. 서술자는 묘축, 즉 신당지기를 초라한 촌로로 묘사(D-②)하고 있는데, 그러한 신당지기를 보고 복을 받았냐고 묻는 것은 그렇지 않음을 가정한 다소 공격적인 물음이다. 기독교 전도인의 물음에 대해 신당지기는 자신은 홀아비이며 자식도 없이 고생하고 산다며 자신의 처지를 솔직하게 말한 후, 본격적으로 종교에 대한 토론에 돌입한다. 결국 신당지기는 기독교 전도인에게 설득당하는데, 그 이후의 문답은 『장원양우상론』의 그것과 비슷한 양상을 띤다. 이 점으로 보아 『묘축문답』은 토론체와 문답체가 혼용된 서사라고 할 수 있다. 『묘축문답』에서 주목해야 할 점은 기독교 전도인이 공자, 맹자, 증자 등 중국의 대표적인 유학자의 논리를 빌려 신당지기가 신봉하는 불교와 민간 신앙의 논리를 공격한다는 사실이다. 기독교 전도인이 유학의 논리에 정통하다는 점도 유의할 점이거니와 유학의 논리가 오히려 기독교를 정당화하는 데 기여하고 있다는 점이 특이하다.

요컨대 『장원양우상론』, 『인가귀도』, 『묘축문답』의 원형을 이루는 텍스트는 『그리스도문답』과 같은 교리문답서라고 할 수 있다. 『장원양우상론』 등의 작품들은 결국 『그리스도문답』과 같은 교리문답서를 읽기 쉽게 보급하기 위해 서사적 의장을 도입한 것이다. 『장원양우상론』의 문답체 양식의 특징은 묻는 자인 원이 화제를 주도하며 질문을 하고 그에 대해 장이 답한다는 것이다. 전달하려는 진리나 지식을 체계적으로 전달하는 데 유용한 문답체 양식으로서 『공자』와 『맹자』와 같은 동양 전통의 문답체의 맥락 아래에 있는 양식이라고 볼 수 있다. 덧붙여 이 작품에서 원은 죽음이라는 실존적 상황에 대한 두려움 가운데 기독교 교리를 장에게 캐묻고 있다. 그런 점에서 좀 더 교의의 원리적인 측면에 접근하여 논의가 전개되고 있다는 점이 『장원양우상론』의 특징이다. 즉 체계적인 면과 원리적인 특성이 당시 『장원양우상론』이 교리 교과서로서 주된 역할을 담당했던 이유이다.

그에 비해 『인가귀도』는 한 가장의 회심을 통하여 일가족이 기독교를 믿는 서사적 상황이 강조된 작품이다. 『장원양우상론』과 비교하여 문답에서 다루어지는 기독교 교리는 그다지 치밀하거나 체계적이지 않다. 대신 기독교 신앙을 받아들이면 착하고 부지런한 '생활인'이 된다는 서사 모티프가 명징하게 부각되어 있다. 이러한 모티프는 기독교 신앙을 다룬 1900년대 초반 신소설에서 자주 목격된다. 『고목화』의 조 박사를 비롯한 다수 인물들이 이전 방탕한 삶에서 건실한 '생활인'으로 돌아왔다. 이러한 점에서 『인가귀도』는 근대 전환기 기독교와 관련하여 인기 있는 모티프를 담은 작품이라고 할 수 있다.

마지막으로 『묘축문답』의 문답체는 전통 종교인과 기독교 전도인이 각각 자기의 종교적 이념을 드러내며 그 우수성을 주장한다는 점에서 토론의 양상을 띠고 있다. 그리고 이러한 토론식 문답체는 서로 다른 세계관의 대결을 표현하는 동시에 기독교의 교리를 좀 더 심화된 수준에서 전달한다. 주목할 점은 최대한 공·맹 철학의 논리를 존중하는 토대 위에서 기독교 교리가 설명된다는 것이다. 심지어는 공·맹의 논리로 기독교의 교리를 변증하는 대목도 있다. 이는 당대 선교사들의 조심스러운 혹은 전략적인 전도 방식의 일면을 보여 준다.

3. 한글 전도문서의 위상

마루야마 마사오(丸山眞男)는 일본 사상사의 흐름에서, 서로 다른 세계관과의 대결을 표현하고 있는 대화 형식, 즉 문답체가 획기적인 의미를 갖는 것은 기독교의 도래 이후라고 말한다.[28] 이것은 일본 사상사뿐 아니라 동아시아 사상사에서 찾아볼 수 있는 공통된 특징이다. 동양의 종교와 기독교의 만남을 문답체 양식으로 다룬 첫 작품은 마테오 릿치(Matteo Ricci; 利瑪竇)가 지은 대표적 교리서인 『天主實義』(1603)일 것이다. 『천주실의』의 서술 형식은 유교 지식인인 '中士'와 서양 선교사인 '西士'의 문답체로 되어 있다. '西士'는 기독교 신앙의 입장을 기독교 경전에 의해서가 아니라 유교 경전에 의해서 풀어 내면서 '中士'를 설득하고 있다.[29] 비록, '中士'가 설득당하기는 하지만 '西士'와 '中士'는 각자의 세계관을 갖고 대등하게 논의를 펼친다. '가르침'과 '배움'의 형태로 되어 있는 '진리 전달' 양식의 전통적인 문답체와는 다른 것이다.

여기서 강조할 것은, 기독교의 도래 이후 문답체에 대한 관심이 촉발되었다는 사실이다. 새로운 세계관을 소개하는 데 있어 문답체는 매우 요긴한 양식이었던 것이다. 우리나라에서 문답체 양식의 한글 전도문서가 간행된 시기는 떠나 버린 신과 도래하는 신 사이에 처한 '궁핍한 시대'였다. 당시는 중국이라는 나라와 더불어 유교적 세계관이라는 동아시아 세계의 구심력이 소멸하고, 혼란 가운데 새로운 이념적 기반이 요청되던 시기였던 것이다. 전도문서가 독자로 삼았던 중국의 민중이나, 구한말 조선의 민중들에게 있어서 기독교는 '도래하는 신'이었다. 기독교 자체는 서구에서 이미 유행이 지난 고답적인 종교 이념이었지만, 당시 동아시아의 시대적 맥락에서는 서구 문명과 포개져 새로운 희망의 빛깔을 띠고 있었기 때문이다.[30] 이런 점에서 당시

28 마루야마 마사오, 박충석 · 김석근 공역, 「일본사상사에서 문답체의 계보」, 『충성과 반역』, 나남출판, 1998, 255면.
29 금장태, 『동서교섭과 근대한국사상』, 성균관대학교 출판부, 1984, 214면.

기독교를 소개하는 글쓰기와, 새로운 이념이나 사상을 소개하는 계몽 지식인들의 글쓰기에는 교차점이 존재한다. 기독교 전도인들이 국문 쓰기를 통해 부녀자 · 아동 · 노동자 등 기층 민중들을 '신자'로 끌어안으려 했다면, 근대 전환기 계몽 지식인들은 국문 쓰기를 통해 기층 민중들을 '민족' 혹은 '국민'으로 포섭하려고 했기 때문이다.

이러한 교차점에는 기독교도이며 계몽주의자였던 지식인들의 역할이 있었다. 이들은 '서양 문명=기독교'라는 등식을 신념으로 지니고 '민족' 혹은 '국민' 계몽에 힘썼다. 그리고 전도문서의 글쓰기 양식이 '민족' 혹은 '국민' 계몽에도 용이한 양식임을 간파하고 있었다. 특히, 이들의 활동은 『조선/대한크리스도인회보』, 『독립신문』 등과 같은 신문의 글쓰기에서 두드러지게 나타난다. 이 신문들의 필자들은 서양인 선교사가 저술한 한문 단편 양식의 전도문서, 『譬喩要旨』(上海美華書館, 1875), 『安仁車』(上海廣學會, 1894)의 일부를 번역하여 신문 매체에 싣고, 때에 따라서 기독교 교의적인 내용 대신 계몽적인 내용을 채워 넣었다.[31] 전도를 목적으로 한 글쓰기가 계몽을 목적으로 하는 글쓰기로 전이되는 과정을 보여 주는 좋은 사례이다.

문답체 양식의 글은 1900년대 초반에도 활발하게 제출되었다. 이 중, 1900년대 발표된 『셩산명경(聖山明鏡)』(貞洞皇華書齋, 1909)과 「셔호문답」(『대한믹일신보』, 1908.3.5~3.8)은 당대 문답체 양식의 특징과 당시 사

30 김상근은 당시 상황을 다음과 같이 설명한다. "전통적 사회체제의 붕괴와 급격한 유럽 제국주의의 유입에 따른 경제질서의 재편으로 인한 빈부의 격차는 선교지 원주민들에게 기독교를 새로운 희망의 종교로 받아들일 수 있는 요소로 작용했다. 이 시기에는 기독교가 유럽의 진보된 문명과 함께 소개됨으로써 복음과 유럽 문명이 혼동을 일으키는 부작용을 낳았다." 김상근, 『세계사의 흐름을 바꾼 기독교 역사』, 평단, 2004, 215면.

31 조경덕, 「근대 단형서사의 '기독교 예화집' 수용 양상」, 『국제어문』 54집, 국제어문학회, 2012, 311~336면 참조.

람들의 기독교에 대한 이해 방식을 보여 준다. 감리교 목회자이자 유학자이며 신학자인 탁사(濯斯) 최병헌(崔炳憲)이 지은 『셩산명경』은 1907년 『신학월보』에 '셩산유람긔'란 제목으로 4회(제5권 1호~4 · 5호) 연재되었다가 후에 내용이 덧붙여져 단행본으로 완간되었다.[32] 이 작품은 유학자 진도와 불교계의 도승 원각, 도교계의 백운도사 세 사람과 신천옹이라는 이름의 소년이 각자가 신봉하는 종교에 대해 토론을 벌이다 결국, 신천옹이 펼치는 기독교 논리에 나머지 세 사람이 설복당한다는 내용을 담고 있다. 작자 최병헌이 유학자이며 당시 유교의 영향이 컸던 만큼 유학자 진도와 기독교도 신천옹의 토론이 작품의 마지막까지 펼쳐지는데, 결국 진도가 기독교를 받아들이는 데에 결정적인 작용을 한 것이 기독교와 서구 문명이 갖는 상관성임은 주목할 만하다. 영국의 빅토리아 여왕과 워싱턴, 마치니 등은 모두 기독교 신자였기에 나라를 일으킬 수 있었다는 신천옹의 주장에 진도는 놀라며 기독교를 받아들이기로 결심하는 것이다.[33]

『셩산명경』의 문답체 양식이 기독교 도래 이후의 양식이라고 한다면 「셔호문답」의 그것은 우리 전통 문답체 양식을 따르고 있다. '셔호문답'이라는 제목은 이이(李珥)가 당대 정치 개혁의 방안을 문답식으로 서술하여 선조에게 올린 「東湖問答」을 염두에 둔 것이라 볼 수 있다.[34] '東湖'는 이이가 「동호문답」을 지은 '동호독서당'이 있었던 한강 옥수

32 차봉준에 따르면, 『성산명경』은 최병헌이 변증 신학을 심화시키는 과정에 제출한 저작이다. 최병헌의 변증 신학은 「삼인문답」과 『성산명경』을 거쳐 「종교변증설」에 이르러 체계를 갖추었다. 최병헌은 이를 종합적으로 다듬어 『만종일련』을 상재했다. 車奉俊, 「濯斯 崔炳憲의 '萬宗一臠' 思想과 基督敎 辨證—『聖山明鏡』에 나타난 對 儒敎 論爭을 中心으로」, 『語文硏究』 제39권 1호, 2011, 329~330면.

33 "진도가 청파에 놀나 ᄀᆞᆯᄋᆞᄃᆡ 셔국의 문명ᄒᆞᆷ이 실노 예수교 덕화의 밋친 바라 ᄒᆞ고 용단ᄒᆞᆫ ᄆᆞᄋᆞᆷ으로 예수교 밋기를 쟉뎡ᄒᆞ거ᄂᆞᆯ" 최병헌, 『셩산명경』, 정동황화서재, 1909, 79면.

34 「동호문답」에 대해서는 다음의 책을 참조. 이이, 안외순 옮김, 『동호문답』, 책세상, 2005.

동 주변을 일컫는 말이다. 「동호문답」은 주인이 객에게 정치 개혁의 방안에 대해 답을 하는 것으로 구성되어 있다. 「셔호문답」 역시 주인이 객에게 답을 해 주는 형식으로 되어 있다. 그렇다면 「셔호문답」의 저자는 왜 '동호'를 '셔호'로 바꾸었을까? '셔호'는 마포 나루 어귀를 가리킨다. 하지만 이런 의미보다는 '셔호'는 서양(西洋)의 의미를 담고 있다고 보아야 할 것이다. 즉 서양 문명 쪽에 있는 자가 '주인'이 되고 동양 문명 쪽에 있는 자가 '객'이 되어 문답을 펼치고 있는 것이다. 즉, 「셔호문답」은 1900년대 나아갈 방향을 문답식으로 다루었다는 점에서 「동호문답」의 패러디다.

「셔호문답」에서 주인은 '성신', '마귀'와 같은 기독교의 용어를 사용하고 "동포들은 다 구쥬를 독실히 밋어 ᄒᆞᆫ 몸의 죄와 ᄒᆞᆫ 나라의 죄를 쇽량ᄒᆞ"[35]라는 등, 당대 나아갈 길을 기독교 신앙 가운데 제시하고 있다. 객의 질문은 주도면밀하여 그에 따른 주인의 답은 자연스레 체계적인 설명이 된다는 것이 특징이다. 즉, 그 논법의 근원은 「동호문답」과 같은 전통 문답체 양식에 있다.

『셩산명경』의 문답체는 가까이는 『묘축문답』, 멀리는 『천주실의』의 그것에 닿아 있다. 또한 「셔호문답」의 문답체는 『장원양우상론』, 「동호문답」의 문답체와 비슷한 양식적 특질을 갖고 있다. 『셩산명경』은 주로 기독교를 내세우고 「셔호문답」은 주로 서양 문명의 우수함을 드러내고 있지만, 두 작품 공히 기독교와 서양 문명의 상관성을 논의의 근거로 삼고 있다. 계몽에 대한 권면과 기독교 전도라는 글쓰기 의도를 동시에 실천하려는 전략이 담겨 있는 것이다. 이러한 사실은 1880년대 삼문출판사에서 간행된 문답체 양식의 전도문서들을 근대 소설사의 맥락에서 살필 수 있는 근거다.

---

35 「셔호문답」, 『대한매일신보』, 1908.3.12.

근대 단형 서사의 '기독교 예화집' 수용 양상

1. 들어가며

본 연구는 근대 문학의 형성 과정에서 단형 서사의 출현 과정을 고찰하고 그것이 근대 문학사에서 차지하는 의미를 검토하고자 한다. 단형 서사는 주로 근대 전환기 신문 논설란에 실린 작품으로서 서사와 논설이 결합된 양식적 특징을 지닌다. 이러한 서사 양식은 우리나라 근대 문학사의 독특한 현상이며 근대 이전의 소설과 근대 소설을 매개하는 양식으로 평가되어 왔다. 중심 서사와 그 서사에 대한 논설자의 논평으로 이루어진 양식은 조선 후기 야담, 그 가운데에서도 한문 단편의 연장선상에서 파악될 수 있다는 것이다.[1] 설사 이러한 주장에 동의하지 않더라도 단형 서사는 구한말 시기의 서사 양식으로서

1 김영민, 『한국 근대소설의 형성과정』, 소명, 2005, 17면. 문한별은 한문의 우의적 '說' 양식과 근대 신문 매체에 실린 단형 서사의 관련성을 살핀 바 있다. 문한별, 『한국 근대 소설 양식의 형성과정 연구』, 고려대학교 박사학위 논문, 2007, 90면. 이 외에도 우리 소설사를 연속적으로 파악하는 데 '전(傳)', 몽유록 양식 등이 주목되었다. 김찬기, 『근대계몽기 전(傳)에 관한 연구』, 고려대학교 박사학위 논문, 2003, 4~6면.

주목할 만한 가치가 있다. 당시 지식인이 구한말 맞닥뜨린 현실의 요구에 맞추어 집필한 서사로서 그 자체로 근대 문학의 중요한 유산이라고 할 수 있기 때문이다.

단형 서사가 처음 모습을 드러내고 그 글쓰기 양식이 활발하게 전개된 매체는 기독교계 신문이다. 단형 서사 문학 작품의 효시가 되는 「콘으라드가 환가한 일」은 『조선크리스도인회보』 1897년 3월 31일 자에 발표되었다. 또한 최초의 '서사적 논설'이라고 평가되는 「코기리와 원숭이의 니야기」는 『그리스도신문』 1897년 5월 7일 자에 발표되었다. 이러한 작품들을 필두로 단형 서사 문학은 『그리스도신문』과 『조선크리스도인회보』에서 보편화되어 당시 다른 신문, 즉 『독립신문』과 『매일신문』, 『대한매일신보』 등으로 퍼져 나간다. 기독교계 신문 필진의 선교와 계몽에 대한 강한 열정이 당대 주요했던 글쓰기 양식을 창안하게 되었고, 그것이 다른 계몽 지식인의 글쓰기에도 반영되었던 것이다.[2]

한편 단형 서사는 1900년대 초반 발표되었던 몇몇 단편 분량의 소설에 하나의 속 이야기로서 수용되었다. 뿐만 아니다. 토론체 신소설인 이해조의 『자유종』에서는 등장인물의 주장의 근거로서 단형 서사 양식의 이야기가 인용되어 있다. 단지 신문 매체에 발표되는 것에 그치지 않고 단형 서사는 근대 소설사의 전개와 긴밀한 관련을 맺고 있는 것이다. 그런데 『자유종』에서 단형 서사 양식의 이야기가 인용될 때 그 출처가 『비유요지』라는 책이라는 사실이 등장인물의 말을 통해 명시되어 있다는 점은 주목할 만하다.[3] 그것은 단형 서사가 주로 근대 신문 매체에 발표되었다는 기존 논의와는 달리 단행본으로 묶여 간행

---

2 김영민, 「근대계몽기 기독교 신문과 한국 근대 서사문학」, 『동방학지』 127집, 2004, 282면.
3 이해조, 『자유종』, 광학서포, 1910, 24면.

되기도 하였다는 사실을 보여 주고 있기 때문이다. 흥미로운 점은 이 『비유요지』의 간행 연도가 단형 서사가 신문에 활발하게 게재되었던 1890년대 후반보다 앞선다는 사실이다. 이 점에 유의한다면 『비유요지』 검토를 통해서 단형 서사의 형성과 그 전개에 관한 논의를 기존의 시각에 덧붙여 좀 더 다각도로 펼칠 수 있는 가능성을 확보할 수 있으리라 판단한다.

2. 『譬喻要旨』와 기독교 예화집

『비유요지(譬喩要旨)』는 문언체 한문으로 쓰여진 책으로서 선교사 콘딧(Rev. J. Condit)과 공계넌(孔繼年)이 1875년 상해미화서관(上海美華書館)에서 간행한 선교용 책자이다.[4] 이 책에는 약 96여 개의 짧은 이야기가 실려 있는데, 내용의 대부분은 기독교 교리와 관련된 것과 일반 윤리적 교훈에 관한 것들이 차지하고 있다.[5] 각 단락의 서사는 한 편의 이야기를 소개한 후 그 이야기와 관련지어 기독교 교리나 윤리적 덕목에 대해 설명하고 있는데, 그 양식적 특질은 단형 서사와 매우 유사하다. 당시 중국에서 출판된 책으로서 이러한 단형 서사를 모아 편집 수록한 책은 『譬喩要旨』만이 아니다. 예컨대 『宣道指歸』(上海美華書館, 1877), 『喩道要旨』(上海美華書館, 1894),[6] 『安仁車』(上海廣學會, 1894)[7] 등은

4 이 책의 영어 제목은 *Important Purpose of Parables*이다. 필자가 확인한 판본은 1887년 본이다. 그런데 이 판본에 실려 있는 공계넌의 서문은 "光緒元年", 즉 1875년에 쓰였다. 이를 근거로 초판본 간행 연도를 1875년으로 올려 잡았다.

5 『비유요지』는 「論眞神」, 「論耶穌」, 「論倚賴耶穌」 등 기독교적인 내용을 다룬 부분과 「論貪心」, 「論說謊」 등 일반 윤리적 교훈을 다룬 부분으로 이루어졌다. 그러나 후자는 결국 기독교적인 내용으로 수렴된다.

모두 선교용으로 간행된 책자로서 『譬喩要旨』처럼 기독교 교리와 교훈을 담은 짧은 이야기의 모음집으로 구성되어 있다.

이 중 『譬喩要旨』와 『安仁車』는 우리말로도 번역되었다. 현재 남아 있는 번역본은 1910년 8월, 하와이 한인교보사에서 간행된 『증션비유요지』이다. 이 책에는 모두 세 편의 서문이 실려 있는데, 이 서문에 기록된 내용을 통해 우리는 『譬喩要旨』가 1910년 이전에 이미 우리말로 번역된 바 있다는 사실을 비롯해 이 책의 특징 그리고 이 책을 번역한 맥락을 확인할 수 있다. 『증션비유요지』의 첫 번째 서문은 안쥰은[8]이 썼다. 그에 따르면 『譬喩要旨』는 1874년[9] "청국에셔 젼도ᄒᆞ던 미국 목ᄉᆞ 콘덧 씨가 ᄌᆞ긔 나라 셔칙 즁에셔 뎍당ᄒᆞᆫ 비유를 ᄲᅢ여 청국말노 번역ᄒᆞ고 공계년 씨가 한문으로 역츌"한 것이다. 안쥰은은 이 책이 순

6 중국문학자 오순방은 일찍부터 중국의 선교사 책을 문학사적인 관점에서 주목해 왔다. 그는 『喩道要旨』가 단지 기독교 교리서로 분류되어 왔는데 이는 중국 소설사에서 번역 기독교 소설로 주목해야 한다고 주장했다. 그에 따르면 『유도요지』는 독일의 저명한 신학자 프레드리히 아돌프 크루마허가 1805년에 독일어로 저술한 종교 예화집 *Parabeln*이다. 이 예화집은 여러 차례 영어권에서 번역되었는데, 광서황제(光緒皇帝)의 고문이었던 영국 침례교 선교사 티모티 리차드(Timothy Richard, 1845~1919)는 1857년 헨리 본(Henry G. Bohn)이 번역한 영문본 *The Parables of Frederic Adolphus Krummacher* 가운데에서 71편을 골라 중국 문인이 즐겨 읽는 필기 소설체 문언소설로 1894년 상해미화서관에서 번역 · 간행하였다. 오순방, 「清末 영국선교사 티모티 리차드의 基督教 文言飜譯小說 『喩道要旨』의 飜譯 特性 硏究」, 『중국어문론역총간』 23집, 2008, 53~57면 참조.

7 영문 제목은 *Illustration of Christian Truth*이며 저자는 Rev. Young J. Allen D.D.이다. 서문은 林樂知가 썼다.

8 기독교계 인물로서 평북 의주 출신으로 장로교 장로이며 선천중학교 초대 교사를 지낸 안준(安濬, 1867~1922)이란 인물이 있다. 이름이 유사하고, 서문에 "션쳔 안쥰은 셔"라고 밝히고 있는 것으로 보아 '안준'과 '안쥰은'은 동일 인물로 추정된다. 기독교문사 편찬위, 『기독교백과사전』, 기독교문사, 1994 참조.

9 앞서 밝혔다시피 필자가 확인한 판본은 1887년 본이며, 그 판본의 서문이 1875년에 쓰인 것을 근거로 간행 연도를 1875년이라고 하였다. 일단, 안쥰은이 밝힌 1874년 간행 사실은 오류로 본다.

한문으로 되어 있어 "몃 구절은 덜고 또한 뎨목에 합당ᄒᆞᆫ 비유 두어 말을 더ᄒᆞ야" 국문으로 번역했다고 하며, 서문 말미에 "쥬후 一千九百六년 모츈 션쳔 안쥰은 셔"라고 적고 있다. 즉, 『譬喩要旨』는 안쥰은에 의해 1906년에 번역된 바가 있다는 사실이다. 다음으로 민찬호[10]와 류인욱[11]의 서문이 실려 있는데, 이 중 민찬호의 서문에는 『譬喩要旨』라는 책의 특징이 소개되어 있다.

> 한 ᄎᆡᆨ을 엇어본즉 곳 이 즁션비유요지라 그 안에 포ᄒᆞᆷ한 말이 다 절묘ᄒᆞ야 셩경 리치를 히득ᄒᆞ기 용이ᄒᆞ고 젼도인이나 교인들이 밋지 안ᄂᆞᆫ 이를 ᄃᆡᄒᆞ야 젼도ᄒᆞᆯ ᄯᅢ에 쓸 만한 비유가 만키로 영셔에셔 번역ᄒᆞᆫ 몃 구절을 쳠부ᄒᆞ야 즁간ᄒᆞ오니 내 령혼을 ᄉᆞ랑ᄒᆞ시고 ᄂᆞᆷ을 내 몸갓치 ᄉᆞ랑ᄒᆞ야 구원코져 ᄒᆞ시ᄂᆞᆫ 형뎨 ᄌᆞᄆᆡ들은 이 비유와 니야기를 공부ᄒᆞ고 긔렴ᄒᆞ야 사ᄅᆞᆷ을 낙난 ᄃᆡ에 밋ᄭᅵ가 되게 ᄒᆞ기를 바라ᄂᆞ이다
>
> 쥬강ᄉᆡᆼ 一千九百十년 츄八월 샹슌 민찬호 셔[12]

민찬호는 하와이에서 활동하던 재미 독립운동가이자 목회자이다. 류인욱은 하와이 한인교보사에서 일하던 인쇄인이었다. 민찬호는 서문에서 『증션비유요지』를 얻어 보았다고 하는데, 이것으로 보아 '증션비유요지'라는 제목은 애초 안쥰은이 펴낸 책의 제목으로 보인다. 민

---

10 민찬호는 1909년 2월 1일 하와이에서 국민회를 창립하는 데 관여했고, 1913년 미국 로스앤젤레스에서 안창호 등이 흥사단을 조직할 때 흥사단의 이사장으로 선임되었다. 그리고 1918년 10월 1일 국민회 전체 대표회를 열어 강화회의에 파견할 한국인 대표를 선발할 때 이승만, 정한경 등과 같이 뽑혀 워싱턴으로 가서 활동하기도 하였다. 한국역대인물종합정보시스템 참조.

11 류인욱은 하와이 한인교보사에서 일했던 인쇄인이다. 『신한국보』, 1910.11.29.

12 민찬호 편, 『증션비유요지』, 하와인 한인교보샤, 1910, 2면.

찬호는 『증션비유요지』가 기독교인에게는 성경 이치를 해득하는 데 도움을 주고 비기독교인에게 전도하는 데 도움이 되는 책이라고 평가하고 있다. 그리고 영어책에서 번역한 몇 구절을 첨부했다고 했으니, 민찬호가 편집한 책은 안쥰은의 책보다 부피가 커진 셈이다. 또한 『증션비유요지』 뒤에는 『譬喩要旨』와 같은 유의 책인 『安仁車』의 우리말 번역이 첨부되어 있는데, 이는 안쥰은이 편찬했을 때부터 있던 것인지 아니면 민찬호가 덧붙인 것인지 안쥰은의 번역본이 없어 확인할 수 없다. 『安仁車』는 중국에서 1894년에 출판되었다. 한국에서는 1909년 보구서관에서 간행되었다는 기록이 있는데, 이 판본은 현재 전해지지 않는다.[13] 『증션비유요지』에 합본된 『안인거』에는 따로 서문이 마련되어 있지 않으며, 다만 제목 아래에 "셩경번역회위원 리챵직 번역 하와이 호놀룰누 즁간"이라고 표기되어 있다. 리창직은 게일 목사와 더불어 『텬로력뎡』을 간행했던 인물이다.

정리하자면, 1875년에 출간된 『譬喩要旨』를 1906년에 안쥰은이 우리말로 번역하여 한국에서 출간하고, 다시 1910년에 민찬호가 『증션비유요지』를 하와이 교보사에서 출간했다. 현재 안쥰은의 번역본은 없고 민찬호가 펴낸 번역본만 존재하는데, 이 책에는 『譬喩要旨』와 더불어 『安仁車』 번역본이 합본되어 있다.

그렇다면 민찬호가 편집한 『증션비유요지』의 구성과 특징에 대해 좀 더 살펴보기로 하자. 이 책은 「진신론」, 「예수론」 등으로 시작하여 「도를 밋음이 참 즐거운 론」까지 모두 22장과 부록 격인 「증션비유요

---

13 『대한매일신보』 1909년 2월 16일 자에 『안인거』에 대한 광고가 기재되어 있다. "安안仁인車거 / 셩경번역회위원 리챵직씨 역 / 련동교회장로 리명혁씨 교열 / 본관에 교셔 안인거를 번역ᄒᆞ야 발슈ᄒᆞᄋᆞᆸᄂᆞᆫ바 이 ᄎᆡᆨ은 도덕심을 ᄇᆡ양ᄒᆞᆷ에 션싱될 ᄲᅮᆫ 아니라 일반 ᄉᆞ녀의 새 지식을 계발ᄒᆞᆯ 터이오니 륙쇽 구람ᄒᆞ시ᄋᆞᆸ / 황셩동부통병우 / 보구셔관 고ᄇᆡᆨ"

지잡데』로 구성되어 있다. 각 장에 3~5편의 글이 실려 있으며, 전체 합하여 87편의 단형 서사를 수록하고 있다.[14] 합본되어 있는 『안인거』에는 17개의 단형 서사가 실려 있다.[15] 이들 이야기는 대부분 기독교와 윤리적 덕목에 관한 것들이다. 주목할 점은 각 이야기 서두에는 독일, 미국, 영국 등 서양의 국가가 이야기의 배경으로 제시되어 있다는 것이다.

한편 『譬喩要旨』와 『安仁車』를 비롯하여 『喩道要旨』, 『宣道指歸』 등은 제목과 그 편집자만 다를 뿐, 그 편집 체제가 비슷하고 때로는 동일한 이야기들을 공유하고 있기도 하다.[16] 따라서 이 글에서는 논의의 편의상 이 책들을 통칭하여 '기독교 예화집'이라고 표현할 것이다.[17] '기독교 예화집'은 중국에서 1870년대부터 1890년대 초반 사이에 간행된 것으로, 우리나라에서 단형 서사가 신문에 게재된 1890년대 후반보다 시기상 이르다. 양식적 특징의 유사함을 고려할 때 '기독교 예화집'에 실린 서사와 신문 매체에 발표된 단형 서사의 영향 관계를 짐작게 하는 근거다.

---

14 앞서 말했듯이 『譬喩要旨』에는 모두 96개의 단형 서사가 실려 있다. 따라서 『증셜비유요지』는 원본을 완역한 것이 아니다.

15 한문본 『安仁車』(上海廣學會, 1894)에는 모두 56개의 이야기가 실려 있다.

16 『유도요지』와 『비유요지』 사이의 비슷한 이야기를 지적할 수 있을 것이다.

17 앞에서 밝힌 바와 같이, 『譬喩要旨』의 영어 제목은 *Important Purpose of Parables*이고, 『安仁車』의 영어 제목은 *Illustration of Christian Truth*이다. 여기서 'parables'와 'illustration'이 수록된 이야기들을 표현한 단어일 텐데, 이들 단어는 '예화(例話)' 정도로 번역할 수 있기 때문이다.

3. 근대 단형 서사의 '기독교 예화집' 수용 양상

한국 근대 소설사에서 단형 서사는 근대 신문 매체를 통해 등장했다. 특히, 『조선/대한크리스도인회보』와 『그리스도신문』 등 선교 및 계몽을 목적으로 한 신문 매체에 단형 서사가 실리기 시작한 것은 주목할 만한 사실이다. 그렇다면 이러한 단형 서사가 기독교계 신문에 처음 등장하여 활발히 게재된 까닭은 무엇일까? 이를 설명하기 위해서는 한국에서 기독교계 신문을 간행한 주체와 중국에서 '기독교 예화집'을 편찬한 주체가 서양인 개신교 선교사임을 주목해야 한다. 한국에 온 서양인 개신교 선교사들은 선교를 하는 데 동아시아 선교 경험이 많은 중국의 서양인 선교사를 많이 의지하였다. 특히 중국의 서양인 선교사들이 동아시아 문화를 고려하여 발행한 선교 문서들은 한국의 서양인 선교사들에게 유용한 참고 자료가 되어 주었다. 따라서 서양인 선교사들은 실제로 신문 논설과 기사를 집필하는 한국인들에게 중국에서 간행된 선교 문서들을 자료로서 제시해 주었고, 한학에 밝은 한국인 집필진은 선교 문서들을 수용하여 신문의 집필과 편집에 활용하였다. 아마도 그 선교 문서들 중에는 앞에서 거론한 '기독교 예화집' 역시 포함되어 있었을 것이다. 이와 같은 가정을 바탕으로 지금부터 당시 기독교계 신문에 실린 단형 서사와 중국 선교사들이 간행한 '기독교 예화집'에 실린 이야기들이 서로 관련이 있음을 확인할 것이다. 또한 단형 서사는 1900년 초기의 소설과 토론체 신소설, 『자유종』에도 일정 역할을 하며 수용되었음을 밝히도록 하겠다.

3.1. 기독교계 신문의 경우

기독교계 신문에 실린 단형 서사 중 몇 편은 '기독교계 예화집'에 있는 것을 그대로 옮겼거나 일부 내용을 조금 손질하여 수록한 것임을 확인할 수 있다. 예컨대 『조선/대한크리스도인회보』(이후 『회보』로 약칭)에 실린 논설 중에서 「구습을 맛당히 ᄇᆞ릴 것」(1897.10.6)과 「ᄉᆞ랑ᄒᆞᄂᆞᆫ 거시 사ᄅᆞᆷ을 감복케 ᄒᆞᆷ」(1898.5.25)은 한글본 『안인거』에 실린 「습관을 맛당히 업시ᄒᆞᆯ 것」, 「ᄉᆞ랑으로 사ᄅᆞᆷ을 감복ᄒᆞᆷ」과 같은 글이다. 한글본의 저본이 되는 한문본 『安仁車』(上海廣學會, 1894)에는 각각 「積習宜除」, 「以愛服人」이라는 제목으로 실렸다.[18] 먼저 「구습을 맛당히 ᄇᆞ릴 것」이란 글은 영국 런던의 전도교사 '샤반금'이 교회에서 강론한 이야기를 다룬 것으로서, 나쁜 습관을 마귀에게 사로잡힌 것으로 비유하여 나쁜 습관에서 벗어나려면 예수를 믿어야 한다는 내용을 담고 있다. 그런데 여기서 나쁜 습관은 "쥬식잡기로 방탕ᄒᆞᆫ" 것으로서 전체 내용은 합리적 생활 태도를 신앙과 결부하여 강조하는 것으로 이루어졌다. 그리고 「ᄉᆞ랑ᄒᆞᄂᆞᆫ 거시 사ᄅᆞᆷ을 감복케 ᄒᆞᆷ」은 미국의 대중 설교 전도사 무디(Dwight Lyman Moody, 1837~1899)에 관한 내용이다. 무디의 학창 시절 경험으로서 매를 들지 않고 사랑으로 학생을 가르친 선생님을 소개하며 그를 통해 하나님의 사랑을 설명하고 있다. 결론은 신앙을 강조하고 있지만, 교육을 함에 있어서 강제적으로 행하기보다는 사랑으로써 가르쳐야 한다는 교육에 관한 일반론을 전하고 있다. 이들 단형 서사는 원본에 실린 것보다는 분량이 적은데, 이는 한정된 신문 공간에 맞추기 위했던 것으로 보인다.

그렇다면 어떻게 '기독교 예화집'에 실린 내용이 신문 논설란이나 기사란에 소개되었는지 그 경로를 구체적으로 살펴보기로 하자. 함태영은 『회보』에 실린 단형 서사의 작가가 감리교 목회자였던 최병헌과

18 한편 『그리스도신문』 1901년 5월 16일 자에 실린 「늙은 흑인」은 『安仁車』에 실린 「甃雛妙喩」와 같은 내용의 작품이다.

노병선임을 입증한 바 있다. 그리고 그는 이들이 "전통 한학적 지식을 기반으로 신학문 교육을 받은 당대의 고급 지식인"이었기 때문에 '전통적 형식'의 단형 서사를 창작할 수 있었다고 평가했다.[19] 하지만 앞서 거론한 바와 같이 『회보』에 실린 몇 편의 단형 서사가 '기독교 예화집'을 번역 수록한 것이라는 사실과 『회보』에 실린 단형 서사에 실명이 등장하는 것은 1900년 이후부터라는 사실[20]에 비추어 볼 때, 이 같은 견해는 약간의 수정이 필요하다. 최병헌과 노병선은 한학적 지식으로 단형 서사를 창작하였으며 동시에 중국 전통의 문학 양식을 따르고 있으며 한문 문언체로 쓰인 '기독교 예화집'에 수록된 이야기를 번역했다고 볼 수 있는 것이다. 또한 그들은 『회보』 초기에는 무실명으로 번역과 창작을 병행하다가 그러한 글쓰기에 익숙해지는 1900년 이후부터 자신의 이름을 드러내며 창작을 시도했던 것으로 보인다. 또한 함태영은 다른 매체에 실린 단형 서사와는 달리 『회보』의 단형 서사는 시간적 배경이 막연하고 공간적 배경이 대부분 외국이라는 점이 특징이라고 하였는데,[21] 이는 '기독교 예화집'에 실린 이야기의 특징이기도 하다.

---

19 함태영, 「『조선(대한) 크리스토인 회보』 단형서사 연구」, 『현대문학이론연구』 22집, 현대문학이론학회, 2004, 143~145면. 한편 필자가 앞에서 다룬 『安仁車』는 연세대 소장본을 참고하였다. 이 책 표지에는 "濯斯文庫"와 "崔炳憲"이라는 직인이 찍혀 있다. 『조선/대한크리스도인회보』의 논설란 집필자가 『安仁車』를 소장했다는 것인데, 이는 이 글의 주장을 지지하는 작은 근거라고 볼 수 있을 것이다.

20 함태영에 따르면 『조선(대한)크리스토인회보』 단형 서사 57개 중에서 글쓴이 이름이 있는 작품은 14개이다. 1898년 2월 23일 「권면의 유익이라」란 글 끝에 "김창식"이라는 이름이 부기된 것이 그 첫 번째 예이며, 1900년 3월 21일 「삼인문답」 이후의 모든 단형 서사는 글쓴이가 명기되었다고 한다. 위의 글, 137면.

21 위의 글, 148면.

영국 륜돈셩에 ᄒᆞᆫ 유명ᄒᆞᆫ 젼도교ᄉᆞ가 잇ᄉᆞ니 일홈은 샤반금이라[22]

英國有一位宣道先生命史班琴[23]

미국에 녯적의 ᄒᆞᆫ 큰 션ᄉᆡᆼ이 잇시니 일홈은 마젹이라[24]

美國有一位講書先生名麻笛[25]

앞에서도 언급했거니와 '기독교 예화집'에 실린 이야기의 특징은 이야기 서두에 이야기가 벌어지는 배경과 등장인물이 소개된다는 점이다. 이것은 특징이라고 보기에는 다소 일반적인 표지라고 할 수 있지만, 당시 시대 상황에서 볼 때, '영국'과 '미국'과 같은 서양 국가를 배경으로 제시하는 것은 주목해야 한다. 이에 대해서는 신문 집필자가 '기독교 예화집'의 번역을 기독교계 신문 지면에 싣는 맥락을 통해 구체적으로 살펴보기로 하자.

대개 ᄌᆡ물이란 거슨 사ᄅᆞᆷ의게 업실 수 업스나 ᄌᆡ물이 만흔즉 탐욕이 나고 탐욕이 난즉 허물을 짓ᄂᆞ니 / 그런고로 셩경에 ᄀᆞᆯᄋᆞ샤ᄃᆡ 부쟈는 하ᄂᆞ님 나라에 들어가기가 어려울진져 ᄒᆞ시고 ᄯᅩ ᄀᆞᆯᄋᆞ샤ᄃᆡ 사ᄅᆞᆷ의 ᄉᆡᆼ명이 ᄌᆡ물의 유여ᄒᆞᆫ ᄃᆡ 잇지 아니라 ᄒᆞ셧시니 / 동포 형뎨들은 ᄌᆡ리샹에 삼갈지어다 / 됴흔 니야기 두어 마ᄃᆡ를 대강 긔ᄌᆡᄒᆞ노니 **셔국에 두 사ᄅᆞᆷ이 니웃ᄒᆞ야 사는ᄃᆡ** …(중략)… 일노 볼진ᄃᆡ ᄌᆡ물이 과연 사ᄅᆞᆷ의 ᄆᆞᄋᆞᆷ을 슈란케 ᄒᆞᄂᆞᆫ 줄노 우리ᄂᆞᆫ 아노라 (구분과 강조는 인용자)

22 『대한크리스도인회보』, 1897.10.6.

23 『安仁車』, 上海廣學會, 1894, 18면.

24 『대한크리스도인회보』, 1898.5.25.

25 『安仁車』, 上海廣學會, 1894, 14면.

인용문은 『회보』 1898년 4월 27일 자에 실린 「직물이 ᄆᆞ음을 슈란케 홈」이라는 제목의 글이다. 이 글은, 재물은 탐욕을 일으켜 허물을 짓게 마련이라는 윤리적 교훈을 전하기 위해 다음과 같은 서술 전략을 취하고 있다. 우선 재물이 많으면 탐욕이 생기고 탐욕이 생기면 허물을 짓게 된다는 교훈을 제시한다. 그리고 그에 대한 근거로서 성경 구절을 들고 독자를 '동포 형뎨'로 호명하며 제기한 교훈을 지킬 것을 호소한다. 다음으로 '셔국'에 있었던 이야기를 교훈의 근거로서 소개하고, 서술자가 '동포 형뎨'로 호명한 독자를 아울러 '우리'라고 표현하며 제기한 교훈의 의미를 깨달았음을 드러내고 있다.

요컨대 이 글이 명시적으로 드러내고자 하는 것은 재물을 과도하게 탐하면 안 된다는 윤리적 교훈이다. 기독교계 신문으로서 성경 구절을 앞세우지 않고 다만 그것을 윤리적 교훈의 근거로서 내세운 이유는 아직 성경에 익숙지 않은 일반인들을 대상으로 그만큼 성경이 중요하고도 유용한 내용을 담은 책임을 증명하려는 목적이 담겨 있다. 또한 독자를 '동포 형뎨'라고 호명한 것에서 드러나듯 윤리적 교훈의 제시는 그것이 '민족'의 문제와 관련된 것임을 암묵적으로 표현하고 있다.

이 글에서 분량상 가장 많은 비중을 차지하는 것은 제기한 교훈의 또 다른 근거인 서양 배경의 이야기이다. 서양 이야기는 '기독교 예화집'에서 흔히 볼 수 있는 것으로서, 이것이 제시된 이유는 이 글에서 말하고자 하는 주제와 부합되었기 때문임은 물론 '셔국'에서 일어난 일이기 때문이었기도 하다. 당시 독자들의 입장에서 바라볼 때 서양은 진보한 문명국을 상징했기에 '셔국'은 이야기의 신뢰를 담보할 수 있는 핵심 기호 역할을 했던 것이다. 즉 윤리적 덕목과 성경, 서양 이야기가 나란히 배치된 셈인데, 이러한 서술 전략에는 기독교는 문명이 진보한 서양의 종교로서 국민을 계몽하는 데 유용하다는 인식이 내장되어 있다. 같은 신문 1898년 4월 20일 자에 실린 기사, 「격물학근원」을 보면 "유로바 나라들의 흥왕홈은 구셰쥬의 도학으로 근본을 삼앗시니 그 교회의 활발훈 힘이 모든 나라로 ᄒᆞ여곰 샤신을 슝비ᄒᆞᄂᆞᆫ 풍쇽만 곳치게 홀 ᄲᅮᆫ 아니라 사ᄅᆞᆷ의 어두온 ᄆᆞ음으로 지혜가 ᄉᆡᆼ기게 하여"라는 구절이 있는데, 여기에서 보는 바와 같이 '유로바'와 '구셰주의 도학', '지혜'는 한데 연결되어 있다.

정리하면 '기독교 예화집'의 단형 서사는 서양 문명의 바탕이 되는 윤리적 교훈을 담고 있는 이야기이며 또한 그것은 기독교와 긴밀히 관련이 있음을 '민족'으로 상정한 독자에게 제시하는 맥락이 기독교계 신문의 단형 서사에 자리 잡고 있는 것이다.

이러한 '기독교 예화집' 수용은 본격적으로 기독교 선교를 표방하지 않은 『독립신문』에서도 찾아볼 수 있다. 주지하다시피 『독립신문』 논설란이나 기사에도 단형 서사들이 다수 실려 있는데, 그 가운데에는 '기독교 예화집'과 같은 서적을 참고했음을 보여 주는 표지가 눈에 띈다.

> **일젼에 셔양 어느 친구가 칙 훈 권을 보ᄂᆡ엿ᄂᆞᆫᄃᆡ** 대강 렬남훈즉 됴흔 말솜이 만히 잇ᄂᆞᆫ 고로 그즁에 이샹훈 일 훈 ᄀᆞ지를 간략히 간츌ᄒᆞ노라
>
> 녯적에 라마국(羅馬國) ᄇᆡᆨ셩들이 심히 완악ᄒᆞ야 ᄒᆞᆼ샹 싸호ᄂᆞᆫ 일이나 조하ᄒᆞ며 ᄆᆡ양 니웃 나라 디경에 들어가셔 억지로 사ᄅᆞᆷ을 다려다가 종으로 부리ᄂᆞᆫᄃᆡ (후략)…[26] (강조는 인용자)

앞의 인용문은 『독립신문』 1899년 11월 24일 '론셜'란에 실린 글이다. 이 글의 서술자는 단형 서사를 소개하기에 앞서 서양 친구에게 책 한 권을 얻어 읽어 보았는데 좋은 말씀이 많이 있어 그중 하나를 소개

---

26 『독립신문』, 1899.11.24, '론셜'.

한다는 말을 처음에 제시하고 있다. 서술자가 소개하는 이야기는 라마국, 즉 로마를 배경으로 한 것으로서 사자가 사람에게 입은 은혜를 갚았다는 내용을 담고 있는데, 이 이야기를 통해 서술자는 위로는 임금에게 불충하고 아래로는 백성에게 포악한 관리를 비판하고 있다. 임금이 등용하고, 백성의 세금으로 녹봉을 받는다는 점에서 관리는 임금과 백성에게 은혜를 받았다고 할 수 있으므로, 임금에게 불충하고 백성에게 포악한 관리는 짐승보다 못한 존재라는 것이다. 여기에서 소개된 이야기는 『安仁車』에 「獅知報恩」이란 제목으로 실려 있는 글이므로,[27] 이야기 서두에 서술자가 서양 친구에게 책을 받았다는 것은 수사가 아니라 사실 기록에 해당한다. 원문에는 은혜 갚은 사자 이야기 다음에 관리를 비판하는 내용이 아니라, 유태인을 비판하는 내용이 담겨 있다. 유태인은 하나님에게 은혜를 받았음에도 도리어 예수를 해쳤다는 것이다.

『독립신문』의 필자는 이러한 원문의 기독교적 내용을 경세적(經世的)인 내용으로 착색하였다. 일반인을 독자로 한 신문인 만큼 기독교 신앙과 관련된 내용 대신에 당시 세상과 관련된 서술자의 생각을 채워 넣은 것이다. 이야기 서두에 서술자가 서양 친구에게 받은 책에 수록된 내용이라는 점을 밝히고 있는 것은, 이 같은 사실이 독자들에게 신뢰를 줄 수 있다는 서술자의 생각이 반영된 것이라고 볼 수 있다. 『독립신문』 논설에는 기독교계 신문과는 좀 다른 양상으로 '기독교 예화집'의 단형 서사가 수용되고 있는 것이다.

요컨대 기독교계 신문에서 단형 서사가 처음 실리고 보편화한 것은 집필진이 논설란에 '기독교 예화집'을 참고하고 그것을 번역하여 싣는

27 인용한 부분은 『安仁車』에 다음과 같이 실려 있다. "古昔羅馬國人民, 樂於戰鬬, 常至鄰境擄掠人以爲奴" 『安仁車』, 上海廣學會, 1894, 71면.

과정에서 비롯된 것으로 보인다. '기독교 예화집'에 수록된 이야기는 신문 지면에 싣기에 적당할 만큼 분량이 짧고 그 안에 국민을 계몽하는 데 적절한 내용을 담았을 뿐만 아니라 한문 소설의 양식으로 되어 있어 당시 계몽 지식인이 수용하고 전파하는 데 용이했을 것이라고 판단된다.

3.2. 1900년대 초반 기독교를 소재로 한 단편의 경우

이 절에서는 1900년대 초반에 발표된 작품 중 기독교를 소재로 한 단편에 수용된 단형 서사의 양상을 '기독교 예화집'과 관련지어 살펴보도록 하겠다. 우선 길선주의 『해타론』(耶蘇教書會, 1904)을 보자. 존 번연의 『천로역정』의 형식을 본뜬 이 작품은 '소원 성'과 '성취 국'이라는 공간을 통해 신앙의 길을 상징적으로 표현하였다. 제목의 '해타'는 게으름을 뜻하는 '懈惰'의 음 표기로서 작중에서 '소원 성'의 사람들이 '성취 국'으로 가는 것을 방해하는 짐승이다. 이 작품에서 서술자는 해타의 방해로 성취 국으로 가지 못한 인물로서 "유로바의 한 녀인"을 예로 들고 있다.

> 이 지경에서 해타 즘생의게 상한 사람의 사적을 대강 말하노니 유로바에 한 녀인이 잇스니 …(중략)… 이 갓흔 사람의 모양은 이 모안 로 지경 안에 잇는 해타 즘생의 해를 밧은 사람이라[28]

내용의 대략은 술장사를 하여 이문을 많이 남긴 여인이 돈을 가죽 부대에 담아 길을 가던 중, 솔개가 그 가죽 부대를 채 가는 바람에 모

28 길선주, 『히타론』, 대한성교서회, 1904, 13~15면.

은 돈을 다 날렸다는 것이다. 이 이야기는 『증셔비유요지』의 「탐심론」에 소재한 이야기 중 하나[29]인 것으로 보아 작가가 '기독교 예화집'에 수록되어 있는 이야기 중 하나를 선택하여 자신의 단편 속에 첨가했음을 알 수 있다. 욕심으로 일을 그르친 사람의 예를 '기독교 예화집' 독서 경험에서 찾은 것이다.

「多情多恨」은 실존 인물, 김정식의 인생과 신앙의 역정(歷程)을 담은 작품이다. 구한말 경무관 김정식은 시국 대처에 대해 정부와의 이견으로 좌천되고 급기야 감옥에 갇히는 신세가 되는데, 이 작품에는 김정식이 옥중에서 겪은 시련이 자세하게 그려져 있다. 다음은 작중에서 그가 책을 읽는 장면을 묘사한 대목이다.

> ① 先生이 一日은 一冊子를 求ᄒᆞ야 一篇의 記載ᄒᆞᆫ **바를 보니 美國 東部地方에 一赤貧ᄒᆞᆫ 家族이 有ᄒᆞ야** 特別ᄒᆞᆫ 謀策이 無ᄒᆞ면 到底 全家族의 生計를 維支ᄒᆞᆯ 餘望이 無ᄒᆞᆷ을 見ᄒᆞ고 …(중략)… 죵船이 써나쟈 ② 人類의 罪를 代贖ᄒᆞ야 十字架上生에 이슬로 消去ᄒᆞᆫ 耶蘇와 갓치 이 愛子의 生命을 代表ᄒᆞᆫ 慈悲多情의 愛母이ᄂᆞᆫ, 熖熖無情ᄒᆞᆫ 猛火의 捕虜가 되야 千길萬길 깁흔 龍宮으로…… ③ 先生이 讀了ᄒᆞᆫ 後에 情感이 痛切ᄒᆞ야 潛潛無言ᄒᆞ고 熱淚가 雙下러니 忽然 門外로 廳直이가 들러오며 二童子客이 令監을 訪事ᄒᆞ얏나이다[30]

---

29 『증셔비유요지』에 실린 이야기는 다음과 같다. "젼에 술쟝ᄉᆞ 마누라 ᄒᆞᆫ나히 잇셔 술을 조곰 사다가 물을 만히 타셔 팔ᄆᆡ 리가 만히 ᄂᆞᆷ은지라 돈을 가족 주머니에다 너허 동의 안에 넛코 깃버 집으로 도라오며 그다음 날은 엇더케 더 만히 ᄂᆞᆷ길 것을 ᄉᆡᆼ각ᄒᆞ고 갈 ᄯᆡ에 홀연히 솔ᄀᆡ미가 공즁에 써셔 도라ᄃᆞ니다가 동의 속에 가족 주머니를 보고 혹 고긔 덩어린가 ᄒᆞ야 차 가지고 가거ᄂᆞᆯ 술쟝수 마누라가 깜작 놀나 쏫차가니 솔ᄀᆡ미가 돈이ᄆᆡ 먹지ᄂᆞᆫ 못ᄒᆞ고 맛츰 강물에다 싸치웟다 ᄒᆞ니라" 민찬호 편, 앞의 책, 45면. 이 이야기는 『해타론』에서 소개하는 내용에 비해 분량이 짧고 여인이 '유로바' 사람이라는 표지가 없다.

30 백악춘사, 「多情多恨」, 『太極學報』 7호, 1907.2, 51~52면.

(밑줄과 강조는 인용자)

인용문에는 작중 인물이 책 한 권을 구하여 읽었다는 서술에 뒤이어 "美國 東部地方"에 사는 한 가족의 이야기가 소개되어 있다(밑줄 ①). 이러한 정황으로 보아 소개된 이야기는 '기독교 예화집'에서 따온 이야기로 볼 수 있다. 실제로 이 예화는 『安仁車』에 '母代子死'라는 제목으로 수록되어 있다.[31] 이 이야기는 금광으로 떠난 남편을 찾기 위해 아내가 아이를 데리고 배를 탔는데 그 배가 화재를 입어 아내는 아이를 살리고 배와 함께 바다의 객이 되었다는 내용을 담고 있다. 덧붙여 그 아내의 모습은 인류의 죄를 대속하여 십자가에 달린 예수와 비견될 수 있다는 논평이 있다(밑줄 ②). 작중 인물은 이 이야기를 읽고 감정에 북받쳐 눈물을 흘리는데, 이는 자신이 감옥에 갇힘으로 인해 고생하고 있을 아내와 자식들을 떠올렸기 때문이다. 마침 작중에서 삼성선생이 이 이야기를 읽은 후에 청지기가 아들이 면회 왔다는 소식을 전하는 장면(밑줄 ③)이 등장한다. 즉 이 작품에서 수용된 단형 서사는 작중 인물의 상황을 대변해 주는 동시에 서사가 전개되는 데 필요한 연결 고리 역할을 하고 있다.

비슷한 시기, 『皇城新聞』에 연재된 반아의 「몽조(夢潮)」 중에서도 서양을 배경으로 하는 단형 서사가 등장한다. 구한말을 배경으로 하는 이 작품은 시국 사건으로 남편을 잃은 부인이 전도 부인의 전도로 말미암아 기독교 신앙을 갖게 된다는 내용을 담고 있다. 대한제국이라는 한 나라의 전망 부재와 남편 없이 자식을 건사하여 살아야 하는 여

31 인용한 대목은 원문에 비해 그 내용을 간추렸다. 원문에는 다음과 같이 서술되어 있다. "美國之西方, 有舊金山, 出金最多, 在美國東境之民人, 一聞產金之信, 人心惶惶, (후략)…" 『安仁車』, 上海廣學會, 1894, 8면.

성의 막막함이 맞물려 당시 기독교가 파고든 '상한 마음'의 실체를 포착하고 있는 것이다. 이 작품에서 정씨 부인이 기독교 신앙을 받아들이는 것은 성경 구절과 신앙을 담은 일화를 근거로 기독교 신앙을 전하는 전도 부인의 끈질긴 설득 때문이다. 이때 전도 부인이 예로 든 일화는 예의 '기독교 예화집'에서 찾아볼 수 있는 이야기다.

> ᄉᆞᄅᆞᆷ의 ᄌᆡ조가 암만 좃타 ᄒᆞ더라도 ᄭᅩᆺ을 만그러 향ᄂᆡ 나게 ᄒᆞᆯ 수 잇소 ᄉᆞᄅᆞᆷ을 만그러 령혼 잇게 ᄒᆞᆯ 수 잇소 이것은 다아 ᄒᆞᆯ 수 읍는 일이오 하나님이 아니면 ᄒᆞᆯ 수 읍는 일이오 져어 **영국 셔울 론돈이라 ᄒᆞ는 곳에 한 늘근 밋는 ᄉᆞ람이 잇셔** 항상 얼골에 깃거온 빗이 잇실 ᄲᅮᆫ이요 근심ᄒᆞ고 실퍼어ᄒᆞ는 빗이 읍거ᄂᆞᆯ 그 나라의 한 황족이 고이히 녁녀 그 로인다려 물어 가로ᄃᆡ 나는 황실의 지친으로 부귀의 남부러운 일이 읍건마는 항상 근심ᄒᆞ는 빗이 잇거든 그ᄃᆡ는 나희 늘ᄭᅩ 가난ᄒᆞ고 문벌이 날만 갓지 못ᄒᆞ거ᄂᆞᆯ 항상 얼골에 깃거온 빗이 ᄯᅥ나지 아니ᄒᆞᆷ은 웃짐이요 ᄒᆞᆫᄃᆡ 그 로인이 ᄃᆡ답하야 가로ᄃᆡ 뎐하(殿下)는 황실의 지친이시오 나는 하나님의 친ᄌᆞ이오니 뎐하는 황실을 밋으시고 나는 하나님을 밋는 ᄉᆡᆨ쪽으로 셰상을 밋는 ᄉᆞᄅᆞᆷ은 근심이 잇고 하날을 밋는 ᄉᆞᄅᆞᆷ은 근심이 읍는 법이라 뎐하도 하나님을 회ᄀᆡᄒᆞ고 밋고 나아가시면 근심이 읍시리다 ᄒᆞ얏시니 누구던지 하나님을 밋는 ᄉᆞᄅᆞᆷ은 근심이 읍실 것이요 가난ᄒᆞᆫ 것을 걱졍 마시오 가난ᄒᆞ다구 굴머 죽는 법이 읍소 ᄉᆡ 김ᄉᆡᆼ을 보시오 별로히 길삼ᄒᆞ고 농ᄉᆞᄒᆞ지 아니ᄒᆞ더라도 굼는 법이 읍소[32] (강조는 인용자)

전도 부인은 근심 많은 미망인에게 영국 런던을 배경으로 하는 이야기를 들려준다. 영국의 황족은 늘 근심이 있는 데 반해, 그 나라의 한

32 『황성신문』, 1907.9.13.

노인은 늘 기쁜데 그 까닭은 노인이 하나님을 믿기 때문이라는 내용의 이야기이다. 그리고 그는 「마태복음」 6장 25~28절 말씀을 들어 자신이 말하고자 하는 바, 즉 하나님을 믿으라는 권면을 강화하고 있다. 이것은 당시 전도 부인이 전도를 하는 데 '기독교 예화집'의 이야기들을 활용했다는 구체적 실상의 묘사라고 할 수 있는데, 이를 위해 작자는 '기독교 예화집'에 있을 만한 짧은 이야기를 등장인물의 대사 속에 드러내고 있는 것이다.

지금까지 1904년, 1907년 무렵에 발표되었으며, 기독교를 소재로 한 단편 분량의 소설에 단형 서사가 어떻게 수용되었는지 살펴보았다. 『해타론』, 「다정다한」, 「몽조」에 담겨 있는 기독교에 대한 관점은 각각 다르다. 그러나 이 작품들 모두 기독교를 주제의 중요한 부분으로서 다루고 있다. '기독교 예화집'의 독자였던 이들 작품의 작가는 그것이 담고 있는 이야기를 작중에서 다루는 것은 당시 기독교와 관련된 실상을 그리는 데 적합하다는 판단을 했을 뿐만 아니라 주제를 드러내는 데 유용하다고 생각했을 것이다. 정리하자면, 이들 단편 분량의 소설에서 수용된 단형 서사는 당시 유행했던 '기독교 예화집'의 독서의 실상을 보여 주고 있다. 뿐만 아니라 기독교적인 주제를 더 강화하여 보여 주는 속 이야기의 기능을 하고 있음을 확인할 수 있다.

3.3. 이해조의 『자유종』에 수용된 단형 서사

다음으로 검토할 작품은 이해조의 『자유종』(광학서포, 1910)이다. 주지하다시피 『자유종』은 신설헌, 이매경, 홍국란, 강금운 모두 네 명의 양반층 여성의 토론으로 이루어진 작품이다. 그런데 이 중, 설헌의 말 가운데 『비유요지』의 책 이름이 거론되며 그 책에 담긴 내용이 소개되고 있다. 또한 작중 여성 토론자 주장의 근거로서 '기독교 예화집'에 실렸을 만한 단형 서사 양식의 이야기들이 세 편 더 소개되어 있다. 이것은 작가 이해조가 토론소설 『자유종』을 집필하는 가운데 『비유요지』 또는 그와 같은 '기독교 예화집'을 참고하였다는 것을 보여 준다.

A. **법국 파리대학교에셔 토론회를 열ᄆᆡ** 가편은 사ᄅᆞᆷ을 가ᄅᆞ치지 못ᄒᆞ면 금슈와 갓다 ᄒᆞ고 부편은 사ᄅᆞᆷ이 텬ᄉᆡᆼ ᄒᆞᆫ 셩질이니 비록 가ᄅᆞ치지 안이ᄒᆞᆯ지라도 엇지 금슈와 갓흐리오 ᄒᆞ야 경ᄌᆡ이 대단호ᄃᆡ 귀결치 못ᄒᆞ얏더니 …(중략)… 이로 보건ᄃᆡ 우리 녀ᄌᆞ가 그와 다름이 무엇이오 일용범절에 여간 안다ᄂᆞᆫ 것이 뎌 ᄋᆞ희의 ᄉᆡᆨ고ᄃᆡᆨ씨익보다 얼마나 낫소잇가 우리 녀ᄌᆞ가 긔쳔년을 암ᄆᆡᄒᆞ고 비참ᄒᆞᆫ 경우에 ᄲᅡ져 잇셧스니 이럿코야 ᄌᆞ유권이니 ᄌᆞ강력이니 셰상에 잇ᄂᆞᆫ 쥴이나 알겟소[33] (강조는 인용자)

B. **이ᄐᆡ리국 역비다산에 올ᄎᆞ학이라ᄂᆞᆫ 구멍이 잇서** ᄒᆡ슈로 통ᄒᆞ얏더니 홀연 산이 문어져 구멍 어구가 막힌지라 그 속이 칠야갓치 캄캄ᄒᆞᆫᄃᆡ 본ᄅᆡ 잇든 고기들이 나아오지 못ᄒᆞ고 슈ᄇᆡᆨ 년을 ᄉᆡᆼ장ᄒᆞ야 눈이 잇스나 쓸 곳이 업더니 …(중략)… 그와 갓치 ᄃᆡ문 즁문 ᄊᆡᆨᄊᆡᆨ 닷고 밧게 눈이 오ᄂᆞᆫ지 비가 오ᄂᆞᆫ지 도모지 아지 못ᄒᆞ고 사든 우리나라 이왕 교육은 올ᄌᆞ학 교육이라 ᄒᆞᆯ 만ᄒᆞ니 그 교육밧은 남ᄌᆞ들이 무슨 정신으로 우리 졍지를 ᄉᆡᆼ각하겟쇼[34] (강조는 인용자)

C. **비유요지라 ᄒᆞᄂᆞᆫ ᄎᆡᆨ에 말ᄒᆞ얏스되 셔양에 ᄒᆞᆫ 부인이** 그 아달을 잘 교육ᄒᆞᆯᄉᆡ 그 아달이 장셩ᄒᆞ야 장ᄉᆞᄎᆞ로 나아가거ᄂᆞᆯ 그 부인이 부탁ᄒᆞ되

---

33 이해조, 앞의 책, 5~6면.
34 위의 책, 6~7면.

너ᄂᆞᆫ 어ᄃᆡ 가든지 남 속이지 안이ᄒᆞ기로 공부ᄒᆞ라 그 아달이 ᄃᆡ답ᄒᆞ고 지화 몃ᄇᆡᆨ 원을 옷깃 속에 너코 ᄒᆡᆼᄒᆞ다가 즁로에셔 도적을 맛나니 그 도적이 뭇되 너ᄂᆞᆫ 무슨 업을 ᄒᆞ며 무슨 물건을 몸에 진여ᄂᆞ냐 ᄒᆞᆫᄃᆡ 그 아ᄒᆡ ᄃᆡ답호ᄃᆡ 나ᄂᆞᆫ 장ᄉᆞᄒᆞᄂᆞᆫ 사ᄅᆞᆷ이니 지화 몃ᄇᆡᆨ 원이 옷깃 속에 잇노라 ᄒᆞ니 도적이 그 정직ᄒᆞᆷ을 괴히 녁여 뒤여 본즉 과연 잇ᄂᆞᆫ지라 당초에 깁히 감추고 당장에 은휘치 안이ᄒᆞᄂᆞᆫ 리유를 물은즉 그 사ᄅᆞᆷ이 ᄃᆡ답호ᄃᆡ ᄂᆡ 모친이 남을 속이지 말나 경계ᄒᆞ셧스니 엇지 ᄌᆡ물을 위ᄒᆞ야 친교를 억의리오 도적이 각각 탄복ᄒᆞ야 말호ᄃᆡ 너ᄂᆞᆫ 효셩 잇ᄂᆞᆫ 사ᄅᆞᆷ이라 우리 갓ᄒᆞᆫ 쟈ᄂᆞᆫ 엇지 인류라 ᄒᆞ리오 그 지화를 다시 옷깃에 너어 쥬고 그 후로ᄂᆞᆫ 다시 도적질도 안이 ᄒᆞ얏다 ᄒᆞ엿소[35] (강조는 인용자)

D. **녯날 사파달이라 ᄒᆞᄂᆞᆫ ᄯᅡ에 ᄒᆞᆫ 로파가** 여ᄃᆞᆲ 아달을 나어셔 교육을 잘ᄒᆞ야 여ᄃᆞᆲ이 다 젼장에 갓다가 쥭은지라 …(중략)… 그 로구가 참자식을 공물로 인뎡ᄒᆞᄂᆞᆫ 사ᄅᆞᆷ이니 그ᄂᆞᆫ ᄉᆡᆼ산도 잘ᄒᆞ고 교육도 잘ᄒᆞ고 영광도 대단ᄒᆞ오이다[36] (강조는 인용자)

---

35 위의 책, 24~25면. 한문본 『譬喩要旨』에는 다음과 같이 실려 있다. "波斯國有一爲母者, 以白金四十元分與其子, 命其出外創業, 又使之對己發誓, 終身不說謊言, 其子從之, 誓畢, 母曰, 爾可安然以往, 自今以後, 或無把握之期, 直至審判日, 乃能覿面, 亦未可料, 然我求眞神, 願祝福爾平安無恙也, 其子拜別, 與商旅同往經營, 一同同行間忽遇賊匪截劫 …(중략)… 其後羣賊, 果痛改前非, 力行眞實之途" 『譬喩要旨』, 上海美華書館, 1887, 16면. 또한 한글본 『증션비유요지』의 서두 부분은 다음과 같다. "젼에 파사국에 ᄒᆞᆫ 집에 모ᄌᆞ가 잇셔 그 아ᄃᆞᆯ이 멀니 다른 디방으로 가게 되ᄆᆡ 그 모친이 그 아ᄃᆞᆯ을 불너 말ᄒᆞ되 네가 멀니 ᄯᅥ나기 젼에 내게 한 가지를 허락ᄒᆞ라 네가 어ᄃᆡ를 가던지 거짓말을 아니 ᄒᆞ겟ᄂᆞ뇨 그 아ᄃᆞᆯ이 허락ᄒᆞᄂᆞᆫ지라" 민찬호 편, 앞의 책, 47면.

36 이해조, 앞의 책, 27~28면.

인용문 A, B, C는 설헌의 말이며, D는 국란의 말로서 자신의 주장에 대한 근거로 든 이야기에 해당한다. 각 이야기는 각각 '법국', '이틱리', '서양', '사파달' 등을 배경으로 하고 있으며 이야기 끝에는 발언자의 논평이 덧붙어 있다. 전형적인 단형 서사의 양식, 그리고 '기독교 예화집'에 실린 이야기의 양식을 따르고 있는 것이다. 인용문 A, B, C의 화자, 설헌은 토론을 주도하며 토론의 논제인 교육 구국론에 대해 긍정적인 입장을 가진 인물이다. 그는 A를 통해 여자에게도 교육이 필요하다는 주장을 하며, B에서는 당시 나라 바깥 정세에 무관심한 교육을 비판한다. 또한 C에서는, 근거로 든 이야기의 출처가 『비유요지』임을 명시하며 자녀 교육의 중요성을 이야기한다. 실제로 C의 이야기는 한문본 『譬喩要旨』의 「論說謊」 단락에, 우리말 번역본 『증션비유요지』의 「거짓말론」 단락에 수록되어 있다. 인용문에서 이야기의 배경은 '셔양'으로 제시되고 있는데, 한문본에는 그 배경이 '波斯國', 우리말 본에는 '파사국'으로 되어 있다. 작가는 '파사국', 즉 페르시아 대신 쉽게 이해할 수 있고 문명국이라는 상징적 의미를 지닌 '서양'을 차용하였다고 볼 수 있다. 마지막으로 D는 국가 간 전투에서 죽은 자녀를 둔 스파르타의 한 노파의 이야기이다. 국란은 나라에 헌신할 수 있게 자녀를 교육해야 한다는 근거로서 이 이야기를 들고 있는 것이다.

인용문 A, B, D는 『譬喩要旨』에 실려 있는 이야기는 아니다. 하지만 이야기의 배경을 서양으로 제시하는 것으로 볼 때 '기독교 예화집'을 참고한 이야기로 추정할 수 있을 것이다. 위에 인용한 이야기들은 모두 교육에 관한 내용을 담고 있다. 이해조는 『자유종』의 주제인 '교육 구국론'을 내세우기 위해 '기독교 예화집'에서 교육을 주제로 한 이야기들을 비중 있게 활용하고 있는 것이다. '기독교 예화집'의 단형 서사는 종교(기독교)-서양(문명)-정신이라는 기호의 묶음체로서 서양 문명의 바탕이 되는 기독교 윤리를 담은 이야기라는 상징성을 갖고 있다.

『자유종』에서 살펴볼 수 있는바, 이해조는 국문 소설을 통해 국민을 교육하고 국권 회복을 위한 토대(문명화)를 닦을 수 있으리라 생각했다. 이해조가 『자유종』을 창작하는 데 『비유요지』와 같은 '기독교 예화집'의 이야기를 참고한 이유다.

4. 나오며

지금까지 근대 신문 매체, 특히 기독교계 신문에서 단형 서사가 출현하는 과정, 그리고 기독교를 소재로 한 1900년대 초기 단편과 이해조의 『자유종』과 같은 토론체 신소설에 단형 서사가 어떻게 수용되고 있는지 고찰하였다. 그리고 단형 서사가 『비유요지』와 『안인거』와 같은 '기독교 예화집'과 일정 정도 관련이 있음을 밝혔다. 이를 통해 내릴 수 있는 결론은 다음과 같다.

첫째, 기독교계 신문에 실린 단형 서사 중 서양 배경의 서사와 논설이 결합된 글은 중국에서 간행되고 한문 문언체로 쓰인 '기독교 예화집'에서 골라 번역한 글이다. 이와 같은 사실은 '서사적 논설' 양식의 글쓰기 유래를 조선 후기의 한문 단편과 야담의 형식을 계승했다는 것 이외에서도 찾을 수 있다는 가능성을 제시하고 있다. 기독교인이며 한학에 밝은 『조선/대한크리스도인회보』의 집필진이 선교와 계몽에 필요한 글쓰기를 위해 '기독교 예화집'에 실린 이야기를 번역했다는 사실로 보아, '서사적 논설' 양식 유래로서 기존 논의와는 다른 경로를 추가할 수 있는 것이다. 즉, 중국에 온 서양 선교사가 중국 전통의 서사 양식을 받아들여 한문으로 지은 작품을 우리나라 번역자가 우리말로 번역하는 과정에서 '서사적 논설'의 양식이 유래했다고도 볼 수 있는 것이다.

둘째, '기독교 예화집'의 단형 서사는 1900년대 초반에 발표된 기독교 소재 단편과 『자유종』과 같은 토론체 신소설에도 수용되었다. 기독교 소재 단편에서는 주제의 강화 측면에서, 『자유종』에서는 각 토론자의 주장에 대한 근거로서 '기독교 예화집'의 예화가 수용되었다.

셋째, 1890년부터 1900년 초기의 근대 소설사에서 중국을 경유한 서양 문학의 번역 · 번안에 대한 관심이 요청된다. 특히 기독교 관련 문학 작품은 선교 경로와 관련되어 일본보다는 중국을 경유하여 번역된 경우가 더 많다. 예컨대 존 번연의 『천로역정』은 중국의 한문본을 참고하여 번역되었다. 또한 중국에 온 서양 선교사가 문서 선교 목적으로 중국의 서사 양식을 받아들여 한문으로 창작한 작품이 이 글에서 다룬 '기독교 예화집' 외에도 다수 존재한다. 이들 작품의 몇몇이 또한 우리말로 번역된 바 있다.

근대 신문 매체에 실린 단형 서사 문학은 당시 빠르게 변하던 정세에 대처하고자 한 계몽 지식인의 노력이 응축되어 있다. 그중에 중국에서 발행된 '기독교 예화집'의 번역 작품이 있다 하더라도 당시 계몽 지식인의 노력의 가치가 훼손된다고 볼 수 없다. 오히려 이 같은 사실을 통해 그들이 동아시아의 전통을 견지하면서 서양을 받아들이는 문제에 대해 치열하게 고심한 흔적을 읽을 수 있다.

이 논문은 현재 남아 있는 '기독교 예화집'의 구체적인 현황을 일목요연하게 파악하지 못한 상황에서 작성되었다. 그리고 '기독교 예화집'에 실린 작품 전부와 우리나라 근대 신문에 실린 단형 서사를 면밀하게 대조하지 못했다. 이러한 미진한 작업이 완수되어야 '기독교 예화집'이 근대 소설사에 수용된 의의를 더욱 명료하게 밝힐 수 있으리라 생각한다.

참고 문헌

1. 기본 자료

길선주.『힉타론』. 대한성교서회. 1904.

길션쥬.『만ᄉᆞ셩취』. 광명서관. 1916.

김교제.『목단화』. 광학서포. 1911.

金大熙.『二十世紀朝鮮論』. 崔炳玉 발행. 1907.

김용준.『부벽루』. 유일서관. 1914.

김필수.『경세종』. 광학서포. 1908.

리상익 역슐. 현공렴 교.『월남망국ᄉᆞ』. 1908.

리해조.『自由鍾』. 김상만(광학셔표). 1910.

민찬호 편.『증션비유요지』. 하와인 한인교보샤. 1910.

안국선.『금수회의록』. 황성서적조합. 1908.

이광수.『無情』. 新文館 · 東洋書院. 1918.

이상춘.『박연폭포』. 유일서관. 1913.

이인직.『혈의 루』. 광학서포. 1907.

이해조.「윤리학」.『기호흥학회월보』 11집. 1909.6.

이해조.『자유종』. 광학서포. 1910.

이해조.『고목화』. 박문서관. 1922.

작자 미상.『광야』. 유일서관. 1912.

최병헌.『성산명경』. 정동황화서재. 1909.

『그리스도문답』. 1893.
『묘축문답』. 경성정동빈지학당. 1895.
『譬喩要旨』. 上海美華書館. 1887.
『安仁車』. 上海廣學會. 1894.
『인가귀도』. 정동예수교회당. 1894.
『쟝원량우샹론』. 경성정동예수교회당. 1894.
『한국신소설전집 10권』. 을유문화사. 1968.

『京鄕新聞』
『國民報』
『그리스도신문』
『그독신보』
『대한매일신보』
『大韓協會會報』
『독립신문』
『동아일보』
『每日申報』
『聖書朝鮮』
『신한국보』
『신한민보』
『장학보』
『第一線』
『조선/대한크리스도인회보』
『중앙일보』
『青年』
『青春』

『太極學報』

『學之光』

『협성회회보』

『皇城新聞』

2. 단행본과 논문

가라타니 고진. 박유하 옮김. 『일본근대문학의 기원』. 민음사. 2004.

가와무라 사부로(河村三郎). 「이광수의 소설에 반영된 기독교의 이해—『재생』·『흙』·『사랑』을 중심으로」. 고려대학교 석사학위 논문. 2004.

강동진. 『日帝의 韓國侵略政策史』. 한길사. 1980.

강미정. 「『월남망국사』에 담긴 인물 간의 대화 의도와 번역자 현채의 사유방식」. 『한국언어문학』 104집. 한국언어문학회. 2018.

강병조. 「신소설과 개화 담론의 대응양상 연구」. 서울대학교 석사학위 논문. 1999.

고모리 요이치. 송태욱 옮김. 『포스트콜로니얼—식민지적 무의식과 식민주의적 의식』. 삼인. 2007.

고미숙. 『비평기계』. 소명출판. 2000.

고미숙. 『나비와 전사』. 휴머니스트. 2006.

고병권 · 오선민. 「내셔널리즘 이전의 인터내셔널—『월남망국사』의 조선어 번역에 대하여」. 『한국근대문학연구』 21집. 한국근대문학연구회. 2010.4.

고춘섭 편저. 『연동교회 100년사: 1894~1994』. 대한예수교장로회 연동교회. 1995.

권보드래. 「신소설에 나타난 기독교의 의미—『금수회의록』, 『경세종』을 중심으로」. 『한국현대문학연구』 6집. 1998.

권보드래. 『근대소설의 기원』. 소명. 2000.

권보드래. 「'동포'(同胞), 기독교 세계주의와 민족주의—『독립신문』의 기사분석을 중심으로」. 『종교문화비평』. 2003.
권보드래. 「근대 초기 '민족' 개념의 변화—1905~1910년 『대한매일신보』를 중심으로」. 『민족문학사연구』 33집. 민족문학사학회. 2007.
권영민. 『서사양식과 담론의 근대성』. 서울대학교 출판부. 1999.
그리피스, 제이. 박은주 옮김. 『시계 밖의 시간』. 당대. 2002.
금장태. 『仁과 禮—다산의 『논어』 해석』. 서울대학교 출판부. 2006.
幾堂 玄相允 全集 편집위원회. 『幾堂 玄相允 全集 5권』. 나남. 2008.
吉田寅. 「「張遠兩友相論」考—中国新教伝道の一側面」. 『基督教史学』(6). 横浜: キリスト教史学会. 1956.1.
김경완. 『한국소설의 기독교 수용과 문학적 표현』. 태학사. 2000.
김동식. 『한국 근대문학의 풍경들』. 들린아침. 2005.
김병학. 『한국 개화기 문학과 기독교』. 역락. 2004.
김복순. 『1910년대 한국문학과 근대성』. 소명출판. 1999.
김상근. 『세계사의 흐름을 바꾼 기독교 역사』. 평단. 2004.
김상봉. 『서로주체성의 이념』. 길. 2007.
김소운. 『하늘 끝에 살아도』. 동화출판공사. 1968.
김양선. 「한국 기독교 초기 간행물에 관하여」. 『史叢』 12 · 13합집. 고려대학교 사학회. 1968.
김영모. 『한말 지배층 연구』. 한국문화연구소. 1972.
김영민. 『한국근대소설사』. 솔. 1997.
김영민. 「근대계몽기 기독교 신문과 한국 근대 서사문학」. 『동방학지』 127집. 2004.
김영민. 『한국 근대소설의 형성과정』. 소명. 2005.
김영민 편. 『금수회의록(외)』. 범우. 2004.
김윤식. 『이광수와 그의 시대』. 한길사. 1986.
김윤식. 『한국소설사』. 문학동네. 2000.
김윤재. 「白岳春史 張膺震 硏究」. 『민족문학사 연구』 12집. 민족문학사연구소. 1998.

김인환. 『비평의 원리』. 나남. 1994.
김인환. 『기억의 계단』. 민음사. 2001.
김인환. 「문학가로서의 幾堂 玄相允」. 『공자학』 15호. 한국공자학회. 2008.
김종철. 『판소리의 정서와 미학』. 역사비평사. 1996.
김주연 편. 『현대문학과 기독교』. 문학과 지성사. 1984.
김지영. 『근대문학 형성기 '연애' 표상 연구』. 고려대학교 박사학위 논문. 2004.
김춘섭. 「개화기 소설에 나타난 현실 인식 태도」. 『배화논집』 1집. 배화여자대학교. 1979.
김현주. 『이광수와 문화의 기획』. 태학사. 2005.
노대환. 「18세기 후반~19세기 조선 지식인의 베트남 인식」. 『조선시대사학보』 58. 조선시대사학회. 2011.9.
노연숙. 「『대한매일신보』에 나타난 기독교적 상상력」. 『민족문학사연구』 31집. 2006.
단국대학교 동양학연구소. 『개화기 한국과 세계의 상호 이해』. 국학자료원. 2003.
대한성서공회 편. 『대한성서공회사』. 대한성서공회. 1993.
량치차오. 최형욱 엮고 옮김. 『량치차오, 조선의 망국을 기록하다』. 글항아리. 2014.
류대영. 「한말 기독교 신문의 문명개화론」. 『한국기독교와 역사』. 2005.
류방란. 「개화기 기독교계 학교의 발달–소학교를 중심으로」. 서울대학교 한국문화연구소 편. 『한국 근대사회와 문화 I–19세기 말에서 20세기 초를 중심으로』. 서울대학교 출판부. 2003.
문학과 사상연구회 편. 『근대계몽기 문학의 재인식』. 소명출판. 2007.
문한별. 「『독립신문』에 수록된 단형서사문학 연구–문답체 서사를 중심으로」. 『현대문학이론연구』 22집. 현대문학이론학회. 2004.
문한별. 『한국 근대 소설 양식의 형성과정 연구』. 고려대학교 박사학위 논문. 2007.
문한별. 『한국 근대소설 양식론』. 태학사. 2010.
민경배. 『알렌의 宣敎와 近代韓美外交』. 연세대학교 출판부. 1992.
민충환. 『이태준 연구』. 깊은샘. 1988.

민충환. 『'임꺽정' 우리말 용례 사전』. 집문당. 1995.

민회수. 「1880년대 陸用鼎(1843~1917)의 현실인식과 東道西器論」. 『韓國史論』 48집. 서울대학교 국사학과. 2002.

박노자. 『우승열패의 신화』. 한겨레 출판. 2007.

박상석. 「『월남망국사』의 유통과 수용」. 『淵民學志』 14집. 2010.

박영호. 『진리의 사람 多夕 柳永模(상)』. 두레. 2001.

박용규. 『평양 대부흥운동』. 생명의 말씀사. 2007.

박용찬. 「근대계몽기 재전당서포와 광문사의 출판과 그 특징 연구」. 『영남학』 제61호. 2017.

박정수. 「성경적 죄고백의 역사와 신학」. 『한국기독교신학논총』 55집. 한국기독교학회. 2008.

박진영. 「1910년대 번안소설과 '정탐소설'의 매혹—하몽 이상협의 『貞婦怨』」. 『대동문화연구』 52집. 2005.

박혜경. 『이념 뒤에 숨은 인간』. 역락. 2009.

배양수. 「판보이쩌우와 동유운동의 역사적 의미」. 『외대논총』 24집. 부산외국어대학교. 2002.

배재 100년사 편찬위원회. 『배재 백년사(1885~1985)』. 학교법인 배재학당. 1989.

백동현. 「러 · 일 전쟁 전후 '民族' 용어의 등장과 민족인식—『皇城新聞』과 『大韓每日申報』를 중심으로」. 『한국사학보』 10호. 2001.

백철. 「新文學에 미친 基督教의 影響」. 『韓國文學의 理論』. 정음사. 1964.

백철. 「기독교와 한국의 현대소설」. 『동서문화』 창간호. 계명대학교 동서문화연구소. 1967.

베버, 막스. 김덕영 옮김. 『프로테스탄티즘의 윤리와 자본주의 정신』. 길. 2010.

사에구사 도시카쓰 외. 『한국 근대문학과 일본』. 소명. 2003.

사이드, 에드워드. 박홍규 역. 『오리엔탈리즘』. 교보문고. 2002.

서단 · 이춘원. 「청말민국시기 '조선망국사'의 출판, 유통 및 사회적 방향」. 『중국근현대사연구』. 중국근현대사학회. 2020.6.
서울문화사학회. 『서울의 잊혀진 마을 이름과 그 유래』. 국학자료원. 1999.
서울 YMCA 편. 『서울 YMCA 運動史 1903~1993』. 路출판. 1993.
서울特別市史編纂委員會. 『洞名沿革攷(I)-鐘路區篇』. 서울특별시. 1992.
세리카와 데쓰요(芹川哲世). 「韓日開化期 政治小說의 比較硏究」. 서울대학교 석사학위 논문. 1975.
송민호. 『한국 개화기 소설의 사적 연구』. 일지사. 1975.
宋曄輝. 「『越南亡國史』의 飜譯 過程에 나타난 諸問題」. 『語文硏究』 제34권 4호. 한국어문교육연구회. 2006.겨울.
송하춘. 『1920년대 한국소설연구』. 고려대학교 민족문화연구원. 1985.
송하춘. 『탐구로서의 소설독법』. 고려대학교 출판부. 1996.
숭실대학교 한국기독교박물관 학예과. 『한국기독교박물관 소장 기독교 자료 해제』. 숭실대학교 한국기독교박물관. 2007.
슈미드, 앙드레. 정여울 옮김. 『제국 그 사이의 한국』. 휴머니스트. 2007.
슐라이어마허, 프리드리히. 최신한 옮김. 『기독교 신앙』. 한길사. 2008.
신광철. 「구한말 한국 그리스도인의 삶과 사유 구조에 나타난 '전통'과 '근대'-탁사 최병헌(1859~1927)을 중심으로」. 『한국종교연구회회보』 6집. 한국종교연구회. 1995.
심보선. 「1905~1910년 소설의 담론적 구성과 그 성격에 대한 사회학적 연구」. 서울대학교 석사학위 논문. 1997.
안용식. 「일제하 한국인 판임문관에 관한 연구」. 『사회과학논총』 30집. 연세대학교 사회과학연구소. 1999.
양문규. 『한국근대소설과 현실 인식의 역사』. 소명출판. 2002.
양진오. 『한국소설의 형성』. 국학자료원. 1998.
양진오. 「기독교 수용의 문학적 방식과 그 의미에 관한 연구-「몽조」와 「다정다한」을 중심으로」. 『어문학』 83집. 한국어문학회. 2004.

양진오. 『한국소설의 시학과 해석』. 새미. 2004.
오순방. 「清末 영국선교사 티모티 리차드의 基督教 文言飜譯小說『喩道要旨』의 飜譯 特性 研究」. 『중국어문론역총간』 23집. 2008.
오순방. 「플랭클린 올링거의 韓譯本 『인가귀도』와 『의경문답』 연구」. 『中語中文學』 47집. 韓國中語中文學會. 2010.
옥성득. 「초기 한국 북감리교회 선교 신학과 정책」. 『한국 기독교와 역사 II』. 한국기독교역사연구소. 1999.
옥성득. 「초기 한국교회의 일부다처제 논쟁」. 『한국 기독교와 역사』 16집. 2002.
우정권. 『한국 근대 고백소설의 형식과 서사양식』. 소명출판. 2004.
유길준. 허경진 옮김. 『서유견문』. 서해문집. 2004.
유동식 외. 『기독교와 한국역사』. 연세대학교 출판부. 1997.
유영익. 『젊은 날의 이승만—한성감옥생활(1899~1904)과 옥중잡기 연구』. 연세대학교 출판부. 2002.
윤채근. 『차이와 체계—서정과 서사의 존재론』. 월인. 2000.
윤치호. 김상태 편역. 『윤치호일기(1916~1943)』. 역사비평사. 2001.
이광린. 「구한말 옥중에서의 기독교 신앙」. 『한국 개화사의 제문제』. 일지사. 1986.
이광린. 『개화파와 개화사상 연구』. 일조각. 1989.
이길연. 『근대 기독교 문학의 전개와 변모양상』. 고려대학교 박사학위 논문. 2001.
이길연. 『한국 근현대 기독교 문학 연구』. 국학자료원. 2001.
이동하. 『한국소설과 기독교』. 국학자료원. 2003.
이만열. 『한국기독교문화운동』. 대한기독교출판사. 1987.
이만열. 『한국 기독교와 민족통일운동』. 한국기독교역사연구소. 2001.
이만열. 「하와이 이민과 한국교회」. 『한국 기독교와 역사』 16집. 한국기독교역사연구소. 2002.
이민자. 『개화기 문학과 기독교상 연구』. 집문당. 1989.
이영아. 『육체의 탄생』. 민음사. 2008.

이유나. 『한국 초기 기독교의 죄 이해 1884~1910』. 한들출판사. 2007.
이이. 안외순 옮김. 『동호문답』. 책세상. 2005.
이인복. 「한국문학과 기독교사상」. 『한국문학연구』 제14집. 한국문학연구소. 1992.
이재선. 『한국 개화기 소설 연구』. 일조각. 1972.
이재수. 『한국소설연구』. 선명문화사. 1969.
이재춘. 「신소설에 나타난 기독교 사상」. 『한민족어문학』 9집. 1982.
이종미. 「『월남망국사』와 국내 번역본 비교 연구—玄采本과 周時經本을 중심으로」. 『중국인문과학』 34. 중국인문학회. 2006.12.
이진경. 『근대적 주거공간의 탄생』. 소명출판. 2000.
이찬수. 「기독교와 근대 민족주의가 만나는 논리: 한국적 상황을 중심으로」. 『한국기독교 신학논총』 52집. 2007.
이철호. 『한국 근대문학의 형성과 종교적 자아 담론—영, 생명, 신인 담론의 전개양상을 중심으로』. 동국대학교 박사학위 논문. 2006.
인권환. 「『禽獸會議錄』의 在來的 源泉에 대하여」. 『語文論集』 19집. 안암어문학회. 1977.
임기현. 「반아 석진형의 「몽조」 연구—인물탐구를 중심으로」. 『현대소설연구』 39집. 2008.
임형택 · 한기형 · 류준필 · 이혜령 엮음. 『흔들리는 언어들』. 성균관대학교 출판부. 2008.
임화. 『문학사』. 소명출판. 2009.
장석만. 『개항기 한국사회의 '종교' 개념 형성에 관한 연구』. 서울대학교 박사학위 논문. 1992.
장성진. 『한국교회의 잊혀진 이야기—초기 한국 개신교 선교와 교회 성장에서의 전도부인에 관한 연구, 1892~1945』. 한국학술정보. 2008.
장징. 임수빈 옮김. 『근대 중국과 연애의 발견』. 소나무. 2007.
전광용. 「『枯木花』에 대하여」. 『국어국문학』 71집. 1976.

전동현. 「청말 양계초의 대한제국기 한국 인식—망국-자강 개념을 중심으로」. 『중국사연구』 제34집. 2005.2.

전복희. 『사회진화론과 국가사상』. 한울. 1996.

전성욱. 「근대계몽기 기독교 서사문학 연구」. 동아대학교 석사학위 논문. 2004.

전용호. 「함석헌 사상의 문학사적 의미」. 『우리어문연구』 36집. 2010.

전주서문교회 100년사 편찬위원회. 『전주서문교회 100년사』. 쿰란출판사. 1999.

전택부. 『한국 기독교 청년회 운동사』. 정음사. 1978.

정가람. 「1910년대 『매일신보』 소재 하몽 이상협의 창작소설 연구」. 『현대문학의 연구』 33집. 2007.

정교(鄭喬). 변주승 역. 『대한계년사9』. 소명출판. 2004.

정병준. 『우남 이승만 연구』. 역사비평사. 2005.

정선태. 『개화기 신문 논설의 서사 수용 양상』. 소명. 1999.

정선태. 『심연을 탐사하는 고래의 눈』. 소명출판. 2003.

정재정. 「韓末 · 日帝初期(1905~1916년) 鐵道運輸의 植民地的 性格(下)—京釜 · 京義鐵道를 中心으로」. 『한국학보』 8집. 1982.

정재정. 「大韓帝國期 鐵道建設勞動者의 動員과 沿線住民의 抵抗運動」. 『韓國史研究』 73집. 1991.

정지영. 「근대일부일처제의 법제화와 '첩'의 문제」. 『여성과 역사』 9집. 2008.

정환국. 「근대계몽기 역사전기물 번역에 대하여—『월남망국사』와 『이태리건국삼결전』의 경우」, 『대동문화연구』 48집. 성균관대학교 대동문화연구원. 2004.

정환국. 「1900년대의 여성, 그 전도된 인식과 반영의 궤적—1906, 7년 소설에 나타난 여성을 중심으로」. 『한국고전여성문학연구』 9집. 한국고전여성문학회. 2004.

제임스, 윌리엄. 김재영 옮김. 『종교적 경험의 다양성』. 한길사. 2009.

조남현. 「구한말 신문소설의 양식화방법」. 『건대 학술지』 24집. 건국대학교. 1980.

조동일. 『신소설의 문학사적 성격』. 서울대학교 출판부. 1994.

조신권. 『한국문학과 기독교』. 연세대학교 출판부. 1983.

조훈. 『윌리엄 밀튼』. 그리심. 2008.
주종연. 『한국소설의 형성』. 집문당. 1987.
朱熹 集注. 林東錫 譯註. 『四書集註諺解 論語』. 학고방. 2004.
지라르, 르네. 김치수 · 송의경 옮김. 『낭만적 거짓과 소설적 진실』. 한길사. 2002.
진평원. 이종원 옮김. 『중국소설서사학』. 살림. 1994.
차봉준. 『기독교 전승의 소설적 형상화와 작가의식』. 인터북스. 2009.
車奉俊. 「濯斯 崔炳憲의 '萬宗一臠' 思想과 基督敎 辨證—「聖山明鏡」에 나타난 對儒敎 論爭을 中心으로」. 『語文硏究』 제39권 1호. 2011.
최경봉 · 시정곤 · 박영준. 『한글에 대해 알아야 할 모든 것』. 책과함께. 2008.
최기영. 「國譯『越南亡國史』에 관한 一考察」. 『東亞硏究』 6집. 서강대학교 동아연구소. 1985.
최기영. 「천주교회의 『경향신문』 간행」. 『대한제국시기 신문 연구』. 일조각. 1991.
최기영. 「한말 천주교회와 월남망국사」. 『아시아 문화』 12. 한림대학교 아시아문화연구소. 1996.
최기영. 「안국선의 생애와 계몽사상」. 『한국 근대 계몽사상 연구』. 일조각. 2003.
최덕교 편저. 『한국잡지백년』. 현암사. 2004.
최성윤. 『한국 근대초기 소설 작법의 형성과정 연구』. 고려대학교 박사학위 논문. 2009.
최영호. 『백야 이상춘의 서해풍파』. 한국국학진흥원. 2006.
최원식. 「아시아의 連帶—『월남망국사』 소고」. 『한국근대소설사론』. 창작사. 1986.
최원식. 「반아 석진형의 「몽조」」. 『한국계몽주의문학사론』. 소명출판. 2002.
최태원. 『일재 조중환의 번안소설 연구』. 서울대학교 박사학위 논문. 2010.
최호석. 「장응진 소설의 성경 모티프 연구—일본 유학 시절 작품을 대상으로」. 『동북아 문화 연구』 22집. 2010.
프라이, 노스럽. 임철규 옮김. 『비평의 해부』. 한길사. 2000.
프랭클, 존. 『한국문학에 나타난 외국의 의미』. 소명. 2008.

하태석.「白岳春史 張應震의 소설에 나타난 계몽사상의 성격」.『우리문학연구』14집. 2001.

학교법인 송도학원.『松都學園 100年史』. 2006.

한기형.『한국 근대소설사의 시각』. 소명출판. 1999.

한진일.『근대 단편소설의 형성과정 연구』. 성균관대학교 박사학위 논문. 2002.

한철호.「배재학당 삼문출판사와 개화기 문화」.『텬로력뎡』. 배재학당 역사박물관. 2010.

함태영.「『조선(대한) 크리스토인 회보』 단형서사 연구」,『현대문학이론연구』22집. 현대문학이론학회. 2004.

허동현.「동아시아 제국의 개항과 근대국민국가의 수립과 좌절」.『동아시아의 역사 III』. 동북아역사재단. 2011.

허호익.『길선주 목사의 목회와 신학사상』. 대한기독교서회. 2009.

황재문.「宜田 陸用鼎의 文學과 現實認識」.『漢文學報』22집. 우리한문학회. 2010.

황정현.「『미일신문』에 수록된 단형서사문학 연구」.『현대소설연구』24집. 한국현대소설학회. 2004.

황호덕.「근대 한문, 동아동맹과 혁명의 문자—『판보이쩌우 자서전(潘佩珠年表)』으로 본 아시아 혁명의 원천들」.『대동문화연구』104집. 성균관대학교 대동문화연구원. 2018.

휘문 70년사 편찬위원회.『徽文七十年史』. 휘문중 · 고등학교. 1976.

Barnett, Suzanne Wilson and John King Fairbank (eds.). *Christianity in China: Early Protestant Missionary Writings*. Cambridge, MA: Harvard University Press. 1985.

Hanan, Patrick. "The Missionary Novels of Nineteenth-Century China." *Harvard Journal of Asiatic Studies*. Vol.60, No.2. Dec.2000.